Broken Feelings - Gefunden

Any Cherubim

AF287996

ZEILENFLUSS

Verlag:
Zeilenfluss
Sonnenstraße 23
80331 München
Deutschland

Texte: Any Cherubim
Covergestaltung: Casandra Krammer;
www.casandrakrammer.de
Lektorat/Korrektorat: Anja Horn, Dr. Andreas Fischer
Satz: Zeilenfluss

ISBN: 978-3-96714-057-6

BROKEN

Feelings

GEFUNDEN

ANY CHERUBIM

Prolog

Cat, 10 Jahre alt

$\mathcal{E}$ ndlich Ferien! Noch nie hatte ich es so eilig wie heute, aus unserer Limousine auszusteigen. Ich hasse es, wie Mr. Claus, unser Chauffeur, den riesigen Wagen gemächlich durch die Straßen lenkt. Auf uns wartet der Sommer – warme Tage, an denen ich nichts anderes vorhabe, als an meinem Geheimversteck zu arbeiten, in den Himmel zu starren und vielleicht heimlich mit Grandpa Bambam und seinem Motorrad ein paar Runden zu drehen, wenn Dad im Dienst ist. Außerdem werde ich endlich erfahren, wer in das letzte Haus gegenüber unserem Grundstück einzieht. Dad hat neulich erwähnt, dass er es wieder vermietet hat.

Heute Morgen haben –Becky und ich einen Umzugswagen entdeckt, der direkt vor dem Haus geparkt hat. Angestellte der Umzugsfirma schleppten Möbel und Kartons hinein, und die Fenster wurden geöffnet. Aber das Spannende ist, dass kurz bevor Martha, unsere Haushälterin, uns zum Frühstück gerufen hat, ein Kinderfahrrad und ein Skateboard in der Garage abgestellt wurden – es zieht also eine Familie ein.

»Da läuft Ashley Miller«, bemerkt Becky. Wir schauen durch die Heckscheibe, wie sie an der Landstraße entlanggeht. »Sie hat bestimmt den Schulbus verpasst. Mr. Claus, halten Sie an, wir nehmen sie mit.«

»Nein, ich will schnell nach Hause. Fahren Sie weiter, Mr. Claus«, sage ich bestimmend, weil ich Ashley nicht leiden kann.

»Cat, sei nicht so fies!« Sie weist den Chauffeur an, rechts ranzufahren. Ich rolle mit den Augen und verschränke beleidigt die Arme. Becky weiß genau, wie gemein Ashley zu mir ist.

Mr. Claus steigt aus und bietet Ashley an, sie heimzubringen, was die dumme Gans sofort annimmt. Unsere Mütter sind beste Freundinnen, schon allein deswegen, findet Becky, sollten wir nett zu ihr sein. Aber genau das fällt mir schwer. Meine Schwester ist knapp zwei Jahre älter als ich und tut so, als wäre sie erwachsen. Wir haben beide Moms grüne Augen geerbt, die lange dunkle Lockenmähne, eine schmale Nase und die vollen Lippen, sodass die Leute uns oft für Zwillinge halten. Trotz der Ähnlichkeit könnten wir nicht unterschiedlicher sein. Becky ist das, was meine Eltern als wohlerzogen bezeichnen. Sie ist niemals ungehorsam, lernt fleißig, ist die Beste der Schule und zur Krönung auch noch ein großes Gesangstalent. Kurzum: Sie ist die Vorzeigetochter, auf die Mom und Dad sehr stolz sind.

Geduld ist nicht gerade meine Stärke. Ehrlich gesagt ist es eine Qual. Deshalb wackle ich unruhig mit dem Fuß, bis Ashley endlich eingestiegen und angeschnallt ist.

»Danke«, sagt sie zu Becky und schaut mich spöttisch an. Sie weiß genau, dass sie es meiner Schwester zu verdanken hat, jetzt in unserer Limousine zu sitzen.

Als Mr. Claus losfährt, grinst er mich durch den Rückspiegel an, weil er es gut findet, dass Becky sich diesmal durchgesetzt hat. Für seinen Geschmack kommt das viel zu selten vor. Mr.

Claus ist ein älterer Mann mit weißem Haar, Vollbart und klaren grauen Augen. Seit ich ihn kenne, versuchen die Erwachsenen uns weiszumachen, dass er der Weihnachtsmann ist. Aber mal ehrlich: Nur weil er ihm ähnlichsieht, am Waldrand von Papenfus Creek wohnt und dazu Claus heißt, bedeutet das noch lange nicht, dass er *der* Santa Claus ist. An dieses Märchen glaube ich schon lange nicht mehr, auch wenn ganz Pleasant Hill das Gerücht mit allen möglichen Geschichten aufrechterhält. Ich bin zehn Jahre alt und weiß genau, wie der Hase läuft.

Endlich kommen wir in Pleasant Hill an und lassen Ashley vor ihrem Haus aussteigen. Sie murmelt ein »Danke« zu Becky und knallt die Tür zu.

Mr. Claus gibt Gas, und wir fahren heim – zum ›Spence-Anwesen‹, wie die Leute es immer nennen.

»Am Sonntag in der Kirche hast du ganz wunderbar gesungen, Rebecca. Aus dir wird bestimmt mal eine Berühmtheit«, meint Mr. Claus erfreut.

»Danke.« Beckys Wangen färben sich rosa, verlegen streicht sie sich über den Schulrock. Das tut sie immer, wenn sie ein Kompliment bekommt. Daran gewöhnt sie sich wohl nie.

Jetzt hat er mich im Visier. Ich weiche seinem Blick aus, weil ich ahne, was er sagen will. Das Lächeln, das er eben noch auf den Lippen hatte, ist verschwunden und einem ernsten Zug gewichen. »Ich weiß, dass du es warst, die in meinen Schuppen eingebrochen ist.«

Ich versteife mich. Mist!

»Wenn du das noch einmal tust, dann muss ich es deinem Vater melden.«

Ich presse den Mund zusammen und blicke schuldbewusst auf meine Hände. Ich habe gehofft, dass er mich nicht erkannt hat, als ich vor ein paar Tagen in seinen Werkzeugschuppen eingedrungen bin.

»Weißt du, du hast mir einen Schrecken eingejagt, Kleine. Um ein Haar hätte ich dich mit einem Einbrecher verwechselt und tatsächlich geschossen. Meine Flinte war geladen, und ich hätte dich verletzen können.«

»Es tut mir leid, Mr. Claus.«

»Was wolltest du in meinem Schuppen?«

Ich schaue aus dem Fenster und suche fieberhaft nach einer Ausrede, aber mir fällt nichts ein. Dort gibt es tolle Holzbretter, die ich für mein Versteck gebrauchen kann. Jede Menge davon liegt auf einem Haufen. Er hätte bestimmt nichts bemerkt, wenn sein Hund nicht gebellt hätte. Ich brauchte nur drei Bretter.

»Nichts. Es kommt nicht wieder vor, Ehrenwort«, verspreche ich eingeschüchtert.

Mürrisch nickt er und beäugt mich. »Na gut. Vielleicht solltest du deine Ferien mit etwas Sinnvollerem verbringen, Mädchen.«

»Können Sie anhalten, mir ist schlecht«, presse ich hervor, um ihn vom Thema abzulenken. Sofort bremst er, und ich steige aus.

Er sieht mit sorgenvoller Miene zu mir. »Ist alles okay, Kleine?«

»Ja, geht schon. Ich brauche nur frische Luft, ich laufe den Rest.«

»Catherine«, sagt Mr. Claus mit warnendem Unterton, aber darauf achte ich nicht und will losgehen.

»Was hattest du in Mr. Claus´ Schuppen verloren?« Becky ist ebenfalls ausgestiegen.

»Nichts!« Eilig laufe ich voran.

»Cat! Warte.« Sie holt mich ein. »Was hat Mr. Claus gemeint, als er irgendwas von seiner Flinte geredet hat?«

»Keine Ahnung, du hast dich verhört«, lüge ich und rolle mit den Augen.

Jeder hat doch ein Recht auf Geheimnisse, oder? Becky hat schließlich auch welche.

»Du kannst es mir sagen, Cat. Du weißt, ich verrate dich nicht an Mom und Dad.« Ich ignoriere sie. »Wo willst du denn hin? Du weißt, wir müssen nach Hause.«

»Mir ist übel, ich laufe den Rest«, fauche ich und marschiere unbeirrt weiter.

Manchmal geht sie mir mit ihrem Getue echt auf die Nerven. In ganz Pleasant Hill hält man sie für einen Engel. Ich liebe sie, aber gelegentlich kann ich ihre Makellosigkeit nicht ertragen. So wie jetzt.

»Cat, komm schon! Ich habe gleich Gesangsprobe. Mom wird Fragen stellen, wenn wir nicht gleichzeitig auftauchen, und Mr. Claus bekommt Ärger.«

»Du kannst ja mitkommen«, schlage ich ihr vor, weiß aber, dass sie das nie machen würde.

Sie lässt die Schultern hängen. »Wieso tust du immer Dinge, die dich in Schwierigkeiten bringen?«

»Und wieso tust du immer genau das, was alle von dir erwarten? Das ist langweilig und … Argh!« Verärgert winke ich ab, lasse sie stehen und trotte weiter.

Becky wird nicht nachkommen. Es liegt nicht in ihrer Natur, etwas Verbotenes zu tun – niemals. Was Mr. Claus betrifft: Er kennt mich und weiß, dass ich meine Freiheiten brauche. Und im Augenblick bin ich froh darüber, dass er mich gehen lässt, denn ich bin gern allein.

Es ist ein schöner Tag. Die Sonne scheint, die Vögel zwitschern, und eine laue Brise bläst mir ständig eine Locke ins Gesicht. Aus meiner Hosentasche hole ich ein Erdbeerbonbon, das Martha nach Grandmas Rezept selbst hergestellt hat. Ich stecke es mir in den Mund, und plötzlich ist alles beinahe perfekt. Heute Nachmittag werde ich an meinem Versteck weiterarbeiten. Vor einigen Tagen habe ich eine kleine Höhle in einem Felsen am Papenfus Creek Sea entdeckt. Sie ist schwer einsehbar, verborgen zwischen Büschen und Bäumen und absolut genial, um mich unsichtbar zu machen. Seither richte ich mich dort ein. Mit Sträuchern habe ich den staubigen Boden ausgefegt und größere Steine und Äste aus dem Weg geräumt. Aus unserem Keller habe ich eine Laterne, einen alten Teppich, Kissen und Decken mitgenommen und es mir gemütlich gemacht. Ich liebe die Stille am See, an den sich nur selten jemand verirrt. Dort kann ich meinen Gedanken nachhängen, den Ärger in der Schule und zu Hause vergessen – einfach tun und lassen, was mir gefällt.

Ich nähere mich dem Spielplatz. Früher, als Grandma noch lebte, sind wir oft hergekommen. Während Grandma Becky auf der Schaukel anschubste, spielte ich mit Grandpa Bambam Baseball. Überhaupt tue ich all die Dinge lieber, die einem Jungen ähnlichsehen. Ich klettere auf Bäume und hasse alles, was rosa ist. Für meine Mutter der blanke Horror. Manchmal zwingt sie mich, zu ihren Veranstaltungen Kleider anzuziehen, die befreundete Designer für mich geschneidert haben. Schrecklich!

Kurz bevor ich den Zaun des Spielplatzes erreiche, der von dichten Büschen umringt ist, höre ich ein gehässiges Lachen. Ich brauche nicht lange, um Mason Halloways Stimme zu erkennen. Abrupt bleibe ich stehen und spähe zwischen den Blättern hindurch. Mason und seine Freunde ärgern oft andere Kinder; sie nehmen ihnen in der Schule das Pausenbrot ab und spielen sich als Rowdys auf. Ich habe mich schon einmal mit ihm angelegt, obwohl er älter ist als ich. Auch diesmal verspüre ich keine Angst. Im Gegenteil: Ich würde ihm gern mal eins auf die Nase hauen. Verdient hat er es. Sein jetziges Opfer ist ein Junge, den ich hier noch nie gesehen habe. Er kann sich nicht rühren, weil er mit Unmengen von Klebeband an dem Hundeverbotsschild festhängt. Selbst quer über seinem Mund haftet ein Stück. Mason ist wirklich fies. Der Junge ist schmutzig, und in seinen Augen funkelt Wut.

»Was sagst du jetzt, Schwabbel?« Grinsend zieht Mason neues Packband auf und geht um den Jungen herum, während seine Freunde ihn mit Sand bewerfen. Etwas abseits auf der Wiese liegen eine Tasche und Lebensmittel, die er wahrscheinlich eingekauft hat. Wie kann man nur so gemein sein? Ich weiß, dass ich mich aus Dingen, die Ärger bedeuten, raushalten sollte, aber in diesem Fall muss ich einschreiten. Das kann ich Mom und Dad später schon irgendwie erklären.

Mutig trete ich ihnen entgegen. »Hey ihr Flachpfeifen, habt ihr keine Hobbys?«

Augenblicklich verstummt das Gelächter, und die Jungs schauen zu mir rüber.

»Sieh an, Catherine Spence, die Kinderpolizei von Pleasant Hill. Zieh Leine, Cat! Das hier geht dich nichts an.« Mason kommt mit seinen Freunden auf mich zu und baut sich drohend vor mir auf. »Oder möchtest du genauso enden wie Schwabbel?« Er deutet auf sein Opfer.

»Das schaffst du ja doch nicht.«

»Ach ja? Du hast ne große Klappe für ein Mädchen.«

»Für ein Mädchen kann ich auch ziemlich fest zuschlagen.«

Die Jungs lachen. »Geh und spiel mit deinen Puppen, Cat.«

»Du glaubst mir wohl nicht, was?«, frage ich finster. »Mach ihn los. Sofort!«

Mason verschränkt abwartend die Arme. »Sonst …?«

»… wirst du am Ende heulend zu deiner Mom rennen.«

»Ganz schön frech, die Kleine. Los, zeig's ihr«, meint einer von Masons Freunden.

Mason tritt näher und funkelt mich unheilvoll an. »Ich zeige dir gleich, wer flennend nach Hause rennt.«

Mir ist klar, dass ich den Kürzeren ziehen könnte, aber es gibt kein Zurück. Die Wut in mir kocht über. Ich balle die Faust, gehe einen Schritt auf ihn zu, hole aus und donnere sie ihm mit aller Kraft ins Gesicht – genau so, wie Grandpa Bambam es mir gezeigt hat.

Treffer! Mason taumelt, schaut ungläubig und hält sich eine Hand vors Gesicht. Leider erholt er sich zu rasch von der Überraschung, stürzt sich auf mich und wirft mich zu Boden. Sofort schreien seine Kumpels und feuern ihn an. Wir kämpfen, ringen und wälzen uns über die Wiese. Mason ist viel stärker als ich, und in kürzester Zeit lassen mich meine Kräfte im Stich. Schmerz jagt durch meinen Bauch und Kopf. So gut ich kann, schlage ich zurück, kratze, kneife und versuche mich von ihm zu befreien, doch er schafft es, meine Hände festzuhalten und sich auf mich zu setzen.

»Was sagst du jetzt, du dumme Kuh? Gibst du auf?«, brüllt er außer Atem. Aus seiner Nase tropft Blut, und auch sonst habe ich ihm einige Schrammen verpassen können.

»Niemals«, presse ich hervor und erinnere mich an Grandpas Rat, den er mir einmal gegeben hat: ›*Wenn du aufgeben willst, denk darüber nach, warum du angefangen hast*‹.

Kurz schiele ich zu dem Jungen hinüber und werfe dann Mason mit einem Ruck von mir. Er ist überrascht, als ich ihm meine Faust in seine Kronjuwelen zimmere. Jaulend und kreischend kippt er um und krümmt sich vor Schmerz.

Meine Knöchel tun weh, und ich habe einen seltsamen Geschmack im Mund. Ich stehe auf und spucke roten Speichel aus. »Und jetzt haut ab, bevor ich es meinem Vater sage und er euch drankriegt.«

Wutentbrannt schaut Mason zu mir auf. »Das wird dir noch leidtun, Cat.«

Er lässt sich von seinen Freunden aufhelfen, und sie verziehen sich vom Spielplatz. Mein Herzschlag beruhigt sich, als sie aus dem Blickfeld sind, aber mein Auge schwillt an.

Schnell mache ich mich daran, das Band vom Mund des Jungen zu entfernen. Er wischt sich die Tränen ab.

»Solche Idioten! Wieso sind wir überhaupt hierhergezogen? Verdammter Mist!«, flucht er, zieht sich das restliche Klebeband vom Körper und klopft den Sand von der Kleidung.

Er ist älter als ich, hat dunkle Haare und ziemlich dicke Pausbacken. Sein T-Shirt ist verdreckt und eingerissen, am Hals und an den Armen hat er rote Striemen. Während ich seine Sachen von der Wiese aufhebe und sie in seine Tasche stecke, richtet er sich auf und mustert mich neugierig. Sein Zorn scheint verflogen. Erst jetzt bemerke ich die Sommersprossen auf seinen Wangen und das Blau seiner Augen. Es ist frisch und klar wie der Himmel, sein Blick ist dankbar, aber auch beschämt und traurig.

Er sagt nichts und beobachtet, wie ich eine Packung Milch in seine Tasche lege und sie ihm gebe. »Hier. Ich denke, ich habe alles eingesammelt.«

»Danke«, murmelt er ein wenig verlegen.

»Was hast du getan, dass Mason so gemein zu dir war?«

»Keine Ahnung. Ich kenne den Typ ja nicht mal.«

»Du bist doch viel stärker und kräftiger als er. Hast du dich nicht gewehrt?«

Er lacht verschmitzt. »Natürlich, aber ich hatte keine Chance.«

Er senkt den Blick und scharrt mit den Turnschuhen im Sand. Dabei lässt er die Schultern hängen. Plötzlich kommt er mir sehr verletzlich vor.

»Ich bin leider nicht so stark, wie ich vielleicht aussehe. Ehrlich gesagt hatte ich ziemlich große Angst.« Er spricht so leise, dass ich ihn kaum hören kann.

»Wie heißt du?«

»Noah Graham. Und du?«

»Ich bin Catherine, aber alle nennen mich Cat.«

Er mustert mich. »Bist du mit Superwoman oder Catwoman verwandt, oder so was?«

Ich kichere. »Wie kommst du denn darauf?«

»Du scheinst Superkräfte zu haben. Das war echt cool, wie du dich mit ihm geprügelt hast. Das hat noch niemand für mich getan.« Ich kann nicht leugnen, dass es mich freut, mit Superheldinnen verglichen zu werden, aber es stimmt mich traurig, denn so wie er sich anhört, muss er schon öfter schlechte Erfahrungen gemacht haben. Er deutet mit einem Finger auf mein Gesicht. »Dein Auge hat was abbekommen, du blutest an der Lippe.«

»Ich weiß.« Ich winke ab. »Halb so schlimm.«

»Meine Mutter ist Krankenschwester. Wenn du willst, kann sie es sich ansehen.«

Vielleicht keine dumme Idee, bevor ich Mom und Dad unter die Augen treten muss. »Wo wohnst du denn?«

»Wir sind heute erst in ein Haus in der William Road gezogen.«

Ich strahle. »Dann gehören dir das Fahrrad und das Skateboard?«

Er runzelt die Stirn. »Äh ... ja, ich habe ein Fahrrad und auch ein Skateboard, aber ...«

»Dann sind wir Nachbarn«, rufe ich erfreut aus. »Wir wohnen schräg gegenüber in dem großen Haus.«

»Dann seid ihr die Bonzen mit der Mega-Villa und dem riesigen Park?«

Ich zucke mit der Schulter. »Ja.«

Sein Gesicht erhellt sich. »Wahnsinn! So würde ich auch gern leben. Meine Eltern sind gerade mit dem Umzug beschäftigt.

Mom hat mich gebeten ein paar Sachen zu besorgen. Bei der Gelegenheit wollte ich mir Pleasant Hill ansehen und bin leider auf diese Idioten gestoßen.«

Langsam schlendern wir vom Spielplatz. »Mach dir nichts draus. Du hast Glück gehabt, dass ich vorbeigekommen bin.«

»Stimmt. Machen die so was öfter?«

»Ja, leider. Am besten gehst du ihnen aus dem Weg.«

»Das werde ich tun.«

»Oder du wehrst dich.«

Darauf antwortet er nicht, wechselt geschickt das Thema und erzählt mir stattdessen, dass er aus Idaho kommt und in einer Stadt namens Twin Falls aufgewachsen ist. Sein Vater hat hier in Pleasant Hill eine Stelle als Hausmeister an der Highschool angenommen, seine Mutter arbeitet als Krankenschwester. Er hat keine Geschwister und ist froh darüber.

»Warum willst du keine Geschwister?«

Er zuckt mit den Schultern. »Das ist kompliziert. Und wenn, dann hätte ich gerne einen großen Bruder.«

»Also, ich habe eine ältere Schwester – na ja, sie ist zwölf –, aber manchmal geht sie mir tierisch auf die Nerven.«

»Dann ist sie genauso alt wie ich.«

Es ist leicht, sich mit Noah zu unterhalten. Ich mag seine sanfte, ruhige Art, die selbst auf mich entspannend wirkt. Als wir in unsere Straße biegen, stoßen wir auf Becky, die ungeduldig an der Toreinfahrt steht und auf mich wartet. Als sie mich entdeckt, hält sie sich erschrocken die Hand vor den Mund.

»Was ist passiert?« Sie kommt auf mich zu und sieht sich mein Veilchen genauer an. Neugierig und misstrauisch schaut sie zwischen Noah und mir hin und her.

»Du kannst mir glauben, dass Mason Halloway nicht viel besser davongekommen ist. Der hat geheult wie ein Baby«, sage ich siegreich.

In Beckys Blick liegt das Bedauern, mit dem sie mich stets ansieht, wenn mir mal wieder ein Donnerwetter zu Hause bevorsteht.

»Dad ist da. Wir sollten uns beeilen.« Sie deutet zur Toreinfahrt, wo sein Dienstwagen vor dem Haus parkt.

»Das ist übrigens Noah. Er wohnt seit heute hier. Noah, das ist meine ältere Schwester Becky.«

»Hi.«

Sie nicken sich kurz zu, bevor ein schriller Pfiff uns unterbricht. Wir drehen die Köpfe in die Richtung, aus der das Geräusch gekommen ist. Dort steht ein Mann auf dem Wiesenstück vor Noahs Haus. So wie ich es erkenne, hat er eine Halbglatze, einen Schnauzer und eine Brille. Rauchend schaut er zu uns und macht eine ungeduldige Handbewegung, als niemand von uns reagiert. Noahs Gesicht versteinert sich, sein Mund wird zu einem schmalen Schlitz.

»Das ist mein Vater. Ich muss gehen. Wir sehen uns«, murmelt er, ohne seinen Dad aus den Augen zu lassen.

Er läuft los, bleibt aber mitten auf dem Weg stehen und sieht zu mir zurück. Auch wenn ich instinktiv weiß, dass er genau wie ich zu Hause Ärger bekommt, lächelt er und winkt mir zu.

1

Cat

Genervt zog ich mir die Decke über den Kopf und versuchte das Stöhnen auszublenden, das aus Inmas Zimmer kam. Ich liebte meine beste Freundin und gönnte ihr den Spaß, aber manchmal könnte ich sie wirklich erwürgen.

Es war Sonntagmorgen – andere Leute wollten um diese Zeit schlafen. Ich freute mich ja, dass sie guten Sex hatte, aber konnte sie den nicht leiser genießen? Ihr Gekicher und der verzweifelte Versuch, ihren Übernachtungsgast zur Ruhe zu ermahnen, hatten mich aus dem Schlaf gerissen. Seufzend schaltete ich die kleine Nachttischlampe ein und krabbelte aus dem Bett.

In der Küche setzte ich Teewasser auf und biss in einen Muffin. Drüben kündigte sich jeden Moment das Ende der heißen Nummer an. Es war Punkt fünf Uhr morgens, als Inma laut und unüberhörbar ihren Höhepunkt herausschrie. Dann herrschte friedliche Stille – endlich.

Ich goss das kochende Wasser in die Tasse und schwenkte gähnend den Teebeutel, als ich mitten in der Bewegung innehielt. Mit hochgezogenen Brauen beobachtete ich, wie ein Typ splitterfasernackt zum Kühlschrank lief. Er war schlank, fast drahtig, und hatte längeres, unordentliches braunes Haar, das wirr zu allen Seiten abstand. Sein Po war klein, schmal und weiß. Er nahm sich etwas zu trinken und wollte wieder gehen, blieb aber abrupt stehen, als er mich registrierte.

Ich kannte ihn.

»Hi!« Ich lächelte breit. »Netter Hintern.«

Er grinste zurück, statt zu erröten. »Hi! Wir kennen uns.« Jetzt wäre ein guter Zeitpunkt, wenigstens die Hände vor sein Teil zu halten oder rot anzulaufen, aber er schlenderte völlig unbekümmert auf mich zu. »Ich bin Simon, Simon Curtis. Schön, dich kennenzulernen.«

»Du bist der Liftboy aus dem Hotel, stimmt´s?«

»Genau. Und du bist Catherine, die Neue im *Empire Heaven* und Inmas beste Freundin.«

»Richtig, aber nenn mich Cat.«

»Ich hoffe, wir haben dich nicht geweckt.«

Ich war ja einiges gewohnt, aber das?

»Na ja, ihr wart nicht zu überhören«, gab ich zu und versuchte, mich auf sein Gesicht zu konzentrieren.

Ich wäre an seiner Stelle vor Scham im Boden versunken, aber ihm schien seine Nacktheit nichts auszumachen.

»Sorry, aber deine Freundin ist der Hammer und süß wie ein Cocktail.« Sein Grinsen wurde noch breiter. Dabei entblößte er ein paar schiefe Zähne, die irgendwie zu ihm passten. Er stand vor mir und hatte eine Hand in die Hüfte gestemmt. Ich hatte freien Blick auf sein Gehänge. Er griff nach einem Muffin und biss hinein. »Ich liebe ihr spanisches Temperament«, sagte er mit vollem Mund. Temperament? Nervenbündel traf es eher. »Inmaculada Penas Rodea – klingt das nicht wie ein exotischer Cocktail?«

Ich kicherte. »Das stimmt.«

Irgendwie fand ich es niedlich, wie er von ihr schwärmte.

»Wir werden versuchen, ab jetzt leise zu sein«, versprach er. »Also dann, bis später.« Er lief aus der Küche, blieb aber auf halbem Weg stehen und drehte sich kauend, das Gebäck in seiner Hand betrachtend, noch mal zu mir um. »Hm ... der ist gut. Hast du den gemacht?« Ich nickte. »Wirklich mega!«, sagte er und wackelte mit seinem schneeweißen Hintern hinaus.

Selbstbewusst war der Kerl ja. Kopfschüttelnd sah ich ihm hinterher, in der Hoffnung, das Bild irgendwann wieder aus dem Kopf zu bekommen.

Nachdem ich meinen Tee getrunken hatte, war an Schlaf ohne Albträume von Simon sowieso nicht mehr zu denken. Ich beschloss, joggen zu gehen. Ich war schon halb aus der Küche raus, als mein Blick auf den Kalender an der Tür fiel. Ein bestimmtes Datum hing wie ein Damoklesschwert über mir. Seit Tagen beherrschte es meine Gedanken – der 28. Juni.

Die Erinnerung daran schärfte die blassgewordenen Bilder, die sich tief in mein Gedächtnis gebrannt hatten. Manchmal glaubte ich, dass ich mich niemals davon befreien konnte, egal wie weit ich von Pleasant Hill fortging, aber ich musste nach vorne schauen und die Vergangenheit endlich ruhen lassen. Keine leichte Aufgabe, aber meistens half mir das Joggen dabei, den Kopf freizubekommen.

Oft lief ich durch den Golden Gate Park zum Strand, wo der Sonnenaufgang den Himmel in ein fantastisches Farbspektrum tauchte. Heute war es bewölkt, aber das machte nichts.

Es dämmerte bereits, als ich mein Ziel erreicht hatte. Das Meer rauschte, ein paar Möwen stritten, und der Wind kühlte meine überhitzten Wangen. Es war still und friedlich – danach hatte ich mich die letzten Jahre gesehnt. Seufzend schaute ich zum Horizont.

In wenigen Stunden war es so weit. Morgen war mein erster Tag im *Empire Heaven*, einem der luxuriösesten Hotels in ganz San Francisco. Hier einen Job zu bekommen war gar nicht so leicht gewesen, aber Inma, die dort als Zimmermädchen arbeitete und vor einigen Jahren Pleasant Hill verlassen hatte, hatte sich für mich mächtig ins Zeug gelegt und den Personalchef mit ihrem Charme überzeugt, mir eine Chance zu geben. Der Rest war nur noch Formsache gewesen. Nach einem kurzen Vorstellungsgespräch hatte ich den Kellnerjob in der Tasche gehabt und konnte beruhigt aufatmen. Die Zusage war mein Befreiungsschlag, denn ich wollte auf keinen Fall nach Hause zurück, nicht an den Ort, der mir die Luft zum Atmen genommen hatte.

Langsam machte ich mich auf den Rückweg. Von Weitem sah ich schon die Appartementanlage, in der Inma und ich wohnten. Sie befand sich am Golden Gate Park, nur ein paar Blocks vom Meer entfernt. Eine sauteure Gegend, aber wir hatten Glück, dass Inmas Eltern das Appartement gekauft hatten und ich für einen Spottpreis dort wohnen durfte.

Seit ein paar Wochen lebte ich nun in San Francisco und hatte mich vom ersten Augenblick in die Stadt verliebt. Neben den Touristen-Hotspots wie der Golden Gate Bridge, Fisherman's Wharf und Alcatraz hatte ich noch einige andere Highlights der Stadt erkundet. Ich liebte die Haight Street im alten Hippie-Viertel. Dort hatte ich ausgefallene Klamotten-, Buch- und Plattenläden sowie zahlreiche nette Cafés und Restaurants entdeckt. Manchmal fuhren Inma und ich zu einsamen Buchten und atemberaubenden Aussichtspunkten, die die Stadt von oben zeigten. San Francisco fühlte sich an wie ein niemals endender Urlaub – warm und freundlich.

Durch meinen Umzug konnte ich in der Nähe meines Vaters sein. Mehr wollte ich nicht. Das Einzige, was ich vermisste, war das gute Essen unserer Haushälterin Martha. Sie war all die

Jahre mein Fels in der Brandung gewesen und hegte so etwas wie mütterliche Gefühle für mich. Sie war stolz, dass ich es vorgezogen hatte, mir einen Job in Dads Nähe zu suchen, damit ich mich um ihn kümmern konnte. Auch wenn er das nicht wollte und ein riesiges Theater deshalb veranstaltet hatte. Aber die Chance hatte ich mir nicht entgehen lassen können und mich über seinen Kopf hinweggesetzt.

Mom war ausgerastet, weil ich mal wieder ihre Pläne durchkreuzt, auf den überteuerten Platz an der Uni gepfiffen und das Studium abgebrochen hatte. Dad war ebenfalls sauer, aber selbst die Drohung, mich nicht länger finanziell zu unterstützen, hatte mich kaltgelassen. Dad würde sich schon irgendwann daran gewöhnen. Was meine Mutter von mir dachte, war mir herzlich egal. Hauptsache, ich war fort. So oft ich konnte, besuchte ich meinen Vater. Seit dem Schlaganfall vor wenigen Jahren war von dem einst so stolzen und mächtigen Polizei-Chef nicht mehr viel übrig.

Das erste Jahr nach dem Hirnschlag war am schlimmsten gewesen. Dad war bettlägerig, konnte sich weder bewegen noch sprechen. Seine Gliedmaßen hingen schlaff an ihm herunter und er brachte außer einem erstickten Seufzen kein Wort heraus. Sein Erinnerungsvermögen hatte auch gelitten und zeitweise erkannte er mich nicht einmal. Für uns alle war das eine schreckliche Zeit, aber für meinen Dad musste es unerträglich gewesen sein. Er – ein Mann, der mitten im Leben stand, stets alles im Griff hatte und nie von anderen abhängig gewesen war – war nun ein schwerer Pflegefall. Dabei konnten wir froh sein, dass er überhaupt noch am Leben war.

In mühsamen Therapiestunden hatte man versucht ihm alles wieder anzutrainieren. Es hatte sich wie eine Ewigkeit angefühlt, bis sich kleine Erfolge einstellten. Es kam mir wie ein Wunder vor, ihn nach so langer Zeit am Rollator stehen und später dann wenige Zentimeter laufen zu sehen. Bald darauf folgten die ersten Worte. Das hatte ich schon nicht mehr zu hoffen gewagt. Trotzdem dauerte es lange, bis Dad drei Schritte gehen und deutlicher sprechen konnte. Auch sein Gedächtnis ließ ihn hin und wieder im Stich. Manchmal erkannte er mich nicht oder brachte vergangene Ereignisse durcheinander. Aber ich war stolz auf ihn, denn er war eisern und trainierte hart, auch wenn mir klar war, dass er nie wieder ganz der Alte sein würde. Sein rechter Arm war heute noch steif und man merkte ihm die Sprachprobleme deutlich an. Er kam ins Stottern und verschluckte ganze Wörter, aber wenigstens konnte ich mich mit ihm unterhalten. Es gab natürlich gute und schlechte Tage, aber zuletzt hatten die guten überwogen.

Vor ein paar Monaten hatte er uns dann mit dem Wunsch überrascht, in ein spezielles Pflegeheim nach San Francisco gehen zu wollen. Bei mir stieß er damit auf Unverständnis, denn er bekam die teuersten Therapien, die beste Pflege auch bei uns zu Hause. Ich konnte nicht verstehen, dass er sich selbst aufs Abstellgleis rangierte, während meine Mutter ihr Luxusleben normal weiterführte. Erst als er mir in einem ruhigen Gespräch anvertraute, dass er es nicht länger ertragen könne, wie Mom ihren Affären im Haus nachging, verstand ich ihn. Von da an war für mich klar, ich würde ihn nicht im Stich lassen und mit ihm kommen. Es tat weh, ihn so leiden zu sehen, ich wollte ihm nicht das Gefühl geben, dass er allein war. Diese Vorstellung war für mich unerträglich gewesen.

Als ich zur Tür hereinkam, saßen Inma und ihr Freund am Frühstückstisch.

»Ich bin wieder da«, rief ich Richtung Küche und zog die Schuhe aus.

Zu meiner Erleichterung ersparte Simon mir einen zweiten

Blick auf seinen nackten Körper, allerdings waren seine Klamotten genauso verstörend. Er trug ein bauchfreies Top und eine zu tief sitzende Jogginghose. Das völlig zerzauste Vogelnest perfektionierte den seltsamen Look. Im Stillen taufte ich ihn Spike. Ich fand einfach, dass er aussah wie ein Schoßhündchen namens Spike. Inmas Hang für kuriose Typen war wirklich legendär, aber dieses schräge Exemplar schoss eindeutig den Vogel ab.

Ich setzte mich zu ihnen. »Hey ihr zwei. Noch wach?«

»Morgen ... Tut mir leid, dass wir dich geweckt haben. Bist du sauer?« Inma warf mir ihren typischen Dackelblick zu und schob ihre Unterlippe vor. Das tat sie immer, wenn sie sich entschuldigte. Sie errötete nicht einmal, obwohl ich alle Phasen ihrer Ekstase mitangehört hatte.

»Du hast Glück, dass ich erst morgen arbeiten muss und mich nachher noch mal hinlegen kann.«

»Übrigens, die hat jemand für dich abgegeben.« Sie deutete auf den Boden vor der Anrichte.

Dort stand in einem Putzeimer ein üppiger Strauß Blumen. Genauer gesagt waren es Rosen, blaue Rosen.

Ich stellte sie auf den Tisch. »Was ist denn das?«

Im ersten Moment glaubte ich, es wären welche aus Kunststoff, aber als ich die Blüten berührte, waren sie zart und weich, die Dornen stachelig, und die Blätter hatten ein natürliches Grün. Sie waren echt, wunderschön und geheimnisvoll. So was hatte ich noch nie gesehen. Becky hätte sich sofort in sie verliebt. Um den Strauß befand sich eine Papiermanschette mit dem Logo des Blumengeschäfts. *Mystic Garden* stand in schwarzen Buchstaben darauf.

»Ich habe keine geeignete Vase gefunden, deshalb kam Simon auf die Idee, sie in den Eimer zu stellen. Da ist noch ne Karte.«

Inmitten des riesigen Straußes steckte ein kleiner Briefumschlag, den ich erst jetzt entdeckte. Ich öffnete ihn und las:

Egal, wie weit du fortgehst,
du kannst vor der Wahrheit nicht davonlaufen.

Was hatte das zu bedeuten? Ich las die Karte noch einmal, kapierte aber nicht, was der Absender mir damit sagen wollte. Welche Wahrheit?

Inma reckte neugierig ihren Hals. »Und? Von wem sind die?«

»Keine Ahnung, es steht kein Name drin.« Der Bote musste sich geirrt haben. »Bist du sicher, dass der Strauß an mich adressiert war?«

»Ja, der Kurier hat nach dir gefragt. Warum?«

Schweigend gab ich ihr die Karte. Sie las den Satz laut vor, sodass auch Simon ihn hören konnte.

»Welche Wahrheit?«, fragte er, balancierte eine riesige Portion Marmelade zu einer Brötchenhälfte und verteilte sie. Genüsslich biss er hinein.

»Das wüsste ich auch gern.«

»Merkwürdig! Und du kannst dir nicht vorstellen, wer dir das geschickt haben könnte?«

Ich stellte den Eimer wieder zu Boden und setzte mich. »Nein, zumal die Rosen ein kleines Vermögen gekostet haben müssen.«

»Sie sind wunderschön. Findest du nicht auch, Simon?«

»Joa, sind schon krass, aber nicht ganz mein Stil.«

Nicht sein Stil? Ich schmunzelte, denn Spikes Stil war wohl kaum in Worte zu fassen. Pusteblumen passten eher zu ihm. Egal, wer der Absender der blauen Rosen war, er würde sich schon melden. Selbst schuld, wenn er nicht mal mit seinem Namen unterschrieb.

»Erzähl, wo wirst du im Hotel anfangen?«, fragte Spike mit vollem Mund.

»Im Restaurant.«

»Oh, im *Ivy Blue*, dann unterstehst du direkt Mr. Wilsons Regiment.« Er verzog das Gesicht.

»Warum schaust du so?«

»Bis vor Kurzem war ich auch noch Kellner.«

»So? Und warum jetzt nicht mehr?«

Er kaute bedächtig, bevor er antwortete. »Wir hatten Differenzen«, wich er aus und trank von seinem Kaffee.

Inma winkte ab. »Du kannst es ruhig erzählen, Simon.« Spike schien das Ganze irgendwie peinlich zu sein, deshalb redete Inma für ihn weiter. »Wilson hatte ihn auf dem Kieker, weil ihm bei einer Hochzeitsfeier eine Rotweinflasche aus der Hand gefallen ist und bei einer anderen Veranstaltung ein voller Aschenbecher. Er wurde sozusagen strafversetzt.«

»Ich habe mich tausendmal entschuldigt«, verteidigte sich Spike.

»Na ja, wäre es mein Hochzeitskleid gewesen, das du mit Rotwein ruiniert hättest, hätte ich dich umgebracht«, meinte Inma gelassen.

Ich kicherte. »Mindestens!«

Spike machte ein knittriges Gesicht. »Das ist doch nur passiert, weil ...«

»... weil?« Inma sah ihn fragend an.

»Ich war eben abgelenkt.«

Sie lachte. »Genau, weil du mal wieder nicht bei der Sache warst. Aber mach dir nichts draus, ich finde, dass du in deinem Liftboyoutfit total scharf aussiehst«, säuselte sie und küsste ihn.

»Okay Leute, ich geh dann mal duschen und lege mich hin«, sagte ich, bevor es zwischen ihnen wieder ausartete.

Ich nahm den Eimer mit den Rosen und ging in mein Zimmer.

Ich hatte vorgehabt, am späten Nachmittag die letzten beiden Umzugskartons auszuräumen, sobald ich von meinem Nickerchen erwachte, aber heute hatte ich genauso wenig Lust dazu wie in den vergangenen Tagen. Es befanden sich ohnehin nur Bücher darin.

Lediglich die Pinnwand mit den alten Fotos hängte ich über dem Schreibtisch auf. Einen Moment verharrte ich und schaute die Bilder an. Auf den meisten waren Inma und ich zu sehen. Witzige Automatenbilder, auf denen wir schräge Grimassen zogen. Schmunzelnd wanderte mein Blick zu dem einzigen Foto, das mich an meine Vergangenheit erinnerte. Darauf waren Becky, Noah und ich zu sehen. Wehmütig und mit schwerem Herzen strich ich mit dem Finger über die Aufnahme.

Sie fehlten mir.

***

Als Inma und ich am nächsten Morgen auf den Parkplatz hinter dem *Empire Heaven* fuhren, zuckte mein Magen. Noch nie hatte ich für so ein luxuriöses Unternehmen gearbeitet, und ich freute mich auf den Job. Wir stiegen aus und liefen zum Personaleingang. Inma hielt ihre Mitarbeiterkarte gegen einen Sensor, der an der Wand befestigt war. Schon summte die Tür auf. Sie trat ein, und die Tür flog hinter ihr zu. Ich zog meine vorläufige Plastikkarte hervor und tat es ihr gleich.

Inma wartete bereits auf mich. Hinter den Kulissen des Hotels waren die Räumlichkeiten nicht sehr einladend. Die Wände waren grau und erinnerten an kalte Krankenhausflure. Kein Vergleich zur Lobby.

»Du musst jetzt hier entlang.« Inma deutete auf die Beschilderung an der Decke. Sie drückte mir noch einen Kuss auf die Wange und bog links in einen Flur ab.

Ich beherzigte ihren Rat und verbot mir, dabei ein Erdbeerbonbon zu essen. Ich liebte diese Dinger, aber es kam bestimmt nicht gut an, wenn ich später damit im Restaurant auftauchte. Also verkniff ich es mir und machte mich auf den Weg. Keine Ahnung, wie ich es schaffte, trotz Inmas Anleitung mitten in der Hotellobby zu landen. Wahrscheinlich hatte ich einen Wegweiser übersehen.

Bewundernd stand ich in der Halle und bestaunte wieder die Szenerie. Das *Empire Heaven* versprach nicht zu viel. Es war edel und prunkvoll, und die Architektur ein Meisterwerk. Marmorböden, weiße Säulen und viel Licht durchfluteten die Eingangshalle. Es war eine Mischung aus modernem Stil und klassischer Eleganz. Am meisten beeindruckten mich der gläserne Aufzug und die großen, üppigen Pflanzen, die sich in der Hotelhalle befanden. Das war einfach ein Anblick, an dem ich mich nie sattsehen konnte. Schon bei meinem Vorstellungsgespräch hatte mir der Mund offen gestanden.

»Catherine?«

Ich fuhr herum. Neben dem Lift erkannte ich Spike. Er sah in seinem hellroten Fummel und mit der winzigen Kappe wie ein Kapuzineräffchen aus.

Schmunzelnd ging ich zu ihm. »Hi Spike. Schön, dich zu sehen.«

»Spike? Ich heiße —«

»Oh ... tut mir leid. Ich weiß natürlich, dass du ... Simon heißt. Ich hatte ...«

»Spike?« Er überlegte. »Hört sich männlich und gefährlich an. Gefällt mir.«

Ich kicherte. »Ernsthaft?«

»Ja. Das ist irgendwie cool.«

Das war nicht cool, sondern verrückt. »Okay, Spike. Kannst du mir sagen, wie ich ins Personalbüro komme?«

»Aber natürlich. Du gehst jetzt einfach hier entlang, und dann biegst du in den Flur ein. Es müsste die vierte Tür sein. Es steht aber auch angeschrieben.« Er deutete in eine völlig andere Richtung als die, die ich eingeschlagen hätte.

»Na gut. Danke.«

»Gern geschehen.«

Ich hob die Hand zum Abschied und fand mich wenig später endlich im richtigen Büro wieder.

»Guten Morgen. Mein Name ist Catherine Spence. Ich bin die neue Kellnerin.«

Eine Sekretärin mittleren Alters sah zu mir auf. »Ah, ja. Guten Morgen.« Sie erhob sich und suchte in einem Stapel nach Unterlagen. Dann kam sie an die Theke. »Willkommen. Als Erstes brauche ich ein paar Unterschriften.« Sie breitete einige Papiere aus. »Die Hausordnung bitte gründlich lesen und einhalten. Dann habe ich noch einen Fragebogen für den Sicherheitsdienst und den Berechtigungsschein für die Arbeitskleidung. Bevor Sie Ihre Dienstkleidung in der Wäscherei abholen, melden Sie sich bitte bei Mr. Robinson. Er ist der Leiter des Security Service im Haus. Bitte unterschreiben Sie hier, dort und da, dass ich Ihnen alles ausgehändigt habe.«

Sie zeigte mit dem Finger auf die leeren Stellen, an die ich mein Gekritzel setzen sollte.

Mit den Papieren unterm Arm machte ich mich auf den Weg zur nächsten Station. Nach der kleinen Weltreise kam ich endlich im Büro des Sicherheitsservice an. Zaghaft klopfte ich und ging hinein. Der Raum war größer, als ich erwartet hatte. Mehrere Bildschirme flackerten, ein Radio dudelte im Hintergrund, und an einer Wand hing ein riesiger Grundriss des Hotels, auf dem unzählige farbige Stecknadeln Punkte auf der Karte markierten. Einige Männer in Anzügen hatten sich vor einem Monitor versammelt und unterhielten sich.

»Wir warten, bis Holder zurückkommt, dann wissen wir mehr«, sagte einer von ihnen. Er war blond und groß und schien der Chef der Truppe zu sein.

»Wir kennen ihn doch. Diese Art von Befragung könnte länger dauern«, meinte ein kleinerer Kerl, und alle lachten.

»Meine Herren«, ermahnte der blonde Typ. »Es ist Montag. Ich denke, er hat sich am Wochenende genug ausgetobt.«

»Die Weiber scheinen voll auf ihn abzufahren.«

»Er ist ne Wundermaschine.«

»Ich würde sagen, der Kerl hat's einfach drauf.«

Sie lachten schmutzig.

Ich erinnerte mich, dass Inma Holder schon mehrfach erwähnt oder besser gesagt von ihm geschwärmt hatte. Dieser Holder sollte ein unfassbar gutaussehender Typ sein, der nichts anbrennen ließ. Egal – es wurde Zeit, auf mich aufmerksam zu machen, bevor ich noch mehr intime Details von den männlichen Mitarbeitern erfuhr. Ich räusperte mich. Tatsächlich drehte sich einer von ihnen zu mir und stieß seinen Kollegen an.

»Guten Morgen.« Ich lächelte freundlich. »Ich störe nur ungern, aber ich suche Mr. Robinson.«

Die Männer glotzten mich an, als wäre ich eine Fata Morgana. Schließlich kam einer von ihnen auf mich zu. Er hatte warme braune Augen, mit denen er mich neugierig musterte. »Guten Morgen, und Sie sind?«

»Catherine Spence. Ich bin die neue Kellnerin.«

Er ging zu einem Schreibtisch, nahm einen Ordner und blätterte darin. »Ah ja, richtig, Ms. Spence.«

»So wahr ich vor Ihnen stehe!«, witzelte ich.

Sein Blick wanderte von meiner dunklen Lockenmähne, die ich ordentlich zu einem Dutt zusammengebunden hatte, über meine Oberweite, hinunter zu meinen Beinen, die in meiner Lieblingsjeans steckten.

»Entschuldigen Sie, wir haben Sie nicht kommen hören. Willkommen. Mein Name ist Dylan Bishop. Leider ist Mr. Robinson nicht da. Es geht um Ihre Zugangskarte, richtig?«

»Genau.«

»Dann folgen Sie mir, ich kümmere mich darum.« Er deutete zu einer Tür auf der anderen Seite des Raums. »Haben Sie das Passfoto dabei?«

»Ja.« Ich gab es ihm, und wir gingen ins Nebenzimmer. Es war ein kleines Büro mit nur einem Schreibtisch, einem Computer und einem Drucker. Er bot mir neben dem Tisch einen Platz an, während er aus einer Schublade ein Plastikkärtchen herausholte und den PC anwarf.

»Haben Sie den Fragebogen schon ausgefüllt?«

»Nein, noch nicht. Der wurde mir eben erst im Personalbüro ausgehändigt.«

»Okay, kein Problem. Sie können ihn auch morgen vorbeibringen. Haben Sie schon mal in einem Hotel gearbeitet?«, erkundigte er sich, während er mein Foto einscannte.

»Nein, bisher hauptsächlich in Restaurants und als Verkäuferin in Modegeschäften.«

»Leben Sie schon immer hier in San Francisco oder sind Sie zugezogen?«

Ganz schön neugierig, der Kerl. »Zugezogen.«

»Wie gefällt Ihnen unsere Stadt?«

Gehörte diese Frage wirklich zum Job? »Sehr gut. San Francisco ist toll, aber auch ein teures Pflaster.«

Er sah auf und hob die Brauen. »Das stimmt. Ich kenne ein paar Kneipen und Cafés, wo die Preise in Ordnung sind.«

War das etwa ein Versuch, ein Date zu bekommen? Mit seinem breiten Oberkörper, dem kurzen Haar und dem kleinen Grübchen am Kinn war er echt süß.

»Sind Sie immer so direkt?«

»Nur bei hübschen Kellnerinnen, die neu bei uns anfangen.«
Ein Charmeur war er also auch noch. »Und woher kommen Sie?«

»Pleasant Hill. Und wie steht's mit Ihnen? Verheiratet? Kinder? Irgendwelche Straftaten? Schmutzige Geheimnisse?«, gab ich seine Fragen zurück.

Er lachte laut. »Nein, nein, nein und ... vielleicht.« Er zwinkerte. »Ursprünglich komme ich aus New York, lebe aber schon seit ein paar Jahren hier.«

Die Maschine begann geräuschvoll zu arbeiten.

»Und was hat Sie hierher verschlagen?«

»Sollte ich nicht eher Sie ausfragen?« Amüsiert tippte er auf der Tastatur. »Der Job hat mich in die Stadt geführt. So, fertig. Ihre Schlüsselkarte ist jetzt aktiv.«

Er nahm sie aus der Vorrichtung, befestigte sie an einem Kartenhalter und übergab sie mir.

»Dann war's das schon?«

»Fast. Ihre Übergangskarte.« Er streckte mir seine flache Hand entgegen, worauf ich das Plastikteil ablegte. Neugierig schaute ich die neue Zugangskarte an. »Das ist jetzt Ihre personalisierte Karte. Damit kommen Sie in fast alle Räume des Hauses. Sie loggen sich zu Beginn Ihrer Schicht beim Betreten am Personaleingang ein und am Ende wieder aus.«

»Okay, und was mache ich, wenn ich das Ding einmal vergessen sollte?«

»In diesem Fall wenden Sie sich an die Mitarbeiter am Empfang.«

»Gut.« Ich stand auf. »Danke, Mr. Bishop.«

»Dylan«, bot er mir an.

»Okay. Cat.«

Bevor er mich weiter angraben konnte, verließ ich amüsiert den Security-Bereich und machte mich auf den Weg zur

Wäscherei, wo ich meine Arbeitskluft ausgehändigt bekam. Sie bestand aus einer schwarzen Hose, einer weißen Bluse, einer langen Schürze und einem Namensschild. Nicht gerade mein Kleidungsstil, aber bei Arbeitskleidung hatte man keine Wahl. Mit dem Stapel Klamotten fand ich mich in der Küche des Restaurants mit dem außergewöhnlichen Namen *Ivy Blue* ein. Hier ging es ziemlich hektisch zu. Suchend sah ich mich nach jemandem um und stieß beinahe mit einem Kellner zusammen, der gerade ein volles Tablett hereintrug.

»Entschuldigen Sie, wo finde ich Mr. Wilson?«

»Bist du die Neue?«, fragte er und stellte das Tablett ab. Ich nickte. »Du bist spät dran. Komm mit.« Eilig ging er durch die Restauranttür. »Warte hier.« Dann lief er durch das Lokal.

Ich sah mich um. Wow! Mein Arbeitsplatz war wirklich wunderschön. In dem großen Raum waren unzählige elegant gedeckte Tische. Die Pflanzen, ein Piano und der moderne Einrichtungsstil schufen eine gemütliche Atmosphäre, und wer einen Fensterplatz ergatterte, konnte die Aussicht auf das Meer genießen.

»Ms. Spence?«

»Ja?«

»Guten Morgen, ich bin Mr. Wilson, der Maître.«

»Hallo.« Ich musterte meinen neuen Boss.

Er war mittleren Alters, hatte gefärbtes dunkles Haar, das er streng zurückgekämmt trug, und einen Vollbart, der exakt gestutzt war. »Ich dulde niemals Unpünktlichkeit und erwarte Pflichtbewusstsein.«

Oh Mann! Der gab ja gleich den Ton an. »Entschuldigen Sie mein Zuspätkommen, Sir. Ich war im Sicherheitsbüro und in der Wäscherei. Bis ich —«

Er hob die Hand. »Schon gut. Für die Zukunft wissen Sie Bescheid.« Er sah sich um und schnippte mit dem Finger. Kurz darauf kam eine Kellnerin auf uns zugeflogen. »Ms. Conner, bitte weisen Sie Ms. Spence in unsere Gepflogenheiten ein. Ich stelle Sie in Ihre Verantwortung.«

Mit hocherhobenem Haupt wandte er sich von uns ab und lief zu einem der Tische. Merkwürdiger Kauz!

»Hi, ich bin Maja, und wie du schon mitbekommen hast, ist er heute mal wieder übelst gelaunt.« Sie verzog das Gesicht.

»Allerdings.«

Ich schätzte Maja auf mein Alter. Mir gefielen ihr frecher Kurzhaarschnitt und ihr warmes Lächeln.

»Dann wollen wir mal. Komm mit, ich zeige dir als Erstes den Pausenraum. Dort kannst du dich umziehen.« Sie führte mich durch die Küche in ein spärlich eingerichtetes Zimmer. »Wie heißt du?«

»Catherine, aber alle nennen mich Cat.«

»Okay, Cat. Es wird stressig, so viel verrate ich dir jetzt schon. Wilson kann echt ungemütlich werden, wenn es nicht nach seinen Vorstellungen läuft. Und glaub mir, ihm entgeht wirklich nichts. Also kontrollier lieber alles doppelt.« Sie öffnete einen Metallspind. »Hier kannst du deine persönlichen Sachen verstauen. Hast du schon mal gekellnert?«

»Ja, ein paarmal.«

»Gut, dann weißt du im Grunde schon, wie es abläuft. Präg dir nur ein: Wenn der Gast zufrieden ist, bist du gut. Wenn du seine Wünsche von den Augen abliest, bist du der Knaller und Wilson wird dich lieben. Nicht weniger erwartet er. Anfang der Woche ist meistens ein Meeting. Da bekommen wir die Schichtpläne ausgehändigt und Infos, welche Veranstaltungen im Haus stattfinden. Hier, das ist unser Wochenplan.« Sie drückte mir einen Zettel in die Hand. »Am Freitag nächste Woche findet eine Geburtstagsfeier von irgendeinem Verwandten des Präsidenten statt. Und weil wir gerade einen personellen

Engpass haben, macht Wilson eine absolute Ausnahme und du darfst den Service mit mir übernehmen.«

»Wow! Wird der Präsident etwa auch hier sein?«

»Gott bewahre! Das Tamtam reicht auch so schon und ist nervig genug.«

Ausgerechnet Freitag, der 28. Juni. Nun gut, ich würde es irgendwie hinter mich bringen.

Maja kramte aus ihrer Handtasche einen Schokoriegel. »Nervennahrung.« Sie zuckte mit den Brauen. »Willst du auch einen?«

Ich schüttelte den Kopf. »Danke.«

»Ich sterbe, wenn ich keine Schokolade bekomme. Nur Wilson darf mich nicht beim Naschen erwischen. Er mag es nicht, wenn wir außerhalb unserer Pausen essen.«

»Er scheint wirklich ein strenger Typ zu sein.«

»Oh ja, das kannst du laut sagen, aber der kocht auch nur mit Wasser, keine Angst.«

Maja biss noch einmal großzügig von ihrem Riegel ab, bevor wir uns an die Arbeit machten. Neben unzähligem Tafelbesteck, das wir polieren mussten, zeigte sie mir, wie die Tische eingedeckt wurden, gab mir die Speisekarte zum Auswendiglernen mit und erklärte, auf welche Gäste besonders geachtet werden sollte. Ich hatte Spaß, und so vergingen die Stunden wie im Flug.

2

Cat

*U*nd? Wie hat es dir gefallen?«, fragte Inma, als wir auf dem Weg nach Hause waren.

»Ganz gut. Maja war sehr nett und hat mir alles gezeigt. Morgen soll ich mit dem Service beginnen. Und bei dir?«

»Wie immer. Manche Leute scheinen ihre Kinderstube zu Hause vergessen zu haben, oder die Kohle hat ihnen das Gehirn aufgelöst.«

»Wieso?«

»Der Kerl aus Zimmer 417 – irgend so ein Geschäftsmann – hatte heute Morgen wohl einen Tobsuchtsanfall, und im Zimmer nebenan war ich eine ganz Stunde damit beschäftigt, seltsame Flecken vom Teppich zu wischen.«

Ich verzog das Gesicht. »Igitt! Wie eklig.«

»Du sagst es.« Inma fädelte sich in den Verkehr ein. »Wen hast du sonst noch kennengelernt?«

»Einen Typen vom Sicherheitsbüro.«

Sie blickte ein paarmal mit großen Augen zu mir rüber. »Wirklich? Etwa Holder?«

»Nein, er heißt ... Dylan, Dylan Bishop.«

»Ah, Dylan. Die Jungs vom Sicherheitsservice sind schon eine Sünde wert, aber ich rate dir, lass bloß die Finger von ihnen. Die Geschäftsleitung sieht es nicht gern, wenn Mitarbeiter intime Beziehungen pflegen.«

Ich hob die Brauen. »Das sagt genau die Richtige. Was ist denn mit dir und Spike? Ist natürlich rein platonisch, wie ich letzte Nacht mitbekommen habe.«

Sie legte die Stirn in Falten. »Spike?«

Oh Mist! Ich hatte den Spitznamen laut ausgesprochen. »Ich meine Simon, sorry.«

»Wie kommst du auf Spike?«

»Er erinnert mich eben an einen Schoßhund, der Spike heißt. Ist nicht böse gemeint, nur eine Spinnerei von mir.«

Zuerst guckte Inma ein wenig verdutzt, brach aber dann in schallendes Gelächter aus. »Jetzt, wo du es sagst, kann ich tatsächlich eine Ähnlichkeit erkennen.« Sie schüttelte den Kopf. »Du kommst immer auf Ideen, Cat! Aber mal unter uns: Was hältst du von ihm?«

»Ähm ...« Was sollte ich antworten, außer, dass er überhaupt kein Schamgefühl besaß, ein kurioser Typ war und doch irgendetwas Treuherziges an sich hatte? »Ich finde ihn nett.«

Die Männer, mit denen Inma bisher zusammen gewesen war, waren alle entweder zu abgedreht oder zu ernst für sie gewesen. Ich hatte mich immer gefragt, was sie an ihnen fand. Das war bei Spike nicht anders, jedenfalls tat er ihr gut, und solange das so war, war ich zufrieden.

»Er ist der verrückteste und gleichzeitig tollste Mann, dem ich je begegnet bin.«

Ich betrachtete sie. Inma sah glücklich aus. Schon lange hatte sie nicht mehr so gestrahlt. Ihre letzte Enttäuschung schien sie endlich hinter sich gelassen zu haben.

Wir erreichten unsere Appartementanlage, parkten in der Tiefgarage und stiegen aus.

»Was hältst du davon, wenn wir uns heute Pizza bestellen?«, schlug sie vor, als wir zum Fahrstuhl liefen.

»Das hört sich gut an, ich sterbe vor Hunger.«

In der Wohnung angekommen, ließ Inma sich stöhnend aufs Sofa fallen. »Ich bin erledigt für heute.«

In meiner Gesäßtasche summte mein Handy. Ich zog es heraus und schaute auf das Display. Sofort versteifte ich mich.

»Es ist meine Mutter. Bestell du die Pizzen.« Ich lief in mein Zimmer, um ungestört telefonieren zu können. »Mom?«

»Hallo Catherine.« Ihre Stimme klang kühl und distanziert – fast wie immer. Sie wusste genau, dass ich es nicht leiden konnte, wenn sie mich mit vollem Namen ansprach. »Du hast, seit du fortgegangen bist, nur einmal angerufen und da die meiste Zeit mit Martha gesprochen. Ich wollte mal fragen, ... wie es läuft.«

Seit wann interessierte sie sich für andere, vor allem für ihre Tochter? »Gut. Ich hatte heute meinen ersten Arbeitstag und bin eben nach Hause gekommen.«

»Schön. Ich hoffe, du weißt, dass bald der 28. Juni ist.«

Es war unnötig mich daran zu erinnern. »Ja, das weiß ich.«

Wie könnte ich diesen Tag je vergessen?

»Pater Danham wird einen Gedenkgottesdienst halten, an dem die ganze Gemeinde und einige Gäste teilnehmen. Es wäre gut, wenn du dabei sein könntest.«

Diesmal machte sie sich noch nicht einmal die Mühe, ein klein wenig Interesse an meinem Leben zu heucheln.

»Gut für mich oder für deine Publicity?« Ich konnte die Stichelei nicht unterlassen.

»Cat, das ist nicht fair.«

»Erzähl du mir nicht, was fair ist, Mom. Tut mir leid, aber ich werde nicht freibekommen«, sagte ich kühl.

Gott, war ich froh, so weit entfernt von Pleasant Hill zu sein. Ganze zwei Flugstunden trennten mich von dem Mist, den ich in meinem Heimatort hinter mir gelassen hatte. Abwesend starrte ich auf die blauen Rosen im Eimer.

»Deine Schwester ist tot, und meine einzige Tochter hasst mich.« Sie begann zu weinen.

Ich rollte mit den Augen. Diese Show zog sie immer ab, wenn sie nicht weiterwusste. Seit Becky tot war, war nichts mehr wie früher. Alles hatte sich verändert. Seit dem Tag ihrer Beerdigung kam es mir vor, als hätten wir unsere Familie ebenfalls zu Grabe getragen. Keiner von uns hatte ihren Tod überwunden, aber Mom schaffte es, dass ich stets ein schlechtes Gewissen hatte und mich schuldig fühlte.

Ich lenkte ein. »Ich kann meinen Boss nicht gleich um Urlaub bitten, Mom. Das geht nicht.«

»Schon gut«, sagte sie schließlich schniefend und mit brüchiger Stimme. »Soll ich wenigstens ein Blumengesteck in deinem Namen in Auftrag geben? Das hätte sie gefreut.«

Für einen kurzen Moment schloss ich die Augen, um nicht auszuflippen. Verdammt! Nicht Becky würde ich mit einem lausigen Gesteck eine Freude machen, sondern den Leuten in Pleasant Hill und Moms ach so feiner Gesellschaft, die sich schon immer das Maul über mich zerrissen hatte.

Verärgert biss ich die Zähne zusammen. »Ja, tu das.«

Im Stillen erwartete ich, dass sie sich nach ihrem Ehemann erkundigte, aber auch diese Hoffnung wurde durch den neusten Klatsch und Tratsch aus Pleasant Hill zunichtegemacht.

»Claire hat erzählt, sie und Bentley hätten entschieden, dass Ashley bei ihm in Wisconsin bleibt. Sie macht dort in einer Spezialklinik große Fortschritte.«

»Das ist doch gut für Ashley.«

Ashley Miller und ich waren nie Freundinnen geworden, auch wenn sich unsere Mütter das immer gewünscht hatten. Einige Zeit nach der Trennung ihrer Eltern war es ein offenes Geheimnis gewesen, dass Ashley mit Drogen experimentiert hatte. Unter dem Einfluss hatte sie einen schweren Verkehrsunfall gehabt, bei dem sie dem Tod nur knapp von der Schippe gesprungen war. Ausgerechnet in den Dienstwagen meines Vaters war sie gerauscht. Er hatte sich zum Glück gerade im Departement aufgehalten.

»Ich wünsche mir für Claire, dass das Mädchen wieder ganz gesund wird.«

Egal, ob ich Ashley leiden konnte oder nicht, ich war ziemlich schockiert gewesen, als ich von ihrem Unfall gehört hatte. Wochenlang war sie das Dorfgespräch in Pleasant Hill gewesen, und jeder hatte mit Claire gehofft, dass ihre Tochter es schaffte – ich genauso.

»Nun gut. Ich muss Schluss machen, Catherine. Gleich kommen die Frauen vom Gemeinderat, und ich muss noch einiges vorbereiten.« So war sie: vielbeschäftigt und kurz angebunden, immer für das Wohl von Pleasant Hill eingespannt.

»Ist gut. Richte Martha Grüße aus.« Ich legte auf.

Was hatte ich erwartet? Etwa ein nettes Gespräch, ein paar warme Worte? Die Sache mit meiner Schwester war sechs Jahre her, und es tat immer noch so weh wie am ersten Tag. Beckys Tod hatte uns alle verändert, und der Schmerz über ihren Verlust wummerte genauso stark in meiner Brust wie damals. Seither hatte meine Mutter vergessen, dass sie noch eine Tochter hatte, die am Leben war!

Im Badezimmer klatschte ich mir kaltes Wasser ins Gesicht, um alles wegzuschwemmen. Ich durfte nicht über Becky nachdenken, mich nicht erinnern, nicht zulassen, dass alles wieder hochkam. Mit meinem Umzug nach San Francisco hatte ich Pleasant Hill den Rücken gekehrt und auch meiner Vergangenheit. Lange hatte ich mir ein eigenes Leben gewünscht, frei und unabhängig. Jetzt hatte ich die Möglichkeit dazu.

»Alles okay bei dir?« Inma stand im Türrahmen. Sie sah mir sofort an, dass das Telefonat mich aufgewühlt hatte.

»Sie will, dass ich nach Hause komme.«

»An Beckys Todestag?«

»Es ist das erste Mal, dass Dad und ich nicht dabei sein werden.«

Inma legte einen Arm um mich. »Ach, Cat. Lass dich davon nicht runterziehen.«

»Sie hat nicht einmal nach Dad gefragt, kannst du dir das vorstellen?«

Ich war es gewohnt, dass eisige Kälte zwischen meinen Eltern herrschte, so wie zwischen mir und meiner Mutter. Im Laufe der Zeit hatte ich gelernt, damit umzugehen, und mir einen Schutzpanzer angelegt, aber darunter befanden sich so viele Narben, für die sie mitverantwortlich war.

In dieser Nacht wälzte ich mich schlaflos hin und her, und erst weit nach Mitternacht schlummerte ich endlich ein.

***

Cat, 16 Jahre alt

Gedankenverloren laufe ich durch die Straßen und ignoriere die Leute, die mir herablassend hinterhersehen. Es sind solche Blicke, die anfangs wehtun, auf die man aber irgendwann mit frechen Sprüchen reagiert und sie mit einem Achselzucken abtut. Schon lange ist mir egal, was andere von mir halten. Meine Gedanken gehören seit Tagen nur Noah, der verschwunden ist.

Als ich nach Hause komme, empfängt mich Martha in der Eingangshalle. »Cat, gut dass du kommst. Ich habe deine Lieblingspizza gebacken. Pizza mit Tomaten und extra viel Mozzarella.«

Erwartungsvoll strahlt sie mich an und hofft auf eine freudige Regung, aber nichts kann mich aufmuntern. »Danke, ich habe keinen Hunger. Vielleicht später.«

Ich spüre ihren Blick im Rücken, als ich die Steintreppe in den ersten Stock hinauftapse. Außer Martha ist noch Becky im Haus, die oben krank im Bett liegt.

In meinem Zimmer werfe ich mich auf mein Himmelbett und presse das Gesicht in eines der vielen Kissen. Drei Wochen, drei Tage und sieben Stunden ist Noah nun fort, verschwunden, einfach so, und niemand weiß, wohin. Sein Haus ist wie leergefegt. Im Badezimmer der Grahams steht eine vergessene Flasche Reinigungsmittel, und im Wohnzimmer haben sie einen Karton mit Werkzeug liegen lassen. Wie Gift schlängelt sich die Schuld durch meine Brust, und ich beiße fest die Zähne zusammen, um nicht zu weinen – nicht schon wieder. Es tut mir so unendlich leid, was ich gesagt habe, und gleichzeitig bin ich so wütend auf ihn. Er hat mein Herz gebrochen.

Ein Scharren auf dem Dachboden weckt meine Aufmerksamkeit. Ich drehe mich verwundert auf den Rücken. Dort lagern unsere Weihnachtsdekoration, Grandpa Bambams Tätowiermaschinen, ein alter Schaukelstuhl und anderer Kram, den Mom aussortiert hat.

Ich schmunzle bei der Vorstellung, dass eine Maus dort oben sein könnte. Wenn Mom davon erfährt, bricht sie sicher in Panik aus. Mir gefällt der Gedanke, und ich höre dem Schaben eine Weile zu, bis ein dumpfes Poltern folgt und es dann beinahe totenstill im Haus ist. Das war unmöglich eine Maus.

Regungslos bleibe ich liegen, und es vergehen Minuten, in

denen ich auf weitere Geräusche lausche, aber es tut sich nichts. Als es weiterhin mucksmäuschenstill bleibt, stehe ich auf, gehe hinaus und schaue bei Becky ins Zimmer. Verwundert schiebe ich die Tür auf, weil sie nicht wie erwartet im Bett liegt. Sie ist gar nicht da.

»Becky?« Ich betrete den Raum und sehe mich um. Nichts. Ihr Bett ist gemacht; keine Falte deutet darauf hin, dass sie hier krank gelegen hat.

»Becky?«, rufe ich sie nochmals, bekomme aber keine Antwort.

Am Fenster suche ich die Außenanlagen und den Pool ab – vergebens. Auch in ihrem geliebten Rosengarten kann ich sie nicht entdecken.

Zurück im Flur laufe ich den langen Gang um die Ecke und bemerke, dass jemand die Dachbodentreppe heruntergelassen hat.

»Becky, bist du das?« Ich steige hinauf. »Bist du da oben?« Das Holz unter meinen Füßen knarrt, und mit einem Mal ist da eine seltsame Stille. »Becky? Hör auf damit! Du weißt, dass ich Versteckspielen nicht leiden kann.«

Oben ist die Luft stickig warm. Es riecht nach altem Holz und Mottenschutzmittel. Die Sonne strahlt durch das winzige Fenster, und kleine Staubfussel tanzen im Licht. Jetzt erst nehme ich ein gleichbleibendes und immer wiederkehrendes Knarzen wahr, als würde jemand im Schaukelstuhl sitzen. Es kommt aus dem hinteren Bereich des Dachbodens.

Als ich mich umdrehe, fährt das Grauen in meine Glieder. Bei dem Anblick taumle ich rückwärts, stolpere über eine Kiste und falle zu Boden. Keuchend versuche ich aufzustehen, zu atmen, doch ich bin bis ins Mark erschüttert. Mein Magen krampft, ein Schrei will aus meiner Kehle, verkümmert aber auf dem Weg hinaus. Ich kann nicht wegsehen, starre auf den toten Körper, der wie ein Pendel an einem Holzbalken hin und her schwingt. Das Geräusch des sich reibenden Seils auf dem Dachbalken und der schreckliche Ausdruck in Beckys blutleerem Gesicht brennen sich in meine Seele. Langsam begreife ich, und Panik sickert in mein Bewusstsein. Ich schreie, laut und verzweifelt, und kann nicht mehr damit aufhören ...

***

Hände rüttelten mich aus dem Schlaf. »Cat! Cat, wach auf! Du träumst!«

Mit einem Mal schreckte ich hoch und schnappte nach Luft. Es brauchte ein paar Sekunden, bis das Erlebte wieder verschwamm und ich begriff, wo ich mich befand. Der Albtraum war vorbei. Zurück blieb das leere Gefühl, das mich jedes Mal zu verschlingen drohte. Es tat genauso weh, als wäre es gestern geschehen.

Meine Schwester war siebzehn Jahre alt gewesen, als sie beschlossen hatte, unsere Welt für immer zu verlassen. Damals konnte ich die Erklärung ›Depressionen‹ nicht verstehen. Mit dem Wort hatte ich nicht viel anfangen können. Ich war zu jung gewesen und hatte keine Ahnung von solchen Dingen. In meinen Ohren hörte sich das wie Migräne oder eine Stimmungsschwankung an, was man mit einer Tablette wieder in Ordnung bringen konnte.

Die Leute sagten: ›Was für eine Tragödie! Die arme Mutter, was muss sie alles ertragen. Erst die ständigen Sorgen wegen der ungezogenen Tochter, jetzt der Selbstmord des Kindes mit dem außergewöhnlichen Gesangstalent.‹

Weshalb war Becky so verzweifelt gewesen?

Diese Frage hatte mich monatelang beschäftigt. Aber da war nichts, außer dass ich sie zweimal nachts weinen gehört hatte.

Ich hatte mich zu ihr geschlichen und versucht, sie zu trösten. Über ihren Kummer hatte sie nie gesprochen. Allerdings war sie auch ein Sensibelchen gewesen. Eine Kleinigkeit hatte ausgereicht, um sie traurig zu stimmen. Sie war anders gewesen als ich – verschwiegen und zurückhaltend. Sie interessierte sich nicht für Popmusik, Jungs oder Mode. Während ich meine Grenzen austestete, war Becky die brave Vorzeigetochter gewesen, der Liebling von Pleasant Hill. Ich konnte nie begreifen, warum sie sich das Leben genommen hatte.

Inma hielt mich im Arm. »Soll ich bei dir schlafen?«

Ich nickte, rutschte ein Stück und machte ihr Platz. Eine Weile schwiegen wir, bis ich mich ein wenig entspannte.

»Ich weiß, du sprichst nicht gern darüber, aber ich denke, du solltest dir so einiges von der Seele reden. Vielleicht verschwinden dann die Albträume. Es ist nicht gut, wenn du all das in dich hineinfrisst. «

»So oft passiert das ja nicht«, versuchte ich meine Probleme kleinzureden. »Außerdem schleifte Mom mich nach Beckys Tod zu mehreren Seelenklempnern. Ich habe es gehasst. Sie stellten so viele Fragen, aber hörten nie wirklich zu. Irgendwann habe ich aufgegeben und ihnen die Antworten gegeben, die sie erwartet haben.«

Inma seufzte schwer. »Das ist schrecklich.«

»Es ist nur eine Sommerdepression, ohne Selbstmord«, sagte ich grinsend.

»Das ist nicht witzig, Cat.«

»Sorry, du hast recht.«

»Im Ernst, Süße, das macht mir Angst. Du hast laut geschrien.«

»Ich weiß. Tut mir leid, ich wollte dich nicht wecken.«

»Schon gut. Ich merke, dass es dir nicht gutgeht, und das macht mir Sorgen.«

»Ich bin in San Francisco, in der Nähe meines Vaters, und habe sogar einen Job. Es könnte nicht besser laufen.«

»Und wie denkst du über *ihren* Todestag?«

»Es ist immer noch schwer zu akzeptieren, dass sie nicht mehr da ist. Ich vermisse sie.«

Eine Weile schwiegen wir.

»Und wie gehen deine Eltern mit dem Tod deiner Schwester um?«

»Du kanntest meinen Vater, wie er vor dem Schlaganfall war. Er hatte immer alles im Griff und wusste genau, was zu tun war. Nach Beckys Tod hat sich so viel geändert. Er meinte, dass ihm nichts und niemand sein kleines Mädchen zurückbringen würde. Und Mom ...« Ich stieß den Atem aus. »Ehrlich gesagt glaube ich, dass man ihr nicht helfen kann. Ich bin ja schon froh, dass sie durch ihre Klinikaufenthalte mit dem Trinken aufgehört hat.«

Inma nickte. »Es war richtig, zu mir nach San Francisco zu ziehen. Hier haben du und dein Vater den nötigen Abstand. Und wer weiß, vielleicht geht es ihm in dem Heim bald besser.«

»Das wünsche ich mir.«

»Und du glaubst, dass deine Mom dir böse ist, weil du nicht an der Gedenkfeier teilnimmst?«

»Es geht nicht um Becky, sondern um das Bild, das wir vor den Leuten abgeben. Mom kann es nicht ertragen, wenn hinter unserem Rücken getuschelt wird. Was sie sowieso schon tun.«

Inma schüttelte ungläubig den Kopf. »Das ist so ...«

»... versnobt und spießig?«, bot ich ihr als Antwort an. »Du kennst sie und weißt, wie aktiv sie in der Gemeinde ist. Es gab immer mal Streitereien bei uns – hauptsächlich wegen Grandpa Bambam und mir –, dennoch hatten wir auch schöne Zeiten. Früher haben wir ab und zu mit Mom einen Mädchenabend veranstaltet, mit selbstgemachtem Eis, Popcorn und Liebesschnulzen. Dann hat sie ihre Verpflichtungen sausen lassen, unserem Chauffeur freigegeben, und wir durften so lange aufbleiben, wie wir wollten. Und Dad hat für mich einen Kletterturm im Garten gebaut, um den mich die Kids in unserer Nachbarschaft beneidet haben. Becky hat er öfter zu seinen Wandertouren mitgenommen. Manchmal haben sie das ganze Wochenende in unserem Chalet verbracht. Das war für sie immer ein Highlight. Das sind die schönen Erinnerungen, die ich habe.«

»Es tut mir leid, dass du das alles verloren hast.«

»Mir auch«, sagte ich gähnend.

»Ich bin jedenfalls da, wenn du darüber reden willst.« Sie küsste mich auf die Stirn und kuschelte sich tiefer in die Decke.

»Danke. Lass uns schlafen. Gute Nacht.«

»Okay, gute Nacht, Cat.«

3

Cat

*D*ie Tage vergingen, aber diesmal ließen sich die dunklen Erinnerungen nicht so leicht unterdrücken. Der 28. Juni rückte näher, und ich war froh, dass mich die Arbeit ablenkte. Wie ein Schwamm sog ich alles auf, was Maja mir beibrachte, und lernte die Abläufe im Restaurant in Rekordgeschwindigkeit. Selbst Mr. Wilson, der mich misstrauisch beobachtete, schien zufrieden zu sein. Ich war pünktlich, arbeitete fleißig, und die Gäste geizten nicht mit dem Trinkgeld.

Natürlich fiel es mir nicht immer leicht, die Klappe zu halten, wenn männliche Besucher Sprüche klopften. Da musste ich mir schon auf die Zunge beißen. Einmal machte mir ein Geschäftsmann im Beisein seiner Ehefrau ein eindeutiges Angebot. Am liebsten hätte ich ihm seinen Drink ins Gesicht geschüttet, aber ich konnte mich gerade noch zurückhalten. Sein Glück!

Die Pausen verbrachte ich meistens mit Maja und den Kollegen im Hotelgarten. Dort gab es für uns Mitarbeiter einen abgegrenzten Bereich mit einem Brunnen, Sitzbänken und Palmen, die Schatten spendeten. Sogar Sonnenliegen hatte die

Geschäftsleitung zur Verfügung gestellt. Es war wirklich ein schönes Plätzchen, das bei allen beliebt war. Da sollte einer mal sagen, wir Angestellten würden nicht verwöhnt werden!

Am Donnerstagnachmittag – Vanessa hatte mit mir die Schicht getauscht, damit ich meinen Dad besuchen konnte – fuhr ich mit Inmas Wagen auf den Besucherparkplatz der Seniorenresidenz. Ich hatte selbstgebackenen Apfelkuchen dabei, den Dad gern mochte, und dickere Socken für ihn besorgt. Er hatte sich die letzten Male beschwert, ständig kalte Füße zu haben, auch wenn es mir ein Rätsel war, wie man bei den Temperaturen frieren konnte.

Die Residenz am Lakewood Park war eines der teuersten Luxusheime. Normalsterbliche konnten sich das nicht leisten. Von der hochwertigen Zimmerausstattung, der besten ärztlichen und therapeutischen Versorgung bis hin zum Unterhaltungsprogramm bot es alles, was man sich wünschen konnte. Zielstrebig lief ich auf das ruhige und idyllisch gelegene Haupthaus am Waldesrand zu und wurde vom Portier freundlich begrüßt.

Die Seniorenresidenz war ein riesiger Komplex mit verschiedenen Häusern, die alle durch lange Flure verbunden waren. Mit einem Schwimmbad, einer Sauna und den üppigen Pflanzen, die lederne Sitzgelegenheiten umrahmten, versprühte es nicht im Entferntesten den Charme eines Pflegeheims.

Vor Dads Tür blieb ich stehen und klopfte an.

»Ja?« Als ich sein dünnes kehliges Stimmchen hörte, trat ich ein.

Mein Vater lebte in einem Appartement, das sich ›Fürstensuite‹ nannte. Mit den hohen Decken und den Stuckverzierungen an den Wänden, dem Flügel in der einen und seinem aus Pleasant Hill eingeflogenen und innig geliebten Mahagonischreibtisch in der anderen Ecke machte der Raum seinem Namen alle Ehre. Besonders stolz war Dad auf das Bücherregal mit seinen Gesetzesbüchern. Auf einer Kommode standen Bilder von Becky und mir, als wir noch Kinder waren. Ich fand es ganz praktisch, dass er einen eigenen Aufzug im Zimmer hatte. Von da aus konnte er selbstständig mit dem Rollstuhl überall hinkommen.

Dad saß wie immer vor dem Fernseher und schaute sich irgendeine Reportage an. Ich ging um den Rolli herum und gab ihm einen Kuss. »Hi Dad, na, wie geht es dir heute?«

Er hob die Hand, die er besser bewegen konnte, und zwang sich zu einem Lächeln. Seufzend stellte ich fest, dass er immer noch sauer war. Wenigstens hatte er mich diesmal gleich erkannt. Das letzte Mal hatte er einige Momente gebraucht.

»Ich habe dir Apfelkuchen und warme Socken mitgebracht.« Ich deponierte alles auf dem Tisch, schob den Vorhang beiseite und öffnete das Fenster. »Es ist so schönes Wetter draußen, hast du Lust auf einen Spaziergang?« Als noch immer keine Reaktion von ihm kam, nahm ich einen Stuhl und setzte mich zu ihm. »Wie lange willst du noch böse auf mich sein? Ich gehe nicht wieder zurück, egal wie sauer du bist. Die Stadt ist wunderschön, und ich fühle mich wohl hier.«

Endlich erwiderte er meinen Blick.

»Ein Mädchen wie du gehört nicht an die Seite ihres alten gebrechlichen Vaters«, murmelte er leise und ein wenig undeutlich.

»Dad.« Ich stöhnte. »Ich bleibe hier bei dir und lasse dich nicht allein. Ich bin alt genug, um eigene Entscheidungen zu treffen. Wie du siehst, habe ich es hinbekommen. Ich habe ein Zimmer, einen Job und Freunde. Ich bin glücklich, also hör auf, dich deshalb schlecht zu fühlen, okay?«

Eine Weile sah er mich an. Früher hatten sein strenger Blick und seine markanten Züge alle eingeschüchtert. Mein Vater genoss großes Ansehen in Pleasant Hill, und selbst die

Jugendlichen hatten Respekt. Er war ein Mann gewesen, der seine Abzeichen mit Stolz getragen und sich stets ans Gesetz gehalten hatte, aber jetzt war sein Gesicht eingefallen, müde und gealtert.

»Du hast schon immer getan, was du wolltest.« Er sprach langsam, und manche Buchstaben bereiteten ihm noch immer Schwierigkeiten, aber ich fand, dass er Fortschritte machte.

Ich lächelte breit. »Dann ist es also in Ordnung, dass ich hier bin?«

»Nein. Du erhältst trotzdem keine finanzielle Unterstützung.«

»Die Herausforderung nehme ich an.« Ich schmunzelte und sah mich schon als Gewinnerin. Endlich erschien ein winziges Grinsen auf seinen Lippen. Er konnte mir nicht lange böse sein. Er war nur sauer, weil ich mich mal wieder über seinen Kopf hinweggesetzt hatte. »Komm schon, Dad, lass uns spazieren gehen und irgendwo im Park den Apfelkuchen essen, den ich extra für dich gebacken habe.«

Während ich ihm beim Anziehen half, erzählte ich von meinem neuen Job, von Maja und Mr. Wilson und von den Gästen, die ich im *Ivy Blue* bediente.

Kurze Zeit später erreichten wir den Park, blieben bei dem offenen Pavillon stehen und hörten einem Streichkonzert zu, das für die Bewohner gegeben wurde. Als es zu Ende war, schob ich Dad zum Seerosenteich. Dort machte ich es mir auf einer Bank gemütlich und packte den Apfelkuchen aus, während Dad aufs Wasser starrte.

»Hast du mit deiner Mutter gesprochen?«, begann er plötzlich. Das Verhältnis zwischen meinen Eltern war noch schwieriger, seit Dad so krank geworden war. Er redete nur wenig von ihr.

»Es geht ihr gut.« Mehr sagte ich nicht, und er fragte auch nicht weiter, worüber ich froh war.

»Morgen sind es sechs Jahre.« Traurigkeit zeichnete sich in seinen Zügen ab. Es war für uns alle schwer.

»Ich weiß. Erinnerst du dich noch, als wir Kinder waren und du mich dabei erwischt hast, wie ich aus Grandmas Süßigkeitenglas Erdbeerbonbons stibitzt habe?«

Er lachte. »Becky hat dich in Schutz genommen und behauptet, sie hätte dich damit beauftragt.«

»Ja, sie hat mich oft beschützt. Einmal hat sie sogar Noah die Schuld gegeben für etwas, was ich angestellt habe, nur damit ich keinen Ärger bekomme.«

»Sie hat dich sehr geliebt ... Ihr wart tolle Mädchen, auch wenn du nicht immer in der Reihe getanzt hast.«

»In der Reihe tanzen ist langweilig, Dad.«

»Veranstalten sie morgen in Pleasant Hill wieder einen Gedenkgottesdienst?«

»Ja. Du kennst doch Mom.«

»Weißt du, ob Charly sich gut um Beckys Rosen kümmert?«

Er wusste genau, dass Charly schon länger nicht mehr der Gärtner war, weil Mom alle paar Monate junge und gutaussehende Männer einstellte, die sie aber nach kürzester Zeit wieder entließ, wenn sie sie satthatte oder ihre Affären aufzufliegen drohten. Kaum merklich schüttelte Dad den Kopf. Wieso quälte er sich so?

Um ihn abzulenken, griff ich nach dem Buch in der Tasche, aus dem ich immer vorlas, und überging seine Frage einfach. »Soll ich dir weiter vorlesen?«

Er nickte und nahm sich noch ein Stück Kuchen.

Der Nachmittag verflog schnell, und wir machten uns auf den Rückweg.

Nach seinem Schlaganfall hatte ich das College abgebrochen und beschlossen nach Hause zu kommen. Mit Noahs Verschwinden, Beckys Tod und Dads Krankheit waren es zu viele Schicksalsschläge, mit denen ich nicht klarkam. Ich hatte mich nicht auf das Lernen konzentrieren können, und die ganze Situation war sehr belastend gewesen. Mom war damals vollkommen ausgeflippt, aber das war mir egal gewesen – ich wollte bei meinem Vater sein. Unser Verhältnis hatte sich in den letzten Jahren zum Guten gewendet.

Bei Dads persönlichem Pflegepersonal war ich gern gesehen, weil ich mich oft selbst um ihn kümmerte. Das meiste, was ich über Patientenpflege wusste, hatten mir die Krankenschwestern beigebracht, die Mom eingestellt hatte. Es machte mir nichts aus, meinen Vater zu waschen, auch wenn er manchmal störrisch wie ein Muli sein konnte.

Fertig für die Nacht saß er in seinem Bett. Ich hockte mich zu ihm. »Wenn morgen etwas sein sollte: Ich habe das Handy eingeschaltet. Du kannst mich immer anrufen.« Ich zog ihm die neuen Socken an, die ich mitgebracht hatte. Schweigend sah er mir dabei zu. Dann deckte ich ihn zu. »Okay, Dad?«

Er nickte.

»Cat, jetzt sind nur noch wir beide da«, flüsterte er traurig.

»Ich weiß.« Mir wurde das Herz schwer. »Aber wir sind stark und lassen uns nicht unterkriegen. Niemals. Sie hätte gewollt, dass wir lächeln.« Tatsächlich schaffte er es nur ein klein wenig, seine Mundwinkel zu heben. »Und morgen machst du alle deine Übungen weiter. Becky wäre sehr stolz.«

»In Ordnung.«

»Ich hab dich lieb.« Mit einem Kuss auf seine Wange verabschiedete ich mich.

Wie heute Nachmittag strich er mit der Hand über mein Gesicht. »Ich dich auch, Cat.«

Müde und mit dem bedrückenden Gefühl, ihn morgen alleinzulassen, ging ich.

Am nächsten Morgen wachte ich mit Kopfschmerzen und einem grässlichen Magengrummeln auf. Ich frühstückte nur einen Keks, nahm eine Tablette und hoffte, ich würde den Tag irgendwie überstehen. Letzte Nacht hatte ich kaum geschlafen. Aus Angst, im Traum Becky wieder auf dem Dachboden aufzufinden, war ich früh wach geworden.

Ich stand im Badezimmer und versuchte mit einer extra Portion Concealer die dunklen Schatten unter meinen Augen zu kaschieren.

Inma beobachtete mich, während ich Lippenstift auftrug. »Falls es dir heute zu viel wird, bleib zu Hause.«

»Klar, gleich in der zweiten Arbeitswoche melde ich mich krank. Dann bin ich den Job los.« Ich schüttelte den Kopf. »Die Arbeit lenkt mich ab, mach dir keine Sorgen.« Ich band meine Mähne zu einem Dutt zusammen und löste ein paar Strähnen heraus. »Heute übernehmen Maja und ich den Service für die VIP-Geburtstagsfeier. Ich werde gar keine Zeit haben, über … *sie* nachzudenken.«

»Na gut, aber denk an meine Worte«, ermahnte sie mich.

»Jawohl, Mama!« Ich salutierte und räumte meine Kosmetikutensilien auf.

Ich ging in mein Zimmer, machte mein Bett und nahm den Eimer mit den Rosen mit in die Küche. Die Blüten waren ohnehin verwelkt.

»Oh, sind die etwa schon verblüht?«

»Ja. Wird Zeit, dass ich sie endlich entsorge.«

»Hast du immer noch nicht herausgefunden, wer sie dir geschickt haben könnte?«, wollte Inma wissen.

»Nein. Ich glaube, da muss sich jemand geirrt haben. Vielleicht eine Namensverwechslung oder so.«

Inma nickte nachdenklich. »Wir nehmen sie gleich mit runter, aber schön waren sie.«

Seit gestern war im *Empire Heaven* eine gewisse Unruhe zu spüren. Überall standen Bodyguards, bewachten die Wege und Räume, in denen sich die Verwandtschaft des Präsidenten aufhielt. Wir Angestellten mussten vor Arbeitsbeginn unsere Taschen kontrollieren lassen, was zu einem Andrang am Personaleingang führte.

»Ich bin froh, dass wenigstens unser eigenes Team den Taschencheck durchführt«, meinte Inma, nachdem ein Sicherheitsangestellter, der Taylor hieß, einen Blick in das kleine Chaos in Inmas Handtasche geworfen hatte.

»Ist doch völlig egal, wer das macht. Dadurch bekommen wir die Gelegenheit, die Männer länger zu betrachten. In ihren Anzügen finde ich sie einfach nur hinreißend«, erwiderte Maja und zwinkerte Taylor vielsagend zu. Er grinste.

Inma rempelte sie an. »Was ist mit Paolo? Ist er schon wieder Schnee von gestern?«

»Paolo ist meine Nummer eins, aber bekanntlich darf man sich Appetit holen – gegessen wird zu Hause.«

»Nicht alle Kerle in maßgeschneiderter Kleidung mit Krawatten sind wie Mr. Grey, Maja«, meinte Inma.

»Und wenn schon. Ich steh eben auf Männer in Uniform und Anzug.«

»Spongebob trägt auch ne Krawatte«, mischte ich mich amüsiert ein.

Aus Simon Spike zu machen war leicht, aber der Sprung von Mr. Grey zu Spongebob entlockte selbst mir ein Kichern.

»Ob Spongebob oder Mr. Grey – alle Männer sehen in Strumpfhosen seltsam aus. Okay Mädels, ich muss mich beeilen. Bis später.«

Strumpfhosen? Wie kam sie jetzt darauf?

Inma drückte uns kurz und rannte los. Maja und ich machten uns ebenfalls auf den Weg, zogen uns in Windeseile im Aufenthaltsraum um und schafften es gerade noch zum Meeting mit Mr. Wilson. Joe, Vanessa, Frank und Melinda, die mit uns Schicht hatten, standen Spalier im Vorraum zur Küche, während unser Boss mit seinem Monolog bereits begonnen hatte.

Er zog eine Braue hoch und schnaubte abfällig, als Maja und ich uns lautlos einreihten. »Wieso kommen Sie zu spät?«

»Es tut uns –«

Wieso entschuldigte Maja sich? War doch nicht unser Problem, wenn Mr. Wilson mit der Flurkonferenz eher anfing.

»Wir sind auf die Minute pünktlich, Sir«, unterbrach ich meine Kollegin, die mich mit großen Augen ansah. Mr. Wilson kräuselte die Stirn und trat auf mich zu. »Wir wurden durch die Sicherheitskontrollen aufgehalten, sonst wären wir wie gewohnt ein paar Minuten vor Arbeitsbeginn hier gewesen.«

»Ms. Spence«, sagte er in ruhigem, aber belehrendem Ton, »bisher haben Sie gute Arbeit geleistet. Ich schätze es nicht, wenn Mitarbeiter ihr Fehlverhalten auch noch mit billigen Ausreden rechtfertigen. In Zukunft bitte mehr Zeit einplanen.« Er wandte sich ab. Ich hatte schon eine Erwiderung auf den Lippen, verkniff sie mir aber, weil ich den Job behalten wollte. »Da die beiden letzten Damen sich nun auch zu uns gesellt haben, können wir endlich beginnen.«

Er warf mir noch einen tadelnden Blick zu, als würde er wissen, dass ich gerade mit meiner vorlauten Klappe kämpfte. Er besprach kurz die Menüs und Reservierungen im Restaurant und ging dann zu dem Event über. Er ließ es sich nicht nehmen, uns darauf hinzuweisen, wie wichtig tadelloses Verhalten den Gästen gegenüber war. Innerlich rollte ich mit den Augen, denn schließlich kochten die auch nur mit Wasser.

»Die Presse wird anwesend sein, und bitte achten Sie darauf, dass alles zur vollsten Zufriedenheit für den Cousin des Präsidenten ist.«

»Natürlich, Sir«, sagten wir fast im Chor.

»Gut.« Er klatschte zweimal in die Hände und fuhr mit dem Finger über die Linie seines dünnen Oberlippenbartes. »Auf, auf. Es gibt viel zu tun.«

Wie ein fleißiger Ameisenhaufen schossen wir auseinander, und erst als er nicht mehr in der Nähe war, stieß Maja den Atem aus. »Du hast ihn gehört. Auf in den Kampf.«

Sie wies mich an, die Weingläser zu überprüfen, die sie gestern nochmals poliert hatte. Ich zog weiße Handschuhe über, hielt Glas für Glas gegen das Licht, polierte gegebenenfalls nach und stellte die sauberen Gläser auf den Rollwagen zurück.

»Geht das nicht ordentlicher? Da ist noch ein Fleck.« Jemand deutete auf ein Glas, das ich eben glänzend abgestellt hatte.

Ich sah auf und blickte in das schelmisch grinsende Gesicht von Dylan.

»Hast du einen Clown gefrühstückt oder ist dir nur langweilig?«, konterte ich.

Er lachte. »Weder noch. Heute ist die Hölle los. Wie geht es dir? Hast du dich bei uns gut eingelebt?«

»Ja, danke. Die Arbeit macht Spaß.«

Er sah gut aus, und jetzt wusste ich auch, was mir bei unserer ersten Begegnung gefallen hatte: Es war sein warmer Blick, der sich nun in Besorgnis wandelte. »Du bist ein wenig bleich um die Nase. Ist alles okay?«

Shit! Da hatte wohl die viele Schminke nicht geholfen. »Mir fehlt nur etwas Schlaf.«

Sein Funkgerät rauschte. »Dylan, wo steckst du?«

»Ich bin im Küchenbereich. Warum?«

»Beweg deinen Hintern hierher. Der Sicherheitchef will die Besprechung in zwei Minuten abhalten.«

»Okay, ich komme, Holder.« Er verzog den Mund. »Sorry, ich muss los.«

»Kein Problem.«

»Demnächst treffen wir uns alle im *Othello*. Ist ein netter Club hier in der Nähe. Hättest du Lust?«

»Wer ist ›alle‹?«

»Meine Jungs vom Sicherheitsbüro und ein paar Leute vom Hotelpersonal. Ich würde mich freuen.« Mit seinen Augen bettelte er mich an, setzte ein süßes Lächeln auf, sodass ich nicht Nein sagen konnte.

»Ja, warum nicht.«

»Cool. Ich muss jetzt dringend los. Bis dann.«

»Ist gut, bis bald.« Ich sah ihm hinterher. Er drehte sich noch einmal um und winkte.

Eigentlich war er ein netter Typ. Ich war kein Mauerblümchen und schon gar keine alte Jungfer, aber mehr als Sex hatte ich nie zugelassen. Zu groß war das Misstrauen, zu schlecht waren meine Erfahrungen. Ich konzentrierte mich auf die Gläser, die meine Aufmerksamkeit brauchten.

***

Knapp eine Stunde später schoben Maja und ich die Rollwagen in den Rosensaal. Unsere Leute waren mit der Dekoration beschäftigt. In allen Ecken wurden üppige Blumenarrangements aufgestellt und runde Bistrotische mit langen Tischdecken und Schleifen verziert. In einem Nebenraum wurde bereits das Buffet aufgebaut. Der Saal war wunderschön mit seiner hohen Decke, dem riesigen Kronleuchter und den großen Fenstern. Einhundert Gäste wurden erwartet. Ich war ein wenig aufgeregt. Noch nie war ich jemand Berühmtem begegnet.

Maja und ich arbeiteten gut zusammen, und pünktlich zu Beginn konnten wir mit einem Lächeln die ersten Gäste begrüßen. Blitzlichtgewitter zuckte durch den Raum, als das Geburtstagskind erschien. Mr. Archer Mallory betrat den Saal, und seine Gäste stimmten ein Geburtstagslied an. Ich blieb stehen und fragte mich, ob ich mitsingen sollte. Ich schaute zu Frank, der lauthals einstimmte, und zu Maja, die ebenfalls mitsang – zumindest bewegten sich ihre Lippen.

Es wurde applaudiert und gratuliert, während ich durch die Gästeschar lief und den Champagner verteilte. Ich schmunzelte, weil ich an Grandpa Bambam denken musste. Er würde hier mit seiner Motorradkluft wie die Faust aufs Auge passen. Wenn er mich jetzt sehen könnte, würde er die Nase rümpfen. Er hatte noch nie viel von den ›oberen Zehntausend‹ gehalten und dem Lebensstil von Mom und Dad nichts abgewinnen können. Früher hatte er bei uns im Haus gewohnt, aber nach einem heftigen Streit mit meinem Vater war er ausgezogen. Kurz vor meinem vierzehnten Geburtstag hatte er sich einer Motorrad-Gang angeschlossen, sich auf seine Harley gesetzt und war wild entschlossen gewesen, mit ihr die Straßen unsicher zu machen. Ich lächelte versonnen.

Es wurde gelacht, geredet, gefeiert, und als endlich Aufbruchsstimmung herrschte, hatte ich keine Ahnung, wie oft Frank mein Tablett mit Champagnergläsern befüllt hatte. Jedenfalls brannten meine Fußsohlen, und ich war froh, dass ich bald Feierabend haben würde.

Wie wohl der Gottesdienst für Becky verlaufen war? Ich fühlte mich erleichtert, dass dieser Tag so schnell vorübergegangen war.

Nach und nach machte sich die Gesellschaft auf den Weg hinunter in die *Hall of Beauty*. Der Saal der Rosen leerte sich.

»Hey Cat.« Dylan kam auf mich zu.

Ich grinste. »Du schon wieder?«

»Die ganze Woche haben wir uns nicht gesehen, und heute begegnen wir uns gleich zweimal. Ich würde sagen, das Schicksal mischt sich ein.« Er zwinkerte, und insgeheim fand ich seine Flirtversuche echt süß.

»Und, konntest du heute alle bösen Buben von ihren fiesen Plänen abhalten?«

»Natürlich. Gefahr erfolgreich abgewehrt und –«

»Hey Dylan, ich mache jetzt Feierabend«, unterbrach ihn ein Mann, der durch den Rosensaal auf uns zugelaufen kam.

Dylan drehte sich um und gab den Blick auf einen Typen frei. »Okay, Holder.«

Mir verschlug es den Atem. Den hatte ich hier noch nie gesehen. Er trug exakt den gleichen Anzug mit der Stickerei des Hotellogos am Revers. Mein Gott! Was für ein Körper: durchtrainiert, athletisch, sportlich. Das konnte man selbst durch die Kleidung erkennen. Sein dunkles Haar war im Nacken kurz, und der Dreitagebart verlieh ihm etwas Verwegenes.

»Robinson hat zwei unserer Leute abgezogen. Wir sollen –« Abrupt blieb er in einigem Abstand vor uns stehen. Sein Lächeln gefror, als sich unsere Blicke trafen.

Obwohl ich mir sicher war, dass ich ihm noch nie begegnet war, kam er mir seltsam vertraut vor. Abgesehen von seiner Attraktivität, irritierte mich das Blau seiner Augen. Es strahlte hell und hatte diese kleinen goldenen Sprenkel. Ich war mir sicher, schon tausendmal in diese Augen geschaut zu haben, auch wenn das unmöglich der Fall sein konnte. Das ergab keinen Sinn.

»Cat«, flüsterte er. Dabei bewegte er kaum seine Lippen.

Aber ich hatte es gehört, und in dieser Sekunde erstarrte ich zur Salzsäule. Mein Herzschlag setzte aus, und ich konnte nicht atmen. Es war die Art, wie er meinen Namen ausgesprochen hatte. Verwirrt suchte ich nach dem Muttermal an seinem Hals, und als ich es entdeckte, sickerte ganz langsam die Gewissheit durch, dass ich nicht träumte. Ein Bild aus der Vergangenheit drängte sich in den Vordergrund: Der Junge, der einmal mein bester Freund gewesen war, mit dem ich alles geteilt und den ich wie einen Bruder geliebt hatte, stand vor mir. Jetzt erst fielen mir die vertrauten Züge in seinem erwachsenen Gesicht auf.

Er war es – Noah Graham.

Ich verlor die Fassung. Vor Schock fiel mir laut klirrend das vollbeladene Tablett aus den Händen. Wir starrten uns an. Aus meinem damaligen Freund war ein Mann geworden. Er sah völlig anders aus, als ich ihn in Erinnerung hatte.

Dylan rüttelte mich aus der Schockstarre. »Hey, alles in Ordnung mit dir? Du bist ganz bleich und zitterst.«

Verwirrt und vollkommen durcheinander blickte ich von Noah zu Dylan und dann zu den Scherben zu meinen Füßen. Einige Leute beobachteten uns, und irgendjemand machte sich daran, das zerbrochene Glas aufzuräumen. Als ich wieder zu Noah aufsah, schien er sich gefangen zu haben. Sein Blick durchbohrte mich, und er starrte kühl und beherrscht auf mich herab.

Ich konnte keinen klaren Gedanken fassen. Doch da war noch etwas, das ganz langsam heiß und mit viel Getöse in mir emporstieg: die alte Wut. Innerhalb einer Millisekunde spürte ich die Verzweiflung und die Einsamkeit, die ich seinetwegen durchlebt hatte. Ausgerechnet jetzt zog mich Noah wieder dorthin zurück, wo es dunkel und kalt war. Der innere Druck und die Gefühle waren so stark, dass sich meine Denkmaschine ausschaltete. Mein Brustkorb hob und senkte sich, mein Körper spannte sich an, und in den Fingern begann es zu kribbeln.

Ich holte aus, und meine Hand landete mit einem Knall in seinem Gesicht. Es war wie ein Ventil, das sich plötzlich geöffnet hatte, und es tat verdammt gut. Noah verzog keine Miene, aber in seinen Augen flammte kurz etwas auf.

Die allgemeine Verwirrung und Bestürzung im Saal nahm ich

nur am Rande wahr. Immer noch fassungslos, Noah gegenüberzustehen, versuchte ich mich zu beruhigen. Ich war nicht fähig rational zu denken. Ohne mein Zutun setzten sich meine Beine in Bewegung.

Ich rannte davon und ignorierte Majas Rufe. Meine Handfläche prickelte immer noch. Eilig lief ich die Treppe hinunter, durch den Flur, der in den Garten führte. Hotelgäste sahen mir nach, als ich an ihnen vorbeistürmte, und auch die Gärtner blickten auf. Keuchend rang ich nach Luft und fand mich an der Mauer des Hotels wieder. Weit und breit war niemand zu sehen. Erschöpft ließ ich mich an den Stamm eines Baumes sinken.

4

Cat

Jemand beugte sich zu mir herunter und riss mich aus meinen Gedanken. Ich sah auf und war erleichtert, dass es Inma war, die sich zu mir setzte. Schnell wischte ich mir die Tränen aus dem Gesicht. Ohne ein Wort zu verlieren, nahm sie mich in ihre Arme. Es tat gut, erst mal nichts erklären zu müssen. Wenn sie erfuhr, dass ausgerechnet der Schmachtfetzen Holder *mein* Noah war, würde sie aus den Latschen kippen.

Nachdem ich vor den Gästen das Tablett fallen gelassen, einen hauseigenen Sicherheitsmitarbeiter geohrfeigt hatte und dann auch noch einfach abgehauen war, war ich bestimmt gefeuert. Tief stieß ich den Atem aus. Das Chaos, das ich mal wieder verursacht hatte, kam mir wie ein riesiger Berg vor.

»Woher wusstest du, wo ich bin?«, fragte ich leise.

»Maja hat mich auf dem Handy angerufen und mir erzählt, was passiert ist. Ich wusste, ich würde dich hier irgendwo finden.« Mit gesenktem Blick zwirbelte ich einen Grashalm zwischen den Fingern. »Was ist geschehen, Cat? Was hat Holder zu dir gesagt?«

»Kannst du dich erinnern, als ich dir mal von meinem besten Freund Noah erzählt habe?«

»Noah? Du meinst den Jungen, der damals spurlos verschwunden ist?«

»Genau. Ich kannte ihn damals als Noah Graham, du kennst ihn als Noah Holder.«

Ihr fielen fast die Augen aus. »Nein! Jetzt sag nicht, dass er *er* ist ...«

»Doch.«

»Oh. Mein. Gott. Cat! Wie ist das möglich?«

»Das würde ich selbst gerne wissen.«

Inma war fassungslos, und auch ich konnte das immer noch nicht glauben.

»Also, nur damit ich das richtig verstanden habe: Noah, dein Freund aus der Kindheit, der damals von heute auf morgen fortgezogen ist und jeden Kontakt zu dir abgebrochen hat, ist Holder? Unser Holder?« Ich nickte. Geschafft lehnte sie sich an den Baumstamm zurück. »Das ... das ist echt ein Hammer!«

»Allerdings.«

Sekunden vergingen, in denen wir beide das erst mal verdauen mussten.

»Das gibt es doch nicht. Und du bist ganz sicher?«

»Ja.«

»Aber der kleine Junge auf dem Foto an der Pinnwand sieht dem heutigen Noah gar nicht ähnlich. Hatte der nicht deutlich mehr auf den Rippen?«

»Ja. Ich hätte ihn auch beinahe nicht wiedererkannt, aber er hat an derselben Stelle am Hals das Muttermal, und er hat mich beim Namen genannt, als er mich gesehen hat. Er war genauso geschockt wie ich.«

Unruhig nestelte ich an meiner Schürze, als sein Bild vor meinen Augen auftauchte. Es war unfassbar, wie sehr er sich verändert hatte. Ich war davon ausgegangen, dass Noah aus meinem Leben verschwunden war und nicht zurückkommen würde. Inma hatte ich erst Jahre später kennengelernt und das Kapitel *Noah* einfach nur vergessen wollen. Es war mir schwergefallen, darüber zu reden, denn kurz, nachdem Noah fortgegangen war, hatte Becky sich umgebracht. Grandpa Bambam und Martha waren damals die einzigen Menschen gewesen, die mich verstanden hatten.

»Du hast mir nie die ganze Geschichte erzählt«, sagte Inma, und sofort hatte ich ein schlechtes Gewissen. Sie war meine Freundin, und ich sollte mich ihr anvertrauen.

Räuspernd schluckte ich den Kloß in meinem Hals herunter. »Noah war wie ein Bruder für mich. Wir haben jeden Tag zusammen verbracht. Er war der Dreh- und Angelpunkt in meinem Leben, und ich in seinem. Es gab uns nur im Doppelpack. Er hatte ebenfalls Probleme in seiner Familie, und irgendwie war da von Anfang an dieses Gefühl, dass wir uns alles sagen konnten. Wir haben alle Geheimnisse geteilt, er ging bei uns zu Hause ein und aus, gehörte fast zur Familie. Er wurde gehänselt, weil er dick war. Ich legte mich mit den Idioten an, die ihn mobbten, prügelte mich auch, wenn es sein musste, und bekam deshalb oft Hausarrest. Noah sorgte dafür, dass ich mein Gefängnis vergaß, indem er mich heimlich besuchte und mich mit seinen tollen Geschichten über ferne Länder ablenkte. In seiner Nähe war ich frei und unbeschwert. Wir waren ein mega Team, träumten uns in ein Paradies, schmiedeten Pläne und schworen uns mit unserem Blut ewige Freundschaft.«

Inma stutzte. »Was meinst du?«

»Na ja, du weißt schon. Mit einem Messer, einem Schnitt, und Blut vermischen und so. Es war ein Bund, den wir eingegangen sind.«

»Verstehe. Und wie kam es zum Bruch?«

»Die Sommerferien haben gerade erst begonnen, und es war ein Tag, bevor Becky und ich zu meiner Tante nach Florida fliegen sollten. Mit Händen und Füßen habe ich mich dagegen gewehrt, aber meine Eltern haben nicht nachgegeben. Noah und ich wollten auf Ashleys Party aufkreuzen und unseren Spaß haben, bevor ich abreisen musste.«

***

Cat, 16 Jahre alt

Noah reagiert nicht auf die Kieselsteine, die ich an sein Fenster werfe. Ich klettere sogar auf den Apfelbaum vor seinem Zimmerfenster und rufe ihn leise, aber alles bleibt still. Sein Handy ist ausgeschaltet, und nicht mal Mr. Graham sitzt wie sonst vor seinem Flimmerkasten. Das Haus ist dunkel, als wäre niemand daheim. Ich sehe in unserer Höhle nach ihm, aber auch dort ist er nicht. Der Platz am See ist verlassen, und ich habe keine Ahnung, wo ich noch suchen soll.

Langsam mache ich mir Sorgen. Hatte er wieder Ärger mit seinem Vater? Bei seinem Dad kann man nie wissen. Überhaupt hat Noah sich in den letzten zwei Tagen seltsam verhalten. Er war noch stiller als sonst, wirkte angespannt und gestresst. Gestern habe ich gesehen, dass er seine zitternden Hände vor mir verborgen hat. Als ich ihn darauf angesprochen habe, hat er sie sofort in den Hosentaschen vergraben und irgendwas von einem Magenproblem gefaselt. Das habe ich ihm nicht abgenommen, aber auch nicht weiter nachgebohrt. Irgendetwas stimmt nicht, das spüre ich deutlich.

Heute Abend will ich ihn auf jeden Fall darauf ansprechen, bevor ich mit Becky nach Florida fliege.

Ich mache mich auf den Weg zu Ashley Millers Haus. Sie ist

eine schreckliche Person, und seit Kindheitstagen können wir uns nicht ausstehen. Noah und ich crashen hin und wieder die Partys, die sie regelmäßig schmeißt, wenn ihre Eltern mal wieder übers Wochenende verreist sind. Ashley bedient so ziemlich alle Highschool-Klischees, die es gibt: Sie ist das schöne Biest, Cheerleaderin und Königin der Schule – und obendrein eine verwöhnte, versnobte, eingebildete Zicke. Nur ihre Partys sind ganz okay, aber das würde ich niemals zugeben.

Als ich bei ihr ankomme, empfangen mich ein dröhnender Bass, der vom Haus zu mir schallt, und Leute, die es sich auf der Veranda bequem gemacht haben. Noah habe ich auf dem Weg hierher mehrmals angerufen – ohne Reaktion. Ich trete die Stufen zum Haus hinauf und werde von John, der gerade die Tür öffnet, begrüßt.

Ashleys Freund ist die heißeste Versuchung seit der Erfindung des Mannes – zumindest glaubt er das. Er grinst breit und drückt mir einen Becher in die Hand, kaum dass ich an ihm vorbeilaufen will.

»Cat Spence.« Er hält mich am Arm fest. »Ich weiß, ich sollte das nicht sagen, aber ich finde, du bist das schönste Mädchen in Pleasant Hill.« Sein Blick gleitet meinen Körper entlang.

Ich ziehe eine Braue hoch und sehe ihn skeptisch an. Seine Pupillen sind so groß wie Monde, und sein Blick wirkt seltsam entrückt. Was hat der sich wieder eingeworfen?

Früher fand ich John mal cool, aber seit er mit Ashley, dieser blöden Zicke, zusammen ist, kann ich ihn nicht mehr leiden. Er ist Sportler, und ich frage mich, warum er seinem Körper das antut. »Stimmt. Du solltest das nicht sagen.«

»Aber es ist die Wahrheit, Kitty-Cat.«

Schon allein dafür, dass er mich so nennt, könnte ich ihm eine reinhauen, doch ich bin friedlich und will eigentlich nur Noah suchen. »Ach, weiß das auch deine Dumpfbacke Ashley?«

»Was sie nicht weiß, macht sie nicht heiß.« Er grinst schief und zwinkert.

Der Mistkerl würde alles sagen, um mich in die Kiste zu bekommen. Dumm nur, dass er mich langweilt. Ich rolle mit den Augen, lasse den Idioten stehen und schlendere durchs Haus. Die Party ist genau, wie ich es erwartet habe: laute Musik, Alkohol und überall Jugendliche, die ihren Spaß haben. Ich laufe durch das volle Wohnzimmer, hinaus in den Garten, wo noch mehr los ist. Der Pool leuchtet türkis, und einige Leute planschen darin.

Nach nur wenigen Schlucken aus dem Becher, den John mir in die Hand gedrückt hat, ist mir schon leicht schwindlig. Gott! Was hat er da nur reingetan? Angewidert verziehe ich das Gesicht, stelle den Drink auf einem der Bistrotische ab und schaue mich nach Noah um. Aber weit komme ich nicht.

»Wer hat dich denn reingelassen?«

Ich drehe mich um. Ashley steht vor mir, hat eine Hand in die Hüfte gestemmt und blickt mich feindselig an. Noah und ich sind selbstverständlich nicht auf ihrer Gästeliste, aber mittlerweile müsste sie an unser Auftauchen gewöhnt sein. ›Schwabbel und Miss Billig‹, wie sie uns nennt, will sie hier nicht haben. Neben ihr haben sich ihre Freundinnen aufgestellt und mustern mich spöttisch, weil ich Klamotten trage, die sie für nuttig und unangebracht halten: eine eng anliegende Jeans, die meine schlanken Beine und meinen Hintern betont, und ein Oberteil, das durchsichtig ist und den Blick auf meinen BH zulässt. Ich bin die missbilligenden Gesichtsausdrücke gewöhnt. Meine Eltern machen mir deshalb regelmäßig die Hölle heiß, dabei laufe ich doch nicht nackt durch die Gegend.

»Krieg dich wieder ein, Ashley. Hast du Noah gesehen?«, frage ich sie und sehe mich weiter um.

»Noah? Du meinst deinen schwabbeligen, verpickelten Ekel-

Freund?« Sie streicht sich eine Haarsträhne aus dem Gesicht. »Glaubst du etwa, so jemanden würde ich ins Haus lassen?«

War klar, dass nur Müll aus ihrem Mund kommt.

»Schon gut, du kannst dir dein Gift für deine anderen Opfer aufsparen. Es gibt genug Leute, denen du deinen verdorbenen Charakter aufdrängen kannst.« Ich will gehen, da ich Noah nirgends ausmachen kann, wende mich ihr aber noch einmal zu. »Übrigens, richte John bitte aus, dass wir uns zum Vögeln später am See treffen. Ach, und diesmal soll er ohne deinen Ex-Freund auftauchen. Er weiß dann schon Bescheid.«

Ich grinse gelassen und mache auf dem Absatz kehrt. Ich liebe es, Ashley bis aufs Blut zu provozieren. Hinter mir höre ich, wie ihre Freundinnen scharf die Luft einziehen und Ashley ermuntern, sich das nicht gefallen zu lassen. Aber bevor es zur Eskalation kommt, verlasse ich die Party. Ashley und ihr Hofstab laufen mir nach. Sie wirft mit Gemeinheiten um sich, die ich geflissentlich ignoriere. Endlich entdecke ich Noah unten in der Einfahrt.

»Da bist du ja«, rufe ich und gehe zielstrebig die Stufen hinunter.

Er hat eine Gitarre in der Hand und blickt zu mir auf. »Cat!«

»Seht mal, ist das nicht süß? Schwabbel und Miss Billig sind wiedervereint. Wenn das nicht Liebe ist«, ruft Ashley und lenkt damit die Aufmerksamkeit ihrer Gäste auf uns.

Ich beachte ihr Geschwätz erst gar nicht und gehe zu Noah. Irritiert bleibe ich vor ihm stehen. »Wo warst du?«

Er sieht mitgenommen aus. Seine Augen strahlen nicht, wie sie es sonst immer tun. Seine Gesichtszüge sind zwar entspannt, und ein winziges Lächeln umspielt seine Lippen, aber er ... Ich stutze und erkenne, was mit ihm los ist. Shit! Er ist high. Ich kann es nicht glauben.

»Hast du etwa was genommen?«, fauche ich ihn an.

Er zieht die Kapuze seines Hoodies runter, sodass sein dunkles, mal wieder ungepflegtes Haar zum Vorschein kommt.

»Cat, ich will dir etwas sagen ... schon so lange«, beginnt er und grinst dümmlich.

»Nicht hier, lass uns gehen. Wir können das auch unter vier Augen machen«, versuche ich ihn abzuhalten.

»Nein, jetzt und hier. Ich habe lange gebraucht, und gerade bin ich mutig genug es durchzuziehen.«

Was zum Teufel hat er vor? Mein Herz klopft wild, und ich bin verunsichert. Plötzlich sinkt er auf die Knie, greift nach meiner Hand und kichert, was total bescheuert ist. Überall um uns herum bricht Gelächter aus, und ich weiß, dass er seinen Auftritt spätestens morgen bitter bereuen wird.

»Steh auf, was soll das?«, flüstere ich ihm zu, aber er reagiert nicht. Er hält meine Hand fest, egal, wie sehr ich versuche, sie ihm zu entziehen.

»Cat ...« Er sieht mit so viel Entschlossenheit zu mir hoch, wie ich es noch nie bei ihm erlebt habe. Es ist, als würde etwas tief in ihm schlummern, das er mit aller Macht hervorzwingen will.

Rasend schnell muss sich diese Szene hier herumgesprochen haben, denn im Augenwinkel bekomme ich mit, wie im Nullkommanichts die Party, deren Hauptakteure plötzlich Noah und ich sind, nach draußen verlegt wird.

»Steh bitte auf, Noah«, flehe ich und sehe ihn eindringlich an. Er sagt nichts, kichert erneut, und mit jeder Sekunde, die vergeht, sammelt sich mehr Ärger in meinem Magen. »Verdammt noch mal, was ist nur in dich gefahren? Steh auf!«

Statt auf mich zu hören, macht er alles nur noch schlimmer. Er beginnt zu singen. »Ich liebe dich, Catherine. Oh ... Ich liebe dich so sehr ...«

Um uns herum lachen die Leute, und hier und da fliegen

Sprüche. Unzählige Handys werden auf uns gerichtet, die Noahs Selbstzerstörungstrip aufzeichnen. Aber er singt weiter, und erst als ich ihn anschreie, hört er endlich auf. »Halt, verdammt noch mal, den Mund!«

Er bricht seinen Gesang tatsächlich ab, steht auf, lässt meine Hand aber nicht los. »Ich habe mich in dich verliebt, Cat.«

Mein Gott! Das meint er doch nicht ernst, oder etwa doch? Ich weiche ihm aus. »Lass uns gehen und woanders darüber reden, okay?«

»Nein! Sie sollen es ruhig alle hören. Ich will jetzt eine Antwort. Hier. Vor Ashley Millers Haus. Liebst du mich, Cat?«

Ich verschränke die Arme. Keine Ahnung, auf welchem Trip er sich befindet, aber er gibt wirklich alles, um zum Gespött der Stadt zu werden.

»Wir sind Freunde und werden das immer bleiben.« Das Geschwafel von Liebe ist ein Produkt seines von Drogen vernebelten Hirns ... oder?

»Freunde?« Er schüttelt den Kopf. »Das reicht mir nicht«, faucht er. »Ich will mehr.«

Woher kommt plötzlich diese Selbstsicherheit, diese Stärke, dieser Mut? Habe ich etwas verpasst? Er drängt mich mit seinem Geständnis in die Ecke, und er weiß ganz genau, dass ich das nicht leiden kann.

»Liegt es daran, dass ich dick bin und nicht so aussehe wie die da?« Er nickt zu den Zeugen, die überall um uns herum stehen und sich köstlich amüsieren.

Okay, jetzt wird er unfair. »Du weißt ganz genau, dass das nicht wahr ist. Du bist mein Freund, aber ... zwing mich nicht, dir wehzutun, Noah. Bitte.«

»Ich will nicht länger nur dein bester Freund sein.« Er tritt an mich heran, legt seine Hände an meine Wangen und beugt sich zu mir herunter. »Du hast mir beigebracht, dass es egal ist, was andere von uns denken. Es kommt nur darauf an, was man wirklich fühlt. Und ich fühle *dich*, Cat, überall. Hast du nicht gemerkt, dass ich schon lange in dich verliebt bin?«

Ich bin überrumpelt, weiß nicht, was ich davon halten soll. Er ist high und nicht zurechnungsfähig. Dennoch schlägt mein Herz schneller.

Noch bevor ich irgendetwas erwidern kann, kommt Noah näher, so nah, dass sein Atem über mein Gesicht strömt und ich zu ihm aufschauen muss. Er sieht mich völlig gelassen an, und dann ... dann senken sich seine Lippen auf meine.

Sofort erstarre ich. Ich will ihn von mir drücken und das Theater beenden, doch vor Überraschung kann ich mich nicht bewegen. Da ist etwas, was mich innehalten lässt. Es ist nur ein winziger Moment, aber der reicht, um meinen Widerstand für einen Sekundenbruchteil zu vergessen, die Augen zu schließen und neugierig aufzuhorchen. Seine Berührung ist zart und warm, erfasst meinen gesamten Körper. Die dunklen Winkel meines Herzens entzündet er wie eine kleine Kerze. Ein Licht breitet sich aus, und all die Wut, die ich eben noch in mir getragen habe, verpufft, als würde er Wasser auf Glut schütten. Es betäubt meine Abwehrmechanismen, und ich fühle mich seltsam befreit, wohl und sicher.

Mein Hirn schaltet sich wieder ein, als ich das Klicken der Handykameras vernehme und das Getuschel um uns lauter wird. Mit aller Kraft stoße ich Noah von mir und beende den Kuss. Das Licht erlischt, die Schutzschilde fahren wieder hoch, und die Wut nimmt wieder ihren Platz ein. Ich hole aus und klatsche ihm meine Hand ins Gesicht.

Sekundenlang starren wir uns an. Es ist still um uns herum.

Sofort bereue ich es. Ich hätte ihn nicht schlagen dürfen. In seinem Gesicht steht Enttäuschung und so viel Traurigkeit. Seine Augen sind gerötet und mit Schmerz getränkt. So habe ich ihn noch nie gesehen, nicht mal wenn sein Vater den aller-schlechtesten Tag hat.

»So ist das also …«

»Wieso machst du alles kaputt?«, fauche ich ihn jetzt eben-falls an.

»Ich habe mich in dich verliebt, und du hast nur mit mir ge-spielt. Von Anfang an. Du lässt jeden an dich heran, nur mich nicht. Warum? Weil du dich vor mir ekelst, habe ich recht? Du findest mich abstoßend, wie alle anderen auch«, schreit er los. »Gib zu, dass ich dir zu fett bin.«

Was redet er da für einen Mist? Er ist mein bester Freund! Niemandem vertraue ich so wie ihm. Alle halten ihre Handys auf uns und kichern.

Ich funkele die Freaks an. »Das ist nicht mehr lustig, ver-dammt! Hört auf damit. Sofort!«

»Du bist nicht besser als die«, presst Noah hervor. Ich folge seinem Blick. Dort stehen paar Typen, mit denen ich mal rum-gemacht habe. »Ihr braucht gar nicht so blöd zu grinsen«, brüllt er sie jetzt an. »Cat hat mir alles von euch erzählt. Bei dir, Bob, hat sie gesagt, dass sie deine Küsse nicht leiden konnte, weil du übel aus dem Mund stinkst. Und du, Jace, hast Cat erzählt, dass du bei deinem ersten Mal geheult hast wie ein Baby.«

»Noah, hör auf!«, fahre ich ihn an. Das Getuschel wird lauter.

»Warum? Hast du etwa Angst, ich könnte ihnen stecken, dass du die Scheune von Mr. Claus abgefackelt hast?«

Mir bleibt das Herz stehen. Ich kann nicht glauben, dass er mich so gemein verrät. Ich schlage hart auf seine Brust ein.

»Was tust du?«, zische ich und schreie ihn so böse an, wie ich es noch nie getan habe. »Weißt du was? Du bist ein elender Feigling, ein kleiner, dämlicher Hosenscheißer, der sich hinter einem Mädchen versteckt, weil er Angst hat, seinen Mann zu stehen.«

Ich bin in Rage und kann seinen jämmerlichen Anblick nicht mehr ertragen. Es ist alles gesagt, und ich stakse sauer davon.

**

Inma pustete langsam den Atem aus, als ich ihr die ganze Geschichte erzählt hatte. Es war das erste Mal, dass ich so ins Detail gegangen war. Die Sätze waren nur so aus mir herausgesprudelt.

»Scheiße, Cat. In Pleasant Hill gab es schon immer die wildesten Gerüchte, und die meisten davon habe ich nicht geglaubt, aber das mit dem Feuer ... Ist das wirklich wahr?«

Ich senkte den Blick. »Es war keine Absicht, mehr ein Unfall. Nach einem Streit mit meinen Eltern bin ich abgehauen. An dem Abend war ein Gewitter im Anmarsch, und ich habe in der Scheune Schutz gesucht. Ich habe geraucht, die Zigarette achtlos weggeworfen und bin gegangen. Erst am nächsten Morgen habe ich von dem Brand erfahren. Ich war zu feige zu sagen, dass ich es war, und habe geschwiegen.«

»Und Noah hat es auf der Party laut ausgeplaudert?«

»Ja.«

»Und was ist dann passiert?«

»Ich bin in die Ferien geflogen, und als ich zurückkam, war alles anders.« Ich griff in mein Haar und schloss für einen Moment die Augen. »Du kannst dir vorstellen, dass meine Eltern getobt haben. Ich wurde zu ein paar Sozialstunden verdonnert, aber das alles rückte in den Hintergrund, weil Noah verschwunden war und Becky sich das Leben genommen hat.«

»Und Mr. Claus?«

»Er hat mir verziehen.«

»Wir haben alle unsere Leichen im Keller. Als Teenager macht man eben Fehler und sagt Dinge, die einem später leidtun«, meinte Inma verständnisvoll. »Und du hast nie bemerkt, dass Noah mehr für dich empfunden hat?«

Ihre Frage hallte in mir nach, und ich erinnerte mich …

***

Cat, 14 Jahre alt

Es ist kurz nach Weihnachten, und seit Stunden schneit es. Noah und ich können es kaum erwarten, bis es endlich Frühling wird. Jedes Mal, wenn er heimlich auf unser Grundstück schleicht und durch mein Fenster klettert, gehen wir das Risiko ein, erwischt zu werden. Der Frühling wird bald kommen und uns aus dem engen Korsett unserer Elternhäuser schnüren.

Noah sucht verzweifelt nach einem Ausweg, wie er den tyrannischen Launen seines Vaters entfliehen kann. Aufgebracht geht er in meinem Zimmer auf und ab. Er ist wütend. Die roten Striemen an seinem Hals und das Veilchen, das langsam alle Nuancen von Blau annimmt, stechen deutlich hervor. Eiskalt läuft es mir den Rücken herunter. Er ist so in Rage, dass er vergisst, die Stelle zu kühlen. In seinen Augen lodert der blanke Hass, und manchmal glaube ich, dass ich ihn eines Tages nicht davon abhalten kann, sich an seinem Vater zu rächen. Die Launen, die unser Highschool-Hausmeister an Noah und an seiner Frau auslässt, kommen nicht täglich vor, aber immer, wenn es passiert, erschrecke ich, wie gewalttätig er ist.

»Ich versteh einfach nicht, warum wir ihn nicht verlassen können. Immer redet sie davon, dass er im Grunde ein guter Ehemann und Vater ist, dass nur der Alkohol aus ihm dieses Monster macht. Wieso lässt sie zu, dass er das mit uns tut?« Er schüttelt verständnislos den Kopf, schweigt einen Moment und spricht dann weiter.

Beinahe ermahne ich ihn, leiser zu sein, weil es spät am Abend ist und meine Eltern uns nicht erwischen dürfen. Wenn sie wüssten, dass Noah einen Weg gefunden hat, unbemerkt aufs Grundstück zu gelangen, wäre die Hölle los. Fast jeden Tag klettert er durch mein Zimmerfenster und hat so manche Nacht bei mir verbracht. Aber gerade bin ich so geschockt von seinen Schilderungen und den deutlichen Verletzungen, dass ich es nicht wage, ihn zu unterbrechen.

Er erzählt wenig über seinen Vater, weil es ihm peinlich ist. Nur manchmal jammert er im Schlaf, und einmal habe ich auf seinem Rücken und den Oberarmen kleine runde Brandnarben entdeckt. Ich hasse Mr. Graham genauso sehr wie Noah. Becky hat sogar Angst vor ihm.

Ich sitze auf meinem Bett, sehe zu, wie Noah einen dieser seltenen Momente hat, und bin machtlos. Im Vergleich dazu komme ich mir mit meinen Problemchen total albern vor. Ich wünschte, ich könnte etwas für ihn tun, ihm irgendwas sagen, was ihm da raushilft. Ich würde selbst gern losziehen und es Mr. Graham heimzahlen, aber das kann ich leider nicht.

»Ich ertrage es nicht länger, Cat. Er widert mich an – er und seine Schnapsflaschen.« Noah schaut zu mir, und ich erkenne hinter dem Blau seiner Augen Tränen, die er tapfer zurückhält.

Ich stehe auf, gehe zu ihm rüber und nehme ihm das Eispack aus der Hand. Behutsam lege ich es an seine Wange.

Mein Dad ist in Pleasant Hill eine Respektsperson, und vielleicht könnte er sich Noahs Vater mal vorknöpfen – friedlich, versteht sich, sozusagen von Mann zu Mann. »Und wenn ich es meinem Dad erzähle? Du weißt, er ist der Polizei-Chef, er könnte bestimmt etwas erreichen.«

»Das würde alles nur schlimmer machen, Cat. Was, wenn mein Vater meiner Mom etwas antut, wenn ich nicht da bin?«

Ich verstehe seine Angst, aber eine andere Lösung fällt mir

nicht ein. Wir müssen einen Ausweg finden. »Sie sollte ihn einfach rausschmeißen.«

»Das habe ich mit ihr schon hundertmal durchgekaut. Sie hat zu viel Angst, Cat.« Er blickt mich eindringlich an.

»Dann sag mir, was ich tun kann. Wie kann ich dir helfen?«

Mit einer Hand streicht er mir eine Haarsträhne aus dem Gesicht und sieht mir tief in die Augen. »Du hilfst mir doch. Du bist meine Freundin, der einzige Mensch, der mich nicht wegen meines Äußeren verurteilt.«

Zärtlich streift er mit dem Daumen über meine Wange, und ich bekomme eine Gänsehaut. Dieser Moment ist seltsam intim, obwohl er mich schon unzählige Male gestreichelt hat. Es fühlt sich auf eine Weise gut, aber auf eine andere auch komisch an. Ich weiche nicht zurück.

»Du und deine Mutter solltet euch sicher fühlen.«

»Wenn ich bei dir bin, bin ich das längst, Cat.« Er lächelt schwach.

Bevor ich seinen intensiven Blick richtig deuten kann, wendet er sich meinem Schreibtisch zu, auf dem das Rezeptbuch meiner Grandma liegt, und blättert darin.

***

Seufzend strich ich die Erinnerung beiseite. »Als er fort war, habe ich mir Gedanken gemacht. Viele Dinge haben erst später Sinn ergeben, aber damals auf der Party erschien mir das völlig abwegig. Ich meine, wir waren Teenager. Er war übergewichtig, und ja, er hatte mit Akne zu kämpfen, aber sein Aussehen hatte nichts mit unserer Freundschaft zu tun. Ich war doch auch nicht perfekt. Niemand war das. Ich habe Fingernägel gekaut, hatte mehr Haarwuchs an den Beinen als andere Mädchen in meinem Alter, und manchmal habe ich es mit der Rasur unter den Achseln nicht so genau genommen. Aber mein Gott, das alles waren Äußerlichkeiten, die nichts über Noah, mich oder sonst wen aussagten. Pickel kommen und gehen, so ist das nun mal, aber all diese Makel haben mich nie davon abgehalten, ihn zu mögen.« Ich zupfte einen frischen Grashalm, zerrieb ihn zwischen den Fingern und blickte in den Himmel. »Während ich mit Becky bei meiner Tante in Florida war, musste ich oft daran denken, dass er immer gehofft hat, mit seiner Mom abhauen zu können. Es war immer sein Wunsch, seinen Vater loszuwerden und allein mit seiner Mutter zu leben. Manchmal dachte ich, dass genau das in Erfüllung gegangen ist.«

»Und was ist dann passiert?«

»Ich habe mehrfach versucht, ihn anzurufen – ohne Reaktion. Eine Woche, viele Nachrichten und mehrere Anrufe später hatte er sich immer noch nicht gerührt. Wahrscheinlich hat er die Nummer gewechselt, keine Ahnung. Es ging mir miserabel, und ich sehnte mich danach, mich mit ihm auszusöhnen. Ich habe mir inzwischen Sorgen gemacht, weil er sogar sein Profilbild bei Facebook und Instagram entfernt hat, worauf wir beide zu sehen waren. Das Foto von uns hat Mom damals gemacht. Die Ferien bei meiner Cousine wurden eine Qual, und ich hatte auf nichts Lust. Ich wollte nur nach Hause. Kaum hatte Mom uns vom Flughafen abgeholt, ging ich direkt zu ihm.«

***

Cat, 16 Jahre alt

»Cat, wo willst du hin? Cat?«, ruft Mom, als ich aus dem Sportwagen steige und unser Grundstück verlasse. »Willst du nicht erst deinen Vater begrüßen?«

Seit Tagen kann ich nur an Noah denken, und meine Angst,

ihn für immer verloren zu haben, ist groß. Und dann gibt es noch etwas, womit ich nicht gerechnet habe, etwas, was ich erst in Miami kapiert habe. Es ist die Wahrheit, und ich will es ihm sagen. Ich habe viel über ihn nachgedacht und weiß jetzt, dass er mehr ist als nur mein bester Freund. Erst wollte ich es mir nicht eingestehen, aber die Erinnerung an den Kuss und die Gefühle, die er damit wachgerufen hat, kann ich nicht vergessen.

Ich bin verliebt in ihn, das weiß ich jetzt. Deshalb muss ich als Erstes unseren Streit aus der Welt schaffen und ihm dann sagen, was er mir bedeutet. Seit zwei Wochen herrscht zwischen uns Funkstille, und ich habe dieses seltsame Gefühl im Bauch, das ich nicht loswerde. Nervös klingele ich und warte. Dads Standpauke kann ich mir auch später abholen.

Es ist mucksmäuschenstill, nichts rührt sich. Ich klopfe, dabei öffnet sich die Haustür von selbst.

»Hallo?« Vorsichtig schiebe ich die Tür weiter auf. »Mrs. Graham? Ich ...« Wie angewurzelt bleibe ich stehen.

Im Eingangsbereich und dem dahinterliegenden Wohnzimmer fehlen alle Möbel. Ich trete einen Schritt hinein, während sich meine Augen mit Tränen füllen. Alles ist weg. Die Schränke, die Einrichtung, einfach alles. Wie kann das sein?

In Panik renne ich die Treppe hinauf. Mit zittriger Hand drücke ich die goldene Klinke hinunter. Leere empfängt mich. Meine Gedanken überschlagen sich. Ich verstehe nicht, was los ist. Wo ist Noah? Wo sind seine Sachen? Was ist geschehen?

Mitten in seinem verwaisten Zimmer bleibe ich stehen. Einsamkeit und Schuldgefühle schwappen über mich hinweg. Die Erkenntnis, dass er weg ist, zerrt so stark an mir, dass ich die Kraft verliere und auf den Boden sacke. Schluchzend vergrabe ich mein Gesicht in die Hände und weine. Wie kann er mir das antun? Wir haben uns doch ewige Freundschaft versprochen, wollten sogar später gemeinsam Pleasant Hill verlassen.

Jetzt ist er fort, ohne mich. Ich liebe ihn doch.

Jemand legt eine Hand auf meinen Kopf und streichelt über mein Haar. »Sie sind ein paar Tage nach eurer Abreise ausgezogen.«

Ich blicke zu Dad auf. »Wo sind sie hin? Warum hat er nichts gesagt? Hat er eine Nachricht für mich hinterlassen?«

Ich schaue mich in allen Ecken des Zimmers um, aber nirgends liegt etwas, alles ist blitzeblank sauber. Nur seine Poster hängen noch.

»Nein, Kleines, hat er nicht. Wir wissen nur, dass Mr. und Mrs. Graham sich getrennt haben. Nachdem Mr. Graham die Familie verlassen hat, entschied Mrs. Graham, ebenfalls zu gehen. Angeblich hat sie eine bessere Stelle angenommen, aber niemand weiß, wo.«

Jeden Tag haben wir miteinander verbracht, seit ich zehn Jahre alt war. Noah war mein Halt und ich seiner – das dachte ich zumindest. Einmal habe ich mich sogar vor ihn gestellt, als Mr. Graham Hand anlegen wollte. Ich hätte alles für ihn getan, so wie er für mich. Letztens hat er meine Hausaufgaben für mich erledigt, während ich mit einem neuen Backrezept beschäftigt war. Wir waren eben ein Team.

Aber jetzt ist er fort – einfach so. Das trifft mich hart, und ich kann es kaum ertragen.

»Du wirst darüber hinwegkommen, Cat«, sagt Dad und küsst mich auf den Scheitel.

Er versteht das nicht. Niemand weiß, wie das zwischen Noah und mir ist.

***

»Alles okay?«, fragte Inma, nachdem wir eine Weile geschwiegen hatten.

Undamenhaft zog ich die Nase hoch. »Ich konnte ihm nie sagen, was ich wirklich für ihn empfunden habe. Du bist die Einzige, die das nun weiß. Als ich ihn vorhin nach all dieser Zeit wiedergesehen habe, sind meine Sicherungen durchgebrannt. Ich habe Facebook, Twitter und Instagram nach ihm abgesucht, aber er schien wie vom Erdboden verschluckt. Und heute ist die ganze Wut und Enttäuschung in mir hochgekommen.«

»Ach Süße, du brauchst dich nicht zu entschuldigen, ich verstehe das.« Sie schmunzelte. »Er hat sicher blöd aus der Wäsche geguckt.«

»Ich hätte das nicht tun dürfen. Jetzt bin ich bestimmt gefeuert.«

»Mach dir mal keine Sorgen, ich regle das. Ich bringe dich erst mal nach Hause. Du bist ziemlich durch den Wind und kannst in diesem Zustand unmöglich weiterarbeiten. Außerdem hast du ohnehin schon fast Feierabend.«

Ich wollte widersprechen, doch Inma ließ mich erst gar nicht zu Wort kommen. Ich erlaubte mir selten schwache Momente, aber heute hatte ich keine Kraft mehr, stark zu sein.

Zu Hause angekommen, verbannte Inma mich aufs Sofa und kochte Tee, während ich versuchte, das Chaos in mir zu sortieren. Ausgerechnet heute, an Beckys Todestag, begegnete ich Noah. Alles schien so unwirklich, wie in einem Traum, und es gab Momente, in denen ich glaubte, mir alles nur eingebildet zu haben. Aus dem introvertierten Noah war ein verdammt gutaussehender Mann geworden. Er hatte immer noch die gleichen unglaublich blauen Augen mit den goldenen Flecken.

»Dein Tee ist fertig.« Inma kam mit einer Tasse aus der Küche und riss mich aus meinen Gedanken. »Willst du, dass ich jemanden anrufe? Martha vielleicht?«

»Nein, der heutige Tag ist schon schwer genug für sie.«

Inma legte eine Hand auf meine. »Wie du willst. Ich muss jetzt leider los, zurück zur Arbeit, aber heute Abend bin ich wieder da.«

»Ist gut. Ich werde es mir auf dem Sofa gemütlich machen und ein wenig schlafen.«

»Erhol dich und grüble nicht so viel, okay?«

»Ich versuche es.«

Inma ging, und ich lief mit dem Tee in der Hand zum Fenster, schaute auf den Golden Gate Park und dachte an Becky. Sie fehlte mir. Sie war an meiner Seite gewesen, als Noah verschwunden war, hatte mit mir um meinen besten Freund geweint. Seufzend wandte ich mich vom Fenster ab, legte mich aufs Sofa und schlief irgendwann erschöpft ein.

5

Noah

*I*ch tigerte vor dem Fenster auf und ab und trank meinen dritten Scotch. Selbst die bernsteinfarbene Flüssigkeit schaffte es nicht, mich zu beruhigen. Wieso war sie hier, und wer zum Teufel hatte sie eingestellt?

Seit langer Zeit war endlich Ruhe eingekehrt, und plötzlich tauchte Cat im Hotel auf – noch dazu als Angestellte. Das konnte kein Zufall sein. Am schlimmsten war, dass eine kurze Begegnung mit ihr ausreichte, um die Vergangenheit wieder wachzurufen. Früher hatten mich die Erinnerungen fest im Griff gehabt, mir jede Nacht Albträume beschert und mich zu einem noch größeren Freak werden lassen, als ich ohnehin schon gewesen war. Ich hatte verdammt lange gebraucht, um darüber hinwegzukommen.

Es klopfte an meiner Zimmertür. Ich löste den Knoten meiner Krawatte und öffnete. Ich hätte mir denken können, dass Dylan nicht lockerlassen würde. Nachdem Cat aus dem Rosensaal gerannt war, hatte er mich mit Fragen bombardiert. Fragen, die ich nicht beantworten konnte – auch jetzt nicht. Schweigend ließ ich ihn eintreten. Er lief direkt zum kleinen Tisch, auf der die Flasche mit dem Scotch stand, und schenkte sich ein.

Er hob die Brauen. »Muss ich mir Sorgen machen?«

»Nein, wieso? Alles gut.« Ich begann die Unordnung in meiner Unterkunft, die wir vom Hotel zur Verfügung gestellt bekamen, aufzuräumen.

Dylan setzte sich aufs Sofa und beobachtete mich. Ich überlegte hin und her, wusste nicht, was ich ihm sagen sollte. Seufzend fuhr ich mir durchs Haar.

»Lass mich raten: Du hattest was mit der Kleinen und hast sie abserviert. Sie ist deshalb sauer und hat dir eine geknallt.«

Ich schmunzelte. Wenn es so einfach wäre!

Sein Gedankengang klang logisch, leider war die Sache ein klein wenig komplizierter. Dylan und ich waren schon ein paar Jahre befreundet, aber von meiner Vergangenheit hatte ich ihm nichts erzählt. Wir hatten uns in New York bei einer Sicherheitsschulung kennengelernt, arbeiteten und trainierten seither zusammen. Er war so was wie ein Bruder für mich. Er hatte es verdient, dass ich ihm wenigstens einen Teil anvertraute.

Als er mich immer noch erwartungsvoll ansah, gab ich mir einen Ruck. »Cat … Also Catherine Spence und ich … Wir kennen uns seit unserer Kindheit. Wir waren beste Freunde und sind irgendwann im Streit auseinandergegangen.«

»Ach!« Er lehnte sich zurück. In seiner Stimme schwang Überraschung mit.

Ich winkte ab und trank einen Schluck. »Ist schon lange her. Taylor meinte, dass du ihr den Ausweis ausgestellt hast? Hat sie irgendwas gesagt? Seit wann ist sie in San Francisco? Ist sie allein hier?«

»Jetzt mal langsam«, unterbrach er meinen Frageschwall. »Sie kam ins Sicherheitsbüro, ich habe ihr die Chipkarte fertiggemacht, und wir haben uns dabei nett unterhalten.«

»Worüber?«

Er schob seine Schultern vor. »Über nichts Besonderes. Ich bin die übliche Checkliste durchgegangen: Herkunft, Alter, Werdegang und so weiter – du kennst das Prozedere. Dabei kamen wir ins Plaudern.«

»Und was hat sie erzählt?«

»Du stellst vielleicht Fragen! Schau doch in der Personalakte. Dort findest du alle Infos.«

»Es ist wichtig, Dylan«, beharrte ich.

»Sie hatte letzte Woche ihren ersten Tag bei uns, ist vor Kurzem hergezogen und wohnt bei ihrer Freundin. Die hat ihr auch den Job hier besorgt. Mehr weiß ich nicht.«

Nickend nahm ich alles zur Kenntnis. »Und was hat die Chefetage zum Vorfall gesagt? Muss ich morgen antanzen?«

»Ich denke, Robinson wird ein Gespräch haben wollen, also bereite dich schon mal darauf vor. Ach, und bevor ich es vergesse: Ich habe deine Cat ins *Othello* eingeladen.«

Ich starrte ihn vorwurfsvoll an. In meinen Gedanken wollte ich ihn ermorden. »Du hast was?!«

»Jetzt komm mal wieder runter, Holder.« Er stand auf. »Warum denn nicht? Sie ist verdammt hübsch, und irgendwie mag ich sie.«

»Du kennst sie nicht.«

»Eben. Ich will sie kennenlernen.«

»Wozu?«

Er bedachte mich mit einem fragenden Blick. »Einfach so. Vielleicht wäre das auch eine gute Gelegenheit für dich. Das *Othello* ist ne lockere Umgebung – ein Drink, ein nettes Gespräch, und *schwups* ist alles wieder in Butter.« Ich schloss für einen Moment genervt die Augen. Als ich nichts erwiderte, hob er beschwichtigend die Arme. »Okay, ihr zwei habt Probleme, aber das ist doch längst Schnee von gestern.«

»Genau. Deshalb ohrfeigt sie mich in aller Öffentlichkeit«, meinte ich sarkastisch.

»Stimmt. Ihre Reaktion war schon heftig.« Er runzelte die Stirn. »Was hast du dem armen Mädel angetan?«

Ich stieß den Atem aus. Die Wahrheit durfte ich ihm auf keinen Fall sagen. Niemand kannte den wahren Hintergrund. Dennoch musste ich ihm irgendeine Erklärung liefern, wenn ich nicht wollte, dass er misstrauisch wurde. Selbst auf die Gefahr hin, dass ich mich lächerlich machte.

»Wir waren Teenager und auf einer Party. Ich habe fiese Dinge zu ihr gesagt. Ein paar Tage später sind wir weggezogen, und ich hatte nie wieder Kontakt zu ihr.« Das war wirklich mehr als eine abgespeckte Version, aber es musste reichen.

»Dein Ernst? Ich meine, ich weiß ja, dass du ein verschwiegener Hund bist, aber das ist doch sonst nicht deine Art.«

Schulterzuckend ging ich zur Kommode und holte meine Sportsachen heraus. »Ist aber so gelaufen. Wir waren jung, ich war high und ein verdammter Idiot.«

»Dann sag ihr das, entschuldige dich und schaff die Sache aus der Welt. Großer Gott, das kann doch nicht so schwer sein, Noah.«

Wir schwiegen, während ich mich umzog. Es war leicht für Dylan, so zu reden. Er hatte ja keine Ahnung, welche Schuld ich auf mich geladen hatte. Er wusste nichts von meinen Geheimnissen. »Was ist? Ich geh trainieren. Kommst du mit?«, fragte ich, als ich meine Sportsachen anzog.

Er kniff die Augen zusammen. »Schon wieder? Findest du nicht, du übertreibst es damit? Du weißt, was Robinson wegen deinen Verletzungen das letzte Mal gesagt hat.«

Er hatte ja recht. Vielleicht sollte ich es heute beim Lauftraining belassen. »Ich gehe nur laufen. Kommst du jetzt mit oder nicht?«

»Nein, ich hau mich aufs Ohr.« Er erhob sich. »Ich bin erledigt. Morgen, wenn du willst, Bro.«

»Alles klar.«

Dylan klopfte mir auf die Schulter. »Oh Mann! Da hast du dir echt was eingebrockt mit dem Mädchen.« Er schlenderte zur Tür. »Du musst das in Ordnung bringen. Du weißt, dass Robinson viel von dir hält, aber wenn die Chefetage dich auf dem Kieker hat, könnte es Probleme geben.«

Er warf mir einen mahnenden Blick zu und ging.

Erst als meine Muskeln brannten, der Schweiß meinen Rücken hinunterlief und es zu dämmern begann, gönnte ich mir am nächsten Pier eine Pause. Tief sog ich die salzige Meeresluft in die Lungen. Ich sah aufs Wasser hinaus. Die Wellen brachen sich schäumend, und der Wind blies eine frische Brise an den Strand. Meistens suchte ich einsame Strecken, auf denen nur wenige Menschen unterwegs waren. Wie oft war ich schon hier gewesen, hatte meine Gedanken dem Horizont geschenkt?

Niemals hatte ich geglaubt, ihr jemals wieder zu begegnen. Dieses Kapitel hatte ich vor langer Zeit abgeschlossen und meinen Fokus auf die Zukunft gerichtet. Sie jetzt wiederzusehen, trieb die alten Erinnerungen zutage, und das war nicht gut für mich. Ihre wilde Lockenmähne, der klare Blick und ihre zierliche Gestalt – das alles hatte ich nie vergessen. Sie war heute noch schöner als damals, aber davon durfte ich mich nicht ablenken lassen.

Die Wunden waren verheilt, und ich würde nicht zulassen, dass ihre Anwesenheit sie erneut aufriss. Als ich vor sechs Jahren fortgegangen war, hatten Schock, Scham und Schmerz meinen Alltag beherrscht – bis Hudson, der neue Mann an der Seite meiner Mutter, mir einen Weg gezeigt hatte, all das loszuwerden. Durch ihn lernte ich, an mir zu arbeiten, mich so zu verändern, bis nichts mehr von dem armseligen und naiven Dummkopf übrigblieb, der ich einst gewesen war. Ich wurde stärker, bekam endlich mehr Selbstbewusstsein und arbeitete hart an mir. Ich allein entschied, wie weit ich zukünftig jemanden an mich ranlassen würde. Doch jetzt hatte ich das Gefühl, dass das mühsam aufgebaute Kartenhaus in sich zusammenzufallen drohte.

***

Ich liebte die frühen Morgenstunden, wenn die meisten Gäste noch in den Federn lagen. Bei den Kontrollrunden durch den Hotelgarten konnte ich die friedliche Stille genießen. Die vergangene Nacht hatte ich nicht schlafen können, zu sehr beherrschte Cats Auftauchen meine Gedanken. Ich war nur froh, dass ich nicht Gefahr laufen konnte, ihr heute zu begegnen. Von Dylan hatte ich erfahren, dass sie einen weiteren Tag frei hatte. Auch vor Robinson, der sicherlich noch ein Gespräch wegen der Sache wollte, hatte ich Ruhe, da er den ganzen Tag in Meetings sitzen würde.

Ein Geräusch, das vom Zierbrunnen kam, ließ mich innehalten. Im Licht der Laterne sah ich eine Frau auf einer Parkbank sitzen. Sie strich ihr langes blondes Haar aus dem verweinten Gesicht und schluchzte.

Ich räusperte mich, damit sie sich nicht erschreckte. »Ma'am, alles in Ordnung? Kann ich Ihnen helfen?«

Wie ich erwartet hatte, hatte sie nicht mit mir gerechnet und zuckte zusammen. Im Lichtkegel blieb ich stehen, damit sie erkennen konnte, dass ich zum Hotelpersonal gehörte.

»Es geht mir gut. Ich brauche nur ein paar Minuten.«

Eigentlich sollte ich mich jetzt diskret zurückziehen und ihren Wunsch respektieren, aber bei weinenden Frauen regte sich mein Beschützerinstinkt. Ich betrachtete sie, während das Wasser des Brunnens plätscherte. Müdigkeit stand ihr ins Gesicht geschrieben. Ich erinnerte mich, dass sie gestern mit ihrem Mann und der kleinen Tochter im Hotel angekommen war. Das Mädchen saß im Rollstuhl und hatte einen Sauerstoffschlauch in der Nase gehabt. Staunend und begeistert hatte sie die riesige Hotelhalle mit dem gläsernen Aufzug bewundert.

Langsam trat ich auf die weinende Frau zu und reichte ihr ein Taschentuch.

Sie schnaubte sich die Nase. »Danke.«

»Wenn ich noch etwas für Sie tun kann, ich bin in der Nähe.« Ich wollte mich zurückziehen.

»Haben Sie Kinder?«

Ich blieb stehen. »Nein, Ma'am.«

Sie starrte auf das Taschentuch in ihren Händen. »Ich habe eine Tochter. Lilly. Wir haben sie nach meiner Mutter benannt.«

»Das ist ein hübscher Name.«

»Sie hat Leukämie, und es sieht nicht gut aus.« Erneut rollten Tränen über ihre Wangen. Sie wirkte so verzweifelt.

Scheiße! Das war bestimmt nicht einfach. »Das tut mir leid. Wie alt ist die Kleine?«

»Sie ist erst sechs Jahre alt. Wissen Sie, was das Schlimmste ist? Wir sind hier, weil wir ihr ihren letzten Wunsch erfüllen wollten, doch wieder einmal funkt uns die Krankheit dazwischen.« Langsam ging ich zur Bank und setzte mich neben sie. Wenn ich eines gut konnte, dann zuhören. »Wir sind auf der Durchreise nach Anaheim und wollten dort mit ihr ins Disneyland. Die Ärzte haben uns grünes Licht gegeben, und Lilly war so aufgeregt. Wochenlang hat sie auf diese Reise hingefiebert. Sie müssen wissen, Lilly liebt Disney-Figuren, ganz besonders die aus dem Film *Die Eiskönigin*. Gestern Abend hat sie überraschend Fieber bekommen, und der Arzt meinte, eine Weiterreise wäre zu anstrengend. Wie es aussieht, werden wir unseren Plan abbrechen, und sie muss hier in ein Krankenhaus. Ihr bleibt nicht mehr viel Zeit.« Sie schluchzte erneut auf.

Shit! Ich konnte nur ahnen, was die Eltern durchmachen mussten. Das eigene Kind sterben zu sehen war verdammt hart und grausam. Mitleid war bestimmt das Letzte, was sie jetzt gebrauchen konnte. Ich stieß den Atem aus. Es gab keine Worte, um sie aufzumuntern oder ihr Mut zu machen.

»Ich habe sie auf die Welt gebracht und kann nicht akzeptieren, dass ich nicht erleben werde, wie sie erwachsen wird. Ich meine die schönen Dinge wie ihren Schulabschluss, ein Date oder ihren ersten Kuss. All das bleibt meiner Tochter verwehrt.«

»Ich kann nur ahnen, wie schwer das alles ist.«

»Lilly ist ein wunderbares Mädchen. Das hat sie einfach nicht verdient.«

»Nein, keine Familie sollte so etwas durchmachen müssen.«

Ihr Handy summte, und das Licht des Displays leuchtete im Dunkeln auf. Sie las die Nachricht. »Mein Mann schreibt, dass Lilly wach ist und nach mir fragt. Ich muss wieder rein.« Sie stand auf und versuchte zu lächeln, was gequält aussah. »Danke, dass Sie mir zugehört haben.«

Ich nickte. »Falls ich etwas für Sie tun kann, sagen Sie es mir.«

Ich erhob mich, kramte in der Innentasche meines Jacketts und reichte ihr meine Karte.

Sie nahm sie an sich. »Danke. Mr. Holder.«

Mit gesenkten Schultern lief sie zum Haupthaus.

Manchmal gingen mir die Schicksale ans Herz, genau wie in diesem Fall. Ich wusste allzu gut, was es bedeutete, etwas loszulassen, das man über alles liebte.

6

Cat

*A*m nächsten Morgen fuhr ich erschrocken aus dem Schlaf. Es war später Vormittag, Inma wahrscheinlich schon längst bei der Arbeit, und ich hatte verschlafen. Mist! Hastig stieß ich die Decke von mir, mit der sie mich zugedeckt hatte, und wollte gerade ins Badezimmer flitzen, als ich eine Nachricht von Inma auf dem Küchentisch liegen sah.

Ruh dich aus. Ich habe Wilson überreden können, dir heute
auch noch freizugeben.

Wie Inma es geschafft hatte, dass ich meinen Job behalten und sogar heute auch zu Hause bleiben durfte, war mir ein Rätsel. Sofort entspannte ich mich.

Mein Handy klingelte. »Hallo?«

»Hey Zuckersternchen, rate mal, wer unten vor deiner Tür steht?«

»Grandpa Bambam?!« Augenblicklich war ich hellwach und strahlte. »Du bist hier in San Francisco?«

Ich lief zum Fenster und spähte hinaus. Auf Zehenspitzen blickte ich auf die Straße und entdeckte auf dem Gehweg eine Harley, deren Chrom in der Sonne glitzerte.

»Ja, ich steh direkt vor deiner Tür. Komm runter.«

Sofort erwachten meine Lebensgeister. »Ich bin in einer Minute bei dir.«

Ich raste ins Badezimmer, erledigte in Rekordgeschwindigkeit die Morgentoilette, zog meine Schuhe an und flog die Treppe hinunter. Schon viel zu lange hatte ich ihn nicht mehr gesehen. Ich riss die Eingangstür auf und hielt inne. Da stand er – Grandpa Bambam in seiner schwarzen Motorradkluft, mit Brille und grauem Schnauzbart.

»Da ist ja mein Zuckersternchen!« Er breitete die Arme aus.

Ich brauchte keine weitere Aufforderung. Ich rannte ihm entgegen, und er fing mich auf. Der Geruch seiner Lederjacke stieg mir in die Nase. Er küsste mich mehrmals auf Stirn und Wange, bevor er sich sanft aus unserer Umarmung löste.

»Lass dich ansehen.« Er musterte mich von Kopf bis Fuß. »Zuckersternchen, die Luft in San Francisco scheint dir gutzutun. Du bist eine wahre Schönheit.«

»Ach Grandpa, du hast mir so gefehlt. Was tust du hier? Hattest du nicht geschrieben, dass du mit den Blacks eine Tour durch Kalifornien machen wolltest?«

»Wir sind schon wieder zurück, und ich dachte, ich sehe mal nach meiner Enkelin.«

»Du hast Glück, dass du mich hier erwischst.« Er lachte, und mir ging ein Licht auf. »Inma hat dich angerufen, stimmt's?«

»Ich war sowieso auf dem Weg zu dir ... Aber ja, sie hat sich Sorgen gemacht.«

»Und was hättest du getan, wenn ich hätte arbeiten müssen?«

Grinsend zwinkerte er mir zu. »Du kennst mich. Einem Gauner fällt immer etwas ein.«

»Was hat Inma dir erzählt?«

»Nur, dass es dir nicht gutgeht. Sie bat mich, dich anzurufen, aber da ich sowieso auf dem Weg zu dir war, habe ich mehr Gas gegeben. Hast du Lust auf einen Ausflug?«

Eine Ablenkung konnte ich gerade gut gebrauchen – um ehrlich zu sein, lechzte ich danach.

»Unbedingt.« Ich freute mich, endlich Zeit mit ihm verbringen zu können.

»Wunderbar.«

Er drückte mir einen Helm in die Hand und half mir ihn am Kinn zu schließen. Lässig setzte er sich auf seine Maschine, löste den Ständer und drehte den Schlüssel. Der Motor brummte, ich stieg auf, klammerte mich an seinen Bauch, und Grandpa Bambam gab Gas.

Wir schlängelten uns zwischen den Blechlawinen hindurch und verließen die Stadt. Es war genial, mal wieder mit ihm auf der Harley zu sitzen. Wenn Dad mich jetzt sehen könnte, würde er wahrscheinlich ausflippen. Ich grinste bei dem Gedanken und genoss die Freiheit, die mir um die Nase wehte. Als Kind hatte ich es geliebt, wenn Grandpa mich heimlich zu einer Spritztour mitgenommen hatte. Dad war immer strikt dagegen gewesen, weil er es für zu gefährlich hielt. In Wahrheit hatte er Angst, dass Grandpa einen zu großen Einfluss auf uns hatte.

Früher war es meine Großmutter gewesen, die für Frieden in der Familie gesorgt und zwischen Dad und Grandpa vermittelt hatte, aber als sie starb, war es mit dem Familienfrieden vorbei gewesen. Seit ich denken konnte, hatten die beiden ein schlechtes Verhältnis. Grandpa pflegte einen völlig anderen Lebensstil und war Mitglied eines berüchtigten Motorradclubs. Dad war der Polizei-Chef. Eine Konstellation, die einen völligen Widerspruch dargestellt und bei uns zu Hause immer wieder für Ärger gesorgt hatte.

Als Grandpa sich mit einem Tattoostudio selbstständig gemacht hatte, sah Dad seinen guten Ruf als Polizei-Chef und den Namen unserer Familie in Gefahr. Die Situation eskalierte. Daraufhin verkaufte Grandpa den Laden, legte sich eine Harley zu und entschied, sich den Bikern ganz anzuschließen. In Dads Augen war Grandpa Bambam ein Versager, einer, der sein Leben nicht geordnet bekam und sich mit Gesindel umgab. Für mich war er ein Held. Er hatte sich nie etwas vorschreiben lassen und stand stets für seine Fehler ein, selbst wenn das bedeutete, dass er ins Gefängnis musste. Ich liebte seine rebellische Ader, die wohl auch in meinen Genen vorhanden war.

Wir fuhren an der Küste entlang, vorbei an kleinen Orten, die wie ausgestorben waren. Wir hatten die Straße für uns allein.

»Willst du mal den absoluten Kick spüren?«, rief Grandpa gegen den Fahrtwind an.

»Klar!«

»Dann halt dich gut fest, Zuckersternchen.«

Ich verstärkte den Griff um seinen Bauch, und er gab Vollgas. Die Maschine heulte auf. Ich nahm die Pferdestärken wahr, die in der Harley zum Leben erweckt wurden. Mutig streckte ich die Arme von mir und jubelte. Grandpa lachte. Es war fantastisch, den Gegenwind im Haar zu spüren. Ich hatte das Gefühl zu fliegen.

Viel zu schnell drosselte er wieder die Geschwindigkeit, als wir das Ortsschild ›Half Moon Bay‹ erreichten. Der Name erinnerte mich sofort an einen schönen Liebesroman, den ich vor langer Zeit mal gelesen hatte. Es war der perfekte Ort für eine Liebesgeschichte, und jetzt konnte ich mir mit eigenen Augen ein Bild davon machen. Der Küstenort lag malerisch zwischen dem Pazifik und mächtigen Felsen.

Wir bogen in einen Schotterweg und parkten. Das Wetter war herrlich, die Sonne schien warm, und eine frische Brise fegte sanft über uns hinweg. Grandpa zog seine Lederjacke aus und schwang sie lässig über die Schulter. Den anderen Arm legte er um mich, und wir schlenderten einen schmalen Pfad entlang.

»Erzähl mal, Zuckersternchen, wie hast du es geschafft, Pleasant Hill endlich den Rücken zu kehren?«

»Ohne Diskussionen hat das natürlich nicht geklappt, aber als ich die Zusage vom Hotel hatte und Inma mir ein Dach über dem Kopf anbot, gingen Mom die Argumente aus.«

»Gut gemacht. Und wie gefällt dir San Francisco? Hast du dich schon eingelebt?«

Wir liefen über eine Wiese zu einer Anhöhe mit Blick auf das Meer. Unter uns lag eine herrliche Bucht. Ein paar Surfer konnte ich erkennen, die auf den Wellen ritten. In der Ferne, auf einem der riesigen Felsen, war ein Hotel mit einem Golfplatz. Der Ausblick war grandios. Wir setzten uns ins Gras und sahen den Wellen zu.

»Ich liebe die Stadt, vor allem die Anonymität. Hier kann ich für mich sein.«

»Und dein Vater? Ich hoffe, er lässt dir genug Freiraum für Freunde.«

Grandpa und Dad pflegten keinen Kontakt mehr. Selbst Dads Schlaganfall und die darauffolgenden Probleme hatten die beiden nicht besänftigen können. Zwischen ihnen herrschte Eiszeit, auch wenn Grandpa sich immer nach ihm erkundigte. Die Wahrheit hinter seinen Fragen war, dass Grandpa befürchtete, Dad könnte mich zu viel einspannen.

»Es geht ihm gut. Das Heim, in das er unbedingt wollte, ist seinen Preis wirklich wert.«

Er seufzte. »Na ja, Hauptsache, dir geht es endlich besser. Jedenfalls dachte ich, heute wäre ein perfekter Tag, um meine Enkelin zu besuchen. Morgen werde ich mich auf den Weg zu deiner Mutter machen.«

Auch das Verhältnis zwischen Mom und Grandpa war nicht immer das beste gewesen. Früher hatte sie versucht, den Streit zwischen Dad und ihm zu schlichten, hatte aber im Grunde auf der Seite meines Vaters gestanden. Erst nach Beckys Tod hatten sie sich wieder annähern können.

»Jetzt erzähl schon, was war gestern los?«, fragte er und sah mich an. Ich zupfte an einem Grashalm und dachte an die Begegnung, die mir den Boden unter den Füßen weggerissen hatte. »Muss ich mir Sorgen machen?«

»Nein. Es war nur ...«

»Ach, komm her.« Er umarmte mich und küsste meine Schläfe. »Egal, wie oft sich ihr Todestag jährt, du wirst ihn nie vergessen können, und das ist auch okay. Aber diese Tragödie soll dein Leben nicht so stark beeinflussen.«

»Das weiß ich, aber ausgerechnet an ihrem Todestag ist etwas geschehen, das mich zusätzlich umgehauen hat. Ich bin jemandem begegnet, mit dem ich niemals gerechnet hätte.«

»Wem?«

»Noah Graham.«

»Welcher Noah Gra...« Noch bevor er den Namen ausgesprochen hatte, erhellte sich sein Gesicht und er bekam große Augen. »Heilige Kröte. Ernsthaft? *Der* Noah Graham, der damals über beide Ohren in dich verliebt war?«

»Du wusstest davon?«

»Na klar, das hat sogar ein Blinder gesehen.«

Ich erzählte ihm von der Begegnung. Dabei ließ ich die Ohrfeige nicht aus. Während er sich eine Zigarette anzündete, hörte er mir aufmerksam zu. Nachdenklich blies er den Rauch aus und schaute aufs Meer.

»Das ist ja ein Ding«, brummte er, als ich geendet hatte.

»Das kann man wohl sagen.«

»Ich kann mir den Burschen so verändert gar nicht vorstellen.

Und wieso hast du ihn nicht gleich zur Rede gestellt?«, wollte er wissen.

»Ich war geschockt, noch dazu kamen so viele Erinnerungen hoch. Das war wirklich schräg.«

»Deine Großmutter war immer ganz vernarrt in ihn, und ich habe den Bengel auch sehr gemocht, bis zu dem Tag, als er verschwand. Die Hammelbeine hätte ich ihm langziehen können! Wer hätte gedacht, dass ausgerechnet ihr beide euch noch mal über den Weg lauft? Könnte ein Wink des Schicksals sein.«

»Ich glaube nicht an Schicksal, Grandpa.«

»Das solltest du aber, Zuckersternchen. Nichts geschieht ohne Grund, alles hat einen Sinn. Was deine Reaktion betrifft ... Nun ja, ich kann verstehen, dass dich das Wiedersehen aus der Bahn geworfen hat, und die Ohrfeige, die hat er verdient«, meinte er gelassen. »Bisher konntest du über die Gründe, warum er damals Pleasant Hill verlassen hat, nur spekulieren. Sieh es als Chance und konfrontiere ihn mit deinen Fragen.«

»Ich weiß nicht, ob ich das noch will. Es ist so lange her.«

Er lachte. »Spiel nicht die beleidigte Leberwurst, Cat. Ich kenne dich, du brennst darauf, es zu erfahren.«

Das stimmte. Noah war immer noch ein offenes Kapitel in meinem Leben. Klar, in den letzten Jahren hatte ich nicht mehr so oft an ihn gedacht, aber schließlich war nicht nur Beckys Tod der Grund dafür gewesen, warum ich von zu Hause fortwollte. Schon so lange suchte ich nach einem Schlussstrich, einem Neuanfang, meinem eigenen Weg.

»Menschen ändern sich, wie du unweigerlich feststellen konntest. Nicht nur äußerlich, manchmal klappt das auch innerlich. Es wird dir sowieso keine Ruhe lassen, also rede mit ihm.«

Grandpa kannte mich einfach zu gut. Millionen Fragen an Noah lagen mir auf der Seele.

»Weiß dein Dad von der Begegnung?«

»Nein, noch nicht, aber ich werde es ihm erzählen.«

»Er weiß auch nicht, dass ich heute hier bin. Um Stress zu vermeiden, solltest du unseren Ausflug lieber nicht erwähnen.« Er zwinkerte verstohlen.

»Ich würde dich niemals in die Pfanne hauen, Grandpa.«

»Das weiß ich, Zuckersternchen.« Er drückte die Zigarette aus und blickte zum Horizont. »Neulich musste ich daran denken, wie oft du und deine Grandma Spaß beim Backen hattet. Als Kleinkind hast du immer mit dem Mehl um dich geworfen. Martha und Grandma haben Stunden gebraucht, um alles sauber zu machen. Die Küche hat manchmal ausgesehen, als wäre eine Bombe eingeschlagen.«

»Grandma hat mich eben experimentieren lassen, deshalb habe ich immer gern neue Rezepte mit ihr ausprobiert.«

»Sie fehlt mir«, sagte er leise.

»Mir auch.«

Wir schwiegen, und ich beobachtete, wie Surfer auf ihren Brettern aufs Meer hinauspaddelten und auf eine Welle warteten.

»Sie war eine wunderbare Bäckerin, genau wie du.« Er lächelte, versunken in die Erinnerung, während ich ein Erdbeerbonbon aus meiner Hosentasche kramte. »Du könntest immer noch auf das *Culinary Institute of America* gehen, Cat.«

Ich hatte gewusst, dass er irgendwann das Thema anschneiden würde. »Grandpa ... das —«

»Dein Talent verkümmert, wenn du nichts tust, Zuckersternchen. Ich weiß genau, dass es dich glücklich machen würde. Und mich natürlich sehr stolz.«

»Ich weiß, aber ...« Gandpa wusste nicht, dass Mom und Dad mir jegliche finanzielle Unterstützung gestrichen hatten. Wenn ich ihm das jetzt erzählte, würde er ihnen die Hölle heißmachen, und es gäbe neue Streitereien. »Erst mal bin ich froh, einen Job zu haben und in Dads Nähe zu sein. Ich bin schon jetzt sehr zufrieden.«

»Trotzdem. Du könntest es zumindest versuchen.«

»Das werde ich ... irgendwann.«

»Ist ja schon gut. Und wie sieht es mit einem Mann in deinem Leben aus? Tut sich da endlich mal was? Du kannst dich bestimmt vor Angeboten kaum retten.«

»Es gibt niemanden, und ich will auch niemanden.«

»Immer noch das alte Problem?«

Ich zuckte mit den Schultern und genoss die cremige Süße in meinem Mund. »Männer verursachen eben Probleme, Grandpa.«

»Nicht immer. Sieh dir deine Großmutter und mich an. Ich war ein Haudegen, und sie hat mich geerdet. Sie war mein perfektes Gegenstück. Okay, manchmal hat sie mich in den Wahnsinn getrieben ...«

»Oder du sie«, neckte ich ihn und lachte laut auf, weil er mir einen brummigen Blick zuwarf. Dabei wusste er, dass ich recht hatte.

»Sie war die tollste Frau. Du wirst auch jemanden finden.«

»Darüber mache ich mir keine Gedanken. Es ist gut so, wie es jetzt ist.«

»Falls dir die Kerle zu nah auf die Pelle rücken, genügt ein Anruf, und ich bringe ihnen persönlich Manieren bei.«

Lachend schob ich eine Haarsträhne hinters Ohr. Nicht umsonst hatte Grandpa seinen Spitznamen ›Bambam‹. Seit seiner Jugend war er dafür bekannt, dass er Konflikte gern mit den Fäusten regelte. Seine Raufboldgeschichten kannte ich alle auswendig, und sie waren oft das leidige Thema bei uns zu Hause gewesen. »Nicht nötig, Grandpa. Bisher ist in dieser Richtung alles ruhig.«

»In Ordnung. Was hältst du davon, wenn wir einen Happen

essen gehen? Hast du Hunger?« Er stand auf und half mir auf die Füße. »Ich lade dich ein.«

»Gute Idee.«

Kurze Zeit später waren wir in einem Diner. Zufrieden schaute ich zu Grandpa, der mir gegenübersaß. Wer hätte gedacht, dass dieser Tag noch etwas Schönes für mich bereithalten würde?

Grandpa erzählte mir von seiner letzten Tour mit den Blacks und von den Orten, die er gesehen hatte. Für den späten Sommer planten sie eine neue Fahrt. Diesmal sollte es nach Sturgis in South Dakota gehen, wo ein befreundeter Motorradclub die Blacks zum größten Harley-Davidson-Treffen der Welt eingeladen hatte. Am Rande erwähnte er, dass sie dort natürlich auch Geschäftliches besprachen, aber Genaueres verschwieg er. War wohl besser, wenn ich davon nichts wusste.

Er war so aufgeregt wegen des Bikertreffens, dass er mich mit seiner Vorfreude ansteckte. Ich wünschte, ich könnte dabei sein. Nach dem Essen bezahlte er, und wir schlenderten zu seiner Harley zurück, die Grandpas ganzer Stolz war. Dank ihm hatte ich meine Probleme für einige Stunden vergessen können. Doch jetzt, da wir uns auf den Rückweg machten, grummelte es in meinem Magen, wenn ich an den nächsten Arbeitstag dachte.

»Grandpa?«

»Ja?« Sorgfältig schloss er meinen Helm unterm Kinn.

»Was ist, wenn das Hotel mich wegen der Sache mit Noah doch rausschmeißt? Ich brauche den Job. Ich will auf keinen Fall nach Pleasant Hill zurück.«

Er hielt inne und sah mich an. »Das werden sie schon nicht. Bleib cool, rede mit deinem Boss und auch mit Noah, hör dir an, was er zu sagen hat. Und falls sie dich rausschmeißen, kommst du mit mir nach South Dakota.«

Ich lachte. So einfach war das für ihn – aber leider nicht für mich. Abgesehen davon würde ich Dad niemals alleinlassen, eher würde die Hölle einfrieren. Aber Grandpa hatte recht, ich sollte Ruhe bewahren. Außerdem konnte ich das sachlich erklären.

Ich stieg wieder hinter ihm auf. »Das wäre bestimmt ein Abenteuer. Deine Harley, du und ich ... verlockend klingt das schon.«

Wir fuhren nach Hause, und während der Fahrt versuchte ich jede Minute zu genießen. Viel zu schnell standen wir wieder in San Francisco vor der Appartementanlage.

»Danke für alles. Du hast diesen Tag für mich erträglich gemacht.« Ich war vom Motorrad abgestiegen und umarmte meinen Grandpa innig.

»Sehr gern, Zuckersternchen. Und was Noah betrifft: Stell ihn zur Rede. Falls er Probleme macht, dann nehme ich mir das Bürschchen vor.«

Eine nette Vorstellung, die mich automatisch zum Schmunzeln brachte. »Da wäre ich dann gern dabei.«

»Auch das ist kein Problem.«

»Ach, Grandpa, ich hab dich lieb. Du bist einfach der Beste.« Erneut umarmte ich ihn und sog seinen Duft ein.

»Manchmal«, sagte er leise lachend und küsste mich noch einmal auf die Stirn, bevor er sich auf sein Bike schwang, den Motor ein paarmal laut aufheulen ließ und in die Nacht davonfuhr. Ich sah ihm nach, bis er aus meinem Sichtfeld verschwunden war.

Oben angekommen, zog ich die Schuhe aus und lief ins Wohnzimmer. Inma lag auf dem Sofa und zappte durch die Kanäle.

»Hey, da bist du ja. Na, wie war's?« Sie schaltete den Fernseher aus und sah mich erwartungsvoll an.

»Es war sehr schön und hat mir richtig gutgetan. Danke, dass du meinen Grandpa angerufen hast.«

»Ich wusste, er würde dich wieder aufbauen.«

»Und? Was hat Mr. Wilson gemeint? Was hast du ihm erklärt?«

Inma richtete sich auf und räusperte sich. »Wie ich dir schon gesagt habe, habe ich ihm von einem Notfall erzählt, mehr nicht. Du solltest dich heute ausruhen und morgen normal zur Arbeit kommen.« Erleichtert ließ ich mich in die Polster plumpsen. »Bevor ich es vergesse: Als ich vorhin nach Hause gekommen bin, lag etwas vor unserer Wohnungstür.«

»Und was?«

Sie rieb sich ihre Hände an der Hose ab. »Ich habe es auf den Küchentisch gelegt. Schau es dir selbst an.«

Neugierig ging ich in die Küche, blieb aber ruckartig stehen, als ich erkannte, was sich dort auf dem Tisch befand: eine einzelne blaue Rose auf einem Briefumschlag.

»Das lag auf der Fußmatte«, sagte Inma neben mir.

»Das gibt es doch nicht. Schon wieder?« Ich nahm die Rose in die Hand.

Sie sah genauso aus wie die aus dem Strauß, den ich vor einigen Tagen erhalten hatte. Auf dem Umschlag stand wieder kein Name. Ich öffnete den Brief und las:

San Francisco kann gefährlich sein, Catherine. Pass auf dich auf!

Das konnte doch nur ein Scherz sein. Wieder und wieder überflog ich die einzige Zeile und versuchte daraus schlau zu werden.

»Das ist kein Zufall, Cat, stimmt's?«

Kaum merklich schüttelte ich den Kopf. Diesmal hatte er

mich sogar mit Namen angeschrieben. Ein Schauer fuhr mir den Rücken hinunter.

»Cat, das hört sich wie eine Warnung an, oder nicht?«, flüsterte Inma.

Ich erwiderte ihren Blick und sah Furcht darin auflodern. Sie hatte recht, aber wer sollte mir drohen? Was konnte mir passieren und wieso? »Du hast niemanden im Treppenhaus gesehen?«

»Nein. Es lag einfach da, als ich nach Hause kam.«

Langsam wurde das wirklich unheimlich, und ich fragte mich, was der Absender damit bezweckte. »Irgendjemand muss sich einen Scherz erlauben, eine andere Erklärung habe ich nicht.«

»Was sollen wir tun?«

Ich überlegte. Jemand versuchte mir Angst einzujagen. Steckte vielleicht meine Mom dahinter? Aber so weit würde sie nicht gehen; das konnte ich mir nicht vorstellen.

»Ich sag dir, was wir machen. Ich bin ein Spielverderber.« Kurzerhand zerriss ich die Karte und warf die Schnipsel zusammen mit der Rose in den Müll. »Erledigt.« Ich klopfte mir die Handflächen sauber. »Jemand will mich einschüchtern, aber da spiele ich nicht mit. Vergiss es einfach, Inma. Falls ich denjenigen erwischen sollte, kann der was erleben.«

Damit war das Thema für mich beendet. Doch die Worte ›San Francisco kann gefährlich sein, Catherine. Pass auf dich auf!‹ hatten sich längst in mein Bewusstsein geschlichen.

7

Noah

K aum, dass ich am frühen Morgen unser Sicherheitsbüro betreten hatte, wurde ich von einem verstimmten Mr. Robinson empfangen.

»Holder? In mein Büro«, befahl er knapp.

Dylan, Mike und Taylor sahen mir nach, wie ich dem Boss folgte. Ich erwartete nicht, dass ich wegen der Sache mit Cat Probleme bekommen würde, dennoch war Robinson heute schlechter gelaunt als sonst, was mir zu denken gab. Bestimmt hatte die Geschäftsleitung ihm die Hölle heißgemacht, und das würde ich jetzt abbekommen.

»Setzen Sie sich.« Er wies auf einen Stuhl an seinem Schreibtisch und schloss die Tür.

Meine Kollegen starrten durchs Bürofenster zu uns.

Mit einem Ruck ließ Robinson die Jalousien herunter und versperrte ihnen die Sicht. »Nun, ich will Ihnen keine Vorschriften machen, was Sie privat tun, aber Sie wissen, dass die Geschäftsleitung es nicht gern sieht, wenn Mitarbeiter des Hauses enge Beziehungen führen. Schon gar nicht, wenn sie ihre

Probleme hier ausleben – und dann auch noch bei einer so wichtigen Veranstaltung.«

»Sir, ich –«

Er hob die Hand. »Sie wissen doch genau, dass das unserem Namen schadet.«

»Natürlich, Sir.«

»Ich schätze Sie und Ihre Arbeit wirklich, Holder. Sie sind mein bester Mann, und ich würde Sie nur ungern verlieren.«

»Es tut mir leid, Sir. Dieses Mädchen –«

»Um Himmels willen, Holder, verschonen Sie mich mit Ihren Weibergeschichten! Ich will es gar nicht wissen. Bisher habe ich mich nie eingemischt, und ich werde auch jetzt nicht damit anfangen. Ich habe Sie verteidigt, weil ich Sie kenne und mir nicht vorstellen kann, dass Sie die Servicekraft absichtlich geschubst haben.«

»Geschubst? Was meinen Sie?«

»Nun, laut der Aussage einer Angestellten haben Sie ihr ein Bein gestellt. Nur deshalb hat sie das Tablett fallengelassen und Sie geohrfeigt.«

»Ich habe … was?« Was zum Henker war das für eine verdrehte Geschichte?

»Das zumindest wurde mir von der Geschäftsleitung so mitgeteilt.«

Ich lachte verbissen. Das war frech. Okay, Cat war sauer, mit Recht – aber das?

»Warum lachen Sie?«, wollte Robinson verwundert wissen.

»Weil das absolut absurd ist. Ich stand mehrere Schritte von ihr entfernt, als ihr das Tablett aus den Händen fiel.«

Er winkte ab. »Wie dem auch sei. Ich versteh das – ich habe früher auch nichts anbrennen lassen. Sie sind jung, wollen sich austoben, und das ist auch in Ordnung. Aber tun Sie das gefälligst in Ihrer freien Zeit, außerhalb des Hotels. Wenigstens sind

Sie heute ohne Veilchen zur Arbeit erschienen. Das schadet dem Ruf des Sicherheitsteams.«

Seufzend senkte ich den Blick. Okay, ich war sicher kein Mönch, aber mein Job war mir heilig, und die Damen wussten immer, worauf sie sich einließen. Es ging stets um einvernehmlichen Sex – und *nur* um Sex. Eine Beziehung kam für mich nicht infrage, auch wenn meine Mutter mir mit dem leidigen Thema ständig in den Ohren lag. Abgesehen davon hatte ich mich ausschließlich während meiner Freizeit mit den Frauen getroffen. Was konnte ich dafür, wenn ein paar Zimmermädchen mehr daraus machten?

Zugegeben, die Sache mit Morin war nicht gut verlaufen. Ich hatte doch nicht ahnen können, dass sie mich stalken, verfolgen und letztlich sogar in mein Appartement einbrechen würde. Sie war einfach zu weit gegangen, und dadurch war es gerechtfertigt gewesen, dass sie gekündigt worden war. Das war mir eine Lehre gewesen, und seither war ich vorsichtiger. Und was mein Veilchen anging: Jeder hatte eine Methode, mit seinen Dämonen fertigzuwerden – und das war nun mal meine. Ich war froh, dass Robinson nicht näher darauf einging.

»Es war nicht leicht, die Geschäftsführer zu besänftigen. Sie wissen, dass der letzte Vorfall noch nicht lange zurückliegt.« Er machte eine Pause, und mir wurde heiß und kalt. War ich etwa gefeuert? »Ich muss Ihnen eine schriftliche Abmahnung aushändigen.« Er streckte mir einen Umschlag entgegen. »Beim nächsten Mal sind Sie raus, Holder. Haben Sie verstanden?«

Ich biss die Zähne zusammen, nahm das Kuvert und steckte es in die Innentasche meines Jacketts, ohne einen Blick darauf zu werfen. Verdammt! »Wird nicht wieder vorkommen, Boss.«

»Das hoffe ich. Bringen Sie Ihre Probleme mit diesem Mädchen in Ordnung. Und reißen Sie sich gefälligst am Riemen. Ich brauche Sie, Junge.«

»Danke, Sir.«

Wir erhoben uns, und ich lief zur Tür.

»Ach, noch etwas.«

Ich hielt inne und schaute zu ihm. »Ja, Sir?«

»Ich habe Sie heute für den Taschencheck am Personaleingang eingeteilt.«

Wunderbar! Der Tag kann nicht besser starten, dachte ich sarkastisch. Mit einem kurzen Nicken gab ich ihm zu verstehen, dass ich seine Strafversetzung akzeptierte. Ich ging hinaus und schloss die Tür hinter mir.

***

Eine Falschaussage, eine Abmahnung und die Gewissheit, dass sie hier war und wir uns jederzeit begegnen könnten – all diese Dinge ließen meine Laune auf den Tiefpunkt fallen. Verärgert schenkte ich mir einen Kaffee ein. Ich hatte keinen Plan, wie ich mit der Situation umgehen sollte. Ich hasste es, unvorbereitet zu sein. Ich lehnte mich gegen den Schrank, auf dem die Kaffeemaschine stand, und ignorierte die Blicke meiner Kollegen, die neugierig von ihren Bildschirmen zu mir aufschauten. Alle wussten Bescheid. Mittlerweile hatte sich der gestrige Vorfall wie ein Lauffeuer verbreitet.

»Hey, Holder, alles okay?« Dylan trat zu mir. »Was wollte Robinson?«

»Er hat mich abgemahnt.«

»Schon wieder? Shit!«

»Du sagst es. Beim nächsten Mal bin ich raus.«

»Dann solltest du unbedingt mit ihr reden.«

Ich stellte meine Tasse ab und kreuzte die Arme. »Ich werde wohl keine andere Wahl haben.«

»Lass deinen Charme spielen. Komm schon, das kannst du.«

Dylan hatte nicht die geringste Ahnung, worauf ich mich da einlassen musste. Seufzend stieß ich mich vom Schrank ab. »Wir werden sehen. Ich muss los. Robinson hat mich zum Personalcheck am Eingang verdonnert.«

Er grinste. »Habe ich gesehen, ja.«

»Dir wird das Lachen noch vergehen. Bist du bereit für deinen Auftritt heute? Sag den anderen, sie sollen pünktlich sein. Wir sehen uns später.«

Ich ließ Dylan stehen und machte mich auf den Weg zum Personaleingang. Im Vorbeilaufen begrüßten mich die üblichen Hotelangestellten. Ich brachte gerade so ein »Morgen« zustande, weil ich schon wieder mit den Gedanken woanders war. Cat nahm schon jetzt viel zu viel Raum in meinem Kopf ein, was nicht gut für mich war.

Als ich ankam, stand der Mitarbeiteransturm, der das Tagesgeschäft im Hotel erledigte, kurz bevor. Alle waren froh, wenn der Promi, dessen Aufenthalt wir diese Sicherheitsmaßnahmen zu verdanken hatten, wieder abreiste. Ich postierte mich neben der Tür hinter einem kleinen Tisch und zog Handschuhe über.

Malcolm Owen, unser Chef-Portier, war der Erste, den ich kontrollierte. »Morgen, Holder. Hast du das Spiel gestern gesehen? Wahnsinn, oder? Die Yankees machen ihrem Ruf alle Ehre.«

Malcom war leidenschaftlicher Baseballfan, und wir unterhielten uns oft über den Sport. Wie üblich trug er einen dunklen Anzug, und sein grauer Vollbart war ordentlich gestutzt. Vor mir stellte er seine Arbeitstasche ab.

»Nein, ich hab es verpasst, aber verrat mir nichts. Ich will mir die Wiederholung noch anschauen.«

»Die White Sox haben ganz schön alt ausgesehen, als ─«

»Malcom! Du spoilerst!«, rief ich warnend.

»Ich bin ja schon ruhig.«

Bereitwillig öffnete er seine Tasche. Darin befanden sich eine große Vesperbox mit Sandwiches und eine Thermoskanne. Ganz offensichtlich schien Mary ihn verwöhnen zu wollen, denn es lagen noch einige Süßigkeiten darin. Ich stutzte. Hatte er mir nicht erst neulich erzählt, dass seine Frau ihn auf Diät gesetzt hatte, weil seine Zuckerwerte nicht in Ordnung waren?

Skeptisch blickte ich zu ihm auf.

»Die Schokoriegel da drin sind natürlich deine Diätriegel?«, fragte ich mit einem amüsierten Unterton.

Er hob den Kopf und ließ seine Tasche schnell zuschnappen. »So ist es«, antwortete er etwas schnippisch, doch dann sah er mich wie ein kleiner Schuljunge an, der etwas ausgefressen hatte. »Ähm ... du verrätst Mary doch nichts, oder? ... Holder?«

Seine Ehefrau kam hin und wieder ins Hotel, um die Mittagspause mit ihrem Mann im Garten zu verbringen. Ich mochte die beiden. Die Vertrautheit zwischen ihnen und die liebevolle Art erinnerten mich an meine Mutter und ihren zweiten Ehemann Hudson.

»Du bringst mich in Teufelsküche, wenn sie das herausfindet. Und ich will es mir mit ihr nicht verscherzen. Ich mag sie.«

»Nur dieses eine Mal, versprochen.«

»Na gut.« Ich deutete mit zwei Fingern eine Geste an, die ihm unmissverständlich klarmachte, dass ich ihn im Auge behielt. Er nahm seine Tasche und machte sich auf den Weg.

Mittlerweile hatte sich eine kleine Warteschlange gebildet, und ich beeilte mich mit den Kontrollen.

Endlich war der große Ansturm vorüber. Noch bevor ich sie sah, spürte ich ihre Gegenwart.

Cat.

Sie war die Letzte in der Schlange, und augenblicklich verspannten sich meine Muskeln. Die Luft schien plötzlich zum

Schneiden dick. Da stand sie, wunderschön und mit einem grimmigen Gesichtsausdruck. Ich schluckte hart und ließ mir nichts anmerken.

»Morgen«, brummte ich tonlos.

»Guten Morgen.« Das Zimmermädchen, das ich nur vom Sehen kannte, schenkte mir ein unsicheres Lächeln. Wachsam schielte sie zu Cat, die hinter ihr stand.

Ich kontrollierte ihre Tasche. Keine große Sache. Dann war Cat dran. Sie rückte nach, stellte ihre Handtasche ab und öffnete sie. Fuck! Ich sollte mich auf meine Arbeit konzentrieren. Aber dann beging ich den größten Fehler: Ich blickte direkt in ihre grünen Augen, die wild funkelten. Sie war nach wie vor wütend auf mich, wie ein Vulkan, der kurz vor dem Ausbruch stand. Genau wie früher.

8

Cat

*N*och müde, weil ich gegen vier Uhr morgens wachgeworden war und ein Rezept von Grandma ausprobiert hatte, kam ich ziemlich übernächtigt am Personaleingang an. Inma biss genüsslich in eine der Schokoschnecken und nahm einen Schluck Kaffee, den wir unterwegs gekauft hatten.

Was würde mich heute erwarten? Noah war nicht das Problem – dem konnte ich schon irgendwie aus dem Weg gehen, zumindest vorerst –, aber Mr. Wilson bereitete mir Sorgen. Auch wenn Inma immer wieder betont hatte, dass sie alles geregelt und ich nichts zu befürchten hätte, beschlich mich ein merkwürdiges Gefühl. Mr. Wilson hatte Maja und mir schon einmal klar zu verstehen gegeben, dass er gewisse Prinzipien verfolgte.

Mit einem Grummeln im Magen schob ich mir das vierte Erdbeerbonbon in den Mund, während wir uns in die Schlange einreihten.

»Wie mich diese blöden Kontrollen nerven«, sagte Inma kauend. »Ich bin ohnehin schon spät dran.«

Ich ließ ihr den Vortritt. »Geh du vor, dann kannst du gleich weiter.«

»Danke.« Sie stellte sich vor mich und reckte ihren Hals, um in den Eingangsbereich zu schauen. »Oh!« Sie drehte sich mit finsterer Miene zu mir um.

»Was ist?«

Sie presste die Lippen aufeinander und nickte Richtung Tür, wo ich einen Kopf mit dunklen Haaren und einem markanten Gesicht entdeckte.

Oh nein! Nicht am frühen Morgen. Verdammter Mist! Ausgerechnet Noah führte heute die Kontrolle durch. Innerlich ermahnte ich mich zur Ruhe. »Auch das noch …«

»Ihm wirst du nicht ganz aus dem Weg gehen können«, meinte Inma.

»Leider.« Ich seufzte, und Schritt für Schritt kamen wir vorwärts.

Als wir an der Reihe waren, konnte ich nicht anders, als ihn wie ein Mondkalb anzuglotzen – fasziniert von seiner Veränderung, und weil ich es immer noch nicht auf die Kette bekam, dass der Typ wirklich Noah war. Das war einfach surreal. Tausend Fragen ploppten in mir auf, und Neugier brannte wie Feuer in meiner Brust.

Wo war er die letzten Jahre gewesen? Wieso hatte er mich im Stich gelassen? Was war der Auslöser für sein Verhalten damals?

Scheiße. Jetzt war ich dran.

»Morgen, Cat.«

Seine Stimme ließ mich zusammenzucken, und beinahe hätte ich mein Erdbeerbonbon verschluckt.

»Morgen«, brummte ich zurück.

Wir stierten uns einen Moment an. In seinen blauen Augen lag so viel Vertrautheit, dass mein Herz gleich schneller schlug, und er verströmte so viel Sexappeal, dass es mir den Atem raubte. Ich konnte gar nicht anders, als ihn anzugaffen. Es kribbelte verräterisch in meinem Bauch.

»Cat? ... Cat? ... Huhu? Ich muss los. Okay?«

»Was?«

»Ich muss ...« Inma deutete auf ihre Armbanduhr. Sie hatte mich am Ärmel gezogen, um auf sich aufmerksam zu machen.

»Oh, ja, natürlich. Geh nur.« Ich winkte ihr und war dankbar für die Unterbrechung, denn sonst wäre es wohl peinlich geworden. Ich riss mich zusammen und öffnete für Noah meine Handtasche. Er warf einen Blick hinein und ließ sich dabei Zeit.

Stolz hob ich das Kinn und schaute ihm in die Augen. Sein Aftershave stieg mir in die Nase, als er sich ein wenig über meine Tasche beugte – herb, markant und männlich. Keine Ahnung, warum, aber wie von selbst sprang meine vertrocknete Libido an.

»In Ordnung.« Er richtete sich auf, nickte und signalisierte mir, dass ich gehen konnte.

Eilig schnappte ich meine Tasche und lief los, aus Angst, er könnte meine Gedanken erraten. Ich floh geradezu vor ihm. Je schneller ich fortkam, desto besser.

»Cat! ... Warte!«, rief er und kam mir nach. »Wir sollten ... Können wir reden?«

Abrupt blieb ich stehen und drehte mich zu ihm um. Hatte ich mich verhört? »Ist das dein Scheiß-Ernst? Ausgerechnet *du* willst mit *mir* reden?«

»Ja.« Er sagte es so beiläufig, als wäre es das Normalste der Welt.

Ich verschränkte die Arme. »Ich wüsste nicht, worüber.«

Ohne dass ich es wollte, spielte ich die Beleidigte, dabei brannte ich darauf, alles zu erfahren. Aber es tat gut, ihm die kalte Schulter zu zeigen.

Er stemmte eine Hand in die Hüfte, fuhr sich mit der anderen durchs Haar und schaute zu Boden. »Ich weiß, das alles muss sehr verwirrend für dich sein und ...«

»Du weißt gar nichts, Noah.« Bitterkeit schwang in meiner Stimme mit. »Du weißt nicht das Geringste.«

»Ich weiß. Bitte, gib mir fünf Minuten – mehr will ich nicht. Es ist wichtig.«

Wie oft hatte ich mir vorgestellt, ihm eines Tages gegenüberzustehen und ihn genau das sagen zu hören? Sechs verdammte Jahre! *Nichts geschieht ohne Grund, alles hat einen Sinn*, echoten Grandpa Bambams Worte in mir nach. Vielleicht wollte er endlich reinen Tisch machen, aber ich liebte es, ihn zappeln zu lassen und die Unnahbare zu spielen.

Sechs Herzschläge später gab ich schließlich nach. »Wann?«

Wärme flackerte kurz in seinen Augen auf. »Egal. Wann hast du Mittagspause?«

»Gegen 12 Uhr.«

»Gut, ich hole dich am Restaurant ab.« Er versuchte zu lächeln – zumindest zuckten seine Mundwinkel –, aber deutlich sah ich die Unsicherheit in seinen Zügen.

Die Sekunden verstrichen.

»Wir treffen uns draußen im Park«, widersprach ich ihm kühl, drehte mich um und ging.

Ich konnte gar nicht schnell genug davonlaufen. Mit eiligen Schritten machte ich mich auf den Weg.

Im Aufenthaltsraum zog ich mich hastig um. Ein kurzer Blick auf die Uhr und ich legte noch einen Zahn zu. Mann! Mann! Mann! Während ich mir noch die Schürze zuband, lief ich schon Richtung Küche.

Maja wollte gerade mit schmutzigem Geschirr an mir vorbei, blieb aber stehen. »Da bist du ja. Ich habe mir Sorgen gemacht.«

»Es geht mir gut«, sagte ich lächelnd. »Wo ist Mr. Wilson?«

»Der ist heute Morgen in einer Besprechung. Wegen gestern wird er dir einen Tag Urlaub abziehen. Du hast Glück.« Wenn das alles war, konnte ich damit leben. »Ist wirklich alles in Ordnung?« Misstrauisch musterte sie mich.

Ich hatte das Gefühl, ihr eine Erklärung zu schulden. Schließlich hatte ich sie mit allem alleingelassen, nachdem ich meinen Anfall bekommen hatte. »Ist ne lange Geschichte. Tut mir leid wegen gestern.«

»Halb so schlimm. Unsere Schicht war ja fast vorüber.«

»Du, sag mal, kann ich nachher um zwölf Uhr in die Pause gehen?«

»Klar, warum?«

»Auch ne längere Geschichte.«

»Du hast wohl viele Geheimnisse, was? Schon gut. Mit dir kann man wenigstens normal reden. Deine Vorgängerin war eine absolute Zicke. Zum Glück ist die nicht mehr da.«

»Und wo ist sie?«

»Sie wurde gekündigt. Darüber sind wir alle froh, nur Wilson nicht. Der war der Einzige, der sie mochte.«

»Was war denn mit ihr?«, fragte ich neugierig.

»Ach«, sie winkte ab, »Peggy war ein unkollegiales Miststück. Es war eine Qual, mit ihr zusammenzuarbeiten. Ständig hat sie sich bei Wilson eingeschleimt und vor der Arbeit gedrückt. Wenn er nicht da war, hat sie sich als Chefin aufgespielt. Nach der Kündigung hat sie auch noch Vanessa aufgelauert und sie bedroht, weil sie glaubte, die hätte etwas mit ihrem Rausschmiss zu tun.«

»Das ist ja der Hammer!«

»Das kannst du laut sagen! Aber die sind wir zum Glück los.«

Ich fragte mich, was zur Kündigung geführt hatte, aber ich wollte nicht zu neugierig sein und beschloss, Maja ein anderes Mal darauf anzusprechen.

»Okay. Du kannst um zwölf Uhr in die Pause, dafür übernimmst du jetzt Tisch neun. Professor Gilmore will seine Bestellung aufgeben, und Tisch sieben und acht müssen noch eingedeckt werden. Abgemacht?«

»Na klar, kein Problem. Danke.«

Ich ging an die Arbeit und war froh, Wilson vorerst nicht Rede und Antwort stehen zu müssen. Erleichtert nahm ich die Speisekarte und versuchte, nicht an das bevorstehende Treffen mit Noah zu denken. Dabei spukte der Kerl mir ständig im Kopf herum. Gott, war ich nervös. Blöd nur, dass ich mir jetzt kein Erdbeerbonbon mehr in den Mund stecken konnte.

Ich schnappte mir ein Tablett und ging zielstrebig auf den Tisch zu. »Guten Morgen, Professor Gilmore, was darf ich Ihnen bringen?«

Der ältere Mann trug einen beigefarbenen Anzug, der ein paar Knitterfalten aufwies. Seine Brille saß tief auf seiner Nase, und sein streng nach hinten gekämmtes Haar war fast weiß. Er bog eine Ecke der Zeitung herunter, in die er vertieft gewesen war, und schaute zu mir auf. »Als Erstes Kaffee. Für meine Frau ein Croissant und etwas Obst, und für mich Rührei mit Speck. Ach, und einen frischgepressten Orangensaft.«

»Kommt sofort.« Ich gab die Bestellung in der Küche auf. Als ich mit dem Essen zurückkam, saß Mrs. Gilmore noch nicht bei ihrem Mann. »Darf ich das Frühstück Ihrer Frau hier servieren?«

Ich wollte den Teller ihm gegenüber ablegen.

»Warum? Meine Frau sitzt hier. Schon seit vierundvierzig Jahren ist sie an meiner Seite.« Er deutete auf den leeren Stuhl neben sich.

»Natürlich, Sir. Ich wünsche einen guten Appetit«, meinte ich freundlich und stellte alles auf dem gewünschten Platz ab.

Eilig machte ich mich daran, die anderen Tische einzudecken.

Dabei schaute ich ständig auf die Uhr, die bei der Bar hing. Die Zeit schien heute zu kriechen. Langsam füllte sich das Restaurant, und ich musste mich beeilen. Dabei hätte ich beinahe eine Blumenvase umgeworfen. Oh Mann, heute war einfach nicht mein Tag!

»Das kann nicht sein, Margret. Der Saft ist frisch«, hörte ich den Professor sagen. »Die pressen die Orangen hier, und die Frucht selbst ist bestimmt von bester Herkunft. ... Na gut, wenn du darauf bestehst.«

Unauffällig drehte ich mich in seine Richtung und beobachtete, wie er von dem Glas einen Schluck nahm, etwas murmelte und sich dann nach mir umsah.

»Alles in Ordnung, Sir?«, fragte ich.

»Meine Frau findet, dass der Saft scheußlich schmeckt.« Er deutete auf den leeren Platz neben sich. »Margret, jetzt kannst du dich selbst bei der Kellnerin beschweren«, sagte er zu dem Stuhl neben sich.

Mit wem redete er? Entweder war er verrückt, oder ich hatte eindeutig zu wenig Schlaf abbekommen. »Sir?«

»Er schmeckt abgestanden. Sind Sie taub?« Unwirsch drückte er mir das Glas in die Hand.

Ich hatte selbst gesehen, wie die Orangen von einem Küchengehilfen entsaftet worden waren. Trotzdem ermahnte ich mich, dass der Gast König war. »Das darf natürlich nicht sein. Das tut mir leid.«

»Meine Frau möchte lieber ein Wasser trinken.«

»Selbstverständlich.« Mit dem Orangensaft in der Hand lief ich in die Küche und schüttete den Inhalt in den Ausguss. Maja stieß gerade die Tür auf und stellte Geschirr an der großen Spülmaschine ab.

»Hey, sag mal, was ist mit Professor Gilmore? Ist er krank?«

Sie lachte. »Nur ein wenig verrückt. Ignorier es einfach.«

Schon eilte sie hinaus, und bevor ich sie weiter befragen konnte, war sie weg. Ich sollte ignorieren, dass er sich einbildete, seine Frau würde bei ihm sitzen? Er tat mir leid. Vielleicht hatte er ihren Verlust nicht überwunden, und in seiner Verzweiflung tat er einfach so, als wäre sie noch da. Es hatte eine Zeit gegeben, da hatte ich auch so getan, als wäre Becky noch da. Ich hatte sogar eine Phase gehabt, in der ich mit ihr gesprochen hatte. Für Professor Gilmore brauchte man eben Fingerspitzengefühl.

Mit der neuen Bestellung kam ich zurück zu ihm und seiner imaginären Frau und schenkte das Wasser in ein Glas ein. Dabei schielte ich unruhig und zum gefühlt hundertsten Mal zur Uhr.

»Können Sie nicht aufpassen?«, fuhr mich der Professor an.

»Oh! Entschuldigen Sie, ich war ganz in Gedanken.« Ich hatte Wasser danebengeschüttet und tupfte mit einer Serviette die kleine Pfütze auf dem Tisch trocken. »Es tut mir leid, Sir.«

»Gibt es Probleme?« Wie aus dem Nichts tauchte Mr. Wilson auf. Er bedachte mich, wie so oft, mit einem tadelnden Blick.

»Zuerst hat sie meiner Frau einen abgestandenen Orangensaft ausgeschenkt, und jetzt verschüttet Ihre Angestellte auch noch das Wasser«, beschwerte sich der Professor forsch. »So etwas habe ich in diesem Hause noch nicht erlebt.«

»Ms. Spence ist erst ein paar Tage bei uns. Sie ist ein wenig tölpelhaft. Bitte verzeihen Sie ihr das Missgeschick«, meinte Mr. Wilson. Erstaunt schaute ich meinen Boss an.

»Dann sollten Sie bei der Wahl Ihrer Mitarbeiter gewissenhafter sein.«

Das wurde ja immer besser. Erst musste ich mir anhören, dass ich ungeschickt war, und jetzt nahm sich der Professor auch noch heraus, meinem Boss zu erklären, wie er seinen Job zu machen hatte. Ein ganzer Schwall Widerworte lag mir auf der Zunge, aber brav schluckte ich sie hinunter.

»Selbstverständlich geht alles aufs Haus«, erklärte Mr. Wilson großzügig und vollführte eine gönnerhafte Geste.

»Das ist ja auch das Mindeste«, meinte der Professor fordernd und wandte sich dem leeren Stuhl neben sich zu. »Komm, meine Liebe, wir gehen hinaus in den Garten.« Er nahm seinen Hut, hob den Arm und tat so, als würde sich seine Frau bei ihm einhaken. Dann schlenderte er langsam mit dem unsichtbaren Geist aus dem Restaurant.

Wenn ich vorhin noch jede Menge Mitleid mit ihm gehabt hatte, war es nun Verärgerung gewichen. Entweder hatte Mr. Gilmore den Verlust seiner Gattin nicht verarbeitet, oder aber es war eine Masche, um kostenlos zu frühstücken. So ganz hatte ich das noch nicht raus.

»Der Orangensaft war völlig in Ordnung«, sagte ich leise zu Mr. Wilson.

Er bedachte mich mit einem arroganten Blick. »Wenn der Professor sagt, der Saft sei abgestanden, dann war er das, kapiert?« Fordernd zog er die Brauen hoch und wartete, dass ich ihm zustimmte.

»Okay, wenn er das sagt.«

Mr. Wilson wollte gehen, drehte sich aber noch mal zu mir. »Ach ... Ich hoffe, Sie konnten Ihre Probleme lösen, Ms. Spence. Sie werden in nächster Zeit nicht mehr kurzfristig ausfallen, verstanden?«

»Ja, Sir. Äh ... Nein, Sir ...«

»Ich habe Ihnen einen Tag Urlaub abgezogen, aber das nächste Mal können Sie gleich zu Hause bleiben. Und jetzt gehen Sie mir aus den Augen.«

Ich biss die Zähne zusammen, um meinem Boss nicht das Gemotze, das mir auf der Zunge lag, unkontrolliert entgegenzuschmettern. Ich schaffte es sogar zu lächeln. Mit einer Hand bedeutete er mir, dass ich gehen konnte, was ich auch tat. Idiot!

***

Gegen zwölf Uhr verließ ich das Restaurant. Mit weichen Knien machte ich mich auf den Weg zu meiner Verabredung. Ich ermahnte mich cool zu bleiben, damit Noah nicht merkte, wie nervös ich war. Schon bevor ich die Tür zum Hotelpark erreichte, sah ich ihn durch die Glasscheibe draußen stehen. Aber er war nicht allein.

Er unterhielt sich gerade mit Micky Maus und Belle aus *Die Schöne und das Biest*. Was war denn hier los? Ein bunter Fanfarenzug mit Disneyfiguren in aufwendigen Kostümen versammelte sich im Hotelgarten. Neugierig trat ich hinaus. Musik ertönte, und die Parade setzte sich in Bewegung. Hotelgäste bildeten eine Gasse, um dem Treiben zuzuschauen, und immer mehr Leute kamen hinzu.

Gerade liefen Aladdin und Dschinni an mir vorbei, dicht gefolgt von Schneewittchen und den sieben Zwergen, Pluto und Prinzessin Elsa und Anna. Sie tanzten, sangen zur Musik und lachten einem Mädchen zu, das im zweiten Stockwerk am Fenster stand. Ein Mann, wahrscheinlich ihr Vater, hatte sie auf den Arm genommen, damit sie besser sehen konnte. Freudestrahlend winkte sie den Disneyfiguren zu.

Automatisch musste ich lächeln, weil sie völlig fasziniert war. Die Kleine war glücklich. Aber ich sollte meine Verabredung nicht vergessen und sah mich erneut nach Noah um. Er stand nun etwas abseits und unterhielt sich mit einer jungen Frau. Wie zum Teufel hatte er es geschafft, sich so zu verändern? Er war selbstsicher und stark, er bewegte sich kontrollierter und hatte seine Tollpatschigkeit völlig abgelegt.

Ich stellte mich in seine Blickrichtung und wartete. Tatsächlich bemerkte er mich und wollte das Gespräch mit der Frau beenden, da wurde er von Pluto aufgehalten. Der riesige

Plüschhund nahm seinen Kopf ab und klemmte ihn unter den Arm. Ich musste auflachen, als ich Dylan darunter erkannte. *Dylan* war in der Disneyparade mitgelaufen? Sie wechselten kurz ein paar Worte, dann setzte Dylan seinen Hundekopf wieder auf und verschwand in der Menge.

Noah lächelte die Frau an, mit der er gesprochen hatte. Es war ein schönes und unbekümmertes Lachen, und augenblicklich musste ich schlucken. Früher hatten wir uns total albern verhalten, hatten oft gelacht und uns dabei sogar die Bäuche gehalten. Er verabschiedete sich von ihr und kam auf mich zu.

»Danke, dass du gekommen bist. Gehen wir ein Stück?« Er wies in den Hotelgarten, wo wir uns ungestört unterhalten konnten.

Ausdruckslos setzte ich mich in Bewegung. Es fühlte sich seltsam an neben ihm herzulaufen. Wir schwiegen und spürten die Distanz der vergangenen sechs Jahre zwischen uns. Immer wieder suchte er meinen Blick, und deutlich merkte ich, wie er sich bemühte, ein Gespräch zu beginnen.

»Du siehst gut aus«, meinte er schließlich.

Seinen Versuch, mit Smalltalk eine Unterhaltung zu starten, konnte er sich sparen. »Können wir den förmlichen Teil überspringen und gleich zur Sache kommen?«

»Wie du willst.«

»Wenn es um gestern geht, werde ich mich nicht entschuldigen. Es tut mir auch nicht leid, falls du das hören willst«, sagte ich kühl.

»Schade, genau das hatte ich gehofft. Wegen deiner Falschaussage habe ich eine Abmahnung erhalten, und ich wollte dich bitten, dass du die gestrige Situation bei der Geschäftsleitung richtigstellst.«

Verwundert blieb ich stehen. »Was für eine Falschaussage?«

»Komm schon, Cat, spiel nicht die Unschuldige. Mag sein,

dass ich die Ohrfeige verdient habe, aber hier geht es um meinen Job. Egal, was in der Vergangenheit geschehen ist, wir sollten fair bleiben. Findest du nicht?«

Ich keuchte. Ausgerechnet *er* sprach von Fairness? »Ich habe keine Ahnung, wovon du redest.«

Er rieb sich den Nacken. »Du weißt genau, was ich meine. So kommen wir jedenfalls nicht weiter, Cat.«

Ich hob die Brauen und kombinierte. »Du wolltest mit mir reden, weil du einen Verweis erhalten hast und weil du glaubst, ich wäre dafür verantwortlich?«

»Exakt.«

Enttäuschung wallte in mir auf. Ich hatte gehofft, endlich Erklärungen von ihm zu bekommen. In Wahrheit ging es ihm nur um seine eigene Haut. »Ist das etwa alles, was du mir zu sagen hast?« Mit gerunzelter Stirn sah er mich an und warf dann einen Blick zur Parade, die nun fast vorüber war. »Sorry, Noah, aber ich habe echt Besseres zu tun.«

Ich wandte mich ab und stapfte zum Hotel, doch auf halbem Weg drehte ich um und lief zu ihm zurück. So konnte ich das nicht stehen lassen. Wenigstens ein paar Takte musste ich ihm sagen. Zu lange schleppte ich die Vorwürfe mit mir herum.

Ich tippte mit dem Zeigefinger gegen seine Brust. »Du willst Fairness? Die hatte ich vor sechs Jahren von dir erwartet.«

»Ich will nur, dass du die Lüge zurücknimmst«, erwiderte er.

»Was für eine Lüge denn?«, fauchte ich. Der Kerl brachte mein Blut zum Kochen.

Er war jetzt ebenfalls aufgebracht. Deutlich traten die Venen an seinem Hals hervor. »Ich hätte wissen müssen, dass du nicht zu einem Gespräch bereit bist.«

Mir klappte der Mund auf. Das wurde ja immer besser. »Ein Gespräch? Sag mal, tickst du noch ganz richtig? Denkst du eigentlich auch mal über den Mist nach, den du von dir gibst, oder sind deine Gehirnzellen mit deinen Muskeln verschmolzen? Warum stehe ich denn hier? Etwa weil ich unser Wiedersehen feiern will? Ich dachte, du erklärst mir ein paar Dinge, versuchst dich wenigstens zu rechtfertigen, aber du hast nur Angst um deinen Job. Sorry, aber die fünf Minuten, um die du mich gebeten hast, sind deinem Egoismus zum Opfer gefallen.«

Zufrieden ließ ich ihn stehen und ging.

»Fuck! Cat!«

Ruckartig drehte ich mich um. »*Was*?!«

Wir funkelten uns an, und in meinem Kopf rasten die Gedanken. Fluchen hatte er offensichtlich auch gelernt. Das war nicht mein Noah von damals, so viel stand jedenfalls fest. Was war nur aus meinem sanften Freund geworden?

Er fuhr sich durchs Haar. »Wir arbeiten jetzt beide hier und sollten einen Weg finden, miteinander auszukommen.«

»Gute Idee, kündige.«

Er lachte. »Ganz sicher nicht. Ich bin seit Jahren hier.«

»Wie war das eben? Bei einem nächsten Verweis bist du raus?« Ein böses Grinsen stahl sich auf meine Lippen, was ihn nur noch mehr anheizte. Anscheinend hatte er nicht vergessen, wie gemein ich sein konnte.

»Das wagst du nicht«, meinte er drohend.

»Leg es nicht darauf an.«

Er presste die Lippen aufeinander und hielt inne. »Okay. Ich möchte dich freundlichst bitten, dass du deine Aussage bei der Geschäftsleitung richtigstellst.«

Inma musste etwas mit dieser angeblichen Falschaussage zu tun haben. Was auch immer sie der Chefetage mitgeteilt hatte, hatte Noah wahrscheinlich in diese Misere gebracht.

»Das hast du nett gesagt, aber es war nicht ehrlich genug«, säuselte ich. Er erdolchte mich mit seinem Blick, aber das war mir schnuppe. »Ich erwarte Antworten, Noah.«

Mein Herz klopfte wie verrückt bei dieser Forderung, aber er starrte mich nur stumm und kalt an. Sein Kiefer mahlte, und ein Zögern blitzte in seinen Augen auf.

Plötzlich war da etwas Vertrautes, das dem kindlichen Noah verdammt ähnlichsah, doch dann senkte er den Blick, und der Moment war vorüber. »Was bringt es, die alten Geschichten wieder aufzuwärmen, Cat? Ich habe vor langer Zeit mit der Vergangenheit abgeschlossen.«

»Schön für dich – ich aber nicht.«

Er seufzte. »Ich weiß, –«

»Du weißt gar nichts«, fauchte ich leise. Der Kloß in meinem Hals war mit einem Mal überirdisch groß, und der Schmerz in meiner Brust brachte mich zum Schweigen.

Er sah mir den Groll an und blickte mitleidig auf mich herab. Dann nickte er, als wäre er mit etwas einverstanden. »Wir sollten uns besser zukünftig aus dem Weg gehen.«

Diesmal ließ er mich stehen, ohne ein weiteres Wort. Ich sah ihm nach, wie er im Park verschwand. Ich schnaubte wütend. Eine Sache war sicher: Dieser Mann hatte nichts mehr mit meinem Noah von damals zu tun. Diese Variante war kalt, egoistisch und hatte kein Gewissen. Der Noah, den ich gekannt hatte, existierte nicht mehr.

9

Cat

Gleich als ich die Hotellobby erreichte, wählte ich Inmas Nummer. Sofort ging sie ran.

»Und? Wie war die Kontrolle? Hat er was gesagt?«, wollte sie ohne Umschweife wissen.

»Die Frage ist wohl eher, was genau *du* erzählt hast. Er wurde abgemahnt und macht mich dafür verantwortlich.«

»Eine Abmahnung? Shit!« Hörbar stieß sie den Atem aus. »Ich habe nur versucht, deinen Hintern zu retten. Es war eine Notlüge, die erklärt, warum du abgehauen bist – mehr nicht.«

»Inma? Was hast du denen erzählt?«

Ihre Stimme nahm einen entschuldigenden Tonfall an. »Na ja, dass er dir ein Bein gestellt hat, du deshalb gestolpert bist, das Tablett fallen gelassen hast und vor Scham davongelaufen bist. Etwas anderes ist mir nicht eingefallen.«

Ich schloss die Augen und hielt eine Hand an die Stirn. »Und er denkt ...«

»Tut mir leid, was hätte ich denn machen sollen? Die Wahrheit konnte ich schließlich auch nicht sagen, oder?«

Das stimmte. Jetzt verstand ich auch, warum er sauer war. Genaugenommen hatte er es nicht anders verdient.

»Dann wird er eben mit dieser Abmahnung leben müssen«, murmelte ich mehr zu mir selbst.

»Und was hat er noch gesagt? Ich meine, hat er dir wegen damals etwas erklärt?«

»Nein. Er hat mit der Vergangenheit abgeschlossen und will die alten Geschichten nicht aufwärmen.«

»Puh! Und wie geht es jetzt weiter?«

»Wir werden uns aus dem Weg gehen. Ist ganz gut so.«

»Was? Aber … aber wieso denn das?«

»Weil er ein Scheißkerl ist, herzlos, kalt und egoistisch.«

»Noah und herzlos? Das kann nicht sein. Er ist ein guter Mensch, das weiß ich.«

»Und was macht dich da so sicher? Du hast schließlich nicht mitbekommen, wie er mit mir geredet hat. Der Kerl ist völlig neben der Spur.«

»Reden wir vom gleichen Noah? Der, den ich kenne, hat zum Beispiel für dieses kranke Mädchen ziemlich viel riskiert.«

Ich runzelte die Stirn. »Wovon sprichst du?«

»Die Parade im Garten ist auf seinen Mist gewachsen. Die Eltern eines kranken Mädchens wollten ihrer Tochter einen letzten großen Wunsch erfüllen und waren mit ihr auf der Durchreise nach Disneyland. Blöderweise ging es der Kleinen plötzlich nicht mehr so gut, sodass sie ihre Pläne canceln mussten. Noah hat dann, ohne es mit der Geschäftsleitung abzusprechen, diese Parade für sie organisiert. Also herzlos, egoistisch und kalt ist wirklich etwas anderes. Okay, ich muss Schluss machen«, flüsterte sie. »Mein Chef kommt gerade. Wir reden später weiter.« Schon hatte sie aufgelegt.

Nachdenklich durchquerte ich die Hotellobby. Noah hatte die Parade für das Kind organisiert? Das widersprach sich tatsächlich, aber wenn ich leise in mich hineinhörte, erinnerte es mich an den hilfsbereiten und sensiblen Noah von früher. Meine Eltern hatten zwar gewusst, wie sie mir meine Freiheit mit Hausarrest entziehen konnten, doch Noah hatte mir immer wieder Flügel verliehen, um die Mauern der Villa zu überwinden. Er hatte mir Wege gezeigt, wie ich in meinem Gefängnis trotzdem frei sein konnte. Wir zelteten in meinem Zimmer. Er war der Einzige gewesen, der mit meiner Wut umgehen konnte, der beruhigend auf mich wirkte. Wie oft war er das Risiko für mich eingegangen, von seinem oder meinem Vater erwischt zu werden, wenn er nachts heimlich zu mir geschlichen war?

Nachdem Noah weggezogen war, war mein Leben nie einfach gewesen, aber ich musste klarkommen. Es musste schließlich nach Noahs Verschwinden, Beckys Selbstmord und dem Schlaganfall meines Vaters irgendwie weitergehen. Ich war, bis auf wenige Momente, stets stark geblieben, hatte versucht, die Kontrolle zu behalten, aber jetzt verlor ich den Boden unter den Füßen. Durch die Begegnung mit Noah kamen die Erinnerungen wieder hoch. Die Gefühle, die ich fein säuberlich unter Verschluss gehalten hatte, strömten an die Oberfläche und brachten alles durcheinander. Was war so schwer zu verstehen, dass ich Erklärungen von ihm erwartete? Hätte er sich das nicht denken können? Und wieso, verdammt, verschwendete ich weitere Gedanken an ihn?

Langsam schlenderte ich durch die Lobby, in der zum Glück nicht viel los war. Beim Aufzug entdeckte ich Spike. Wie ein Zinnsoldat in einem roten Anzug stand er da und wartete auf Fahrgäste. Mit einem müden Lächeln ging ich auf ihn zu.

»Hi Cat.« Er musterte mich aufmerksam. »Wer oder was ist dir denn über die Leber gelaufen? Etwa Wilson?«

Wenn es nur das wäre. »Nein, ein anderes männliches Ungeheuer.«

»Schlimm? Wen soll ich für dich verprügeln?« Er ballte seine dünne, fast knöchrige Hand zur Faust.

Grinsend schüttelte ich den Kopf. Im Geiste sah ich schon David gegen Goliath – aber den Kampf würde er verlieren. Es war süß von Spike, wie er mich aufzumuntern versuchte.

Ich zwang mich zu einem Grinsen. »Ich kann dir später die Liste geben.«

Er machte ein mitleidiges Gesicht. »Du siehst ziemlich traurig aus ... Hey, ich weiß, womit ich dich aufheitern kann.«

Plötzlich strahlte er übers ganze Gesicht und schaute sich kurz um. »Gerade ist es günstig – keine Gäste. Komm mit.« Er drückte den Knopf des Lifts, und mit einem ›Bing‹ schwangen die Türen auf. Sachte schob er mich hinein, bediente den Schalter, und wir glitten in die Höhe.

»Stell dich hier hin.« Er zog mich direkt vor das Glas der Aufzugskabine, von wo aus ich eine atemberaubende Aussicht auf die Eingangshalle hatte.

»Wow! Das ist ...«

»... toll, oder? Jetzt lass all deine Sorgen einfach dort unten.«

Das ging leichter, als ich es vermutet hatte. Der Anblick verschlug mir die Sprache. Die Lichter, das viele Glas, das die Architekten im Gebäude verbaut hatten, und die riesigen Pflanzen kamen erst von hier oben richtig zur Geltung. Das Hotel wirkte wie eine edle, moderne Oase und zeigte sich von seiner besten Seite.

»Es ist wunderschön«, flüsterte ich fasziniert und ließ meinen Blick weiterschweifen.

»Das ist es. Genieß die Schönheit und vergiss deine grauen Gedanken, das macht die Seele wieder frei.«

Spike hatte recht. Menschen aus der ganzen Welt kamen hierher und bezahlten viel Geld, um für einige Zeit hier zu sein. Ich durfte an diesem Ort arbeiten, hatte endlich die Chance, mein eigenes Leben in die Hand zu nehmen. Meiner Heimat hatte ich den Rücken gekehrt, die dunklen Erinnerungen hinter mir gelassen, auch wenn ich für immer mit ihnen verwoben war. Ich durfte mich nicht unterkriegen lassen – weder von Noah, der plötzlich aufgetaucht war, noch von meiner Mutter und schon gar nicht von einer Person, die feige war und unterschwellige Drohungen mit blauen Rosen an mich richtete.

Dankbar blickte ich zu Spike. Hinter seiner schrägen Art verbarg sich mehr, als ich vermutet hatte. Er besaß ein gutes Herz. Ich verstand allmählich, warum Inma sich in ihn verliebt hatte.

»Danke, dass du mir das gezeigt hast«, sagte ich leise, als wir wieder auf dem Weg nach unten waren.

Er strahlte, als hätte er gewusst, dass diese Fahrt die Lösung für mich war. »Gern geschehen. Du kannst jederzeit mit mir eine Runde drehen – sofern es meine Arbeit zulässt natürlich.«

»Das werde ich. Du bist wirklich der beste Liftboy, mit dem ich je Aufzug gefahren bin.«

Stolz zupfte er seine Fliege zurecht. »Danke, Cat.«

Ich ließ meinen Blick über den Loungebereich schweifen, wo vereinzelte Gäste in bequemen Ledergarnituren saßen, Kaffee tranken oder Zeitung lasen. Wir hatten nur noch wenige Meter zu überwinden, bis wir im Erdgeschoss ankommen würden. Etwas Blaues auf einem der Loungetische ließ mich erstarren.

Was zum Teufel ...

Der Fahrstuhl hielt, die Türen öffneten sich, und Spike sagte etwas. Ich reagierte nicht, hatte nur Augen für die einzelne blaue Rose, die dort lag. Zielstrebig durchquerte ich die Halle und lief direkt darauf zu. In meinem Kopf wiederholten sich die Worte, die auf der letzten Karte gestanden hatten.

San Francisco kann gefährlich sein, Catherine.
Pass auf dich auf!

Diesmal lag kein Umschlag dabei, nur die Rose. Mein Herz raste, meine Gedanken kamen ins Trudeln. Was war hier los? Jemand wusste, wo ich wohnte, und jetzt auch noch, wo ich arbeitete?

»Alles in Ordnung, Cat?«

Ruckartig drehte ich mich um und schaute in Spikes besorgtes Gesicht. Ich war so durch den Wind, dass ich ihm nicht antwortete und mich hektisch umsah. Gäste lachten, Pagen brachten Gepäck herein. Die gesamte Szenerie war völlig normal. Nichts deutete auf etwas Ungewöhnliches hin. Dennoch …

An einen Zufall glaubte ich nicht mehr. Vielleicht hatte eine der Rezeptionistinnen etwas beobachtet, oder einer der Gäste, die in der Lounge saßen.

»Entschuldigen Sie, haben Sie gesehen, wer diese Blume hier abgelegt hat?«, fragte ich einen Mann, der in eine Zeitung vertieft war.

Neugierig blickte er auf. »Nein, tut mir leid.«

Ich bedankte mich, eilte zum Empfangstresen und wandte mich an die Rezeptionistin. »Hey, hast du mitbekommen, dass jemand diese Rose dort auf den Tisch gelegt hat?«

Mit einer Handbewegung zeigte ich auf die Stelle. Sie schüttelte den Kopf, fragte aber ihre Kollegin, die ebenfalls verneinte.

»Cat, was ist denn los? Warum bist du so aufgeregt?« Erst jetzt nahm ich Spike neben mir wahr.

Ich hielt ihm die Blume unter die Nase. »Was sagt dir das?«

Er runzelte die Stirn. »Die sieht aus wie eine aus dem Strauß, den du neulich bekommen hast.«

»Genau.«

Fakt war, das alles war kein Zufall. Jemand wollte mir Angst einjagen, und ich musste zugeben, dass er das langsam auch schaffte. Wer könnte etwas dagegen haben, dass ich hier war?

Bis auf meine Mom fiel mir niemand ein. Angestrengt dachte ich nach, und tatsächlich gab es noch eine Person, der das ebenfalls nicht gefiel. Wut stieg in mir auf. Warum war ich da nicht schon früher darauf gekommen. Noah!

»Cat, ich verstehe immer noch nicht«, sagte Spike. »Was ist denn los?«

»Das erkläre ich dir später. Kannst du mir sagen, wo ich Noah Graham finde?«

»Graham? Soweit ich weiß, arbeitet hier nur ein Noah Holder. Er gehört zum Sicherheitsteam.«

»Okay, dann eben den. Wo finde ich ihn in diesem Augenblick? Ich muss ihn dringend sprechen.«

»Ich kann fragen, wenn du willst.«

Eifrig nickte ich, während er aus seiner Hosentasche ein Handy herausnahm und eine Nummer wählte.

»Frag bitte nur, wo er sich gerade aufhält, okay?«

»Ist gut. ... Hi, hier ist Simon, der Liftboy. Wo befindet sich Noah im Augenblick? ... Ja ... Ah, okay. Danke.« Er beendete das Gespräch. »Er ist im Sicherheitsbüro.«

»Danke, Spike.« Ich rannte los und ließ den armen Kerl völlig verdutzt stehen.

Tausend Flüche und Beschimpfungen hatte ich schon für Noah parat, als ich, ohne anzuklopfen, das Büro betrat. Kurz sah ich mich um. Ich entdeckte ihn vor einer Kaffeemaschine, wo er sich mit einer blonden Frau unterhielt. Wutentbrannt lief ich auf ihn zu. Einige seiner Kollegen, darunter auch Dylan, sahen mir interessiert nach, aber die blendete ich aus.

»Wenn du glaubst, du kannst mich damit einschüchtern, dann hast du dich geschnitten«, fuhr ich ihn an und schmetterte die Rose gegen seine Brust.

Sie fiel zu Boden. Blaue Blütenblätter landeten verstreut daneben.

Plötzlich war es mucksmäuschenstill im Büro, und alle Blicke waren auf uns gerichtet. Noahs Lächeln gefror, und die Blondine zog sich irritiert zurück.

»Was fällt dir eigentlich ein? Mich wirst du von hier nicht vertreiben«, schrie ich.

Er runzelte die Stirn. »Wovon sprichst du?«

»Jetzt tu nicht so scheinheilig! Du weißt genau, wovon ich spreche.«

»Nein, weiß ich nicht.« Er blickte zu der Blume am Boden.

»Du hast mir den Strauß Rosen und die unterschwellige Drohung geschickt, weil du willst, dass ich verschwinde. Gib es zu.«

»Cat, ich habe dir nichts geschickt.«

»Lügner.« Ich stemmte eine Hand in die Hüfte. »Du bist der Einzige, den ich kenne, der ein Interesse daran hätte.«

»Warum sollte ich dir Blumen schicken? Ich weiß noch nicht mal, wo du wohnst.«

Ich lachte höhnisch. »Soll das ein Witz sein? Du kannst doch jederzeit in meine Personalakte schauen.«

Unruhig sah Noah sich um. »Können wir das bitte unter vier Augen klären?«, sagte er leise, als ihm bewusst wurde, dass das gesamte Büro uns aufmerksam zuhörte. Er stieß eine Tür neben sich auf und wartete, dass ich eintrat. Es war der Raum, in dem Dylan mir den Ausweis ausgestellt hatte. Zögernd tat ich ihm den Gefallen.

»Du glaubst, ich hätte dir irgendwelche Blumen geschickt? Warum in aller Welt sollte ich das tun? Nicht mal meine eigene Mutter bekommt von mir Grünzeug.«

»Es waren nicht nur Rosen, sondern auch Nachrichten.«

Er runzelte die Stirn. »Was für Nachrichten?«

»›Egal, wie weit du fortgehst, du kannst vor der Wahrheit nicht davonlaufen‹ Na? Klingelt es da bei dir? Oder: ›San

Francisco kann gefährlich sein, Catherine. Pass auf dich auf!‹ Aber warum erzähle ich dir das eigentlich? Du weißt selbst, was du geschrieben hast.«

Abwehrend hob er die Hände. »Ganz ehrlich, Cat, ich habe dir weder Blumen noch Nachrichten geschickt. Ich gebe zu, dass ich überrascht war, dich hier wiederzusehen, und wir beide haben einige Differenzen, aber so etwas würde ich nie tun.«

Ich konnte ihm nicht trauen. »Ich glaube dir kein Wort.«

»Es ist aber die Wahrheit, Cat. Im Grunde könnte es doch jeder gewesen sein, oder nicht? Ich habe noch nie einer Frau Blumen geschenkt.«

Früher, wenn er gelogen hatte, konnte ich das in seinem Gesicht sehen. Seine Stimme war dann einige Tonlagen höher gewesen, er hatte den Blickkontakt gemieden und Hektikflecken bekommen. Davon gab es jetzt keine Anzeichen, ganz im Gegenteil. Er war selbstsicher und sah mir direkt in die Augen.

»Sollte ich herausfinden, dass du es doch warst, mache ich dir die Hölle heiß, Noah Graham.«

»Holder.«

»Was?«

»Mein Nachname ist Holder, Cat.«

»Seit wann denn das?«

»Seit meine Mutter wieder geheiratet hat.«

Der Kerl brachte mich zur Weißglut. »Wie auch immer. Die Hölle wartet, solltest du etwas damit zu tun haben!«

Ich knallte die Tür hinter mir zu.

Der nächste Ärger war schon vorprogrammiert, als ich viel zu spät aus der Pause zurückkam.

Mr. Wilson erwartete mich im Flur vor dem Restaurant. »Ms. Spence, wenn ich sage, Sie sollen mir aus den Augen gehen, dann meine ich nicht, Sie können so lange Pause machen, wie es Ihnen passt.« Er hatte seine Hände hinter dem Rücken verschränkt und marschierte wie ein Soldat vor mir auf und ab. »In diesem Haus gibt es Regeln«, sinnierte er. »Regeln, die ...«

Meine Gedanken schweiften ab, und ich hörte meinen Boss wie durch Watte. Hatte ich bei Noah überreagiert? Was hätte ich denn denken sollen, nach allem, was geschehen war? Der Mann, der sich nun Noah Holder nannte, war mir fremd. Nachdem ich die einzelne Rose auf dem Tisch gesehen hatte, war mir nur er in den Sinn gekommen. Aber vielleicht log Noah nicht, und es steckte jemand anderes dahinter. Am besten suchte ich das Blumengeschäft auf, dessen Name auf der Papiermanschette stand. Die hatten ja den Auftrag entgegengenommen. Fieberhaft versuchte ich mich an den Namen zu erinnern, aber er fiel mir nicht ein. Irgendwas mit *Garden ... M...*

»Ich hab's! *Mystic Garden*!«, rief ich erfreut aus. »Das war es, *Mystic Garden*.« Mr. Wilson sah mich mit weit aufgerissenen Augen an, als hätte ich nicht mehr alle Tassen im Schrank. Sofort nahm er einen Schritt Abstand. »Sorry, ich habe nur laut gedacht.«

Er verzog das Gesicht. »Wo sind Sie nur mit Ihren Gedanken, Ms. Spence?«

»Tut mir leid, dass ich zu spät aus meiner Pause zurückgekehrt bin. Es kommt nicht wieder vor, okay? Kann ich jetzt wieder an die Arbeit?«

Er sagte immer noch kein Wort und musterte mich abschätzend.

»Gehen Sie«, meinte er grimmig. Erleichtert und mit einem Plan im Kopf lief ich los. »Ms. Spence?«

»Ja, Mr. Wilson?«

»Ich behalte Sie im Auge, denken Sie daran.«

Noch jemand, der ein spezielles Interesse an mir hatte. Mir reichte schon der Rosen-Stalker.

Ich war heilfroh, dass der restliche Arbeitstag ohne weitere Zwischenfälle über die Bühne ging. Für einen Tag hatte ich genug Aufregung gehabt. Sobald es mir die Zeit erlaubte und Mr. Wilson es nicht bemerkte, zog ich mich kurz in den Aufenthaltsraum zurück, um im Internet nach der Adresse des Blumenladens zu suchen. *Mystic Garden* befand sich auf der anderen Seite der Stadt. Ich speicherte die Adresse und würde Inma fragen, ob sie mit mir nach Feierabend zu dem Geschäft fahren würde.

10

Cat

»*H*ier muss es irgendwo sein«, sagte Inma.

Langsam fuhren wir die Ocean Ave entlang. Den ganzen Tag zerbrach ich mir den Kopf, wer hinter alldem stecken könnte, kam aber zu keinem Ergebnis. In den letzten Jahren, die ich zu Hause gewohnt hatte, hatte ich kaum Kontakt zu den Leuten aus Pleasant Hill gehabt. Zumindest hatte ich niemandem einen Grund gegeben, so sauer auf mich zu sein, um mir auf diese Weise zu drohen. Derjenige wusste, wo ich arbeitete und wohnte. Vielleicht wurde ich beobachtet. Bei der Vorstellung fuhr mir ein Schauer über den Rücken.

»Halt an! Da ist es!«, schrie ich vor Aufregung, als ich das Schild mit dem Firmennamen entdeckte, an dem wir beinahe vorbeigefahren wären.

Inma legte eine Vollbremsung hin, was unser Hintermann mit Hupen und lautem Schimpfen quittierte. Als Entschuldigung hob sie eine Hand und lenkte den Wagen an den Straßenrand.

»Bist du sicher, dass es das ist? Da ist zwar das Firmenlogo, aber ...«

Fenster und Türen waren mit Packpapier zugeklebt, und jetzt erst erkannte ich, wie verschlissen die Werbetafel aussah. Direkt am Eingang stand ein Schild: ›Ladenfläche zu vermieten‹. Das ganze Gebäude sah heruntergekommen und sanierungsbedürftig aus, als wäre seit Jahren niemand mehr hier gewesen.

»Das kann nicht sein«, sagte ich. »Es ist das einzige Geschäft mit dem Namen. In San Francisco gibt es kein zweites *Mystic Garden*.«

»Seltsam.«

»Du hast das Papier vom Blumenstrauß doch gesehen, oder?«

»Ja, aber wie ich dir bereits sagte, kann ich mich nicht mehr an den Namen erinnern.«

Ich kaute nachdenklich auf meiner Unterlippe. »Das ergibt keinen Sinn.«

»Vielleicht siehst du das Ganze zu eng, und es ist wirklich nur ein Scherz.«

»Ha, ha, ich lach mich schlapp. Das wäre ein schlechter Scherz.« Mein Kopf brummte, und statt Klarheit hatte ich jetzt nur noch mehr Fragen.

»Was hältst du davon, wenn wir nach Hause fahren und etwas essen? Vielleicht klärt sich alles noch auf.«

Seufzend nickte ich. Etwas anderes blieb uns schließlich nicht übrig. Wenn ich noch länger darüber nachdachte, würde ich verrückt werden. »Na gut.«

Inma startete den Wagen und fädelte sich in den Verkehr ein. »Es war alles zu viel in letzter Zeit. Dein Umzug, Beckys Todestag, dann das Wiedersehen mit Noah. Ich glaube, du brauchst eine Pause. Wie wäre es, wenn du erst mal herausfindest, wie es mit Noah und dir weitergeht?«

Erstaunt schaute ich zu ihr hinüber. »Und was, wenn die Rosensache ernst ist? Außerdem gibt es kein *Weiterkommen* mit Noah. Er will, dass wir uns aus dem Weg gehen.«

»Ich hätte nie gedacht, dass er so ein Idiot ist.«

»Ich auch nicht.« Ich überlegte, ob es sinnvoll wäre, die Polizei über die Vorfälle zu informieren. Aber was könnten die schon tun?

Zu Hause angekommen, aßen wir etwas, und dann verzog ich mich in mein Zimmer. Ich rief meinen Vater an, verschwieg ihm aber die Rosenangelegenheit. Er hätte sich sonst Sorgen gemacht. Er hatte genug mit sich selbst zu tun. Ich faselte etwas von Müdigkeit und Stress von der Arbeit.

In den folgenden Tagen nahm ich mein Umfeld viel intensiver wahr. Ich beobachtete alles und hoffte, einen Hinweis zu finden. Aber da war nichts, niemand verhielt sich auffällig, alle Leute, mit denen ich zu tun hatte, waren normal. So normal, dass langsam etwas Ruhe einkehrte. Ich bekam weder weitere Rosen noch Nachrichten.

Mein Vorhaben, Noah aus dem Weg zu gehen, war schwerer, als ich es erwartet hatte. Ständig trafen wir uns zufällig. Neben meiner Mutter stand er auf meiner Rosen-Stalker-Liste immer noch ganz oben. Es war schon fast unheimlich: Erst war er sechs Jahre wie vom Erdboden verschluckt, und jetzt begegneten wir uns mehrmals täglich, aber bis auf ein grüßendes Nicken und intensive Blicke ignorierten wir uns. Wo war nur der friedliche und witzige Noah hin, der damals immer einen lustigen Spruch auf den Lippen gehabt hatte?

Es war Samstagabend. Maja hatte Inma, Spike und mich zu einer Party eingeladen. Sie wollte ihren Geburtstag nachfeiern, der auf einen Arbeitstag gefallen war. Wie ich gehört hatte, würden auch einige Männer vom Sicherheitsteam dabei sein, also rechnete ich damit, Noah ebenfalls zu begegnen.

Kurz bevor wir aufbrachen, telefonierte ich noch mit Grandpa

Bambam und berichtete ihm von der Entwicklung mit Noah. Bei unserem Ausflug nach Half Moon Bay hatte er mir gut zugeredet, mit Noah zu sprechen. Er änderte allerdings seine Meinung, als er erfuhr, wie Noah sich mir gegenüber verhalten hatte. Grandpa war total entrüstet über das Benehmen und wollte ihn sich vorknöpfen, was ich aber entschieden ablehnte. Ich würde das Problem auf meine Weise regeln.

»Cat? Spike ist da. Bist du dann so weit?«, rief Inma vom Flur.

»Ich komme!«

Ich warf einen letzten Blick in den Spiegel. Das enganliegende, bordeauxfarbene Minikleid saß perfekt und passte super zu meinem Hautton. Meine Locken glänzten, nachdem ich endlich mal wieder eine Haarkur verwendet hatte. Ich zog flache Schuhe, ein mit roten Strasssteinen besetztes Armband und Ohrringe an, schnappte mir meine Handtasche – und los ging es.

»Wow, Cat! Du siehst toll aus. Hast du heute Abend noch etwas anderes vor?«, fragte Inma augenzwinkernd, als ich zu ihnen in den Flur trat.

»Quatsch, ich war schon lange nicht mehr auf einer Party und hatte Lust, mich ein wenig herauszuputzen.«

»Echt groovy!«, entfuhr es Spike anerkennend. Ich lachte über sein ›groovy‹. »Was hältst du von meinem Outfit?« Spike hob eine Hand in die Hüfte und posierte wie ein Model.

»Was hast du denn da an?« Kichernd hielt ich mir die Hand vor den Mund.

»Ich finde, das Hemd passt nicht«, meinte Inma trocken.

Ich prustete los, denn das Hemd war das kleinere Übel der Kreation. Ich wollte etwas sagen, aber mir fehlten die Worte. Mit seinem Kleidungsstil schoss er den Vogel ab. Abgesehen von seinem Haar, das er diesmal streng nach hinten gekämmt hatte, trug er einen Foto-Anzug, auf dem Giraffen, Zebras und Elefanten abgebildet waren. In der Schlaghose hatte er Hochwasser, sodass man die roten Socken sehen konnte, und der Stoff saß knalleng an den Oberschenkeln.

»Es gefällt dir nicht.« Spikes Mundwinkel fielen herunter. Seine Enttäuschung tat mir leid.

»Es ist nur …« Ich brach ab. Ich musste ihm die Wahrheit sagen. »Es ist grauenhaft, Spiky, sorry. Aber wenn du eine andere Hose anziehen würdest, wäre der Look bestimmt nicht so … *speziell*. Hast du eine Jeans?«

»In meinem Zimmer. Zieh die schnell an.« Inma nahm ihm den Kuchen ab, den ich für Maja gebacken hatte. »Wieso hört der Mann nur auf dich? Ich habe ihm gleich gesagt, dass der Anzug nicht straßentauglich ist, aber er wollte mir nicht glauben.«

Ich kicherte. Wir warteten, bis er umgezogen zurückkam, und musterten ihn eindringlich. Jetzt wirkte das bebilderte Jackett mit dem giftgrünen Hemd richtig stylish zu der dunklen Jeans.

»Perfekt«, sagten Inma und ich wie aus einem Mund.

Spike strahlte. »Dann lasst uns endlich feiern gehen. Übrigens, Cat, ich finde, du siehst wunderhübsch aus.«

»Danke.«

Inma schlug ihrem Freund auf den Hinterkopf. »Los, los, du kannst Cat später noch mit Komplimenten überschütten.«

Sie schob uns aus der Wohnung.

Es dauerte eine halbe Ewigkeit, bis wir von einem Stadtteil in den nächsten gelangten. Parkplätze waren vor Majas Haus Mangelware, und so trafen wir mit Verspätung an ihrem Haus ein.

»Hey, da seid ihr ja! Kommt herein«, rief sie fröhlich, nachdem sie die Tür geöffnet hatte. Wir umarmten sie, überreichten ihr den Geburtstagskuchen und gratulierten ihr. »Mensch, Leute, ich freue mich riesig, dass ihr da seid. Cat, das ist Paolo, mein Freund, den habe ich dir noch nicht vorgestellt.«

Paolo streckte mir die Hand entgegen. Ich ergriff sie. Er war deutlich älter als Maja, was mich überraschte. Sein kurzes Haar war an den Schläfen ergraut, und kleine Lachfalten bildeten sich um seine Augen. »Hi, ich bin Cat.«

»Schön, dich kennenzulernen. Ich habe schon viel von dir gehört.«

»So? Ich hoffe, nur Gutes!«

»Natürlich. Maja ist mit keinen schlechten Menschen befreundet.«

»Spinner!«, sagte sie augenrollend. Wir folgten ihr ins Wohnzimmer. Ein paar Leute saßen auf einem Sofa, andere standen in Grüppchen zusammen und unterhielten sich. »Ich dachte, bei dem schönen Wetter feiern wir draußen.« Sie deutete hinaus, von wo die Musik zu uns hereinschallte.

Unzählige Gäste tummelten sich unter einem großen Sonnensegel. Bunte Lampions und einige Schalen, in denen Feuer loderte, tauchten den Außenbereich in stimmungsvolles Licht. Alle tanzten und lachten.

Unsere Gastgeberin drückte uns jeweils ein Glas in die Hand. »Dort ist das Buffet, bedient euch und fühlt euch wie zu Hause.« Sie hob ihr Sektglas. »Schön, dass ihr da seid.«

»Herzlichen Glückwunsch, Maja«, sagte ich, und wir stießen mit ihr an. »Mh ... lecker.« Der Cocktail war genau mein Geschmack. Erdbeeren ...

»Oh, da drüben ist Sarah. Ich bin gleich wieder da, Cat!« Inma lief winkend los und zog Spike mit sich.

»Ist gut.«

Maja und ich sahen ihnen nach. »Komm, wir gehen zu unseren Leuten vom Hotel. Ein paar kennst du auch.«

Maja führte mich zu Vanessa, Taylor und einigen, die ich nur vom Sehen kannte. Vanessa war die Erste, die mich begrüßte. Sie küsste mich rechts und links auf die Wange. Ich bedankte mich noch mal, dass sie mit mir neulich die Schicht getauscht hatte, damit ich meinen Dad besuchen konnte. Leider sahen wir uns nur wenige Minuten am Tag, da sie meine Gegenschicht war. Daher hatten wir uns noch nicht näher kennengelernt.

»Wie geht es deinem Vater?«, wollte sie interessiert wissen.

Gerade wollte ich antworten, wurde aber unterbrochen.

»Cat?« Ich wandte mich um und blickte in Dylans verwundertes Gesicht. »Das ist ja eine nette Überraschung.«

Er trat auf mich zu, und mein Magen zuckte nervös. Wo Dylan war, konnte Noah nicht weit sein. Und tatsächlich: Er stand nur zwei Meter von mir entfernt und unterhielt sich – natürlich mit einer hübschen Blondine. Er schien ein Faible für blonde Frauen zu haben. Sein Geschmack hatte sich ebenfalls verändert. Noch hatte er mich nicht bemerkt.

»Du hier? Mein Abend ist gerettet«, sagte Dylan erleichtert und hob eine Hand an sein Herz.

Ich kicherte. Sein Charme war wirklich süß. »Hi, ich freue mich auch, dich hier zu sehen.«

»Darf ich dir ein paar Leute vom Hotel vorstellen?«

»Klar.«

Jemand rief nach der Gastgeberin.

»Entschuldigt mich.« Maja überließ mich Dylan.

Als Noah mich entdeckte, unterbrach er abrupt seine Unterhaltung. Ich ließ mir die innere Unruhe nicht anmerken.

»Jungs, das ist Cat, die neue Kellnerin aus dem *Ivy Blue*«, stellte Dylan mich vor. »Benehmt euch! Ich will, dass sie einen guten Eindruck von uns bekommt«, ermahnte er seine Kumpels und bedachte Taylor, den ich schon ein paarmal gesehen hatte, mit einem warnenden Blick. »Also, Cat, den älteren Herrn dort hinten, der sein Bierglas umklammert, als hinge sein Leben davon ab, kennst du bestimmt – das ist Malcolm, unser Chef-Portier.« Malcolm hob sein Glas und prostete mir zu. Die Männer lachten. »Dann haben wir hier Mike, Alaric, Taylor und ...«, er räusperte sich, bevor er leiser weiterredete, »Noah. Den muss ich dir ja nicht vorstellen.«

Ich grüßte sie mit einem Nicken und ignorierte Mr. Muffel.

»Du bist also die Braut, die unserem Noah eine gescheuert hat«, meinte Taylor amüsiert.

Der Vorfall hatte also auch im Sicherheitsbüro schon die Runde gemacht.

»Genau, die bin ich«, sagte ich selbstsicher, während Noahs Blick auf mir ruhte.

»Respekt! Das hat sich noch keine getraut. Du gefällst mir, Cat.« Lüstern und anerkennend wanderte sein Blick über meinen Körper. »Hast du heute Nacht schon was vor?«

Ich zog die Brauen hoch. Der hatte es aber eilig. Er war jünger als die anderen und hatte eindeutig genug Alkohol getrunken.

Neben ihm stand Mike, der ihm auf den Hinterkopf schlug. »Hat dir deine Mama keine Manieren beigebracht? Man fällt bei einer Frau doch nicht gleich mit der Tür ins Haus.«

»Was denn? Man wird ja wohl noch fragen dürfen.«

Wieder erntete er einen kleinen Schlag. »Benimm dich, okay?«

»Aua! Was soll ich machen, sie ist halt hot, Mann!«

Ich konnte mir einen Kommentar nicht verkneifen. Ich lehnte mich zu ihm vor und schaute ihm direkt in die Augen. »Ich sag dir was, Taylor: Ich bin so *hot*, dass du dir garantiert nicht nur die Finger verbrennst.«

Alle brachen in Gelächter aus, nur Noahs Miene war zu Eis erstarrt. Stolz hob ich den Kopf und zog mit einem unschuldigen Augenaufschlag an dem Strohhalm meines Cocktails.

»Da hast du es. Du solltest dringend deine plumpe Anmach-Strategie überdenken, Taylor«, meinte Dylan amüsiert. »Außerdem gibt sie sich nur mit richtigen Männern ab, stimmt's, Cat?« Besitzergreifend legte er einen Arm um meine Schultern.

»Ich hab's ja kapiert«, brummte Taylor. »Immerhin hat sie mir keine gescheuert, so wie Noah. Woher kennt ihr euch eigentlich?« Die Frage ließ alle um uns verstummen.

»Das würde mich auch interessieren«, rief Maja dazwischen, die gerade wieder zu uns kam.

»Schon mal was von Privatsphäre gehört? Das geht euch nichts an«, fauchte Noah und fixierte Dylans Arm, der locker über meiner Schulter hing.

»Wieso dürfen sie das nicht wissen?« Ich wandte mich den anderen zu. »Noah und ich sind miteinander aufgewachsen.«

Wenn Blicke töten könnten, würde ich genau in diesem Augenblick sterben.

»Das ist ja interessant. Das hat uns Noah noch nie erzählt. Du hast Geheimnisse vor uns?«, bohrte Maja weiter.

Er schwieg.

»Warum sollen deine Freunde das nicht wissen?« Ich hielt seinem eisigen Blick stand, aber Dylan wurde unruhig.

»Äh ... Cat, hast du Lust zu tanzen?« Es war klar, dass er einen Streit vermeiden wollte, aber ich fand Gefallen daran, Noah weiter zu reizen. Es war, als würden wir uns gegenseitig mit Blitzen bewerfen. Zwischen uns braute sich ein stummes Gewitter zusammen. Mit jeder Sekunde wurde die Luft dünner.

»Im Moment nicht«, antwortete ich Dylan, und als ich seine Hand berührte, die immer noch um meine Schultern lag, entging mir nicht, wie Noahs Kiefer mahlten.

»Hey, dann seid ihr ja Jugendfreunde!« Maja versuchte die Stimmung zu retten, indem sie einen Arm um Noahs Taille legte und ihm beruhigend auf die Brust klopfte.

»Das dachte ich auch mal«, meinte ich sarkastisch und registrierte, wie vertraut ihre Geste war. Leise Eifersucht schlängelte sich direkt in mein Herz.

»Hey Holder, was verschweigst du uns?«, bohrte Taylor lachend weiter.

Noah machte sich von Maja los. »Ich glaube, wir sollten uns mal kurz unterhalten, Cat.«

Er kam zu mir und griff nach meinem Oberarm. Mit einem Ruck riss ich mich los. »Vergiss es.«

Ich sog am Strohhalm meines Cocktails, drückte Dylan das fast leere Glas in die Hand und verschwand in der Menge auf der Suche nach Inma und Spike. Sollte der Mistkerl doch selbst erklären, was zwischen uns los war.

Ich fand meine Freunde auf der Tanzfläche. Aus den Boxen dröhnte der aktuelle Song von Ariana Grande, den ich mit Inma mitsang. Ich ließ mich von Spikes und Inmas guter Laune anstecken, tanzte und hatte Spaß, während mir aber nicht entging, wie Noah und Dylan diskutierten. Dylan gestikulierte mit den Armen und redete auf Noah ein. Beide warfen Blicke in meine Richtung, und ich hätte gern Mäuschen gespielt, um zu hören, was sie über mich sagten.

»Hey Schönheit!« Taylors alkoholgeschwängerter Atem strömte mir ins Gesicht. Es hatte immer Männer gegeben, die mich für eine Nacht abschleppen wollten, und auch er verfolgte genau dieses Interesse. Früher hatte ich mich darauf eingelassen, aber das war schon lange vorbei. »Du und Noah, hm? Was ist schiefgelaufen?«, fragte er nah an meinem Ohr, drängte sich von hinten an mich und bewegte sich im Rhythmus.

»Nichts, was dich angeht.«

»Ich mag Frauen mit Geheimnissen«, raunte er. »Du bist anders als die anderen.«

»Woher willst du das wissen?«

»Weil ich keine Frau kenne, die nicht Noahs Charme erliegt.«

»Und jetzt witterst du die Chance, bei mir zu landen?«

»Vielleicht.«

Zumindest war er ehrlich. »Ich fürchte, du musst dir jemand anderen suchen. Ich bin nicht zu haben.«

»Ist das der Grund, warum Noah so sauer auf dich ist?«

»Wie meinst du das?«

»Na ja, er wollte dich flachlegen, du hast ihm aber einen Korb gegeben.«

Ich löste seinen Griff von meinen Hüften. »Du darfst alles fragen, Taylor, aber nicht alles wissen. Okay? Entschuldige mich. Ich muss mal für kleine Mädchen.«

Ich drehte mich um, gab Inma ein Zeichen, dass ich etwas zu trinken brauchte, und bahnte mir einen Weg zur Bar, die an der Hauswand aufgebaut war. Mit einem neuen Cocktail in der Hand sah ich eine Weile dem Treiben der Party zu und schlenderte dann an den Rand. Dort hörte ich zufällig Noahs Stimme aus einer dunklen Ecke.

»Lass die Finger von ihr, okay? Cat ist nichts für dich.«

»Aber für dich, oder was?«

»Sie sollte gar nicht hier sein.«

»Sag mal, was ist eigentlich mit dir los? Seit Tagen bist du so angepisst. Liegt es nur an ihr?«

»Lass einfach nur die Finger von ihr. Das ist alles, was ich will.«

»Hey, schon gut, Champ. Die Kleine gefällt mir eben.«

»Such dir eine andere, kapiert? Cat ist tabu für dich.«

Ich kam aus dem Staunen nicht mehr heraus. Was bildete er sich ein? Na, der konnte was erleben!

Mit einer gehörigen Portion Wut im Bauch wollte ich zu ihnen laufen, doch Majas plötzliches Auftauchen hinderte mich daran. »Hey, alles klar bei dir?«

Ich deutete auf das Glas in meiner Hand. »Wie du siehst.«

»Tut mir leid, Noah ist gerade etwas schwierig.«

»Was du nicht sagst.«

»Bei euch scheinen ja die Fetzen zu fliegen. Was ist denn los?«

Maja war von Natur aus sehr neugierig. Das war mir schon aufgefallen, seit ich sie kannte. Mit Vorliebe steckte sie ihre Nase in Angelegenheiten anderer. Ich mochte sie – sie war wirklich nett, und wir ergänzten uns gut im Restaurant –, aber das war noch lange kein Grund, ihr meine Beziehung zu Mr. Vollidiot zu offenbaren.

»Ist kompliziert und ne lange Geschichte«, erwiderte ich ausweichend.

»Aha, dachte mir schon, dass du nicht darüber reden willst. Ich wollte dir nur sagen, dass ich für dich da bin, wenn du mal etwas loswerden möchtest.«

»Das ist lieb, danke.«

Sie stellte sich neben mich, und wir ließen unsere Blicke über die Party schweifen. Von Noah und Dylan war nichts mehr zu hören.

»Was hältst du von Paolo?«

Ich folgte ihrem Blick und entdeckte ihn bei einigen Leuten, die lauthals über etwas lachten. Viel konnte ich nicht sagen, ich hatte ihn ja erst heute kennengelernt. »Er ist nett.«

»Finde ich auch. Wir überlegen, uns ein Haus zu kaufen.«

Das überraschte mich. »Dann ist es richtig ernst zwischen euch?«

»Ja. Er ist der Mann meines Lebens.«

»Habt ihr schon etwas in Aussicht?«

»Nein, wir –«

»Maja, kannst du mal kommen?«, rief jemand aus dem Wohnzimmer.

»Entschuldige mich, die Pflicht ruft. Wir reden später weiter.«

»Alles klar.«

Sie ging, und ich schlenderte durch den Garten. Ich setzte mich etwas abseits der Party auf eine Treppenstufe, die zu einem Wiesenstück führte. Es war eine sternenklare Nacht, und der Mond schien hell. Ich schaute zurück und entdeckte Inma und Spike, die sichtlich ihren Spaß hatten.

Eben hatte ich mich noch gut gefühlt, aber jetzt nahm die Enttäuschung immer mehr zu, und ich fragte mich, ob es ein Fehler gewesen war hierherzukommen. Würde es von nun an zwischen uns immer so sein? Kaum zu glauben, dass wir uns früher so nahegestanden hatten. Ich starrte in den Nachthimmel und beobachtete, wie die Sterne funkelten, als ich einen Schatten neben mir wahrnahm. Ich sah auf.

Noah.

Lässig setzte er sich neben mich, ohne mein Einverständnis abzuwarten. Ich beachtete ihn nicht. Er nahm einen Schluck aus seiner Bierflasche. »Es tut mir leid, Cat«, sagte er völlig ruhig und hatte seinen Blick in die Dunkelheit gerichtet. »Können wir endlich normal miteinander reden?«

Wieso gab er mir das Gefühl, dass ich diejenige war, die einem *normalen* Gespräch im Wege stand? Wieder lag mir ein bissiger Kommentar auf den Lippen, den ich aber für mich behielt.

»Was ist eigentlich dein Problem?«, wollte ich stattdessen wissen.

Er schluckte und sah auf die Flasche in seiner Hand. »Als ich neulich sagte, wir sollten uns aus dem Weg gehen, meinte ich nicht, dass du meinen Kollegen den Kopf verdrehen und schon gar nicht mit ihnen flirten sollst.«

»Das ist ja wohl meine Sache.«

»Falsch. Dylan ist mein Freund, und Taylor will nur Sex.«

Wie kam er auf die Idee, dass ich mit seinen Kumpels etwas anfangen würde? »Und wenn schon? Was geht dich das an?«

Er neigte den Kopf und sah unfassbar gut dabei aus. Eine Haarsträhne fiel ihm in die Stirn, und das Mondlicht betonte seine markanten und männlichen Züge. »Eine ganze Menge. Dylan ist mein Freund und —«

»Na und?«

»Das würde alles nur unnötig verkomplizieren«, warf er ein.

Er hatte jedes Recht verwirkt, etwas von mir zu fordern, als er sang- und klanglos aus meinem Leben verschwunden war. »Ich habe mir lange genug von anderen vorschreiben lassen, was ich zu tun habe. Wenn zwischen mir und Dylan was läuft, was dich übrigens nichts angeht, dann ist das meine Sache.«

Er sah mich an. »Was willst du, Cat?«

»Ich will wissen, was zur Hölle vor sechs Jahren passiert ist. Du schuldest mir etwas.«

Er zog die Brauen hoch. »Ich schulde dir etwas?«

»Allerdings.«

In seinem Gesicht konnte ich immer noch so gut lesen wie früher. Er presste die Lippen zusammen und überlegte. Er sah irgendwie verzweifelt aus, suchte nach etwas. Vielleicht nach einer neuen Ausrede?

Diesmal ließ ich aber nicht locker. »Wir waren mal Freunde, Noah – beste Freunde. Du kannst nicht so tun, als gäbe es mich nicht. Ich bin hier und werde ganz sicher nicht gehen.« Ich schluckte die Bitterkeit hinunter. »Wie du siehst, holt dich die Vergangenheit ein. Ich denke, der Zeitpunkt ist gekommen, dass du dich ihr endlich stellst.«

11

Noah

*S*ie sah mich so bittend an, dass ich tatsächlich überlegte, mit ihr zu reden. Ich sollte hart bleiben, aber das war nicht so einfach. Die Wahrheit durfte ich ihr nicht sagen, und genau wie früher tat es mir in der Seele weh, ihr das anzutun.

Vor mir stand das Mädchen, das ich einmal geliebt hatte. Auch jetzt übte sie eine Anziehungskraft auf mich aus, die mich verwirrte. Als ich Pleasant Hill verlassen hatte, waren meine Gedanken und mein Herz bei ihr geblieben, aber durch Hudson hatte ich gelernt, damit umzugehen. Das jetzt war eine Situation, die ich mir in meinen kühnsten Träumen nicht hätte vorstellen können.

Je länger ich sie ansah, desto mehr schmolz mein Widerstand. Wie damals schaffte sie es auf unerklärliche Weise, meine mühsam aufgebaute Mauer bröckeln zu lassen. Nicht mal Dylan hatte das fertiggebracht. Ich brannte darauf, alles zu erfahren: Wie es ihr ergangen war, was sie erlebt hatte …

Es war albern von mir, eifersüchtig auf Dylan oder Taylor zu reagieren, aber in dem Augenblick hatte ich einfach rotgesehen.

In meiner Fantasie befand sich Cat immer noch in Pleasant Hill, war nie gealtert und schon gar nicht zu der wunderschönen Frau geworden, die sie heute war. Das Mädchenhafte war verschwunden. Kein Wunder, dass Dylan ständig von ihr schwärmte und Taylor fast die Augen ausfielen, wenn sie uns im Hotel begegnete. Ihre Wirkung auf Männer war ihr noch nicht mal bewusst. Mit ihrem langen lockigen Haar, der samtigen Haut und ihren vollen Lippen konnte sie einem Mann ganz schön den Kopf verdrehen. Was ich immer an ihr geliebt hatte, war ihre Stärke. Cat war eine Kämpferin, furchtlos und mutig – so hatte ich sie zumindest in Erinnerung. Sie war meine Heldin gewesen, meine Catwoman, aber jetzt erkannte ich Risse in der stählernen Rüstung. Es war, als wäre ihr wildes, lebendiges Wesen von einem Mantel aus tiefer Trauer, Schmerz und Angst umhüllt.

Wie sollte ich ihr begreiflich machen, dass ich sie mit meinem Schweigen schützen wollte? Die Wahrheit würde sie vollkommen zerstören.

»Du kannst mich nicht einfach ignorieren, Noah. Du hast keine Ahnung, was ich durchgemacht habe, seit du fortgegangen bist«, sagte sie fordernd.

Und ob ich das wusste – ich sah es ihr an. Unschlüssig, was ich tun sollte, stieß ich den Atem aus. Vielleicht würden ein paar wenige Informationen sie ruhigstellen. Außerdem musste ich verhindern, dass Dylan und Maja noch misstrauischer wurden. Vor allem Maja roch schon lange, dass ich Geheimnisse mit mir herumtrug. Der beste Weg war, Cat ein paar Antworten zu liefern, ohne zu sehr ins Detail zu gehen, und alle würden sich wieder beruhigen. Das dürfte ich hinbekommen.

»Okay«, sagte ich in Gedanken.

»Okay? Was soll das bedeuten – okay?«

»Wir reden.«

Ungläubig sah sie mich an. »Ist das dein Ernst?«

»Ja, aber nicht hier. Lass uns gehen.«

»Etwa jetzt?«

»Ja, warum nicht? Oder hattest du etwas anderes vor?«

»Nein«, sagte sie schnell. »Und wohin willst du?«

»Keine Ahnung, irgendwo, wo es ruhiger ist.«

Abschätzend betrachtete sie mich und wandte sich zur Party. »Na gut, ich sag Inma Bescheid.«

»Dann treffen wir uns in fünf Minuten draußen.«

Als sie aufstand und davonging, fragte ich mich, ob ich einen Fehler beging. Ich gab Dylan ein Zeichen und verließ das Haus. Immer noch grübelnd, ob ich das Richtige tat, legte ich mir im Geist einige Erklärungen parat, während ich vor dem Haus auf und ab ging.

»Du gehst schon?« Maja stand in der Tür und sah mich enttäuscht an. »Die Party hat doch erst angefangen. War keine hübsch genug, oder was ist los?« Sie kam die Stufen zu mir heruntergelaufen.

»Niemand kann dir das Wasser reichen, Süße, das weißt du.«

Sie neigte den Kopf und schmollte. »Gefällt dir meine Party nicht?«

»Doch natürlich, ich muss ein paar Dinge klären.«

»Was für Dinge?«

Schmunzelnd tippte ich auf ihre Nase. »Du bist einfach zu neugierig.«

»Und du ein alter Geheimniskrämer«, konterte sie. »Muss ich mir Sorgen machen? Seit Tagen bist du so anders.«

»Nein, brauchst du nicht, mir geht es gut, ehrlich.« Sie kannte mich und wusste, dass das nicht stimmte. Die Tür ging auf, und Cat kam wie verabredet. Maja sah abwechselnd von mir zu ihr. »Wir wollen ein paar Sachen regeln«, erklärte ich, weil ich ihr die Fragen ansah.

»Das finde ich gut. Ich wünsche euch viel Erfolg. Sei anständig zu Cat, verstanden?« Sie tippte auf meine Brust.

»Hey, was denkst du von mir?«

Sie wandte sich an Cat. »Falls er Probleme macht, knall ihm eine, so wie du es neulich gemacht hast.« Sie strich Cat über den Arm und zwinkerte ihr zu.

»Mach ich.«

Schweigend liefen wir die belebte Hauptstraße entlang. Es war Samstagabend und viel los. Das Nachtleben in San Francisco dauerte meist bis in die Morgenstunden. »Ein Stück weiter die Straße runter ist der Fire Beach. Wir könnten etwas zu trinken besorgen und uns dort in Ruhe unterhalten.«

»Am Strand? Woher soll ich wissen, dass du kein Triebtäter bist und mich hinter eine Düne ziehst? Oder mich gleich im Meer ertränkst?«

Ich lachte. Sie war verdammt süß. Immerhin hatte sie ihren Biss nicht verloren. »Tja, ich würde sagen, das Risiko musst du wohl eingehen.«

»Nur damit du gewarnt bist: Einige Leute wissen, dass ich mit dir unterwegs bin.«

Das war eine Drohung, die ich verdammt ernst nahm. Sie traute mir offensichtlich nicht, was ich verstehen konnte.

In einem Laden besorgten wir uns Dosenbier und Donuts. Schneller als mir lieb war, erreichten wir den Strand. Etwas abgelegen feierten Jugendliche eine Party, und man konnte nur wenige Spaziergänger ausmachen.

»Dort drüben können wir uns setzen, wenn du willst.« Mit dem Finger zeigte ich an eine Stelle, wo wir ungestört und hinter einer Düne versteckt sein würden.

Wir liefen über den Sand, und Cat zog ihre Schuhe aus. Wir setzten uns, aßen Donuts und tranken Bier.

»Deine Sucht nach Süßem hast du nie überwunden, was?«, fragte sie, als ich schon den zweiten Kringel verdrückt hatte.

Ich nahm einen tiefen Schluck. »Nein, diese Schwäche werde ich wohl für den Rest meines Lebens behalten.«

»Und wie kommt es, dass du dich dann so verändert hast?«, fragte sie kauend.

»Das habe ich Hudson, dem neuen Mann meiner Mutter, zu verdanken.«

»Das hattest du erwähnt.«

»Sie haben vor vier Jahren geheiratet. Er nahm mich damals unter seine Fittiche, und ich habe viel von ihm gelernt.«

»Das ist ... gut. Das Ergebnis ist ehrlich gesagt ... der Hammer.« Ihr Blick wanderte über meinen Oberkörper. »Deshalb also auch Holder. Du hast seinen Nachnamen angenommen.«

Ich nickte, und sie rutschte unruhig auf ihrem Po hin und her. »Was ist aus der Sache mit den Blumen und Nachrichten geworden? Hat sich das inzwischen aufgeklärt?«

»Ja … das heißt, ich weiß es nicht. Seitdem ich dich darauf angesprochen habe, habe ich nichts mehr bekommen.«

»Glaubst du etwa immer noch, dass ich es war?«

»Keine Ahnung. Mir ist nur aufgefallen, dass seit unserem Gespräch Ruhe ist.«

Diese ganze Sache war seltsam, und ich wurde das Gefühl nicht los, dass mehr dahintersteckte. Die Nachrichten, die sie erwähnt hatte, gingen mir schon eine Weile nicht aus dem Kopf. Die Frage war, ob ich richtig lag. »Ich würde dem Frieden nicht trauen.«

»Spricht da der Sicherheitsberater aus dir?«

»Vielleicht. Man kann nicht vorsichtig genug sein.«

Unser Gespräch schweifte vom Thema ab, und wir unterhielten uns über das Hotel. Es war unglaublich, wie schnell wir unsere anfängliche Befangenheit ablegten. Hätte mir jemand vor

Monaten erzählt, dass ich mich mit Cat hier und heute über banale Dinge unterhalten würde, hätte ich ihn für verrückt erklärt. Ich genoss jeden Moment – mehr noch, es tat gut, ihre Stimme zu hören, sie anzusehen, ihr Lächeln und ... Verdammt, ich gab es nicht gern zu, aber sie hatte mir gefehlt.

Schweigend trank sie ihr Bier aus und öffnete ein neues. »Also? ...«

Sie wollte, dass ich endlich anfing. Ich spülte die restlichen Krümel hinunter und legte mir die Details zurecht, die ich herausgeben konnte, ohne mich in Gefahr zu bringen. Auf keinen Fall wollte ich sie belügen, nur ein paar Einzelheiten weglassen.

»Es ist lange her, dass wir so zusammensaßen.« Ich wappnete mich, gleich Rede und Antwort zu stehen.

Sie legte den Rest ihres Donuts beiseite. »Na, an mir lag das ja nicht.«

»Ich weiß. Es ... Es ist meine Schuld. Erinnerst du dich an die Party bei Ashley?« Sie nickte. »An dem Abend bin ich dir aus dem Weg gegangen, Cat.«

»Warum?«

Ich blickte aufs Meer. »Du weißt nicht, wie schwer es mir gefallen ist, dir damals zu sagen, was ich für dich empfinde.« Sie machte den Mund auf, doch ich unterbrach sie. »Lass mich ausreden. Ich war ein Idiot, Cat, aber ich war siebzehn, schwerverliebt und wusste, dass du niemals das Gleiche für mich empfinden würdest. Ich war wütend, weil ich nie mutig genug war, dich zu beeindrucken. Du kannst mir glauben, am nächsten Morgen hatte ich den dicksten Schädel und das größte schlechte Gewissen der Welt. Wie du richtig erkannt hast, war ich ein Feigling und hatte nicht die Eier in der Hose, mit dir darüber zu sprechen. Erst recht nicht nach ... dem Kuss auf der Party.«

»Aber Noah, das stimmt nicht.« Sie schüttelte den Kopf. »Ich war zu egoistisch und dumm, um dir zu zeigen, wie viel du mir bedeutet hast. Du bist hohe Risiken für mich eingegangen. Es gab vieles, wofür ich dich bewundert habe. Zum Beispiel die Fähigkeit, deinem Vater gegenüberzutreten, obwohl du wusstest, dass er bei jeder Kleinigkeit ausrastete. Trotz seiner Gewalt hast du dich um deine Mutter gekümmert, dafür gesorgt, dass er keinen Grund fand, ihr etwas anzutun. In Wahrheit warst du der Stärkere von uns beiden. Du warst der Pol, der mich beruhigt hat, wenn ich ausgeflippt bin. Ich weiß, dass du manchmal Schuld auf dich geladen hast, damit ich zu Hause keinen Ärger bekomme. Du warst mein bester Freund, der einzige Mensch, der verstanden hat, wie ich ticke.« Sie senkte den Blick.

Lange sah ich auf sie herunter und musste ihre Worte verarbeiten. Mir war nie klar gewesen, dass sie mich so gesehen hatte.

»Als ich das alles erkannte, warst du bereits fort, und ich hatte keine Chance, es dir zu sagen.«

Wir sahen uns an. Das Rauschen des Meeres sprudelte die Erinnerungen wieder hervor, und Reue darüber, sie im Stich gelassen zu haben, drang an die Oberfläche. Hatte ich mich getäuscht? War ich für sie doch mehr gewesen als ein dicker, liebeskranker Idiot?

»Du hast mir damals das Herz gebrochen, Noah! Warum hast du das getan?«

Tief atmete ich die Meeresluft ein. »Die Probleme zu Hause sind mir über den Kopf gewachsen. Am Abend der Party hat mein Vater uns endlich verlassen.«

»Dann stimmt das Gerücht?«

Ich nickte. »Noch in dieser Nacht sagte Mom, dass sie eine neue Stelle in New York annehmen würde. Wir sind geflüchtet, aus Angst, er könnte wieder zurückkommen. Ich wusste nicht, was ich tun sollte. Ich meine, New York ist knapp dreitausend Meilen von Pleasant Hill entfernt. Wir hätten uns schreiben oder chatten können, aber das wäre nicht das Gleiche gewesen. Nach allem, was ich dir an den Kopf geworfen habe, hätte ich mich geschämt, und es wäre seltsam zwischen uns gewesen. Unsere Freundschaft wäre irgendwann im Sand verlaufen, deshalb glaubte ich, ein klarer, kurzer Schnitt wäre für uns beide das Beste.«

»Moment! Du willst mir weismachen, dass du den Kontakt zu mir abgebrochen hast, weil es dir nach dem Streit zu peinlich und die Entfernung zwischen New York und Pleasant Hill zu groß war?«

»Ich weiß, das hört sich schwachsinnig an, aber ich war verzweifelt. Außerdem: Wie hätte das funktionieren sollen? Ich habe mit dem Streit und meinem Geständnis ohnehin alles zunichtegemacht. Ich glaubte, es wäre für uns beide das Beste.« Jetzt war es raus, und es fühlte sich gut an, ihr wenigstens einen Teil der Wahrheit gesagt zu haben.

»Ich fasse es nicht …« Sie schüttelte den Kopf, stand auf und ging langsam einige Schritte am Ufer auf und ab. »Jahrelang habe ich mir das Hirn zermartert, weil ich mir das einfach nicht vorstellen konnte. Du hast mich im Stich gelassen, weil du dich geschämt hast? Herrgott noch mal, Noah! Du hast alle meine Nachrichten ignoriert und mich aus deinem Leben verbannt – nur deshalb? Hast du nicht einmal darüber nachgedacht, dass wir über alles hätten reden können?«

»Ständig. Je mehr Tage und Wochen vergingen, desto schwieriger wurde es. Erst Hudson brachte mich dazu, dir einen Brief zu schreiben.«

Erstaunt hob sie die Brauen. »Was für einen Brief?«

»Zwei Briefe, um genau zu sein. Den ersten schrieb ich, drei Monate nachdem ich Pleasant Hill verlassen hatte, und den zweiten, als ich von Beckys Tod erfuhr.«

»Ich habe nie irgendwelche Briefe bekommen«, erwiderte

sie. Ich runzelte verwundert die Stirn. »Vielleicht hat die Post mal wieder geschlampt. Die ist in Pleasant Hill genauso zuverlässig wie anderswo.«

»Bestimmt«, murmelte ich in Gedanken. Die Briefe enthielten keine Informationen, die Cat nicht hätte haben dürfen. Oder waren sie etwa abgefangen worden?

»Was stand drin? ... Noah?«

»Entschuldige, was?«

»Was hast du geschrieben?«

»Ich habe versucht, dir zu erklären, in welcher Lage ich mich befand. Im zweiten Brief ging es um deine Schwester ... genau weiß ich das nicht mehr. Du hast nie geantwortet, deshalb habe ich angenommen, dass du nichts mehr von mir wissen willst.«

Sie blieb abrupt stehen. »So einfach war das für dich? Du warst mein bester Freund, der einzige Mensch, dem ich alles anvertraut habe. Du hast mich verraten!«

Ich ging ihr einige Schritte entgegen. »Ja, das habe ich, und es tut mir leid. Glaub mir, ich bereute es schnell, aber da war es zu spät.«

»Zu spät?«, fuhr sie mich jetzt gereizt an und wurde laut. »Okay, du warst ein bisschen verliebt in mich, aber das wäre sicherlich vorbeigegangen, und der verdammte Kuss war doch nichts, was unserer Freundschaft hätte gefährlich werden können.«

Das saß.

Der Kuss hatte alles bestätigt, was ich gefühlt hatte. Immer wieder durchlebte ich ihn, wenn ich die Augen schloss. Für mich war er das Schönste und Aufregendste gewesen. Ich hatte damals geglaubt, dass sie ähnlich empfand. Und jetzt sprach sie darüber, als wäre er nichts Besonderes gewesen. Immer noch ging sie davon aus, dass meine Liebe nur eine leichte Verknalltheit gewesen war, die wie eine Laune kam und ging.

»Das war keine Schwärmerei, Cat. Ich habe dich geliebt, mehr als alles andere.«

»Trotzdem. Vielleicht wäre es zwischen uns eine Weile seltsam gewesen, aber du warst mein Freund. Meinst du nicht, wir hätten das irgendwie hinbekommen?«

»Hättest du mir verziehen, wenn ich plötzlich bei dir angekrochen gekommen wäre wie ein räudiger Hund?« Meine Gegenfrage brachte sie für einen Augenblick zum Schweigen.

»Ich habe dich damals gebraucht, Noah«, flüsterte sie und blinzelte Tränen weg. »Becky hat sich das Leben genommen, und ich war, verdammt noch mal, allein damit.«

Sie weinte? So kannte ich sie nicht. Ich bekam eine Ahnung davon, was sie hatte durchmachen müssen. Ich las die Zerrissenheit und den Schmerz in ihren Augen.

Mein schlechtes Gewissen wurde nur noch größer. »Ich habe erst ein Jahr später von ihrem Tod erfahren. Es tut mir so unendlich leid, Cat. Das musst du mir glauben.«

Sie blickte hinunter zu ihren Füßen, die völlig vom Sand verdeckt wurden. »Wie hast du überhaupt davon erfahren?«

»Durch meine Mutter. Sie war im Internet noch mit einigen Leuten aus Pleasant Hill vernetzt und hat die Postings zum einjährigen Todestag gesehen.«

Sie nickte. Einige Sekunden blieb es still zwischen uns, bis sie kopfschüttelnd zu mir aufsah. »Ich weiß nicht, was ich sagen soll, Noah. Seit du fortgegangen bist und nach der Sache mit Becky, habe ich nur noch Schmerz gefühlt. Ich habe dich gehasst, dich verzweifelt vermisst und dich so sehr geliebt und wieder gehasst, bis ich eines Tages nichts mehr fühlen konnte. Ich habe alles, was mir wichtig war, in kürzester Zeit verloren.«

Zögernd nahm ich ihre Hand. Als sie es zuließ, überkam mich die Wärme, die ich seit langer Zeit nicht mehr gespürt hatte. Sie stand so nahe bei mir, dass mir ihr vertrauter Duft in die Nase strömte. Sie war immer noch die Cat, die ich von früher kannte: stark, mutig und wunderschön, aber auch gebrochen und tief verletzt. Und das war meine Schuld.

Sanft zog ich sie in meine Arme. Wie oft hatte ich mir gewünscht, ich könnte die Zeit zurückdrehen, wäre an diesem Abend nicht in unsere Höhle gegangen? Wie oft hatte ich davon geträumt, dass alles anders gekommen wäre? Mein Herz zog sich zusammen, und ich fühlte mich erbärmlich. Jemand sollte mir einen Kinnhaken verpassen, damit ich wieder klar im Kopf wurde.

12

Cat

Nur kurz hatte ich mir einen schwachen Moment erlaubt und mich von ihm umarmen lassen. Seine Erklärung war schwer zu begreifen. Er hatte mich aus verletzter Eitelkeit, der Entfernung und wegen seiner Verliebtheit verlassen, die nicht erwidert wurde. Das jetzt aus seinem Mund bestätigt zu bekommen, machte mich fassungslos. Mein Magen krampfte; die Emotionen kochten über. Es war, als würde ich erneut durch die Gefühlshölle gehen, all die Ängste, die Zweifel und Einsamkeit, all den Mist noch einmal durchleben. Das alles hatte lange an mir gezerrt, mich verändert. Ich war nicht mehr die mutige Cat von damals, und daran hatte auch er Schuld.

Ich machte mich von ihm los. »Du bist ein Scheißkerl, Noah Graham, Holder oder wie auch immer.«

»Ich weiß, Catwoman«, flüsterte er mit belegter Stimme. »Es tut mir leid.«

Catwoman ... so hatte er mich früher immer genannt.

»Es tut dir leid?«, schrie ich ihn an. »Ich bin durch die Hölle gegangen. Verdammt! Erst du, dann Becky und am Ende mein

Vater. Du hast keine Ahnung, was ich alles durchgemacht habe.«

»Dein Vater? Was ist mit ihm?«

Ich wischte mir die Tränen aus dem Gesicht und schaute aufs Meer hinaus. »Er hatte einen Schlaganfall.«

»Das habe ich nicht gewusst.«

»Er wäre beinah gestorben, aber er hat sich ins Leben zurückgekämpft. Er sitzt seither im Rollstuhl und ist ein Pflegefall.«

Noah kniff die Lippen zusammen und blickte auf seine Hände. »Das tut mir leid zu hören.«

Einen Moment schwiegen wir. Ich war aufgewühlt und wütend auf Noah. Alles geriet durcheinander, und die Gefühle, die ich so lange nicht mehr zugelassen hatte, brodelten wie ein Vulkan in mir über.

Vor Wut schäumend schlug ich hämmernd auf seine Brust ein. »Du bist so ein Idiot, Noah!«

Er war wie eine Betonwand und ließ es geschehen, bis er irgendwann meine Handgelenke packte und mich an sich drückte. Der Schmerz in meinem Herzen wurde so übermächtig, dass ich die Kraft verlor und erschöpft in seinen Armen aufgab.

Wir sanken in den Sand, und zum ersten Mal seit Jahren schluchzte ich hemmungslos. Ich weinte um meine tote Schwester, um meinen kranken Dad, meine ignorante Mutter, um die vergangenen Jahre und um meinen einzigen Freund, der mich aus Feigheit im Stich gelassen hatte. Es war falsch gewesen zu glauben, ich könnte in San Francisco neu anfangen. Hier holte mich alles ein.

»Cat, ich war siebzehn, ein Teenager. Es war auch für mich nicht leicht. Herrgott, ich war so verliebt in dich, dass ich es nicht ausgehalten habe. Der Gedanke, dass du niemals so empfinden würdest, hat mir den Verstand geraubt. Und als ich erfuhr, dass wir fortziehen würden, wurde mir klar, dass ich dich über kurz oder lang verlieren würde.«

»Dann dachtest du, es wäre einfacher zu verschwinden, ohne etwas zu sagen?«

Er nahm mein Gesicht in die Hände und sah mich an. »Es war die schmerzlichste Entscheidung, die ich je getroffen habe. Aber weißt du, was noch viel schlimmer war? Eines Tages aufzuwachen und zu wissen, dass dieser Entschluss falsch war, zu wissen, dass es kein Zurück gab.«

Lange hielt er mich im Arm und gab mir die Zeit, die ich brauchte, um mich zu beruhigen. Er hatte mir Briefe geschrieben, versucht, darin alles zu erklären. Auch wenn ich sie nie erhalten hatte, zählte dieser Versuch ... oder? Ich wusste nicht, was ich denken sollte. Obwohl ich seine Gründe nachvollziehen konnte, war da für einen Moment der Wunsch, er hätte aus einer anderen Motivation heraus gehandelt. Ich vergaß den Gedanken, als er sanft über mein Haar strich, so wie er es früher immer getan hatte, wenn ich traurig gewesen war.

»Verzeih mir, Cat. Bitte«, flüsterte er zwischen dem Meeresrauschen und meinem Schluchzen. Ehrliches Bedauern, Reue und Schuldgefühle lagen in seinem Blick.

Es fiel mir schwer, etwas darauf zu erwidern. »Noah, ich ...«

»Schsch... schon gut. Du brauchst nichts zu sagen. Ich versteh das.«

Ich richtete mich auf. »Und wieso warst du so abweisend zu mir, als wir uns wiederbegegnet sind?«

»Nachdem ich die Briefe abgeschickt und von dir nichts mehr gehört habe, bin ich davon ausgegangen, dass du von mir nichts mehr wissen willst. Was hätte ich denn denken sollen, nachdem du mich im Rosensaal geohrfeigt hast? Du hast dafür gesorgt, dass ich eine Abmahnung bekommen habe, und dann haben auch noch Dylan und Taylor ein Auge auf dich geworfen.« Er senkte den Blick. »Ich habe mir hier ein Leben aufgebaut, Cat, und plötzlich tauchst du auf und bringst alles durcheinander.« Er lächelte sanft.

Verzweifelt versuchte ich die Kontrolle über meine Gefühle zurückzuerlangen, aber es funktionierte nicht.

»Schsch... es wird alles gut«, hauchte er leise an mein Ohr und zog mich wieder in seine Arme. Er küsste mich auf die Schläfe und flüsterte beruhigende Worte, die sich wie Balsam um meine Seele legten.

Sobald ich meine Lider schloss, war er wieder mein Noah, ich wieder sechzehn Jahre alt und er genauso einfühlsam wie früher. Er hatte das nur hinter einer dicken Mauer versteckt, die langsam bröckelte. Ein unsägliches Glücksgefühl flirrte durch meinen Körper. Ich schlang meine Arme um ihn und drückte meine Stirn in seine Halsbeuge. Gott, er hatte mir gefehlt!

Verzweiflung wandelte sich in Sehnsucht, und als ich seinen vertrauten Duft von Sandelholz und herber Frische tief einsog, war es beinahe wie früher. Wir hörten dem Rauschen zu, mit dem die Wellen ans Ufer schäumten. Die alte Verbundenheit flackerte wie eine Flamme auf.

Ich löste mich von ihm und betrachtete sein schönes Gesicht. Sein Blick fixierte meine Lippen. Plötzlich knisterte eine elektrische Spannung zwischen uns, und mein Herz raste. Noah spürte es ebenfalls.

Und dann ... Dann wiederholte er genau das, was er vor sechs Jahren getan hatte: Er küsste mich – sanft wie der Flügelschlag eines Schmetterlings, voller verlockender Süße. Ich reagierte genau wie damals. Seine Berührung schaltete ein Licht in mir an. Es war das gleiche kleine Feuer, das jetzt jeden Winkel meiner Seele erleuchtete und alles Dunkle und jeden Schrecken vertrieb. Meine Gefühle übermannten mich, gemischt mit der Sehnsucht, die ich so lange verborgen gehalten hatte.

Ich richtete mich auf und zog ihn enger an mich, gierig, mehr davon zu bekommen. Dabei griff ich wie eine Ertrinkende in sein Haar. Verlangen loderte in mir auf, das ich so noch nie gespürt hatte. Noah schlang seine Arme um meine Taille und intensivierte den Kuss. Er stieß mit seiner Zunge in meinen Mund, und wir küssten uns wild und ausgehungert, bis er sich abrupt von mir löste.

»Cat, ich ...« Seine Stimme war rau, und er schluckte hart.

Was taten wir da? Es war ein kläglicher Versuch zu begreifen, dass wir einen Fehler begingen.

Noch bevor die Stimme der Vernunft lauter werden konnte, küsste er mich erneut. Diesmal hungriger und feuriger. Jede Zurückhaltung verpuffte in dem Augenblick, als ich leise stöhnte und aus Noahs Mund ein tiefes Knurren folgte.

Wir waren wie im Rausch, und verdammt, es tat so gut. Er war wie eine Droge, von der ich nicht mehr loskam. Ich bebte, ich flog, mein Körper befand sich in einem Ausnahmezustand, mein Hirn verabschiedete sich. Ich spürte nur noch brennendes Verlangen. Ich wollte ihn nie wieder loslassen, seine Haut spüren und in ihn eintauchen.

Wir hatten es eilig, uns von den Klamotten zu befreien. Bebend vor Lust öffnete ich den Gürtel seiner Hose, während er mich auszog und meine Sachen achtlos in den Sand warf. Seine Augen glühten, und er schluckte schwer, als er auf meine nackten Brüste sah. In seinem Blick loderte Begierde.

Er zog mich an sich, streichelte über meine Haut. Warme Schauer breiteten sich aus, und als er meine Brüste knetete, stöhnte ich laut auf. Längst hatte ich die Kontrolle verloren. Ich wollte ihn, wollte, dass er mich ausfüllte, mich teilte. Überall wo er mich berührte, prickelte es. Seine Zunge glitt erneut in meinen Mund. Ich zog ihn noch näher zu mir, bis er einen Arm um meine Hüfte schlang und mich im Sand ablegte. Seine

Zunge suchte einen Weg tiefer. Tausend Funken sprühten, als er mit den Lippen meine Brustwarzen umkreiste und sanft hineinbiss. Vorsichtig zog er mein Höschen herunter und öffnete meine Beine. Ich atmete flacher und wusste, was gleich geschehen würde. Keuchend und voller Erwartung schloss ich die Augen.

Seine Zunge fand meinen empfindlichsten Punkt. Ich stand in Flammen und war nicht fähig, auch nur einen klaren Gedanken zu fassen. Seine Zungenspitze tanzte und malträtierte mich. Ich warf den Kopf im Sand hin und her und verlor mich in dem Gefühl, das sich immer weiter aufbaute. In dem Augenblick, als ich glaubte, es nicht mehr auszuhalten, drang er mit zwei Fingern in mich und intensivierte sein Spiel. Nichts, was ich je erlebt hatte, war damit zu vergleichen. Ich fühlte. *Alles.*

Plötzlich hörte er auf, und ich hätte ihn dafür umbringen können. Ich brauchte ihn genau dort, genau jetzt. Verwirrt schaute ich zu ihm. Aus seiner Hosentasche fischte er ein Kondom und stülpte es sich über. Ich genoss den Anblick. Der Mond tauchte seinen Körper in blaues Licht und Schatten. Er war wunderschön, gut trainiert und definiert. Er kam über mich und sah mir in die Augen, als erwartete er meinen Rückzug. Ich schwieg, und seine stumme Frage verschwand im Rausch unserer Lust. Wir küssten uns erneut, und als ich seine Erektion an meinem Bauch spürte, übernahm ich das Kommando und rollte ihn zur Seite. Jetzt saß ich auf ihm. Stück für Stück nahm ich ihn in mir auf.

»Heilige Scheiße!«, fluchte er gepresst.

Ich bewegte mich auf ihm, und schnell fanden wir einen Rhythmus. Irgendwann setzte er sich auf und umfasste mit beiden Händen meine Schultern, um noch tiefer in mich zu stoßen, was mein Verlangen noch stärker werden ließ. Gott! Wie war das möglich? Ich war wie von Sinnen.

Ohne Vorwarnung legte er mich auf den Rücken. Lange würde ich das nicht durchhalten. Meine Fingernägel krallten sich in sein Fleisch, worauf er knurrend das Tempo beschleunigte. Damit trieb er meine Lust ins Unermessliche. Ein ungeheurer Druck baute sich in mir auf, und in meinem Unterleib lockte das Paradies. Stöhnend suchte ich nach Erlösung.

»Cat ...«, rief er, und dann gab es kein Halten mehr.

Scharf sog ich die Luft ein, flog in die Höhe und ritt auf der Welle, die mich an den Rand des Wahnsinns katapultierte. Ein heftiger Orgasmus rauschte wie ein Tsunami über mich hinweg. Ich war im Himmel.

***

Atemlos lagen wir nebeneinander im Sand. Ich starrte halb verträumt und halb geschockt in den Nachthimmel, der sich langsam zuzog. Mit einem Paukenschlag wurde ich in die Realität zurückgeworfen, und die rosa Wolke, auf der ich mich gerade noch befunden hatte, löste sich in Rauch auf. Mir wurde heiß und kalt.

Was zum Henker hatte ich nur getan? Ich hatte mit ihm geschlafen, hatte mit ihm Sex gehabt – ganz fantastischen Sex sogar.

Oh. Mein. Gott!

Das Gedankenkarussell drehte sich immer schneller, und mir wurde übel. Wie kam ich aus dieser Nummer wieder heraus? Ich musste einen Schlussstrich ziehen, bevor alles noch komplizierter wurde. Vorsichtig warf ich einen Blick zu Noah. Er lag seelenruhig da und hatte einen Arm über die Augen gelegt. Im Mondschein konnte ich beobachten, wie sich sein definierter Brustkorb gleichmäßig hob und senkte. Ich widerstand dem Drang, darüberzustreichen.

Halt! Stopp! Schluss damit! Abrupt richtete ich mich auf.

»Scheiße!«, murmelte ich und schaute mich nach meinen Sachen um. Nicht weit von mir fischte ich meine Klamotten aus dem Sand.

»Beruhige dich, Cat. Wir haben nichts Verbotenes getan.«

Mitten in der Bewegung hielt ich inne. »Beruhigen? Wir beide müssen vollkommen bekloppt gewesen sein.«

Hastig wischte ich den Sand vom Kleid und zog es an. Er drehte sich in meine Richtung und stützte mit einer Hand seinen Kopf ab. Dabei grinste er schief, sodass seine weißen Zähne durch das Mondlicht leuchteten. »Das waren wir, Baby. Das war der absolute Wahnsinn!«

Sein Grinsen wurde noch breiter. Verärgert warf ich einen Blick über die Schulter. »Erstens: Nenn mich nicht Baby. Zweitens: Es war ein Fehler. Keine Ahnung, was mich geritten hat, aber das hätte nicht passieren dürfen.«

»Sag bloß, du hast schon vergessen, *wer* dich geritten hat.« Er tat beleidigt und schob die Unterlippe vor.

»Noah!«, fauchte ich. »Das ist nicht witzig.«

Er seufzte. »Schon gut.« Er stand auf und zog sich ebenfalls an. »Was ist dein Problem? Wir hatten Sex, na und? Manchmal wird man eben von seinen Gefühlen überfallen.«

»Wie kannst du das so leichtfertig abtun? Wir waren Freunde, beinahe wie Bruder und Schwester.«

Er hob die Brauen. »Ich habe dich nie als Schwester wahrgenommen, und nach allem, was ich heute Nacht von dir gesehen habe, geht das auch nicht mehr.« Wieder grinste er anzüglich.

Röte schoss mir ins Gesicht, wenn ich daran dachte. Ich schlüpfte in die Schuhe und klopfte den restlichen Sand ab. »Es war jedenfalls ein Fehler und wird nicht wieder passieren.«

»Komm schon, Cat, entspann dich. Es ist eben passiert – es gibt Schlimmeres.«

»Was ist mit deiner Freundin?«

»Was für ne Freundin?«

»Na, irgendein Mädchen, mit dem du aktuell gerade was am Laufen hast.«

Er kratzte sich am Kopf und zog sich die Schuhe an. »Nun Cat, ich pflege keine Liebesbeziehungen. Niemals. Deshalb brauchst du keine Angst zu haben, dass ich mehr in unser Abenteuer hineininterpretiere. Wir hatten Sex. Auch wenn ich zugeben muss, dass er ziemlich heiß war.«

Wieder tauchte dieses extrem schiefe Lächeln auf, das so sexy war. Ich hatte schon mitbekommen, dass Noah kein Kind von Traurigkeit war, aber es aus seinem Mund zu hören, überraschte und entsetzte mich gleichermaßen. Früher wäre so etwas undenkbar gewesen.

»Gut. Dann ist ja alles geklärt.« Ich machte mich auf den Rückweg.

»Was ist eigentlich dein Problem, Cat? Das ging schließlich auch von dir aus«, rief er mir nach.

Musste er mich daran erinnern? Schlimm genug, dass ich ihn begehrt und die Kontrolle verloren hatte.

Eilig lief ich über den Strand in Richtung Straße.

»Jetzt warte doch.« Er holte mich ein. »Wie geht es jetzt weiter?«

»Wie es weitergeht? So, wie du es im Hotelgarten gesagt hast: Du lebst dein Leben und ich meins. Ende der Geschichte.«

Erneut blieb er stehen, rannte mir aber gleich darauf wieder nach und hielt mich am Arm fest. »Nach dem, was gerade zwischen uns war, denkst du so? Hör zu, ich habe überreagiert. Ich war sauer.«

»Wenn du es genau wissen willst: Du warst und bist ein Ekelpaket.«

»Es war falsch von mir, tut mir leid.«

»Ja, ja, es tut dir alles schrecklich leid. Erspar mir die Leier.«
Er senkte den Blick. »Ich weiß, ich habe Mist gebaut, aber ich kann diese sechs Jahre nicht ungeschehen machen.«

»Nein, das können wir beide nicht. Leb wohl, Noah.« Ich lief weiter.

»Cat! ... Cat, komm schon. Lass dich wenigstens von mir nach Hause oder zu Majas Party zurückbringen. Um diese Zeit solltest du nicht allein unterwegs sein.«

Ich fuhr zu ihm herum. »Ich kann gut auf mich aufpassen. Das habe ich die letzten Jahre auch geschafft.«

Damit verließ ich den Strand, stapfte die Stufen zur Straße hinauf und schaute mich nach einem Taxi um. War klar, dass alle besetzt waren und an mir vorbeifuhren! Noah lehnte sich mit verschränkten Armen an die Mauer, die eine Grenze vom Badestrand zur Straße bildete, und beobachtete mich. Nach einigen Minuten und etlichen gescheiterten Versuchen, ein Taxi anzuhalten, beschloss ich, zu Fuß nach Hause zu laufen. Aus dem Augenwinkel sah ich, wie Noah sich von der Mauer abstieß.

»Warte!«, rief er, stellte sich zu mir an den Straßenrand und pfiff einmal schrill und laut durch seine Finger. Binnen weniger Sekunden hielt ein gelber Wagen neben uns. »Bitte schön.« Grinsend öffnete er die Tür.

Wie hatte er das gemacht?

Ohne ihn eines Blickes zu würdigen, stieg ich ein, knallte die Tür zu und bat den Fahrer sich zu beeilen. Erschöpft ließ ich mich in das Polster des Taxis sinken, sah nicht zurück und war froh, endlich allein zu sein. Dem Fahrer, der in einer fremden Sprache telefonierte, teilte ich kurz die Adresse mit.

Im Stillen ärgerte ich mich über mich selbst. Wie hatte ich nur so dumm sein und mich derart hinreißen lassen können? So viel hatte ich doch nicht getrunken. Okay, er hatte die vertraute

Geborgenheit, die ich früher immer in seiner Nähe empfunden hatte, wachgerufen, und ich hatte mich in seinen starken Armen endlich fallen lassen können. Hinzukam, dass er verdammt gut aussah und es mich faszinierte, wie er sich verändert hatte. Beim bloßen Gedanken an das, was wir am Strand getan hatten, kribbelte es in meinem Körper. War ich denn von allen guten Geistern verlassen?

Um nicht länger darüber nachzudenken, schrieb ich Inma eine Nachricht, dass ich mich auf dem Heimweg befand. Dabei fiel mir ein, dass ich in meinem Portemonnaie nur einen Zehn-Dollar-Schein hatte. Mist! Der Taxameter klickte ununterbrochen und stand in kürzester Zeit bei neun Dollar. Shit! Ich biss mir auf die Unterlippe. Das Ding würde in wenigen Metern mein Budget überschreiten. Konnte es noch schlimmer kommen? Es wäre wohl besser, wenn ich den Fahrer vorwarnte.

»Entschuldigung?«, rief ich. Keine Reaktion. Hatte er mich nicht gehört? »Hallo?«

Er lachte und brabbelte weiter. Unruhig beobachtete ich das Ticken. Jetzt stand das Ding bei zehn Dollar, und mit jedem weiteren Meter wurde mir heiß und kalt. Ich beugte mich zu ihm vor und tippte auf seine Schulter. »Entschuldigen Sie.«

Endlich unterbrach er sein Gespräch. »Miss?«

»Ich habe gerade festgestellt, dass ich nur zehn Dollar dabeihabe.«

Er schaute mich erst fragend an, dann schien er zu verstehen, warf einen Blick auf die Anzeige, bevor er in die Eisen stieg und eine Vollbremsung hinlegte. Die Reifen quietschten, und der Gurt drückte sich gefährlich in meinen Hals. Als der Wagen zum Stehen kam, wurde ich zurück in die Sitzbank geworfen. Der Typ war ja gemeingefährlich!

Er wandte sich zu mir um. »Zehn Dollar, Miss. Ihre Fahrt ist beendet«, kündigte er mürrisch an und verlangte sein Geld.

»Meine Güte, wo haben Sie Ihren Taxischein her? Etwa bei der Lotterie gewonnen?«

»Geld und aussteigen«, forderte er energisch. Verärgert gab ich ihm den Schein. »Guten Heimarsch!« Er grinste gehässig und wartete, dass ich ausstieg.

»Es heißt ›Heimmarsch‹, Sie Idiot!« Wütend knallte ich die Wagentür zu und schrie ihm noch mein ganzes Schimpfwortarsenal hinterher, während er davonfuhr. »So ein Vollidiot!«

Ich sah mich um. Wenigstens war es nicht mehr weit bis nach Hause. Ich machte mich auf den Weg. Kaum hatte ich die ersten Meter hinter mich gebracht, klingelte mein Handy. Ich nahm ab.

»Hi Inma«, sagte ich so gelassen wie möglich.

»Was ist los? Wieso kommst du nicht zurück zur Party? Noah ist schon hier.«

»Ach, weißt du, ich bin müde. Bist du noch dort?«

»Ja. Maja lässt fragen, ob alles in Ordnung ist. Wie war das Gespräch mit Noah?«

Ich seufzte. »Müssen wir am Telefon darüber reden?«

»Jap, müssen wir.«

Ich rollte mit den Augen. Inma konnte wie ein Terrier sein. Anvisieren und festbeißen – ganz ihr Motto. »Es war ... na ja ... Ich weiß jetzt, warum er damals verschwunden ist.«

»Und?«

Kurz erzählte ich ihr, was er erklärt hatte, ging aber nicht auf Einzelheiten ein.

»Also im Grunde schon das, was du immer vermutet hast. Wenigstens weißt du jetzt, woran du bist.«

»Ehrlich gesagt weiß ich das jetzt erst recht nicht.«

»Warum?«

»Weil ... Ich habe geweint, und er hat mich ... Wir hatten getrunken ...« Gott! Ich war so erbärmlich.

»Cat? Was ist passiert?«, fragte sie so betont, als würde sie den Braten riechen. *Terrier* ...

Ich seufzte. »Ich habe Mist gebaut, Inma.«

Zuerst war Schweigen in der Leitung, dann sog sie scharf die Luft ein. »Oh mein Gott! Du hattest Sex! Du hast mit ihm geschlafen! Ich glaub es ja nicht! Dass ich das noch erleben darf!«

Sie kicherte laut, und ich hörte Spike im Hintergrund, der wissen wollte, was los war. Na toll! Gleich wusste es jeder auf der Party. »Würdest du bitte leiser reden? Es war ein Fehler und wird nicht wieder vorkommen.«

»Jetzt mal langsam. Wie kam es dazu und wo?«

Ich wandte mich um. »Müssen wir unbedingt über Sex sprechen? Ich bin nicht allein auf der Straße. Hinter mir ist jemand.«

»Wo bist du? Vielleicht können wir dich unterwegs aufgabeln.«

»In der Nähe vom Golden Gate Park, aber bis du hier ankommst, bin ich schon längst zu Hause.«

»Puh, okay, aber sei vorsichtig. Wir treffen uns gleich.«

Wir legten auf. Ich hätte es nicht ausplaudern sollen. Jetzt musste ich ihr alle intimen Details verraten, dabei wollte ich diese Nacht einfach nur vergessen. Höchstwahrscheinlich machte sie mehr aus der Sache als ich. Noah hatte es selbst gesagt: Es war nur Sex. Ende der Geschichte.

Schritte, die sich rasend schnell von hinten näherten, rissen mich aus meinen Gedanken. Ich wollte mich umdrehen, spürte aber im gleichen Moment einen dumpfen Schlag am Hinterkopf. Der Hieb war so übermächtig, dass ich taumelte und auf das Wiesenstück fiel. Mein Kopf tat unsagbar weh. Ich wollte schreien, aber die Angst schnürte mir die Kehle zu.

Eine dunkle Gestalt kam auf mich zu. Ich konnte nicht erkennen, wer es war. Sie trug schwarze Kleidung und hatte etwas über das Gesicht gezogen.

»Nein, bitte nicht!« Ich keuchte wimmernd, als er auf mich zukam.

Der Angreifer schnappte nach meiner Tasche und riss mir das Armband vom Handgelenk. Die Beute schien ihm nicht genug zu sein. Er trat auf mich ein, traf mich hart im Bauch, am Kopf und im Gesicht, sodass ich glaubte, keine Luft mehr zu bekommen. Ein metallischer Geschmack breitete sich in meinem Mund aus. Mir wurde schwarz vor Augen. Stöhnend wand ich mich. Ein letztes Mal donnerte er einen Tritt in mein Gesicht, dann entfernten sich seine Schritte rasch.

Plötzlich war die drohende Ohnmacht sehr verlockend. Verzweifelt kämpfte ich dagegen an, aber ich verlor, und friedliche Finsternis empfing mich.

13

Cat

Mein Körper war ein einziger Schmerztempel. Der Regen hatte meine Kleidung durchnässt und traf wie Nadelstiche auf meine Haut. Wie lange lag ich hier? Ich wollte mich aufrappeln, aber jede Bewegung tat höllisch weh, sogar das Atmen fiel mir schwer. Mir war übel und schwindelig. Mit zitternden Fingern fasste ich mir an den Hinterkopf. Mein Haar war verklebt. Ich betrachtete die Finger. Blut. Ich brauchte Hilfe.

Ich riss mich zusammen, um aufzustehen. Jeder Versuch war die Hölle, aber irgendwann schaffte ich es und schleppte mich zur Straße. Weit und breit war niemand zu sehen. Wo waren all die Menschen dieser Millionenmetropole? Wie spät mochte es sein? Angetrieben vom Adrenalin drangen die Schmerzen in den Hintergrund, und ich lief schneller. Nackte Angst überfiel mich jedes Mal, wenn ich hinter mir ein Geräusch vernahm. Was, wenn der Kerl zurückkam?

Die Scheinwerfer eines Autos blendeten mich. Der Wagen hielt mitten auf der Straße. Die Türen wurden aufgestoßen.

»Cat!«, rief eine weibliche Stimme. Inma und Spike stiegen aus. Als ich die beiden erkannte, versagten meine Beine den Dienst. Vor Erleichterung sackte ich zusammen. »Um Gottes willen, Cat! Was ist passiert?«

»Jemand hat mich angegriffen«, nuschelte ich erschöpft.

»Scheiße! Spike, wir müssen sie sofort ins Krankenhaus bringen.«

»Es wird alles wieder gut, Cat«, hörte ich Spikes Stimme. »Ich trage dich jetzt zum Auto, und dann fahren wir los, okay?«

Er nahm mich vorsichtig hoch, lief zum Wagen und setzte mich behutsam auf dem Rücksitz ab. Fest presste ich die Lippen zusammen. Der stechende Schmerz unterhalb meiner Brust nahm mir die Luft zum Atmen.

»Fahr los«, herrschte Inma ihren Freund an und setzte sich neben mich.

Ich war so müde und ausgelaugt, dass ich am liebsten eingeschlafen wäre.

»Seit zwei Stunden tingeln wir durch die Straßen und suchen dich. Wo ist deine Handtasche?«

»Die hat der Dreckskerl mitgenommen.«

Kurze Zeit später befand ich mich in einem Behandlungszimmer des Krankenhauses. Die Wunde am Kopf musste mit ein paar Stichen genäht werden. Ich war froh, als ich die restlichen Untersuchungen hinter mich gebracht hatte, ein Schmerzmittel bekam und die Ärztin mich gleich nach Hause schicken würde. Inma und Spike hatten währenddessen im Besucherbereich gewartet.

Dr. Alicia Morris hieß die Ärztin, die mich behandelte. Sie war jung, nett und sanft. Sie betrat mit dem Klemmbrett, den Ergebnissen und einer Schwester den Untersuchungsraum, wo ich vor mich hindöste.

»Hallo Cat, wie geht es Ihnen inzwischen? Konnten Sie sich ein wenig ausruhen?« Sie trat an mein Bett. Die Schwester kontrollierte den Verband am Kopf und meinen Puls.

»Geht so. Wann darf ich nach Hause?«, wollte ich völlig erschöpft wissen.

Dr. Morris sah mich mitleidig an. »Ich fürchte, ich muss Sie zur Beobachtung hierbehalten, aber keine Angst, nur für ein oder zwei Tage.«

Shit! Wie würde Mr. Wilson darauf reagieren?

»Ihr Handgelenk ist verstaucht, und Sie haben mehrere Hämatome, aber das wird schnell abheilen, genau wie die restlichen Blessuren und Schrammen auf Ihrem Körper. Das Einzige, was mir Sorgen macht, ist die Schwellung an Ihrem Hinterkopf. Die Verletzung sollten wir im Auge behalten, deshalb wäre es ratsam, sie hier zu beobachten. Ruhe ist jetzt sehr wichtig.« Im Moment war mir alles egal. Ich sehnte mich nach Schlaf und gab ihr nickend meine Zustimmung. »Sehr gut. Die Polizei ist verständigt. Wenn es Ihnen morgen besser geht, können Sie eine Aussage machen. Ist das in Ordnung?«

»Danke, Dr. Morris«, sagte ich müde.

»Gut, dann bringt Sie Schwester Filomena jetzt in Ihr Zimmer. Versuchen Sie zu schlafen.« Sie drückte meine gesunde Hand. »Ich sehe morgen wieder nach Ihnen.«

Die Schwester und ein Pfleger schoben mich durch graue Flure ins Krankenzimmer. Sie hängten mich an einen Tropf, und noch bevor sie die Tür hinter sich schlossen, holte mich die bleierne Müdigkeit ein.

Als ich das nächste Mal erwachte, war es helllichter Tag. Stimmen surrten aus einer Ecke, die augenblicklich verstummten, als ich leise stöhnte. Mein Mund war staubtrocken, und mein Kopf fühlte sich wie Matsch an. Erinnerungsfetzen von letzter

Nacht flammten auf. Angst und Schrecken hatten sich in meinen Gliedern festgesetzt.

Schritte näherten sich. »Hey Zuckersternchen, was machst du denn für Sachen?«

Ich zwang mich, die Lider zu öffnen. Schemenhaft erkannte ich Grandpa Bambam, dann Inma und Maja an meinem Bett. Sie sahen auf mich herab, in allen drei Gesichtern lagen Sorge und Schlafmangel.

»Hi. Was macht ihr denn hier?« Vorsichtig warf ich Inma einen Blick zu, den sie sofort richtig deutete.

»Ich musste irgendjemanden benachrichtigen.«

»Hast du etwa auch ...?« Das hätte mir gerade noch gefehlt, wenn sie Mom oder Dad informiert hätten.

Sie schüttelte den Kopf. »Nein, nur deinen Großvater.«

Augenblicklich beruhigte ich mich. Meine Eltern wären wahrscheinlich durchgedreht.

»Ich bin so schnell gekommen, wie ich konnte. Wie geht es dir? Hast du Schmerzen?«, wollte Grandpa wissen.

»Wunderbar grauenvoll«, sagte ich ehrlich und noch ganz erschlagen.

Ich versuchte zu lächeln, was aber tierisch wehtat. Mein Gesicht fühlte sich geschwollen an, und mein Kopf dröhnte. Ich wollte mich aufsetzen, sank aber stöhnend in die Kissen zurück. Inma betätigte einen Hebel und schob das Kopfteil langsam hinauf.

»Ich brauche etwas zu trinken.« Maja reichte mir eine Tasse mit Tee, die auf einem Rollwagen neben meinem Bett stand. Endlich konnte ich die Wüste in meinem Mund bewässern. »Hat die Polizei den Scheißkerl schnappen können?«

»Noch nicht, aber das werden sie bestimmt. Sie kommen nachher vorbei, um deine Aussage aufzunehmen«, sagte Grandpa. Er schüttelte den Kopf. »Mensch, Mädchen, da hast du wirklich Schwein gehabt. Ich darf nicht darüber nachdenken, was dir hätte passieren können.« Daran wollte ich auch nicht denken. »Warum, um Himmels willen, bist du aus dem Taxi gestiegen?«

Ich senkte den Blick, und eine Welle Selbstvorwürfe fegte über mich hinweg. »Weil ich nur noch zehn Dollar hatte und der Idiot von Taxifahrer mich rausgeworfen hat, als ich ihm das mitgeteilt habe.«

»Was für ein ...«, knurrte Grandpa.

»Wir haben doch telefoniert! Wieso wolltest du nicht, dass ich dich abhole?«

»Weil ich bis dahin schon längst zu Hause gewesen wäre. Es war nicht mehr weit, höchstens ein paar Minuten.«

»Es war trotzdem leichtsinnig, zu Fuß zu gehen. Nachts am Parkgelände laufen öfters zwielichtige Gestalten herum.« Inma seufzte schuldgeplagt. »Ich hätte dich abholen sollen.«

»Es ist nicht deine Schuld, Inma. Es war dumm von mir, tut mir leid. Ich habe mir nichts dabei gedacht.«

»Niemand rechnet mit so was, Süße«, erwiderte Maja. »Wir sind alle froh, dass du nicht schlimmer verletzt wurdest. Hoffentlich kriegen sie das Schwein! Solche Typen sollte man einsperren und den Schlüssel im Ozean versenken.«

Grandpa und Inma nickten zustimmend.

»Wir gehen uns mal einen Kaffee holen«, meinte Inma und stieß Maja in die Seite. »Möchten Sie auch etwas, Mr. Murray?«

»Nein, im Augenblick nicht, danke.«

Als die Tür hinter ihnen ins Schloss fiel, nahm Grandpa meine gesunde Hand in seine.

»Du hast mir einen ziemlichen Schrecken eingejagt. Als Inma mich anrief, hatte ich fast einen Herzinfarkt. Tu das nie wieder, okay?« Er küsste meine Knöchel.

»Ich werde es versuchen.«

»Übrigens, du hattest recht.«

»Womit?«

»Aus deinem Noah ist ein Prachtexemplar von einem Kerl geworden. Ich hätte ihn nicht wiedererkannt.«

»Du bist ihm begegnet? Wo?«

»Na, hier im Krankenhaus. Er war hier, bis sie ihn rausgeschmissen haben. Er macht sich schreckliche Vorwürfe.«

Er war da gewesen? Wärme durchflutete mich. »Ihn trifft keine Schuld.«

»Das habe ich ihm auch gesagt.«

»Was ist mit Mom und Dad? Ich will nicht, dass sie hiervon erfahren.«

Grandpa verzog den Mund. Ich konnte mir schon denken, dass er das nicht gut fand. »Sie ist deine Mutter, Cat. Willst du ihr das wirklich antun?«

Schon jetzt hatte ich ihre Vorwürfe in den Ohren, denn vor dem Umzug nach San Francisco hatte sie mir die schlimmsten Dinge prophezeit. Sie liebte es, recht zu behalten, und würde mich zurück nach Pleasant Hill holen. »Die Polizei wird den Kerl schnappen, und meine Mom braucht nichts zu erfahren, genauso wenig wie Dad. Er würde sich nur unnötig Sorgen machen.«

»Ach, Cat. Glaubst du nicht auch, dass das falsch ist?«

»Sie hat genug mit sich selbst zu tun. Belassen wir es dabei, bitte.« Fest sah ich ihm in die Augen. Ich wusste, dass er mir nur schwer einen Gefallen ausschlagen konnte.

»Na gut, aber du wirst in Zukunft keine Dummheiten mehr machen und besser auf dich aufpassen. Versprich mir das.«

»Ich verspreche es«, sagte ich erleichtert.

Ich hatte gewusst, dass ich mich auf ihn verlassen konnte. Ich trank vom Tee, und langsam kehrten meine Lebensgeister zurück. Ich fühlte mich zwar wie ein ausgespuckter Kaugummi, aber es ging mir besser – abgesehen von den Schmerzen, die von der Kopfverletzung herrührten.

Eine Krankenschwester half mir wenig später beim Aufstehen. Schwindel erfasste mich für einen Moment, und die Kopfschmerzen nahmen zu. Sie führte mich in das angrenzende Bad, wo Inma einen Waschbeutel und Kleidung für mich hinterlegt hatte.

»Ach du Scheiße«, entfuhr es mir, als ich das erste Mal in den Spiegel sah.

Der Arsch von letzter Nacht hatte ganze Arbeit geleistet. Meine linke Gesichtshälfte war grün und blau, die Lippe aufgeplatzt, und ein kleiner Rest Blut war noch erkennbar. Um meinen Kopf war ein Verband, und mein restliches Haar war noch verdreckt. Die Krankenschwester half mir, es zu waschen, und flocht es anschließend zu einem lockeren Zopf. In meinen eigenen Sachen fühlte ich mich deutlich wohler als in dem dünnen Krankenhaushemd. Gerade als ich fertig war und zurück ins Zimmer ging, kam die Ärztin und kontrollierte die Wunden. Sie verdonnerte mich zu einer zweiten Nacht im Krankenhaus.

***

Je mehr Zeit Grandpa an meiner Seite verbrachte, desto unwohler fühlte er sich.

»Wie lange wirst du bleiben?«

Er hasste Krankenhäuser, weil sie ihn an Grandma erinnerten. Viele Tage und Stunden hatte er an ihrem Bett gewacht, hatte zugesehen, wie sie ihn Stück für Stück verlassen und einen Teil seines Herzens mitgenommen hatte. Er quälte sich für mich.

Müde fuhr er sich übers Gesicht. »Solange du mich brauchst, Zuckersternchen.«

»Das ist nicht nötig, mir geht es gut. Morgen werde ich entlassen, und meine Wunden werden heilen.«

»Willst du mich loswerden?«, neckte er mich.

»Nein, ich wollte dir nur sagen, dass du dich nicht quälen musst, um bei mir zu bleiben. Ich sehe dir an, dass du dich nicht wohlfühlst.«

»Ich bleibe, bis ich weiß, dass du wirklich in Ordnung bist. Du machst mir zwar einen ziemlich gefestigten Eindruck, aber manchmal kommt der Schock erst einige Zeit später.«

»Es geht mir gut, Grandpa«, versicherte ich und verbarg die Angst, die dumpf in mir lauerte. Ich wollte keine Gedanken an die grausamen Stunden verschwenden, die ich hinter mir hatte.

»Wenn deine Freundinnen kommen, werde ich mich ein wenig ausruhen, versprochen.«

Als hätten Inma und Maja seine Ansage gehört, kamen sie mit ihrem Kaffee zurück ins Zimmer.

»Erhol dich gut. Wir sehen uns später, Grandpa«, meinte ich grinsend.

Er erhob sich. »Na gut, du hast gewonnen. Falls aber etwas sein sollte oder es Neuigkeiten gibt, informiert ihr mich.«

»Natürlich.«

Er küsste mich auf die Wange. Ich sah ihm deutlich an, dass er mich nicht gern alleinließ, aber er war auch nicht mehr der Jüngste und sollte auf sich achten. Inma begleitete ihn hinaus, und Maja setzte sich zu mir.

»Musst du nicht arbeiten?«, wollte ich wissen, denn eigentlich hätten wir gerade Schicht.

»Frank hat mit mir getauscht. Ich soll dir übrigens von allen Gute Besserung wünschen. Sie waren ziemlich geschockt, als ich es ihnen erzählt habe. Selbst Wilson hat sich gnädig gezeigt und sich sogar nach dir erkundigt.« *Sieh an, sieh an!* »Hast du irgendeine Ahnung, wer das gewesen sein könnte?« Ich schüttelte den Kopf. »Die Polizei meinte, alles deutet auf Raub hin. In der Gegend sind oft Drogenjunkies. War da niemand, der dir hätte helfen können?«

»Ich war allein; zumindest habe ich niemanden gesehen.«

»Noah hat mir erzählt, dass du ominöse Mitteilungen bekommen hast und ihn in Verdacht hattest. Ich hoffe, du denkst nicht, dass er etwas damit zu tun haben könnte. Ich weiß nicht, was mit dir und Noah ist, aber er ist kein schlechter Mensch, Cat.«

Die Vertrautheit der beiden war mir auf der Party gestern aufgefallen, und ich fragte mich, in welchem Verhältnis sie zu ihm stand. Soweit ich wusste, war Maja fest mit Paolo zusammen, den ich bisher nur einmal gesehen hatte, und doch hatte ich gespürt, dass da mehr zwischen Noah und ihr war. Leise Eifersucht schlängelte sich durch mein Herz. »Es geht mich nichts an, aber in welcher Beziehung stehst du zu ihm?«

»Wir sind Freunde. Okay ... wir hatten mal was miteinander, aber das ging nur wenige Monate. Ist lange vorbei«, gab sie zu.

Das hätte ich mir denken können. Noah ließ wirklich nichts anbrennen. »Und warum ging es auseinander?«

»Wir hatten eine tolle Zeit, aber ... er war nicht in der Lage ... mich zu lieben.« Sie hob ihren Blick und sah mir fest in die Augen. »Er hat mich nie an sich herangelassen, so richtig, meine ich. Immer war da etwas, was ihn von mir fernhielt.«

»Und du denkst, dass ich zwischen euch stand?«

»Vielleicht. Er ist ein verschlossener Typ und ein wenig masochistisch veranlagt. Seit ich ihn kenne, quälen ihn Albträume. Ich will damit nur sagen, dass er gegen Dämonen kämpft, die mit seiner Vergangenheit zu tun haben, und du könntest der Schlüssel dazu sein. Na ja, du kennst ihn von uns allen am besten. Seit du hier bist, merke ich deutlich, dass etwas in ihm vorgeht. Dylan und ich machen uns Sorgen.«

»Ich bin mir nicht sicher, was ich von ihm halten soll, aber mein Verdacht, dass er hinter den Rosen stecken könnte, war ein Irrtum.«

Eine Weile sahen wir uns an. Eindeutig hatte sie Gefühle für ihn. Ihre Beziehung schien nicht spurlos an ihr vorübergegangen zu sein.

»Als ich noch mit ihm zusammen war, habe ich zufällig Fotos von dir gefunden. Er hielt sie versteckt und ist ausgeflippt, als ich ihn darauf angesprochen habe. Damals stand unser Liebesverhältnis kurz vor dem Aus.«

»Warum erzählst du mir das alles?«

»Weil ich hoffe, dass du ihm helfen kannst. Ich weiß, zurzeit ist das viel verlangt, aber ich glaube, er braucht dich, Cat.«

Ich lachte. »Der Noah Gr… Holder, den ich kenne, braucht mich ganz sicher nicht.«

»Da täuschst du dich. Es ist nicht zu übersehen, dass da etwas zwischen euch ist, mal ganz zu schweigen von der körperlichen Anziehung.«

»Quatsch. Das redest du dir ein. Seit ich hier bin, haben wir nur Probleme.«

»Eben«, meinte sie nickend. »Weil du ihn mit seinen Dämonen konfrontierst. Seit du auf der Bildfläche aufgetaucht bist, kämpft er mit sich.«

Das würde seine Stimmungsschwankungen erklären. Erst stieß er mich weg, dann suchte er wieder meine Nähe. Ich war keine Psychologin, aber sogar ein Laie merkte, dass mit Noah etwas nicht in Ordnung war.

»Ich habe dir das alles erzählt, weil ich mir Frieden für ihn wünsche.«

Ihr lag etwas an Noah, das hatte ich jetzt kapiert, aber sie musste sich in mir täuschen. So viel Einfluss hatte ich nicht auf ihn. Ich kämpfte ebenfalls, aber das wusste sie ja nicht. Sie war besorgt und hatte ehrliche Absichten.

»Ich will auch Frieden, Maja.«

Sie nahm meine Hand und streichelte darüber, dabei lächelte sie mitleidig.

»So, da bin ich wieder.« Inma kam ins Zimmer.

Sofort ließ Maja meine Hand los und lehnte sich zurück. Inma berichtete, dass Spike sie angerufen und sich die Nachricht des Überfalls wie ein Lauffeuer unter den Kollegen ausgebreitet hatte. Alle waren geschockt. Selbst die Geschäftsleitung hatte davon erfahren. Wir unterhielten uns noch eine Weile, spekulierten in alle Richtungen, bis zwei Polizisten hereinkamen. Inma und Maja verabschiedeten sich und versprachen später noch einmal nach mir zu sehen.

Officer Bill Jenkins und seine Kollegin, Officer Amanda Turner, bombardierten mich mit unzähligen Fragen. Manche musste ich sogar doppelt beantworten. Ich war wütend auf den Kerl, der mich krankenhausreif geschlagen hatte, und wünschte ihm die Pest an den Hals. Er hatte doch bekommen, was er wollte. Er hatte mir die Handtasche entrissen und den Schmuck gestohlen. Er hätte nicht noch so brutal auf mich eintreten müssen.

»Und Sie können sich nicht erinnern, wie die Person ausgesehen hat?«

Ich durchsuchte mein Gedächtnis. »Leider nicht. Es war zu dunkel, und alles ging so schnell.«

Ich wünschte, ich könnte den Beamten mehr Hinweise geben.

»Ihren Ausweis und andere Papiere haben wir ganz in der Nähe des Tatortes in einem Mülleimer gefunden. Ihre Geldbörse war ebenfalls dabei, natürlich leer.«

»Ich hatte kein Geld im Portemonnaie. Meine letzten zehn Dollar habe ich dem Taxifahrer gegeben. Und mein Armkettchen war zwar hübsch, aber billiger Modeschmuck.«

Officer Jenkins machte sich Notizen. »Gibt es jemanden, mit

dem Sie Probleme haben oder bei dem Sie sich vorstellen könnten, dass er Ihnen etwas antun wollte?«

Ich dachte nach. »Die Einzige, die mir da einfällt, ist meine Mutter, aber sie schließe ich aus. Sie war nicht begeistert, dass ich so weit weg nach San Francisco ziehe.«

»Wie ist das Verhältnis zu ihr?«

»Nicht besonders gut, aber so weit würde sie nie gehen. Ich lebe noch nicht lange hier und kenne nicht sehr viele Leute, aber vor einiger Zeit hat mir jemand seltsame Nachrichten mit blauen Rosen geschickt.«

Interessiert schaute der Officer auf. Ich erzählte ihm, was geschehen war, hatte aber nicht den Eindruck, dass er mich ernst nahm. Im Gegenteil, er ignorierte den Vorfall.

»Gut, das wäre dann alles. Wir kontaktieren Sie, sobald wir etwas Neues wissen.«

»Wie? Und das war's? Es könnte doch sein, dass die Sache gestern mit den Nachrichten und den Drohungen zusammenhängt.«

Er verzog den Mund. »Natürlich kann man das nicht ausschließen, aber die augenblicklichen Fakten sehen mehr nach einem räuberischen Diebstahl aus. Wir melden uns, Ms. Spence.« Der Officer drängte zu gehen. »Wir tun unser Bestes. Gute Besserung.«

»Die Polizei, dein Freund und Helfer«, murmelte ich, als sie die Tür hinter sich schlossen, und schüttelte den Kopf.

Gedankenverloren schaute ich aus dem Fenster, besser gesagt auf das kleine Stück Himmel, das ich vom Bett aus sehen konnte. Ich wollte mich an den Kerl oder irgendein Detail erinnern, aber da war nichts außer Schwärze und Angst. Doch ich hatte Glück – es hätte mich viel schlimmer erwischen können.

Was Noah betraf, war mein Herz in Aufruhr. Er hatte Bilder von mir aufgehoben, und ihn quälten Albträume – genau wie mich. Majas Vermutung, Noahs Probleme hätten ihren Grundstein in der Vergangenheit, war naheliegend. Ich fragte mich, ob er gestern am Strand die volle Wahrheit gesagt hatte oder ob es noch andere Gründe gab, warum er den Kontakt zu mir abgebrochen hatte. Ich erinnerte mich daran, dass Mom sogar einen Zusammenhang mit seinem Verschwinden und Beckys Selbstmord erwähnt hatte, aber diesen Gedanken hatte ich immer für absurd gehalten, denn schließlich hatte Becky schon Jahre vorher an Depressionen gelitten.

14

Cat

Als ich erwachte, blickte ich in ein attraktives Gesicht und in die schönsten blauen Augen, die ich kannte.

Noah hatte die Ellenbogen auf den Oberschenkeln abgestützt. Tiefe Schatten zeugten von Sorgen und zu wenig Schlaf. Eine Rasur war überfällig, aber auch so sah er ziemlich gut aus.

»Hi!«, flüsterte er übermüdet, sanft und mit einem winzigen Lächeln, das mich wärmte. Sein Blick ruhte auf mir, was mein Herz in Aufregung versetzte.

»Hi. Wie lange bist du schon da?«

»Eine Weile.«

Gott! Ich sah bestimmt schrecklich aus mit den Prellungen im Gesicht, dem Kopfverband und der aufgeplatzten Lippe.

»Wie fühlst du dich?«

»Wie durch den Fleischwolf gedreht. Was machst du hier? Musst du nicht arbeiten?«

»Das sollte ich eigentlich, ja.«

»Du schwänzt?«

Er ging gar nicht auf meine Frage ein. »Cat, es tut mir –«

»Dich trifft keine Schuld. Schließlich bin ich aus dem Taxi gestiegen, das du für mich organisiert hast.«

»Ich fühle mich trotzdem mies.« Erschöpft rieb er sich die Augen. »Dieses Arschloch hat dich ganz schön erwischt.« Er biss die Zähne zusammen, sodass seine Kiefer mahlten. »Versprich mir, dass du nie wieder so leichtsinnig sein wirst.«

»Ich verspreche es«, sagte ich kleinlaut und nestelte an einem Zipfel der Bettdecke.

»In Zukunft werde ich dich immer nach Hause bringen, egal wie sauer du auf mich bist, verstanden?«

»In Zukunft?« Das waren ja ganz neue Töne. Das wirbelte meine Gedanken ein wenig durcheinander. »Was soll das heißen?«

Müde fuhr er sich über das Gesicht. »Ich habe mich falsch verhalten, seit du hier bist. Es tut mir leid, ehrlich. Und so wie es jetzt aussieht, brauchst du mich.«

Ich wollte lachen, aber meine Wangen taten weh. »Hat dir schon mal jemand gesagt, dass du ein ziemlich großes Ego hast?« Ein kleiner Teil von mir sehnte sich nach dem Noah, der manchmal in ihm aufblitzte, den ich verloren geglaubt und unbeschreiblich vermisst hatte, und gleichzeitig faszinierte mich der neue Noah. »Was ist mit ›Wir gehen uns zukünftig aus dem Weg, Cat.‹?« Ich äffte ihn nach. »Vor Kurzem wolltest du mich nicht in deinem Leben haben. Willst du etwa da weitermachen, wo wir vor sechs Jahren aufgehört haben?«

Er rieb sich über das Kinn. »Du hast recht. Das geht natürlich nicht so einfach. Der Punkt ist, dass ich Fehler gemacht habe. Ich hätte damals nicht einfach gehen sollen, das habe ich ziemlich schnell bereut, und ich würde das gern wieder geraderücken.« Er brach ab und senkte den Kopf. »Wir kommen so nicht weiter, und vielleicht sollten wir uns eine Chance geben. Zumindest könnten wir es versuchen.«

Er wollte unsere Beziehung in Ordnung bringen? Hin- und hergerissen zwischen Zuneigung für den alten und Faszination für den neuen Noah, zögerte ich. »Es liegen sechs Jahre Funkstille dazwischen, und du hast dich sehr verändert.«

»Du dich auch, aber du bist noch genauso stur und dickköpfig wie damals«, meinte er grinsend.

»Ich habe eben meine Prinzipien.«

»Und du bist eigensinnig. Das hat dich schließlich in Gefahr gebracht.«

Ich seufzte. »Und du bist der eingebildetste, arroganteste und aufdringlichste Kotzbrocken, der mir je untergekommen ist. Früher warst du nicht so. Das ist definitiv neu an dir.«

Sein Grinsen wurde noch breiter. »Ja, das kommt mir bekannt vor.«

Mir gefiel, wie er versuchte, die Stimmung locker zu halten, obwohl es ein ernstes Thema war. Ich senkte den Blick und dachte nach. »Ich weiß nicht, ob das funktioniert. Es ist viel geschehen.«

»Wir sind erwachsen geworden, haben viel Mist erlebt. Es wäre seltsam, wenn wir uns nicht weiterentwickelt hätten. Es wird immer Dinge geben, die uns verbinden werden – allen voran der Faden unserer gemeinsamen Vergangenheit, der definitiv noch zwischen uns ist. Vielleicht ist der die beste Voraussetzung für Cat und Noah 2.0?«

Es schien ihm ernst zu sein mit unserer Freundschaft. »Der Faden ist zwar da, aber er ist dünn, könnte jederzeit reißen. Das Risiko ist groß, dass genau das passieren wird, Noah. Freundschaft hat etwas mit Vertrauen zu tun.«

»Vertrauen kann man wieder aufbauen.«

»Es kann aber verdammt wehtun«, erwiderte ich und sah ihm in die Augen. Er kniff die Lippen zusammen. Er ließ nicht locker. Genau das imponierte mir, gleichzeitig hatte ich Angst.

Was, wenn er wieder einfach aus meinem Leben verschwand? Ein zweites Mal könnte ich das nicht ertragen. »Und wie stellst du dir das vor?«

»Wir gehen es locker an, tun Dinge, die Freunde eben tun, und sehen, was geschieht.«

Ich hob die Brauen. »Freunde haben keinen Sex.«

»Das stimmt, aber es stört mich nicht.« Er grinste wie ein Breitmaulfrosch.

»Noah!«, ermahnte ich ihn und errötete, weil ich daran denken musste, wie gut es sich mit ihm angefühlt hatte. Der Sex war fantastisch gewesen.

»Was denn? Ich erinnere mich genau, dass du ganz verrückt nach mir warst.«

»Das war, weil … Das ist was völlig anderes, aber um auf das eigentliche Thema zurückzukommen: Ich kann auf mich selbst aufpassen. Das habe ich schon gestern am Strand gesagt.«

»Du gibst mir einen Korb? Das tut weh!« Theatralisch legte er eine Hand an die Brust und krächzte schmerzerfüllt.

Ich konnte nur mit Mühe ein Kichern unterdrücken. Er war genauso ein Spinner wie früher. Es war schön zu sehen, dass mir manche Dinge an ihm noch vertraut vorkamen. Trotzdem blieb er mir ein Rätsel. Auf der einen Seite war er charmant und süß und gab mir das Gefühl, mich zu verstehen, und andererseits forderte er mich ständig heraus und reizte mich. Okay, ich tat wahrscheinlich dasselbe bei ihm.

»Gib mir eine Chance, Cat. Bitte.« Eindringlich sah er mich an.

Wir wurden von einer Schwester unterbrochen, sodass wir das Thema nicht weiter vertiefen konnten. Noah stand auf und streckte sich. Dabei rutschte das T-Shirt hoch und gab den Blick auf seinen durchtrainierten Bauch frei. Ich konnte nicht anders, musste einfach hinsehen, und sofort drängte sich die Erinnerung von gestern in den Vordergrund. Seine körperliche Veränderung war unfassbar, aber davon ließ ich mich nicht blenden. Er war Noah, mein ehemaliger bester Freund, der mir das Herz gebrochen hatte. Das sollte ich nicht vergessen.

Als die Krankenschwester wieder aus dem Zimmer gegangen war, riss er mich aus meinen Gedanken. »Willst du auch was Süßes? Ich hol mir eben was aus dem Automaten unten.«

»Heiß ...«, murmelte ich vor mich hin und bemerkte seinen fragenden Blick. Shit! »Äh ... eine heiße Schokolade.«

»Dein Wunsch ist mir Befehl.«

Er verließ mein Zimmer, und ich schüttelte über mich selbst den Kopf. Er brachte mich aus dem Konzept.

Kurze Zeit später kam er mit dem süßen Heißgetränk und einer Tüte bunter Schokolinsen zurück. Schokolinsen – die hatten wir uns früher immer geteilt. Mit einem Lächeln schwenkte er die Packung vor meine Nase. Ich streckte die Hand aus, und genau wie damals teilte er sie mit mir.

Es war das erste Mal, dass ich mich in seiner Gegenwart richtig entspannte und sogar meine Schmerzen vergaß. Unser Gespräch war unverfänglich, witzig und unterhaltsam, und ich war froh, dass er die schwierigen Themen zwischen uns bewusst ausließ. Er saß auf dem Besucherstuhl und hatte seine Beine locker auf dem Bettrand abgestellt. Die nahm er auch nicht runter, als die Tür sich öffnete und eine junge Krankenschwester mit dem Abendessen hereinkam. Mir entging nicht, dass sie ihm verstohlene Blicke zuwarf.

»Was ist aus der Konditoren-Schule geworden?«, wollte er wissen, als wir wieder allein waren.

Neugierig hob ich die Tellerabdeckung an und verzog das Gesicht. »Wie du siehst, nichts.«

»Wieso nicht? Es gab eine Zeit, da hast du von nichts anderem gesprochen.«

Das stimmte, aber dieser Traum war geplatzt wie die sprichwörtliche Seifenblase. »Das Schicksal ist mir dazwischengegrätscht. Was ist mit dir? Hast du es nach Europa geschafft?«

Er schwieg eine Weile, sodass ich schon glaubte, keine Antwort zu bekommen. »Ich war da, wenn auch nur für einen Sommer. Ich war einige Wochen in Italien, Frankreich und England.«

Ich schluckte die Verbitterung herunter, die seine Worte in mir auslösten. Davon hatten wir als Jugendliche fantasiert. Ein Jahr lang wollten wir gemeinsam durch Europa reisen, uns alles ansehen und unsere Freiheit – weit weg von zu Hause – genießen. Noah hatte von Paris geschwärmt, vom Flair der Franzosen, vom Eiffelturm und vom Louvre. Es tat weh, dass er unseren Traum ohne mich wahrgemacht hatte, aber andererseits freute es mich, dass er die Chance gehabt hatte. Man konnte nie wissen, was das Leben für einen bereit hielt.

»Und? Ist es so, wie wir es uns vorgestellt haben?«

Er lächelte. »Besser. Es ist anders … Es hätte dir gefallen.«

»Warst du allein dort?«

»Nein.« Der Stich bohrte sich ein Stück tiefer. Noahs Handy klingelte. Er sah aufs Display, stand auf und lief zum Fenster. »Was gibt's?«

Ich wunderte mich über seinen Tonfall, der auf einen Schlag kalt und bestimmend war. Die Wärme in seiner Stimme war verschwunden. Während der Anrufer sprach, warf Noah ein paarmal einen Blick zu mir, dann wandte er sich ab und redete etwas leiser. Ich musste mich anstrengen, um jedes Wort zu verstehen.

»Nein, dieses Wochenende kann ich nicht. ... Das habe ich dir gerade gesagt. ... Es ist mir egal, um wie viel Kohle es geht. … Ja, ich bin mir sicher. Ich melde mich.« Er legte auf, und ich merkte ihm die Verärgerung an.

»Probleme?«, fragte ich vorsichtig.

»Nein, alles gut. Wo waren wir stehen geblieben?« Er überlegte. »Genau, ich wollte mehr über Grandpa Bambam wissen? Ist er noch mit seiner Harley unterwegs?«

Sein abrupter Themenwechsel war auffällig. Aber gut, er musste mir ja nicht gleich alles anvertrauen – das tat ich schließlich auch nicht. Das Gespräch mit Maja drang mir wieder ins Gedächtnis. Er erzählte wirklich nicht viel von sich.

»Ja, er ist nach wie vor ein Mitglied der Blacks«, antwortete ich.

»Er ist ein wenig verrückt, aber genau das mochte ich immer an ihm. Weißt du noch, als er sich bei einem Baseballspiel mit dem Schiedsrichter und einigen Spielern angelegt hat?«

Ich schmunzelte. »Natürlich weiß ich das noch. Dad ist damals total ausgeflippt, weil er ihn aus einer Arrestzelle holen musste. Er hat geschworen, ihn in eine geschlossene Anstalt einliefern zu lassen.«

»War es nicht so, dass sich später herausstellte, dass dein Grandpa die Schlägerei gar nicht angezettelt hat?«

»Stimmt. Trotzdem konnte Dad ihm nicht verzeihen.«

»Existiert eigentlich unsere Höhle noch?«, fragte Noah leise und warf mir einen Blick zu. Kaum merklich schüttelte ich den Kopf, und er runzelte die Stirn. »Warum nicht? Was ist passiert?« Er nahm die Beine herunter und setzte sich interessiert auf.

»Ich habe alles vernichtet, zerstört und kaputtgemacht.«

Die Höhle war unser Zufluchtsort gewesen, einem zweiten Zuhause ähnlich. Niemand hatte uns dort rumkommandiert, keiner hatte davon gewusst, es war unser Geheimnis gewesen. Unzählige Stunden hatten wir in dem Gewölbe verbracht und uns mit altem Plunder, den wir unseren Eltern vom Dachboden oder aus der Garage stibitzt hatten, eingerichtet. Unsere Freundschaft hatten wir tief in der Höhle mit Blut besiegelt. Ich hatte Noah dort sogar das Küssen beigebracht.

Vielleicht wurde ihm jetzt bewusst, wie schlecht es mir damals gegangen war, als ich glaubte, mein Leben würde über mir zusammenbrechen.

Erneut kam eine Krankenschwester herein. »Mr. Holder, die Besuchszeit ist leider vorbei.«

»Okay, ich hau gleich ab.« Er beugte sich zu mir und nahm meine Hand. »Es war schön, sich mit dir zu unterhalten, Cat. Es fühlt sich gut an.«

Mein Herz machte einen Satz, denn auch ich hatte seine Gegenwart genossen. Warm ruhte sein Blick auf mir, als könnte er den inneren Sturm in mir vertreiben. Er lächelte und küsste mich sanft auf die Wange. »Bis morgen, Catwoman.«

Er ging zur Tür, zwinkerte mir zu, und dann war er fort.

***

Am nächsten Morgen durfte ich endlich nach Hause. Dr. Morris war zufrieden, die Schwellung am Hinterkopf war zurückgegangen, die Kopfschmerzen hatten auch nachgelassen. Einzig die blauen Flecken taten bei jeder Bewegung weh, aber das würde ich überstehen. Sie verdonnerte mich dazu, es langsam angehen zu lassen und mich zu schonen. Arbeiten sollte ich in nächster Zeit nicht. Ich stellte mich auf viele Lesestunden ein. Vielleicht konnte ich die letzten Umzugskartons ausräumen, die noch unberührt in einer Ecke meines Zimmers standen.

Gerade verließen Inma, Spike und ich das Krankenhaus, da kam uns Grandpa entgegen. »Gut, dass ich euch noch erwische! Ich dachte, ich komme zu spät.«

»Was ist los?« Erst jetzt bemerkte ich die kleine Reisetasche, die er bei sich trug. »Musst du etwa zurück?«

»Ja. Geht es dir auch wirklich gut?«

»Jeden Tag besser, und wie du siehst, habe ich auch Bodyguards, die mich nicht aus den Augen lassen.« Ich deutete zu Inma und Spike, die neben mir standen.

»Ich würde gern länger bleiben, aber ich ...«

»Ich weiß, geh nur. Wir telefonieren, okay?«

Deutlich war ihm anzusehen, dass es ihm nicht leichtfiel. »Passt auf meine Enkelin auf.«

»Machen Sie sich keine Sorgen. Wir lassen sie ab jetzt nicht mehr aus den Augen, versprochen«, versicherte ihm Inma, und Spike nickte.

»Gut, ich verlasse mich darauf.« Er wandte sich an mich. »Du rufst mich sofort an, wenn etwas sein sollte.« Er umarmte mich vorsichtig und küsste mich auf den Scheitel. »Wir telefonieren, Zuckersternchen. Versprich mir, dass du auf dich achtgibst.«

»Mach ich.«

»Ich muss los, damit ich meinen Flieger noch erwische.«

»Flieger? Wo geht es hin?«, fragte ich interessiert.

»Nach Arizona.« Er lächelte geheimnisvoll. Der Abschied fiel ihm schwer, das war ihm deutlich anzusehen.

»Es ist wirklich in Ordnung. Geh schon, Grandpa.«

Endlich setzten sich seine Beine in Bewegung. Ich winkte ihm nach, als das Taxi losfuhr.

»Was für ein toller Typ«, sagte Spike anerkennend. »Ich wünschte, mein Grandpa wäre so cool.«

Wir machten uns auf den Nachhauseweg. Ich erzählte Inma von meinem gestrigen Besuch, was natürlich dazu führte, dass sie alles wissen wollte.

Ihr Mund klappte auf und ihre Augen wurden riesig, als sie von Noahs und meinem Neustart erfuhr. »Das hört sich gut an. Ihr habt eben eine sechsjährige Freundschaftspause eingelegt.«

»So einfach ist das nicht, und die Tatsache, dass wir auch

noch Sex hatten, macht es nicht leichter.« Ich hatte völlig vergessen, dass Spike hinter uns saß, aber er wusste ohnehin schon über alles Bescheid.

»Du machst dir mal wieder zu viele Gedanken. Lass es auf dich zukommen. Du wirst sehen, wo es dich und Noah hinführt. Ich meine, gib ihm eine Chance. Diesmal hast du nichts zu verlieren.«

Sie hatte recht. Entweder Noah und ich kriegten die Kurve, oder eben nicht. An ein Leben ohne ihn hatte ich mich längst gewöhnt. Was hatte ich also zu verlieren? Ich sollte das Ganze lockerer nehmen.

»Leider können Spike und ich nicht lange bleiben, wir müssen zur Mittagsschicht wieder im Hotel sein. Meinst du, du kommst allein zurecht?«, fragte Inma und holte mich aus meinen Gedanken. Wir bogen gerade in unsere Straße ein.

»Natürlich. Ich bin schon ein großes Mädchen.«

Inma parkte. Wir stiegen aus, und Spike half mir aus dem Wagen. Diese verfluchten Schmerzen! Ich kam mir wie eine Hochschwangere vor, als ich mich umständlich aus dem Auto hievte.

»Braucht ihr Hilfe?«

Entgeistert starrte ich Noah an, der plötzlich neben uns auftauchte. »Was machst du hier?«

Grüßend nickte er Inma und Spike zu. Sein Bartschatten war verschwunden, nur die Schatten unter seinen Augen waren noch einen Tick dunkler als gestern. Er sah müde aus. Er trug legere Kleidung und hatte eine Sonnenbrille im Haar. »Ich dachte, ich schaue, wie es dir heute geht.«

»Das ist aber nett«, meinte Inma und zuckte vielsagend mit den Brauen in meine Richtung.

»Du schon wieder?« Ich schlug die Autotür zu. »Schwänzt du etwa?«

»Niemals! Ich habe heute einen freien Tag.«

»Das ist ja perfekt. Dann kannst du Cat ein wenig Gesellschaft leisten.«

»Das ist nicht nötig ...«, warf ich ein, wurde aber einfach ignoriert.

»Klar, kein Problem. Ich kümmere mich um sie.« Noah schielte zu mir. Sein belustigter Unterton war mir nicht entgangen. Ich kam gar nicht dazu, etwas zu sagen – die beiden schienen sich einig zu sein. Na prima! »Ich könnte Mittagessen machen. Ich habe noch nichts gegessen«, meinte er, als Inma die Wohnungstür öffnete und wir eintraten.

»Du kannst kochen? Seit wann denn das?«, gab ich amüsiert von mir.

Noah hatte sich zwar viel in unserer Küche aufgehalten, war aber meist Marthas Versuchskaninchen gewesen. Während ich die Schuhe auszog, erzählte er, wie Hudson ihm das Kochen beigebracht hatte. Spike stellte die Taschen in der Küche ab, und Inma war auf dem Weg ins Wohnzimmer, als sie abrupt stehen blieb. Langsam und mit weit aufgerissenen Augen trat sie rückwärts in den Flur. Ängstlich sah sie zu mir. Auch Spike machte ein finsteres Gesicht.

»Was ist?« Neugierig lief ich zusammen mit Noah zu ihnen.

Sofort fiel mein Blick auf den blauen Rosenstrauß, der mitten im Wohnzimmer in unserem Putzeimer auf dem Boden stand. Zwischen den Blumen steckte wieder ein weißer Umschlag. Das Herz sackte mir in den Magen, und mein Mund wurde staubtrocken.

»Ich war den ganzen Vormittag nicht zu Hause, Cat«, flüsterte Inma und schaute mich besorgt an. Ihre Stimme zitterte, und sie war kreidebleich geworden.

Im ersten Moment konnte ich nichts sagen, starrte geschockt auf die Rosen, die jemand in unserer Wohnung aufgestellt haben musste. Noah schaute zu Inma und dann zu mir. Er schien den Ernst der Lage erfasst zu haben.

»Er ist bei uns eingebrochen.« Ich sah mich um, dann lief ich in den Flur und öffnete meine Zimmertür. Scharf sog ich die Luft ein, als ich das Chaos entdeckte. »Scheiße!«

Sofort kamen Noah, Spike und Inma an meine Seite. Das Fenster stand offen, und das Zimmer war komplett verwüstet. Federn, die aus meinem Kissen stammten, lagen zusammen mit all meinen Büchern, Kleidungsstücken und den Sachen vom Schreibtisch auf dem Boden. Aus meiner aufgeschlitzten Matratze lugte Schaumstoff hervor, und alle Schubladen der Kommode waren ausgeräumt. Es sah ganz danach aus, als ob jemand etwas gesucht hätte.

»Er muss über die Feuerleiter hochgekommen und hier eingestiegen sein«, mutmaßte Noah. Er war der Erste, der sich rührte, das Zimmer betrat und zum Fenster deutete. »Hast du nicht gesagt, dass sich die Sache mit den Rosen erledigt hat? Ihr müsst die Polizei rufen.« Inma nickte und ging hinaus, um zu telefonieren.

»Der Tag im Sicherheitsbüro, als ich dich beschuldigt habe, war das letzte Mal, dass ich eine Rose bekommen habe. An dem Tag war keine Nachricht dabei. Ich ging davon aus, dass es vorbei wäre.«

»Ganz offensichtlich nicht«, brummte Noah.

Wir gingen ins Wohnzimmer, und der weiße Umschlag im Strauß leuchtete mich an. Was hatte der Idiot mir diesmal zu sagen? Mit zittrigen Händen öffnete ich ihn.

Glück gehabt, Catherine.
Du solltest Warnungen nicht leichtfertig abtun.
Willkommen zu Hause.

Der Druck in meinem Hals schwoll an. Ich starrte auf den Rosenstrauß, während Noah mir die Karte aus der Hand nahm. Er las die Nachricht laut vor. Inma keuchte und setzte sich. Das durfte doch alles nicht wahr sein. Hatte ich nicht schon genug Probleme? Wer, verdammt noch mal, steckte dahinter? Und warum?

Es war offensichtlich, dass derjenige etwas in meinem Zimmer gesucht hatte. Ich hatte keine Geheimnisse, keine Reichtümer, nichts, was sich zu stehlen gelohnt hätte. Galle schäumte in mir auf, und so schnell ich konnte, rannte ich zur Toilette und übergab mich.

15

Cat

Spike stand in der Küche und kochte mir einen Tee, während Noah finster dreinblickte und nervös hin und her tigerte. Binnen weniger Minuten waren die Beamten da. Sie machten unzählige Fotos von der Unordnung und nahmen unsere Aussagen auf. Die ganze Zeit über blieb Inma an meiner Seite, und auch Noah schien jedes meiner Worte aufzusaugen wie ein Schwamm. An der Haustür waren keine Einbruchsspuren vorhanden, und keinem der Nachbarn war etwas aufgefallen. Ich zermarterte mir das Hirn, wer dahinterstecken könnte.

»Sie sind sich sicher, dass nichts gestohlen wurde, Ms. Rodea?«, fragte der Ermittler Inma, die noch immer wirkte, als würde sie unter Schock stehen.

»Nein, es ist alles da«, antwortete sie mit dünner Stimme.

»Gut, hier ist meine Karte.« Er streckte uns zwei seiner Visitenkarten entgegen. »Falls Ihnen noch was einfallen sollte, dann rufen Sie mich an.«

»Moment. Das war's? Mehr passiert jetzt nicht?«

Der Detective, der sich uns als Mr. Weather vorgestellt hatte, sah mich fragend an. »Wir haben alles getan, Ms. Spence. Ihre Aussagen sind aufgenommen, und die Kollegen haben ihren Job gemacht. Mehr können wir im Augenblick nicht tun.«

»Und was, wenn der Kerl noch einmal einbricht? Vielleicht sogar nachts, während wir schlafen. Meine Freundin und ich haben Angst!« Ich deutete mit einem Finger auf die blauen Flecken in meinem Gesicht. Eigentlich war mir klar, dass die Polizei nichts weiter tun konnte, aber ich fühlte mich hilflos und ausgeliefert.

Detective Weather nickte. »Ich verstehe Ihre Situation, aber mehr kann ich nicht tun.«

»Vielleicht hat eine Person vom Hotel etwas dagegen, dass ich hier arbeite?«

Inma runzelte die Stirn. »Wie kommst du denn darauf?«

»Na ja, Maja hat mal erwähnt, dass meiner Vorgängerin gekündigt wurde.«

»Ach, du meinst die Natter Peggy.« Sie überlegte. »Das stimmt. An die habe ich gar nicht mehr gedacht. Sie war echt gemein, aber dass sie etwas damit zu tun hat, kann ich mir nicht vorstellen. Ich meine, sie kennt dich doch gar nicht.«

»Weißt du, warum sie entlassen wurde?«

»Wegen Diebstahls. Sie hat sich mehrmals an der Restaurantkasse bedient und wollte es Vanessa in die Schuhe schieben. Zum Glück wurde sie auf frischer Tat ertappt und ihr sofort gekündigt.«

Weather notierte sich eifrig alles. »Wir werden uns bei Ihrem Arbeitgeber umsehen. Wie, sagten Sie, hieß die Ex-Kollegin?«

»Peggy Coleman«, wiederholte Inma. »Vielleicht ist sie ja eifersüchtig, weil Cat jetzt ihren Job hat.«

»Das werden wir herausfinden. Wir werden dem auf jeden Fall nachgehen, Ms. Spence.« Der Beamte schenkte uns noch einen mitfühlenden Blick und verabschiedete sich.

Schon war der Spuk vorbei. Oder fing der Albtraum jetzt erst an?

Als die Tür zufiel, herrschte absolute Stille. Nur Noahs Schritte waren zu hören, wie er durch den Flur zu uns ins Wohnzimmer kam. »Ihr könnt auf keinen Fall hierbleiben.«

»Inma kann bei mir wohnen, bis wir eine Lösung gefunden haben. Vielleicht ist für Cat irgendwo in den Hotelunterkünften eine Wohnung frei«, meinte Spike.

Noah nickte. »Inma, pack ein paar Sachen zusammen.«

Sofort machte sie sich an die Arbeit. In den letzten Tagen war so viel geschehen, dass ich kaum hinterherkam alles zu verarbeiten. Wer mich so hasste, der musste einen triftigen Grund haben.

Mit gepackten Taschen verließen wir kurze Zeit später das Appartement. Inma hatte sich ein wenig beruhigt. Die Angst sah man ihr trotzdem noch an. Es tat mir leid, dass sie meinetwegen in so eine Situation geraten war. Sie hatte damals, als sie von meiner Absicht, nach San Francisco zu ziehen, gehört hatte, nicht gezögert und mir sofort angeboten, bei ihr zu wohnen.

Ich hatte sie, nach dem Collegeabbruch, in einem Kaufhaus kennengelernt, in dem ich als Aushilfe angefangen hatte. Schnell war sie meine beste und einzige Freundin geworden. Selbst als sie nach San Francisco gezogen war, hatten wir beinahe täglich telefoniert. Sie war immer für mich da gewesen, und jetzt fühlte sie sich in ihren eigenen vier Wänden nicht mehr sicher.

»Es tut mir leid, Inma«, sagte ich leise, als ich die Stille im Wagen nicht mehr aushielt.

»Schon gut, du kannst nichts dafür. Aber ich verstehe nicht, was los ist. Erst der Überfall, jetzt der Einbruch. Was will er? Etwa Geld? Wird deine Mom vielleicht erpresst?«

Ich dachte darüber nach. »Entführt man dann nicht eher eine Person, um ein Druckmittel zu haben, statt sie zu terrorisieren?«

Ich schüttelte den Kopf. Nein, Mom hätte sofort aufgeschrien, wenn jemand an das Vermögen rangewollt hätte. Es musste einen anderen Grund geben.

Wir erreichten den Personalparkplatz. Spike stieg aus und half mir aus dem Wagen, Inma kümmerte sich um die Taschen. Noah führte uns zu den Appartements, wo uns auf halbem Weg Dylan entgegenkam. Er schluckte, als er die blauen Flecke in meinem Gesicht und die Verbände sah.

»Fuck!« Geschockt warf er einen Blick zu Noah. »Ich hoffe, sie finden dieses Schwein.«

»Das hoffe ich auch.«

Er nahm Noah beiseite, und sie redeten leise.

»Und was tun wir jetzt?«, fragte Noah.

Neugierig schaute ich zu ihnen. Gab es ein Problem? »Was ist?«

»Ich habe mit der Hausverwaltung gesprochen. Es werden zwei Wohnungen frei, aber erst in fünf Tagen. Cat müsste sich für kurze Zeit mit einer kleinen Kammer unterm Dach begnügen«, sagte Dylan.

»Inma kann vorerst bei mir schlafen«, beeilte sich Spike zu sagen. »Das ist kein Problem.«

Erschöpft schloss ich die Augen. »Okay.«

Mir war alles recht, Hauptsache, ich musste nicht in das Appartement zurück.

»Die Kammer hat leider keine Dusche, nur eine Toilette«, ergänzte Dylan.

»Das hört sich nicht gerade einladend an«, meinte Inma und warf mir einen zweifelnden Blick zu.

»Das wird schon gehen«, sagte ich abwinkend. »Ich brauche nur einen Platz zum Schlafen.«

»Bist du sicher, Cat?« Fragend schaute sie mich an.

»Klar, mach dir keine Gedanken, alles gut.«

Noah ließ sich von Dylan den Schlüssel geben und nahm Inma die Tasche ab, die sie für mich getragen hatte. »Dann wollen wir mal die Kammer des Schreckens begutachten.«

»Bis später!« Ich winkte den anderen zu.

Zwei Hauseingänge weiter schloss er die Tür auf. Ein angenehmer Duft aus Wasch- und Putzmittel stieg mir in die Nase. Wir fuhren mit dem Aufzug in den letzten Stock, wo er die Tür zu meiner neuen Bleibe öffnete.

Ich trat ein. Mich empfing ein winziges Zimmer, in das gerade mal ein Bett passte. Hinter einer schmalen Nische befand sich die Toilette. Die Luft war so stickig, dass Noah sofort die Dachluke aufriss. Ein laues Lüftchen wehte herein.

»Das ist ja tatsächlich eine Kammer des Schreckens. Hier kannst du nicht bleiben.«

»Wieso nicht? Das ist okay, wirklich.«

»Cat!«

»Nein, es ist doch nur für wenige Tage. Das hat Dylan doch selbst gesagt.«

»Ich will mich nicht mit dir streiten. Du kommst mit zu mir.«

Auf keinen Fall. Ich brauchte Zeit für mich und wollte nachdenken. Das Zimmer war nicht so schlimm, wie er es darstellte. Gut, es war nicht gerade das *Plaza*, aber es war ausreichend.

Ich setzte mich aufs Bett. »Ich habe ein Dach über dem Kopf und bin hier in Sicherheit. Das ist mehr, als ich erwartet habe. Danke, dass du das organisiert hast.«

Fassungslos schüttelte er den Kopf. »Du kannst dir hier noch nicht mal etwas zu essen machen, geschweige denn dich im Kreis drehen. Aus dem Fenster kannst du auch nicht schauen, und die Luft ist alles andere als frisch. Jetzt sei nicht so stur und komm mit zu mir. Ich wohne nur zwei Stockwerke unter dir.«

»Nein. Es ist einigermaßen sauber, und ich bin hier für mich. Es ist gut so.«

Er warf die Hände in die Höhe. »Du bist störrisch wie ein Muli. Gib mir dein Handy«, forderte er. Ich tat, was er verlangte, und sah ihm zu, wie er darauf herumtippte. »Wenn du etwas brauchst, dann ruf mich an oder schreib mir.«

»Mach ich.«

Er gab mir das Handy zurück. »Dann wünsche ich einen schönen Aufenthalt.«

»Danke.«

Er schüttelte verständnislos den Kopf und schloss die Tür hinter sich.

Keine Ahnung, warum ich mich so vehement gegen seine Einladung gewehrt hatte. Es war nicht der Gedanke, in seiner Nähe zu sein, sondern vielmehr der, in seiner Schuld zu stehen. Natürlich war nichts in Ordnung. San Francisco zeigte sich von seiner hässlichen Seite, und ich brauchte Zeit, um über alles nachzudenken. Ich fühlte mich verloren und wusste nicht mehr, wo ich hingehörte. Ich strich die Schuhe von den Füßen und legte mich hin. Es war still im Raum, nachdem Noah fortgegangen war. Ich war erschöpft, es war einfach zu viel, was ich verarbeiten musste, und ich dachte darüber nach, ob ich mit dem Umzug einen Fehler begangen hatte.

***

Es war dunkel, als ich aufwachte. Ich brauchte einige Sekunden, bis ich die Ereignisse der letzten Stunden wieder auf dem Schirm hatte und mich erinnerte, wo ich war. Ich richtete mich auf und tastete nach dem Lichtschalter. Eine Lampe erhellte das winzige Zimmer, und ich entdeckte auf dem Kissen eine Nachricht von Noah.

Hunger?
Komm runter, wenn du wach wirst.
Noah

War er ein verdammter Hellseher? Mein Magen knurrte tatsächlich. Nach der Aufregung am Mittag hatte ich nichts mehr gegessen.

Es war bereits nach Mitternacht. Kurz überlegte ich, was ich tun sollte. Bestimmt schlief er schon. Ich schloss die Augen und versuchte weiterzuschlafen. Es war gespenstisch still in der Wohnung, und jedes Geräusch schickte mir kleine Schauer über den Rücken. Die Wände waren ebenso hellhörig wie in Inmas Appartement. Das Stöhnen aus ihrem Zimmer wäre mir lieber gewesen. Ich redete mir ein, dass es nur Zweige eines Baumes waren, die vom Wind aufgescheucht gegen die Hauswand kratzten. Es konnte auch jemand umherlaufen, schließlich war ich nicht allein im Haus. Stocksteif lag ich im Bett und versuchte alles auszublenden, doch je mehr ich mich anstrengte, desto intensiver flirrten die Bilder des Überfalls vor meinen Augen.

Deutlich nahm ich die Schritte und das Keuchen hinter mir wahr, fühlte den Schmerz am Hinterkopf und wie sein Fuß meinen Körper traf. Aber das Schlimmste war die Panik, die in mir hochkroch und mein Denken und Handeln beeinflusste. Mein Herz raste, Schweiß trat mir aus den Poren, als von irgendwoher ein mir bekanntes Schaben immer lauter wurde. Dieses Geräusch zerrte die Erinnerungen von Beckys Selbstmord hervor und mischte sich mit den Ereignissen der letzten Tage.

Ich musste hier raus.

Ich sprang auf und rannte die Treppen hinunter in den zweiten Stock. Bei Noah angekommen, zögerte ich, doch beim nächsten Geraschel betätigten meine zitternden Finger wie von selbst die

Klingel. Noah schlief sicherlich, und ich holte ihn wegen meiner Paranoia aus dem Bett.

Gerade überlegte ich wieder zu gehen, als ein spärlich bekleideter Noah öffnete. Er hatte nur ein Handtuch um die Hüften geschlungen. Sein Haar war noch feucht, und Wasserperlen liefen an seiner makellosen Brust hinab. »Cat! Alles in Ordnung?«

Ich war nicht in der Lage, etwas zu sagen, trat blitzschnell in seine Wohnung, knallte eilig die Tür zu und lehnte mich dagegen. Was gäbe ich jetzt für ein Erdbeerbonbon! Mein Verhalten war kindisch und idiotisch, aber das war mir im Augenblick herzlich egal. Erleichtert stieß ich den Atem aus. »Sorry, ich ...«

»Schon gut. Komm her.« Er zog mich in seine Arme und streichelte mir beruhigend über den Rücken. Ich spürte die Wärme seiner Hand, die langsam die Verspannungen in meinem Kreuz löste. Meine Wange lag an seiner nackten Brust, und es war mir egal, dass er nass war. »Du bist hier sicher, Cat. Niemand wird dir mehr wehtun.«

Er hielt meinen Kopf zwischen seinen Händen und sah mich eindringlich an. Er raunte mir tröstende Worte ins Ohr, bis das Zittern aufhörte und mein Herzschlag den üblichen Rhythmus annahm, wenn er in meiner Nähe war.

»Du hast Panik bekommen, stimmt's?« Ich brachte kein Wort über die Lippen, nickte stattdessen. »Komm, setz dich.«

Sanft schob er mich in den großen Wohnbereich und ließ sich mit mir nieder. Meine Fantasie hatte verrückt gespielt, und ich hatte mich hinreißen lassen. Wo war meine Coolness geblieben, für die mich viele immer bewundert hatten?

Scham überkam mich. »Es tut mir leid. Ich weiß auch nicht, was in mich gefahren ist.«

»Dir muss gar nichts leidtun. Ehrlich gesagt habe ich so etwas schon erwartet.« Noah hatte es geahnt, weil er mich kannte, weil er wusste, dass ich immer alles verdrängte. »Das, was du die letzten Tage durchgemacht hast, verkraftet man eben nicht so leicht. Ich zieh mir nur schnell etwas an«, meinte er, als ich mich beruhigt hatte. »Bin gleich wieder da.«

Ich sah mich um. Auf dem Sofa lagen unordentlich Klamotten verteilt. Unmengen alkoholischer Getränke standen auf einem Beistelltisch, und unterhalb des Fernsehers war eine Spielkonsole. War klar, dass er auch heute noch gern zockte. Der Wohnzimmertisch war übersät mit Zeitungen und Sportmagazinen, und auf dem Esstisch stapelte sich schmutziges Geschirr. Daneben befand sich ein Regal mit mehreren Bilderrahmen. Sofort erregte es meine Aufmerksamkeit. Es waren Fotos seiner Mutter, mit einem Mann und einem Kind. Der Mann war bestimmt Hudson. Und das Kind? Sie sahen wie eine Familie aus.

Auf einem anderen Foto entdeckte ich Dylan, Maja und weitere Kollegen, daneben war Noah in New York, und ein Bild zeigte ihn vor dem Pariser Eiffelturm mit einer Frau. Interessiert stand ich auf, nahm den Rahmen in die Hand und betrachtete das Paar genauer. Sie war hübsch. Sie und Noah waren eindeutig glücklich und lachten in die Kamera. Wer war sie?

Ich spürte einen Stich im Herzen. Ich hörte, wie Noah wiederkam, und stellte den Bilderrahmen hastig zurück.

»Willst du etwas trinken? Bitte entschuldige die Unordnung. Ich kam noch nicht dazu aufzuräumen.« Er griff nach den Klamotten auf dem Sofa und warf sie achtlos zu einem Sessel, der in der Ecke stand. »Du wirst Hunger haben. Ich habe Pizza im Kühlschrank. Ich kann sie dir warm machen.«

Mir lief schon das Wasser im Mund zusammen. »Du hast Pizza?«

Er grinste schief. »Mit Tomaten und ...«

»... extra viel Mozzarella«, vervollständigte ich seine Antwort.

Wir lachten. Das war früher unsere Lieblingspizza gewesen.

Es gab also Dinge, die auch er nicht abgelegt hatte. Noah befreite sich aus meinem Blick und lief in die Küche. Geschirr klapperte. Ich stand auf und ging zu ihm, beobachtete, wie er zwei Stücke auf einen Teller lud und in die Mikrowelle schob.

»Ich bin aufgewacht, habe Geräusche gehört und ... Tut mir leid, dass ich dir solche Umstände mache.«

»Tust du nicht. Ich bin oft noch spät wach.« Das Brummen der Mikrowelle erfüllte die kleine Küche. Noah drehte sich zu mir um, lehnte sich an die Arbeitsfläche und steckte seine Hände in die Hosentaschen.

»Der Mann auf dem Foto, ist das Hudson?«

»Ja, das ist er.«

»Und das Kind?«

»Das … ist mein kleiner Bruder.« Deutlich sah ich ihm an, wie stolz er war.

Erstaunt zog ich die Brauen hoch. »Du hast einen Bruder?«

»Ja. Timi ist vier Jahre alt und ein ziemlich neunmalkluges Bürschchen.« Noah lächelte, als er von ihm sprach.

Früher hatte er immer gesagt, dass er froh war, keine Geschwister zu haben, weil er nicht wollte, dass jemand anderes das erleiden musste, was er mit seinem Vater erlebt hatte. Jetzt sah ich ihm an, wie stolz er auf seinen kleinen Bruder war und wie sehr er ihn liebte.

»Mit Hudson hat meine Mom endlich ihr Glück gefunden. Sie hat es mehr als verdient nach allem, was sie durchgemacht hat, und Timi ist für uns ein Segen.«

»Ich kann nicht glauben, dass du einen kleinen Bruder hast. Das ist ... toll.«

»Ja, das ist es.« Das *Bing* der Mikrowelle unterbrach uns. Noah nahm den Teller heraus und gab ihn mir. »Lass sie dir schmecken. Setz dich, ich hole dir noch etwas zu trinken.«

»Danke.«

Ich schlenderte ins Wohnzimmer zurück, wo ich mich gleich über die Pizza hermachte. Noah brachte mir ein Glas Wasser und setzte sich neben mich. Zu gern hätte ich mehr von seiner Familie erfahren und auch, wer die junge Frau auf dem Foto war, aber ich verkniff mir, danach zu fragen. Ich konzentrierte mich darauf, langsamer zu essen, denn sonst gab es keinen Grund mehr, ihn weiter von seinem nächtlichen Schlaf abzuhalten. Alles war besser, als wieder allein zu sein. Das war egoistisch, und mein schlechtes Gewissen wurde beim nächsten Gedanken so übermächtig, dass ich mir den Rest in den Mund schob, den Teller auf den Tisch stellte und mich kauend erhob.

Noah stand ebenfalls auf. »Wo willst du hin?«

»Nach oben. Ich habe dich lange genug vom Schlafen abgehalten.«

»Nein, das macht mir nichts aus. Du kannst ... hierbleiben, wenn du willst.«

Ich warf einen Blick zum Sofa und dann in sein Gesicht. In dem Augenblick kam er mir wie ein Engel vor, der genau wusste, was ich jetzt brauchte.

»Mein Bett ist groß genug.«

Beinahe verschluckte ich mich. *Sein Bett?*

»Ich verspreche, brav zu sein.« Er hob wie früher, wenn er mir sein Indianerehrenwort gegeben hatte, zwei Finger an seine Brust. Ich kicherte, und Erleichterung schlängelte sich durch meinen Magen, gleichzeitig war da dieses nervöse Zucken.

Damals war es selbstverständlich gewesen, dass wir uns nahe waren, aber heute nahm ich seine Berührungen anders wahr. Es war verrückt! Ich fühlte mich genauso wohl und geborgen wie früher. Die Angst, die mich vor wenigen Minuten noch fest im Griff gehabt hatte, war verschwunden und hatte einer Art von Nestwärme Platz gemacht. Seit Jahren hatte ich mich nicht mehr so gut gefühlt.

Noah gab mir ein T-Shirt und Shorts von sich. Die Sachen waren mir zwar zu groß, aber es würde schon gehen. Als ich in seinem Bett lag, schmiegte er sich von hinten an mich, als wäre es das Normalste der Welt. Sein Geruch und seine Hitze hüllten mich ein. Niemand würde mir hier etwas tun. Ich war bei ihm sicher.

»Noah?«

»Hm?«

»Ich bin mit deinem Vorschlag einverstanden.« Er hob den Kopf, und es schien, als müsste er überlegen. »Wir können versuchen Freunde zu sein«, half ich ihm auf die Sprünge.

Als Antwort zog er mich noch näher an sich, verflocht seine Finger mit meinen. »Das bedeutet mir viel, Catwoman.«

Ich befreite mich aus seiner Umarmung und drehte mich zu ihm, sodass ich ihn ansehen konnte. Ich legte eine Hand auf seine Wange. »Wir müssen uns gegenseitig vertrauen.«

»Ja, das müssen wir.« Er zog mich in seine Arme, und als ich seine regelmäßigen Atemzüge hörte, schlief ich ruhig und friedlich ein.

16

Noah

Cat hatte die Starke gespielt, um mir zu zeigen, dass sie immer noch tough und selbstsicher war. Aber das war sie nicht, zumindest nicht mehr so, wie ich sie in Erinnerung hatte.

Am ganzen Leib zitternd, verängstigt und unsicher hatte sie vor meiner Tür gestanden und mich um Hilfe gebeten. Nicht eine Sekunde hatte ich über mein eigenes Dilemma nachgedacht, als ich ihr vorgeschlagen hatte, die Nacht bei mir zu verbringen.

Jetzt lag sie neben mir, erschöpft und ausgelaugt wie ein Kind nach einem ereignisreichen Tag. Wie früher hatte ich sie an mich gezogen und gehofft, ihr das Gefühl von Sicherheit geben zu können.

Ich war müde, kämpfte aber noch eine ganze Weile gegen den Schlaf an, der mich zu übermannen drohte. Ich wollte nicht einschlafen, denn ich wusste, dass auf mich Albträume warteten, aber Cats Nähe und die Wärme ihres Körpers neben mir lullten mich ein.

Noah, 17 Jahre alt

Mein Blick liegt starr auf der Wasseroberfläche, auf der sich langsam Dunst ausbreitet, als könnte der Nebel die Wahrheit verbergen. Ich höre dem Schnauben, Krächzen und Gluckern im Wasser zu, bis alles wieder friedlich erscheint. Der dunkle Schatten auf der anderen Seite erhebt sich und lauscht in die Stille. Ich presse die Lider zusammen und bete, nicht entdeckt zu werden. Meine Knie zittern, und die Magensäure kriecht unaufhaltsam meine Kehle hinauf. Ich drücke eine Hand vor den Mund, würge verzweifelt die Säure zurück und zwinge mich, den Atem anzuhalten.

Ich wage keinen Mucks, bis die Übelkeit meinen Mund erreicht und ich mich vor den Büschen in meinem Versteck übergeben muss. Panik erfasst mich, dass er mich gehört haben könnte. Mein Herz pocht wild in meiner Brust, während er in meine Richtung schaut. Ich bete und habe eine Scheißangst.

Unendliche Erleichterung überwältigt mich, als er schließlich in seinen Wagen steigt. Ich sehe den roten Rücklichtern hinterher. Kraftlos sacke ich zusammen. Ich liege in meinem Erbrochenen, aber das ignoriere ich. Ich kotze noch mal, als könnte ich dadurch alles Gesehene loswerden, doch dem ist nicht so. Die Erinnerung schlingert sich durch mein Hirn, setzt sich dort fest und wird mich von nun an für immer begleiten.

Dunkel erstreckt sich die Nacht am Papenfus Creek. Nur der Mond und ich waren Zeugen dessen, was auf der anderen Seeseite geschehen ist. Wut kribbelt in meinem Magen, aber ich bin zu feige, zu schwach, um etwas gegen ihn zu unternehmen. Ich weiß nun, wozu er fähig ist, und überlege, was das zu bedeuten hat. Ich denke an Mom, Cat, Becky ...

***

Aus weiter Entfernung hörte ich, wie jemand meinen Namen rief und mich etwas Warmes am Oberarm berührte. Keuchend schreckte ich auf und brauchte einen Moment, um wieder klar zu werden.

»Noah, du hast geträumt«, sagte Cat neben mir. In ihrer Stimme lag Mitgefühl. Seit sie in San Francisco aufgetaucht war, holte mich die Vergangenheit wieder ein – die Träume, die Bilder. Ihre Nähe beförderte alles wieder zutage – leicht wie ein Fingerschnippen, einfach so. »Willst du darüber reden?«

Ich wich ihrem Blick aus und schob das Laken von mir. »Nein. Schlaf weiter.«

Ich ging ins Badezimmer. Meine Abfuhr war eine Spur zu schroff gewesen, aber ich konnte nicht anders. Ihre sanfte Art und ihr Verständnis hätten mich sonst in Versuchung gebracht. Ich wollte sie nicht belügen, ihr nicht wehtun. Ich war hin- und hergerissen. Meine alten Gefühle befreiten sich aus dem dunklen Verlies, in dem ich sie einst eingesperrt hatte, und verwirrten mich. Das war nicht gut.

Ich wusch mich und ließ mir Zeit. Vielleicht war sie wieder eingeschlafen, bis ich ins Schlafzimmer zurückkommen würde.

Regungslos stand ich vor dem Bett und beobachtete, wie sie gleichmäßig atmete. Sie schlief tief und fest. Gut. Es gab jetzt nur einen Ort, an dem ich meinen Verstand wiederfinden würde. Kurz rief ich Dylan an und bat ihn, auf der Couch im Wohnzimmer zu übernachten, damit Cat nicht allein war. Dann schlich ich mich leise davon.

Ich stieg in meinen Wagen, fuhr los und kam einige Minuten später am Hunters Point an. Das ummauerte Grundstück und die verwahrlosten Hallen waren ein perfekter Ort. Niemand würde auf die Idee kommen, dass hier Nacht für Nacht die Reichen ihr Geld in Leute wie mich investierten. Ich stellte das Auto ab, lief an den Docks vorbei, schloss die größte Halle auf und schaltete das Licht ein. Flimmernd sprangen die Leuchten an. Zigarren- und Schweißgeruch hing in der Luft, und der Boden war noch übersät mit Plastikbechern, Zigarettenstummeln und umgeworfenen Stühlen. Selbst die Blutlache in der Mitte des Hallenbaus hatte Billys Personal nach der nächtlichen Veranstaltung noch nicht beseitigt. Nur den Käfig hatten sie an die Decke gezogen. Ich durchquerte die Halle, ging hinüber zu einem angrenzenden Raum, der mein eigentliches Ziel war.

Keuchend und laut stöhnend schlug ich auf den Sandsack ein, und jeder Boxhieb hallte wie ein Donnerschlag durch meinen Körper. Längst hatte ich die Zeit vergessen, konzentrierte mich auf das Training, das ich seit einigen Tagen vernachlässigt hatte. Es tat gut, die aufgestaute Wut hinauszulassen, die Bilder der Albträume dadurch niederzuringen und wieder loszuwerden. Meine Muskeln brannten, schmerzten, aber schonungslos prügelte ich das Negative in den schwingenden Sack.

Cats Verletzungen tauchten vor meinen Augen auf, was mich weiter anheizte und meine Schläge noch härter werden ließ. Kaum hatte sie sich in meine Gedanken geschlichen, spürte ich, wie zerrissen ich ihretwegen war. Ich war mir des Risikos bewusst, sie so nahe an mich heranzulassen, in mein Leben, sogar in mein Bett. Die Gefühle von damals wummerten wieder in mir auf. Das war die Wahrheit, die ich erst mal verdauen musste.

Ich hatte Cat nie vergessen können, aber ich wollte mich nicht wieder in sie verlieben. Es war einfach zu riskant. Um mein Geheimnis zu bewahren, musste ich sie dazu bringen, mir blind zu vertrauen. Nur so konnte ich schnell genug eingreifen, falls irgendetwas drohte, was das Vergangene ans Tageslicht fördern könnte. Ich war mir sicher, dass dieser Rosenstalker etwas mit unserer Kindheit zu tun hatte und gefährlich war. Ich fühlte mich mies, denn es bedeutete, ihr irgendwann wehtun zu müssen.

Kurz kam ich aus dem Rhythmus und tänzelte um den Sack. Doch dann tauchte die Visage meines Vaters vor meinen Augen auf und brachte meine Muskeln zum Kochen. Ein Ruck ging durch mich hindurch, und das Adrenalin berauschte mich. Sofort war meine Konzentration wieder da. Unerbittlich krachte meine Faust in seine Fresse – härter, schneller, gnadenloser. Das war es, was meinen Wunden zur Heilung verhalf. Es tat gut, all den Frust mit den Fäusten loszuwerden. Wie oft hatte ich mir vorgestellt, dass mein Erzeuger tatsächlich vor mir stehen würde?

Für einen Moment wünschte ich, ich stünde im Käfig, hätte einen echten Gegner vor mir, der mit gleicher Kraft zurückschlug. Mit jedem Hieb baute sich das Finale weiter in mir auf. Mit einem letzten *Wums* explodierte der Hass, und neben der totalen Erschöpfung senkte sich eine tiefe Zufriedenheit über mich, zart wie Seide.

Endlich. Ich war frei.

Schwankend und völlig außer Atem hielt ich mich am Sandsack fest und klopfte schlaff und in Anerkennung seiner Dienste dagegen. Mein Kopf war leer, und der Schweiß rann mir am Körper herunter.

Jemand applaudierte. »Bravo.«

Ich entdeckte Billy. Grüßend nickte ich ihm zu. Er kam näher.

»Teufel noch mal, bist prächtig in Form! Warst lange nicht mehr hier, wird mal wieder Zeit, oder? Wo hast du gesteckt?« Er stieß den Rauch seiner Zigarre aus.

»Ich hatte zu tun«, sagte ich ausweichend, denn das ging ihn einen Scheiß an.

Ausgepowert lief ich zu meiner Sporttasche und nahm ein Handtuch heraus. Meine Hände waren wund, die Haut an den Knöcheln aufgerissen, und bis morgen würden sich dunkle Schrunden gebildet haben. Mist! Ich hätte sie bandagieren sollen, aber mir würde schon eine plausible Erklärung für Cat und Robinson einfallen.

»Wie sieht es aus? Wann kann ich dich endlich wieder als Großereignis ankündigen? Ich habe ein paar tolle Gegner für dich.« Billy war ein gerissener Halsabschneider und verdiente sich eine goldene Nase durch die Kämpfe.

»Du weißt doch, dass sich das nicht gut mit meinem Job vereinbaren lässt.«

Er grinste grimmig. »Ich verlange nur, was mir zusteht.«

»Es sind nur noch wenige Fights, danach bin ich aus der Sache raus.« Ich sah ihm in die Augen.

Genaugenommen waren es noch drei Termine, und ich hatte nicht vor, mehr daraus zu machen. Mir war schon klar, dass er alles tun würde, um mich zu halten. Schließlich war die Halle voll, wenn er mich ankündigte.

»Wir werden sehen. Vielleicht kommen wir beide doch noch ins Geschäft. Wärst du in meinem Stall, bräuchtest du den Job im Hotel nicht mehr. Wir beide könnten viel Geld zusammen machen. Ich kenne ein paar Millionäre, die würden für einen Kampf auf einer ihrer Privatpartys ein Vermögen zahlen. Warum steigst du nicht bei mir ein?«

»Weil meine Mutter mein Gesicht gerne unverletzt betrachtet. Das kann ich ihr nicht antun, Billy.«

Er lachte, und sein dicker Bauch vibrierte. »Das ist wirklich ein Jammer. Überleg es dir.«

Er klopfte mir auf die Schulter. Ich wandte mich ab, nahm meine Tasche und verließ die Halle. Dabei spürte ich seinen Blick im Rücken.

***

Die Sonne ging auf, als Cat erwachte. Ich stand vor dem Spiegel und band die Krawatte. »Guten Morgen, gut geschlafen?«

Sie richtete sich auf. »Ganz okay, bis auf ein paar Unterbrechungen.«

Sie sah niedlich aus, wenn sie so verschlafen war. Ihr lockiges Haar stand wild in alle Richtungen ab. Schon früher hatte sie Mühe gehabt, ihre Mähne zu bändigen.

Entschlossen, ihr so wenig Details wie möglich zu verraten, setzte ich mich an den Bettrand und schob eine verirrte Locke aus ihrer Stirn. »Tut mir leid. Wie geht es dir sonst?«

»Wo warst du heute Nacht?«, wollte sie wissen und überging meine Frage.

»Unterwegs.«

Neugierig legte sie den Kopf schief und kniff die Augen zusammen. »So schlimm?«

»Manchmal«, gab ich achselzuckend zu. »Glaubst du, du schaffst es, den Vormittag allein klarzukommen?« Ich sah ihr die Enttäuschung an, dass ich nicht näher auf sie einging.

»Ich denke schon.«

»Falls nicht ...« Ich griff in meine Jacketttasche und gab ihr eine Dose Pfefferspray. »Nur zur Sicherheit.«

Sie sah erst die Dose an, dann entdeckte sie die Wunden an meinen Knöcheln. Erschrocken setzte sie sich auf. »Noah! Was ist passiert?«

Langsam entzog ich ihr die Hand. »Schon gut. Ist nicht so tragisch.«

»Noah, das ...«

»Schsch ... Ist wirklich nicht der Rede wert.«

Sie runzelte die Stirn. »Du willst eine Chance, dann musst du mir schon vertrauen.«

218

Kurz überlegte ich. Sie hatte ja recht, irgendeine Erklärung musste ich ihr geben. »Ein ziemlich breiter Typ hat mit meinen Fäusten Bekanntschaft gemacht, war ganz nett.« Ich schmunzelte. »Er sieht jetzt nicht mehr so gesund aus.«

Interessiert und gleichzeitig geschockt richtete sie sich auf. »Du hast dich geprügelt?«

»Ja, der Typ sah einem Sandsack verdammt ähnlich.«

»Du boxt? Seit wann?«

»Schon ein paar Jahre.«

»Das erklärt einiges.«

Ich lachte. »Trag das Spray immer bei dir, und wenn du es brauchen solltest, halte den Atem an und verpass dem Kerl 'ne geballte Ladung.« Ihr stand die Verwirrung immer noch ins Gesicht geschrieben, doch bevor sie mich weiter ausfragen konnte, wandte ich mich zum Gehen. »Ich muss los, Babe. Wir sehen uns später.«

»Okay, bis dann.«

Dylan und ich wollten für mehr Sicherheit an allen Zugängen des Hotelkomplexes sorgen, vorher musste ich aber eine stumpfsinnige Besprechung überstehen.

Gelangweilt saß ich im Meeting. Die geforderten Sicherheitsvorkehrungen für einen bald eintreffenden Gast waren beachtlich und stellten auch uns vor Herausforderungen. Der persönliche Sekretär eines Ölscheichs aus den Emiraten hatte uns eine Liste mit Sicherheitsmaßnahmen zukommen lassen, um die Besitztümer, die der Scheich mitbringen wollte, zu schützen. Während er in unserem Hause abstieg, sollten in einem speziellen Safe Diamanten und Schmuck im Wert mehrerer Millionen gelagert werden. Für die Bewachung seines Fuhrparks verlangte er zusätzliches Personal, und auch für die Jacht, die in wenigen Wochen im Hafen einlaufen würde, sollten wir einen

Teil der Sicherheitsleistungen übernehmen. Ungewöhnliche Sonderwünsche der Gäste waren wir gewohnt, aber manchmal überraschten sie uns. Als Mr. Robinson von einem Vorkoster sprach, musste ich kopfschüttelnd auflachen.

»Haben Sie uns etwas zu sagen, Holder?«, fragte Mr. Robinson streng. Er hasste es, unterbrochen zu werden.

»Ja, das habe ich tatsächlich. Gibt es Grund zur Annahme, dass jemand den Scheich vergiften will? Wie sieht es mit einer Feindesliste aus?«

»In der Tat, eine gute Frage.« Mr. Robinson räusperte sich und kramte in den Unterlagen, die vor ihm auf dem Tisch lagen. »Die zuständigen Behörden sind alarmiert. Unsere Aufgabe ist es, dem Scheich in unserem Haus so viel Sicherheit wie möglich zu bieten.«

Robinson berichtete weiter, und meine Gedanken schweiften ab. Das ganze Thema langweilte mich. Viel lieber würde ich mich um Cats Sicherheit kümmern, denn sie hatte es dringend nötig. Statt dafür zu sorgen, dass wir die Sicherheitsmaßnahmen auf dem Personalgelände erhöhten, musste ich die übertriebenen Maßnahmen eines Ölprinzen unterstützen.

»Das war's, meine Herren«, sagte Robinson, als er seinen Vortrag beendet hatte.

Allgemeines Stühlerücken war zu hören, und unsere Männer beeilten sich aus dem Besprechungsraum zu kommen. Ich konnte es ebenfalls kaum erwarten. Dylan hatte zwei intakte Kameras in unserem Techniklager aufgetrieben, die er und Taylor am Wohnkomplex installieren sollten.

»So wie es aussieht, können Cat und Inma schon morgen die Wohnungen beziehen«, sagte Dylan, als das Meeting zu Ende war. »Welche Verwaltungsangestellte hast du bezirzt?«

»Was denkst du von mir? Ich war nur nett. Cat kann unmöglich in dem Rattenloch da oben bleiben«, brummte ich aufgebracht, weil die Hausverwaltung überhaupt so ein Zimmer vermietete.

»Holder?«, rief Robinson, der schon hinausgelaufen war. »In mein Büro.« Die Strenge in seinem Ton war nicht zu überhören.

»Hast du wieder irgendwas ausgefressen?« Dylan wusste, wie Robinson sich anhörte, wenn etwas im Argen lag.

Ich setzte eine Unschuldsmiene auf. »Ich war brav wie ein Lamm.«

»Genau – wie man unschwer an deinen Händen erkennen kann.«

Ohne darauf einzugehen, ließ ich Dylan stehen, durchquerte die Sicherheitszentrale, klopfte an Robinsons Tür und ging hinein. Wie immer saß er an dem mit Papieren überladenen Schreibtisch und hatte seine Nase in eine Personalakte gesteckt.

»Kommen Sie rein und setzen Sie sich«, befahl er, ohne aufzusehen. Ich tat, was er verlangte. »Es geht um die junge Frau ...« Er suchte in den Unterlagen nach ihrem Namen.

»Catherine Spence«, kam ich ihm zuvor. Ich konnte mir schon denken, warum er mich ins Büro zitiert hatte.

»Richtig. Ich habe Information erhalten, dass Sie Ms. Spence in einer unserer Wohnungen untergebracht haben.«

»Wohnung ist übertrieben, Sir, aber das stimmt.«

Er nickte. »Ich wusste nicht, dass Ms. Spence so schnell aus dem Krankenhaus entlassen wurde. Wie geht es ihr?«

»Den Umständen entsprechend. Sie wird noch eine Weile nicht arbeiten können.«

»Nun gut. Sie haben heute Morgen Taylor und Dylan damit beauftragt, Sicherheitsequipment bei den Unterkünften anzubringen?«

»Ist das etwa nicht erlaubt?«

»Doch, doch, solange Sie es für nötig halten und ich das der Geschäftsführung plausibel erklären kann.«

Ich sah ihn fragend an. »Was ist das Problem?«

»Nun, ich kenne Sie schon eine Weile und weiß, dass es dabei nicht bleiben wird. Diese Angelegenheit beschäftigt Sie, da Sie privat mit Ms. Spence zu tun haben, aber ich möchte Sie an Ihre Pflichten erinnern. In den kommenden Wochen sollten Sie Ihre Konzentration auf den Scheich richten und die Polizei in Ms. Spence´ Fall ihre Arbeit machen lassen. Verstehen Sie mich nicht falsch, das ist meine persönliche Meinung, aber wäre es nicht besser, Ms. Spence würde sich in die Obhut ihrer Familie begeben?« Robinson bedachte mich mit einem vielsagenden Blick.

»Ms. Spence kann auf ihre Familie nicht bauen, Sir.«

»Es ist aber auch nicht Ihre Aufgabe, Holder.« Er räusperte sich. »Es tut mir leid, was Ms. Spence widerfahren ist, und ich hoffe, dass die Polizei den Täter schnell zu fassen bekommt, auch im Interesse des Hotels. Die Geschäftsführung macht sich Sorgen darüber, wie sich die polizeilichen Ermittlungen auf unsere Gäste auswirken könnten.«

»Sir, hier geht es um die Sicherheit einer Mitarbeiterin«, unterbrach ich ihn.

Robinson seufzte tief, lehnte sich in seinem Sessel zurück und faltete die Hände. »Einer Mitarbeiterin, zu der Sie ein mehr als freundschaftliches Verhältnis pflegen? Junge, muss ich Sie wirklich an die zweite Abmahnung erinnern, die ich Ihnen vor Kurzem ausgehändigt habe? Sie wissen doch, was auf dem Spiel steht. Unter allen Umständen muss verhindert werden, dass die Gäste davon Wind bekommen.«

»Das ist mir bewusst, Sir. Ich werde meinen Job nicht vernachlässigen. Der Scheich und die anderen Gäste werden ruhig schlafen können.«

»Das will ich hoffen.« Er nickte und entließ mich mit einem ernsten, aber nachdenklichen Blick.

Schon klar, dass die Geschäftsleitung Angst um ihren Ruf hatte. Sie sah es nicht gern, wenn die Polizei überall Fragen stellte und herumschnüffelte. Das könnte die Gäste verunsichern und den Eindruck entstehen lassen, dass etwas nicht in Ordnung war.

Als die Kameras installiert waren, wies ich die Jungs vor den Bildschirmen in der Sicherheitszentrale an, mich über jede ungewöhnliche Bewegung, die sie einfingen, zu informieren. Es war lediglich ein Versuch – mein Gefühl sagte mir, dass der Kerl sein Spiel noch nicht zu Ende gespielt hatte.

17

Cat

*I*m Schlaf hatte Noah geredet – von seiner Mutter, etwas vom See am Papenfus Creek. Er hatte seinen Kopf im Kissen hin und her gewälzt. Als ich ihn geweckt hatte, war er seltsam abwesend und still gewesen. Für den Bruchteil einer Sekunde hatte er wie der alte schwächere Noah gewirkt, aber als er begriffen hatte, dass es nur ein Traum gewesen war, hatte er sofort die Schutzmauer hochgezogen und mich davor stehen gelassen. Er verbarg etwas vor mir, daran gab es keinen Zweifel.

Heute Morgen war von der düsteren Stimmung und der kühlen Art nichts mehr übrig. Irgendwie wurde ich nicht schlau aus ihm. Er war nicht mehr ins Bett gekommen, hatte geglaubt, ich würde schlafen, bevor er sich aus dem Haus geschlichen hatte. Wie lange und wie hart musste man auf einen Sandsack einschlagen, um solche Wunden davonzutragen? Und warum tat man das? Was steckte dahinter?

Ich war mir sicher, dass Noah mit irgendetwas nicht fertigwurde. Er hatte früher schon unendliche Wut und Hass mit sich herumgeschleppt. Hin und wieder hatte er darüber sprechen können, aber ganz oft hatte er nur in meiner Nähe sein wollen. Niemals hatte er seine Aggression an jemandem oder etwas abreagiert. Das war wirklich neu.

Nachdenklich betrachtete ich die Pfefferspraydose in meiner Hand. Hoffentlich würde ich das Ding nie brauchen. Es wurde Zeit, dass die Polizei den Mistkerl zu fassen bekam. Erst dann würde ich aufatmen können.

Als Noah gegangen war, stieg ich aus dem Bett, nahm mir aus der Küche zwei Scheiben Toast und etwas Obst und ließ mir einen Kaffee aus der Maschine. Bei Tageslicht glichen Noahs vier Wände einer typischen Junggesellenwohnung. In der Küche türmte sich der Abfall, im Badezimmer Schmutzwäsche. Schmunzeln musste ich, als ich überall seine Socken herumliegen sah. Die waren mir gestern gar nicht aufgefallen. Darüber hatte sich seine Mutter früher schon immer aufgeregt.

Nachdem ich eine Schmerztablette genommen hatte, machte ich mich nützlich, so gut ich eben konnte. Währenddessen grübelte ich, wie durcheinander und abweisend Noah gewesen war, als ich ihn heute Nacht geweckt hatte.

Gegen Mittag hatte ich das Alleinsein satt und wollte in den Park. Gerade war ich dabei, Noahs Appartement zu verlassen, da kamen er und Dylan.

»Was hast du denn vor?«, fragte Noah verwundert und schob mich zurück ins Wohnzimmer.

Dylan pfiff anerkennend, während er durch die Räume lief. »Wie es aussieht, hast du dir eine gute Fee ins Haus geholt, Kumpel.«

Er klopfte Noah lachend auf die Schulter und setzte sich aufs Sofa.

»Du hast sauber gemacht?« Noah schaute sich in seinen vier Wänden um. Alles war an seinem Platz, von der Unordnung, die heute Morgen noch geherrscht hatte, war nichts mehr übrig.

»War mehr als notwendig.«

»Aber ... du sollst dich doch ausruhen. Außerdem werde ich jetzt nichts mehr finden. Ich mochte mein System!«

Ich grinste über sein gespieltes Entsetzen. »Du nennst das ein System?«

»Allerdings! Hast du Hunger? Liebe Grüße vom Küchenteam.« Er hob die Tüte, die er in der Hand hielt, und lenkte so vom Thema ab. »Sie haben Mittagessen für uns gemacht.«

»Das ist nett. Gegen einen Snack habe ich nichts einzuwenden.«

Wir gingen auf den Balkon, während Dylan Teller aus der Küche holte. Noah packte die Leckereien aus. Sandwiches, kleine Häppchen und ein paar Tomaten.

»Wir haben noch eine Überraschung für dich«, verkündete Dylan. Er verteilte die Teller und setzte sich zu uns. »Inma und du könnt morgen in die Wohnungen einziehen.«

Erstaunt schaute ich in ihre Gesichter. »Schon morgen?«

»Ja, Noah hat seine Beziehungen spielen lassen.«

»Jemand von der Verwaltung schuldete mir noch einen Gefallen«, gab er zu und biss in ein Sandwich.

»Und wo?«

»Direkt über mir«, meinte Noah mit vollem Mund und deutete mit dem Finger nach oben.

Er schien alle Register gezogen zu haben, dass ich so schnell wie möglich meine eigenen vier Wände beziehen konnte. Fast verletzte mich das.

»Was ist los? Willst du lieber Noahs Putzfrau bleiben?«, zog mich Dylan auf, der meinen zerknirschten Ausdruck richtig gedeutet hatte. »Du kannst auch gern bei mir unterkommen.«

»Nein, nein ... Ich freue mich, ich habe nur nicht damit gerechnet, dass es so schnell geht.«

»Tja, wenn Noah etwas will, setzt er sich durch.«

So konnte man es auch sehen.

Dylans Handy unterbrach uns. Er stand auf und ging zum Telefonieren hinein.

»Inma und die anderen werden heute Abend zum Essen kommen. Dann können wir alles besprechen.« Noah schob sich eine Cocktailtomate in den Mund. »In der Zwischenzeit ruhst du dich weiter aus.«

»Tja, dann ... Danke.«

»Über eine Bezahlung sprechen wir, sobald du wieder fit bist.« Er zwinkerte und grinste anzüglich. Erst nach einigen Sekunden kapierte ich. Er redete von Sex. Sofort kribbelte es in meinem Bauch.

»Du bist so ein ... War klar, dass du eine Gegenleistung erwartest«, sagte ich augenrollend.

»Freundschaft heißt Geben und Nehmen, oder nicht? Ich denke, wir werden uns schon einig.« Plötzlich verschwand der amüsierte Ausdruck in seinem Gesicht, und er wurde ernst. »Hör mal, Cat. Wenn es dir hilft, kann ich die Nächte weiter bei dir verbringen, zumindest, bis die Polizei den Kerl geschnappt hat. Ich mache das gern.«

»Das ist nett, aber was war heute Nacht? Du hattest einen Albtraum? Willst du darüber reden?«

Er schürzte die Lippen. »Du musst mich nicht retten. Diesmal bin ich dran, Catwoman.«

»Wir werden sehen, wer hier wen rettet«, sagte ich entschlossen und lehnte mich zurück.

Er wollte nicht darüber sprechen, würgte meine Fragen ab und machte lieber Witze. Typisch Mann! Sobald es um ihn ging, wich er aus. Irgendwann fand ich es schon noch heraus.

»Ich würde sagen, unsere Rollen sind klar verteilt. Du die Jungfrau in Nöten, ich der Ritter in edler Rüstung«, witzelte er erneut.

Ich grinste. »Du bist so ein eingebildeter Schnösel, Noah!«

»War nur ein Angebot.«

Er verstand es gut, mich mit seinem Charme um den Finger zu wickeln. Seufzend schüttelte ich den Kopf. »Ich muss lernen, allein klarzukommen, und kann nicht jedes Mal in deine Arme rennen, Noah.«

»Warum nicht? Ich habe nichts gegen ein sexy Betthäschen.« Anzüglich zuckte er mit den Brauen.

Dylan unterbrach unsere Unterhaltung. »Hey Leute, Noah und ich müssen los. Robinson will, dass wir uns persönlich um Mr. Whitetakers Suite kümmern. Dort scheint der Safe nicht in Ordnung zu sein.«

Noah verzog bedauernd das Gesicht. »Die Pflicht ruft.«

Er stand auf und wollte mir einen Kuss auf die Stirn drücken, aber im letzten Moment hielt er inne und küsste mich direkt auf den Mund. Ich war so überrascht, dass ich es erwiderte und erst danach bemerkte, wie Hitze in meine Wangen stieg.

»Du wirst ja ganz rot, Cat«, neckte er mich und ging, bevor ich ihn dafür rügen konnte.

Am Abend kam Inma einige Minuten früher als die anderen und holte mich aus der Langeweile. Von ihrer gestrigen Panik war nichts mehr zu spüren. Spike hatte sie offensichtlich beruhigen können. Sie hatte mit ihren Eltern telefoniert, die darüber nachdachten, das Appartement zu verkaufen. Ich fand das überstürzt.

Natürlich wollte sie alles von der Nacht bei Noah hören, und ich durfte keine Details auslassen. Ich musste lachen, als ich in ihr enttäuschtes Gesicht schaute, nachdem ich ihr berichtet hatte, dass nichts geschehen war.

Einige Zeit später tauchte Noah auf und hatte seine Freunde im Schlepptau. Maja war auch dabei. Sie alle waren gekommen, um nach uns zu sehen und unsere Umzüge zu planen. Ich war ganz überwältigt von ihrer herzlichen Begrüßung. Besonders Taylor schwänzelte ständig um mich herum, als hätte er Angst, ich könnte hinfallen, sobald ich nur einen Schritt ging. So viel Fürsorge war ich nicht gewohnt. Die Männer schoben die Tische zusammen und verteilten das mitgebrachte Essen auf den Tellern. Taylor rückte mir den Stuhl zurecht und übertrieb seine Bemutterung maßlos, als er mir ein Kissen ins Kreuz schieben wollte.

»Du musst mir noch ein Lätzchen umlegen, sonst sabbere ich, während du mich fütterst«, säuselte ich, als er eine Serviette auf meinem Schoß ausbreiten wollte.

Alle brachen in Gelächter aus, und erst, als ich aufstand und das Kissen auf das Sofa zurückwarf, schien er zu begreifen, dass ich alles andere als ein Pflegefall war. »Tut mir leid, Cat, ich ... äh ...«

Ich grinste. »Es ist lieb von dir, aber mir geht es gut.«

»Ich dachte ... Ich wollte ...«

»Halt den Mund und iss, Taylor«, rief Noah lachend und schöpfte ihm eine große Portion von dem Nudelsalat, den Maja mitgebracht hatte, auf den Teller.

Die Stimmung war ausgelassen, sogar fröhlich. Wir unterhielten uns, planten die Umzüge und plauderten über Ausflüge, die wir irgendwann gemeinsam unternehmen wollten. Niemand erwähnte den Einbruch oder redete vom Rosenstalker, worüber ich froh war.

Ich lehnte mich zurück und beobachtete die Menschen am Tisch. Abgesehen von Inma und Noah kannte ich sie noch nicht lange, aber in kürzester Zeit hatten sie mir mehr gegeben, als ich jemals erwartet hätte. Sie vermittelten mir ein Gefühl von Normalität, halfen mir und unterstützten mich. Dankbar schaute ich in die Runde: von Dylan zu Maja, Paolo, Inma, Spike, Mike,

Taylor … und schließlich bohrte sich mein Blick in Noahs. Er lächelte mir zu, als würde er meine Gedanken kennen.

***

Der Umzug verlief reibungslos. Noch am selben Tag meldete sich die Polizei mit den Laborergebnissen vom Einbruch. Die Untersuchungen hatten keine brauchbaren Erkenntnisse geliefert. Es war niederschmetternd. Wir tappten weiterhin im Dunkeln. Keine Spuren bedeutete keine Festnahme. Auch wenn Detective Weather mir versicherte, dass sich alle die größte Mühe gaben, die Ermittlungen weiter andauerten und sie nun auch unter dem Personal Nachforschungen einzogen, beruhigte mich die Nachricht nicht. Solange der Mistkerl frei herumlief, würde ich immer ein beklemmendes Gefühl im Magen haben.

Während des größten Umzugsstresses rief auch noch Mom an, die von den Ereignissen Wind bekommen hatte. Am Telefon spielte sie die besorgte Mutter und machte mir Vorhaltungen, dass eine Großstadt gefährlich und ich auf einem College besser aufgehoben sei. Für einen winzigen Moment schoss mir nochmals die Frage in den Sinn, ob sie vielleicht doch dahinterstecken könnte. Aber würde meine eigene Mutter so weit gehen, nur damit sie ihren Willen durchgesetzt bekam? Nein, Mom mochte vieles sein, aber sicher nicht kriminell. Das konnte ich mir einfach nicht vorstellen. Sie war egoistisch und immer auf ihren Vorteil bedacht, aber so etwas würde sie nicht tun. Geduldig hörte ich mir alles am Telefon an. Mit Martha sprach ich auch kurz, die sich Sorgen um mich gemacht hatte, und beruhigte sie.

Wichtig war für mich, dass Dad nichts von den Problemen erfuhr. Ihm hatte ich mit einer Notlüge erklärt, dass ich krank sei und ihn in nächster Zeit nicht besuchen könne. Solange man die Spuren des Überfalls in meinem Gesicht sah, konnte ich ihm nicht unter die Augen treten.

Ich gab es nicht gern zu, aber ich war froh, dass ständig jemand bei mir war, obwohl ich keine Panikattacke mehr gehabt hatte. Es fiel mir schwer, meine Schwäche einzugestehen. In Wahrheit war ich eine erbärmliche Memme, aber Fakt war: Wenn Noah neben mir im Bett lag, konnte ich tief und erholsam in meiner neuen Wohnung schlafen.

Er blieb fast jede Nacht bei mir. Er hielt sein Versprechen und war für mich da, genau wie er es früher gewesen war. Auch wenn sein Körper eine große Veränderung durchgemacht hatte, erkannte ich den Noah, in den ich mich damals verliebt hatte. Er war nur erwachsener geworden, selbstbewusster und stärker. Es war verrückt und gleichzeitig faszinierend. Manchmal saßen wir stundenlang zusammen und redeten über unsere Kindheit, teilten Erinnerungen und lachten über den Unsinn, den wir in Pleasant Hill getrieben hatten.

Trotz der Nähe war da eine seltsame Distanz, die er stets wie eine Mauer zwischen uns hochzog, sobald ich mehr über sein Seelenleben wissen wollte. Erst recht, wenn es um den Inhalt seiner Albträume ging. Beinahe jede Nacht weckte ich ihn aus seinen Träumen. Hing das mit den Misshandlungen seines Vaters zusammen? Sämtliche Fragen dazu blockte er ab, jede Anspielung, jeder Versuch, ihm etwas aus der Vergangenheit zu entlocken, scheiterte. Dadurch wurde meine Neugier nur noch weiter angefacht, und ich gab nicht auf.

Täglich telefonierte ich mit Grandpa Bambam und hielt ihn auf dem Laufenden. Es tat gut, seine vertraute Stimme zu hören. Er wollte ganz genau wissen, was die Ärzte zu meinen Verletzungen sagten, und als ich ihm verkündete, dass ich plante, demnächst wieder arbeiten zu gehen, war er sofort dabei, mir

›den Blödsinn‹ auszureden. Ich wollte Mr. Wilson aufsuchen und ihn bitten, mir irgendeine Beschäftigung zu geben, sonst würde ich noch verrückt werden. Nach langem Reden resignierte Grandpa schließlich, denn er wusste, dass er mich nicht davon abbringen konnte.

Einige Tage später waren nur noch meine Kartons mit Büchern übrig, die Dylan und Noah nun in meine Wohnung schleppten. Sie kamen gerade zur Tür herein, während ich in meiner winzigen Küche stand und einen Snack für die Helfer zubereitete.

»Sag mal, was hast du da drin, etwa Backsteine?«, fragte Noah. Der Schweiß glänzte an seinem Körper, und das Achselshirt gab den Blick auf seine muskulösen Oberarme frei.

Ich ermahnte mich im Stillen, ihn nicht ständig anzugaffen, denn er war wie ein Chamäleon und hatte überall seine Augen. »Das sind Bücher, Noah. Noch nie davon gehört? Das sind die rechteckigen Dinger aus Papier mit vielen Buchstaben.«

»Fühlt sich an wie schwere Kost. Das ist nichts für mich«, erwiderte er. »Willst du den auch gleich ausräumen?«

»Nein, das mache ich die Tage mal. Stell den Karton einfach in eine freie Ecke in mein Schlafzimmer.«

»Also, ich finde auch, du solltest dich mit etwas Sinnvollem beschäftigen, mein Freund«, neckte Dylan ihn.

Die beiden konnten es nicht lassen, sich gegenseitig hochzunehmen, vor allem in meiner Gegenwart. Ständig machten sie Witze und veranstalteten einen Wettbewerb um meine Gunst.

»Sinnvoll wäre auch, den Tisch zu decken, mein lieber Dylan.« Ich drückte ihm das Besteck in die Hand. Noah lachte breit und feierte seinen Triumph. Das konnte ich ihm nicht durchgehen lassen und gab ihm die Teller. »Hochmut kommt vor dem Fall. Jetzt seid ihr beide sinnvoll beschäftigt.«

Noahs Lachen erstarb, dafür kicherte Maja, die aus meinem

Schlafzimmer kam. Sie und Inma hatten sich daran gemacht, meine Kleidung in den Schrank zu räumen.

»Wie ich sehe, hast du die Männer im Griff«, meinte sie, stibitzte sich eine Gurkenscheibe und schob sie sich in den Mund.

»Ja, zumindest solange sie den Tisch eindecken.«

»Deine Sachen haben wir alle einsortiert. Wir sind fertig.«

Ich umarmte meine Freundin. »Ich weiß gar nicht, wie ich euch danken soll.«

»Na, mit dem Essen, Süße, oder nicht?« Sie half mir, die Schüsseln hinauszutragen.

Die Männer öffneten sich ein Bier, und Inma schenkte für uns Mädels Sekt ein. Gemeinsam stießen wir auf unsere neuen Wohnungen an.

Es war schon spät, als alle gingen. Der schöne Abend hatte mir gezeigt, dass ich es trotz aller Schwierigkeiten in San Francisco geschafft hatte. Ich hatte Freunde, und den Rest würde ich auch hinbekommen. Mit so viel Euphorie überlegte ich, ob ich versuchen sollte, die Nacht ohne Noah zu verbringen. Er war unten in seiner Wohnung, wollte noch einiges erledigen. Mein Handy summte auf dem Nachttisch.

Noah: Schläfst du schon?

Ich knabberte am Daumennagel und überlegte, was ich ihm antworten sollte.

Ich: Bin beschäftigt.

Noah: Was tust du um diese Zeit?

Ich: Willst du das wirklich wissen?

Noah: Natürlich. Kann ich dir behilflich sein? ;)

Ich schüttelte den Kopf. Was hatte er wieder für Gedanken?

Ich: Haben Männer denn immer nur das Eine im Sinn?

Noah: Manchmal auch das andere ;) Roll jetzt bloß nicht mit den Augen.

Ich: Zu spät

Noah: Könnte etwas Nestwärme gebrauchen. Du auch?

Ich: Nö, kann ich nicht sagen. Es ist gerade kuschlig und bequem. Ich bin müde und würde heute mal versuchen, die Nacht allein zu schlafen.

Noah: Bist du sicher, Catwoman?

Ich: Ja. Ich denke, das schaffe ich. Ich bin echt fertig.

Noah: Okay. Dann schlaf gut. Bis morgen.

Ich war so müde, dass ich kaum noch die Augen offenhalten konnte. Ich tippte ein »Gute Nacht« und kuschelte mich unter die Decke. Es war auch für Noah ein harter Tag gewesen, und die Nächte, die wir zusammen verbrachten, waren nicht immer erholsam für ihn.

Jedes Mal, wenn ich ihn weckte, war er zwar nicht abweisend zu mir, gab mir aber deutlich zu verstehen, dass er das mit sich allein ausmachen wollte. Meistens suchte er dann Abstand, ging wahrscheinlich trainieren, auch mitten in der Nacht.

Ich versuchte einzuschlafen. Das Geräusch der unteren Eingangstür riss mich einige Minuten später aus dem Halbschlaf, und sofort verspannte ich mich, stand auf und ging zum Fenster. Es war offen, weil heute ein heißer Tag gewesen war. Ich beugte mich ein wenig hinaus und sah hinunter. Im Licht der Straßenlaterne erkannte ich Noah, der das Haus verließ.

»Ich bin auf dem Weg. … Nein, Cat schläft schon. Sie bekommt also nichts mit«, sagte er in sein Handy und schlenderte zum Schiebetor.

Was hatte das zu bedeuten? Er trug eine Tasche über der Schulter und hatte die Kapuze seines Pullis hochgezogen. Wieso hatte ich das Gefühl, hintergangen zu werden? Traf er sich etwa mit der Frau auf dem Foto? Eifersucht schlängelte sich durch meinen Magen, und mit jedem Schritt, den er sich weiter entfernte, wuchs meine Neugier.

Es gab nur einen Weg, das herauszufinden.

Mit kleinen Flüchen auf den Lippen schlüpfte ich eilig in Jeans und Schuhe, schnappte mir Inmas Autoschlüssel, die sie mir gegeben hatte, weil sie morgen einige Besorgungen machen wollte. Ohne das Licht im Flur einzuschalten, lief ich die Treppen hinunter und schlich mich aus dem Haus. Noah stand bereits an seinem Wagen, aber er telefonierte noch. Leise rannte ich zu einem Busch und lauschte.

»Ich bin gleich da. Bereitet schon mal alles vor, Süße.« Er beendete das Gespräch, stieg ein und fuhr los.

War er tatsächlich unterwegs zu der Frau, die ihn in ihr warmes Bett ließ? Schnell lief ich zu Inmas Auto und folgte ihm. Dabei achtete ich darauf, Abstand zu halten, damit er mich nicht entdeckte. Er hatte sich ziemlich flott von mir verabschiedet, als ich ihm geschrieben hatte, dass ich die Nacht allein verbringen würde. Es versetzte mir einen Stich, und ich hatte wieder das Bild auf seiner Kommode mit der schönen Fremden vor Augen. Das schockierte mich genauso sehr wie die Tatsache, dass er mit ihr glücklich gewesen war. Ich war hin- und hergerissen, ob ich wieder umkehren sollte.

Er fuhr ins Industriegebiet und hielt vor einem ummauerten Grundstück. In sicherer Entfernung kam ich am Straßenrand zum Stehen und schaltete den Motor aus. Von Weitem sah ich, wie zwei Männer aus der Dunkelheit hervortraten. Das metallene Tor wurde aufgeschoben und gab den Blick auf das dahinterliegende Gelände frei. Sie ließen Noah passieren.

Ein mulmiges Gefühl machte sich in mir breit. Was zum Teufel wollte er hier? Noch dazu mitten in der Nacht?

18

Cat

*I*ch huschte näher heran und versteckte mich hinter einem Baum. Noah fuhr hinein. Der Mond erhellte den Platz, und ich konnte neben den parkenden Autos zwei Flachdachgebäude erkennen, bevor das Tor wieder zugezogen wurde. In dieser Gegend gab es viele marode Betriebe und verlassene Bauten. Ich konnte mir nicht erklären, was Noah hier zu suchen hatte. Hier, im abgelegenen Teil des Frachthafens, war keine Menschenseele. Es war unheimlich, und mein Bauchgefühl sagte mir, dass irgendwas nicht stimmte.

Einige Meter schlich ich an der Mauer entlang, die das Gelände vor fremden Blicken schützte, und suchte eine Stelle, wo ich hinüberklettern konnte. Weiter unten an den Docks war das Gemäuer nicht so hoch, und ein Baum, dessen Äste mich vielleicht tragen könnten, stand direkt davor. Etwas umständlich kletterte ich hinauf und erreichte, leichter als gedacht, das Mauerwerk. Hoffentlich gab es hier keine Wachhunde, die mich gleich in Stücke reißen würden.

Alles blieb still, als ich wenig elegant auf dem Boden aufkam.

Ich sah mich um. Zwischen Schrott und verrosteten Schiffsteilen wuchs Unkraut. Nur aus der riesigen Halle, in der früher Schiffe gefertigt worden waren, drang Licht, und ein Bass wummerte leise. Fand hier eine Party statt?

Vorsichtig und mich immer wieder umschauend, schlich ich ans Gebäude. Plötzlich hörte ich zuschlagende Autotüren und Männerstimmen, die vom Parkplatz zu mir herüberschallten. Eilig versteckte ich mich hinter einem Haufen alter Metallteile und stutzte, als ich zu den Personen hinüberschaute. Etliche teure Sportwagen und Limousinen parkten neben dem Hallenbau. Männer in Smokings und zwei Frauen in bunten Cocktailkleidern liefen zu dem Eingang, vor dem Türsteher standen. Nach einem kurzen Check wurden sie hineingelassen, und jetzt konnte ich deutlich die Musik hören. Es war schon eine seltsame Location für einen Club, aber bekanntlich waren die abgefahrensten Orte genau das, was die Leute cool fanden.

Was sollte ich tun? Noah amüsierte sich und wäre bestimmt nicht erfreut, wenn er merkte, dass ich ihm hinterherspionierte. Er war mir schließlich keine Rechenschaft schuldig. Aber ich brauchte die Gewissheit, dass er sich nicht mit einer anderen Frau traf. Seit Tagen spielten meine Gefühle seinetwegen verrückt, und ich konnte mir nun etwas Klarheit verschaffen.

Als die Luft wieder rein war, schlich ich um die Halle und fand eine Hintertür, die angelehnt war. Sie musste zu einem Lagerraum führen. Mein Herz raste vor Aufregung, als ich mich kurz umsah und eintrat.

Die Musik war verstummt, und eine gutgelaunte männliche Stimme hallte durch das Gebäude. Was konnte schon passieren? Im schlimmsten Fall würde man mich wieder rauswerfen. Die Klinke in der Hand öffnete ich die Tür einen Spalt und glitt unauffällig in die große Halle.

Wow! Mit so einer Partylocation in der riesigen Werfthalle

hatte ich nicht gerechnet. Menschen in Abendkleidern und Smokings standen dicht beisammen, blickten alle zur Mitte und brüllten durcheinander. Niemand nahm Notiz von mir, sodass ich mich weiter umsehen konnte. Langsam zwängte ich mich durch die Menschenmasse und blieb vor Stuhlreihen, die bis auf den letzten Platz besetzt waren, stehen.

In der Mitte des Geschehens befand sich ein riesiger Stahlkäfig, in dem zwei Männer miteinander kämpften. Der Boden war blutbesudelt, und je brutaler die Männer sich schlugen, desto lauter kreischten die Zuschauer. Die Menge feuerte die beiden an, jubelte und applaudierte, während sie Champagner trank. Ich hatte nie viel für Kampfsport übriggehabt, aber diese Veranstaltung begeisterte die Leute.

In der Menschenmasse suchte ich nach Noah, konnte ihn aber nirgends entdecken. Mein Blick wanderte durch das brüllende Publikum und blieb an einer Person hängen, die ich aus dem Hotel kannte.

Mir fielen fast die Augen aus. Was tat so jemand wie Professor Gilmore hier? Beinahe hätte ich ihn in seinem Smoking nicht erkannt. Er nippte an seinem Champagnerglas und war einer der wenigen Zuschauer, die ruhig und gelassen dem Schauspiel zusahen.

Plötzlich packte mich jemand an der Schulter. »Darf ich deine Einladung sehen«, fragte ein Typ über das Gebrüll hinweg. »Zutritt nur für geladene Gäste.«

Er war breit, hatte eine Glatze und nicht gerade gute Laune. Grimmig stierte er auf mich herab. Shit! Ich war ihm bestimmt durch meine legere Jeans und die Turnschuhe aufgefallen. Ich lächelte verlegen und dachte daran, mich von ihm loszureißen, aber der Kerl hatte mich fest im Griff.

»Ich suche Noah. Noah Holder«, sagte ich stattdessen, in der Hoffnung, er könnte mir vielleicht helfen.

»Einladung!«, wiederholte er stur.

»Die muss ich irgendwo verloren haben«, erklärte ich kleinlaut und klopfte meine Taschen danach ab. Mr. Grimmig schaute noch finsterer und wollte mich mit sich ziehen. »Hey! Loslassen!«

Ich versuchte mich zu befreien, aber der Typ hielt meinen Oberarm fest wie eine Kneifzange. Abrupt blieb der Wachmann stehen, weil ihm jemand den Weg versperrte.

»Lass sie los, Asket. Sie gehört zu mir«, knurrte eine mir bekannte Stimme.

Ich sah auf. Wieso überraschte es mich nicht, dass Dylan plötzlich vor uns aufgetaucht war?

»Sie hat keine Eintrittskarte und steht bestimmt nicht auf der Liste«, brummte Asket.

»Sie ist mein Gast, und jetzt verzieh dich, bevor ich Billy erzähle, wie du mit meinen Gästen umgehst.« Dylan sah ihn finster an, was echt einschüchternd war. Der Kerl gab schließlich nach und verschwand.

»Großer Gott, Cat! Wie bist du hier reingekommen?«, fauchte Dylan mich an.

»Das Gleiche könnte ich dich fragen. Was ist das hier und wo ist Noah?« Er nahm mich, wie der Gorilla eben, am Arm und zog mich mit sich. »Lass mich.« Ich riss mich los und blieb stehen. »Ich gehe nirgendwo hin, bevor du mir nicht gesagt hast, wo er ist.«

Plötzlich brüllten und jubelten die Leute auf, und Dylan schaute zum Zwinger. Ich tat es ihm nach. Dann entdeckte ich Noah.

Mir klappte der Mund auf, als ich ihn keuchend und blutend in der Mitte des Käfigs stehen sah. Auf dem Boden lag ein regloser Körper. *Was zum Teufel* ... Ich brauchte einen Augenblick, bis ich kapierte. Noah war ein Cage-Fighter.

Um uns herum rastete die Menge vor Begeisterung aus, als Noah durch das Mikrofon zum Sieger erklärt wurde. Sogar von Weitem konnte ich etliche Verletzungen auf seinem Körper ausmachen. In dem Moment sah er in meine Richtung. Er umfasste die Käfigstäbe, als sich unsere Blicke trafen. Die Anspannung in seinen Zügen und die aggressive Haltung verschwanden, aber dafür trat ein verärgerter Ausdruck in sein teilweise geschwollenes Gesicht.

»Scheiße!«, entfuhr es Dylan.

Noah gab ihm ein Zeichen, dann schnappte Dylan mich am Arm und schleifte mich mit sich. Ich war verwirrt, geschockt, wusste nicht, was ich davon halten sollte. Das war also Noahs Geheimnis? Nie im Leben hätte ich damit gerechnet, dass er sich für Geld brutal prügelte.

»Was zum Henker treibst du hier?«, fauchte Dylan mich an, während er mit mir die Halle durch den Haupteingang verließ. Er zog sein Handy aus der Hosentasche und tippte darauf herum. »Mike? Ich brauche deine Hilfe, Kumpel. ... Komm mit dem Wagen zum Hunters Point. ... Okay, bis gleich.« Er beendete das Gespräch.

»Du brauchst Mike nicht extra herkommen lassen. Ich kann allein nach Hause. Ich bin mit Inmas Wagen da.«

Dylan lachte und schüttelte den Kopf. »Wie bist du überhaupt auf das Gelände gekommen?«

»Ich habe eben auch meine Geheimnisse«, antwortete ich trotzig.

»Verdammte Scheiße, weißt du denn nicht, wie gefährlich das hier ist?« Er wollte mich weiter mit sich zerren, doch ich ließ mir das nicht gefallen, befreite mich und lief bereitwillig mit ihm durch die kühle Nachtluft Richtung Metalltor. Ich war noch immer durcheinander, bekam das Bild von Noah in dem Käfig nicht aus dem Kopf, aber Dylan schimpfte weiter. »Das ist kein Ort für dich, Cat. Du bringst dich hier unnötig in Gefahr.«

Wir kamen bei den Wachleuten am Tor an. Er redete kurz mit ihnen, daraufhin schoben sie das Tor ein Stück auf und ließen uns hinaus. Er lief mit mir noch ein paar Meter, bis wir außer Hörweite waren.

»Dort drüben steht Inmas Wagen. Ruf Mike an und sag ihm, ich finde allein nach Hause.«

»Noah bringt mich um, wenn ich das tue. Wir warten hier auf Mike, Ende der Diskussion.«

»Was ... was ist denn los? Was ist so schlimm daran, dass ich hier bin?«

Abrupt blieb Dylan stehen. »Hast du es noch immer nicht begriffen? Das hier ist illegal, Cat.« Eindringlich sah er mich an. »Die Leute, die hier das Sagen haben, schrecken vor nichts zurück.«

Illegale Käfigkämpfe, hallte es durch meinen Kopf. Was mochte Noah für Gründe haben, sich verprügeln zu lassen? Steckte er etwa in Schwierigkeiten? »Wieso tut er das? Etwa wegen Geld?«

»Was glaubst du wohl, Cat?«

Noah musste Geldprobleme haben. Ich hatte ihn völlig falsch eingeschätzt. Mein Magen zog sich zusammen, als ich an die Brutalität dachte. Er hatte mir ein Märchen von einem harmlosen Boxtraining erzählt, und jetzt stellte ich fest, dass so viel mehr dahintersteckte.

Ich fühlte mich belogen. »Kämpfst du etwa auch?«

»Nein.« Dylan blickte die Straße hoch, als Scheinwerfer auftauchten und sich näherten. Wie erwartet war es Mike. Dylan redete kurz mit ihm und wandte sich dann an mich. »Setz dich in den Wagen, Mike wird dir folgen. Komm nicht wieder hierher, Cat. Okay?«, meinte er versöhnlich. »Gute Nacht.«

Ein wenig beleidigt lief ich zu Inmas Auto und tat brav, was er gesagt hatte.

Zu Hause angekommen, war an Schlaf nicht zu denken; selbst zwei Erdbeerbonbons konnten meinen Ärger nicht besänftigen. Ich beschloss, meinen Frust an einem Teig auszulassen.

›Ein Hefeteig kann dir helfen, dein Gemüt zu beruhigen, die Dinge klarzusehen, Cat‹, erinnerte ich mich an Grandmas Worte. Sie hatte für alle Lebenslagen ein Rezept gewusst. Schon als Kind hatte ich es geliebt, mit ihr stundenlang in der Küche zu stehen, später sogar gemeinsam mit Noah. Meistens hatte er sich uns als Versuchskaninchen zur Verfügung gestellt und auch das Notizenaufschreiben übernommen.

Ich siebte das Mehl, löste die Hefe auf und verrührte alle Zutaten, dann begann der ›heilende Part‹, wie Grandma es immer genannt hatte. Kraftvoll pfefferte ich den Teigklumpen auf mein mehlbestäubtes Backbrett und stieß dabei Flüche aus, die allesamt an Noah gerichtet waren. Sollte er sich doch vermöbeln lassen. Energisch knetete ich den Teig und schlug ihn, reagierte mich an ihm ab.

Die Masse war schon längst glatt und geschmeidig, mein Ärger verflogen, nur die immerwährende Frage nagte an mir: Aus welchem Grund tat Noah das alles? Seine Albträume, in denen er definitiv etwas nicht verarbeitet bekam, seine innere Zerrissenheit, was mich betraf, das Geheimnis, das er vor mir verbarg, und jetzt diese illegalen Kämpfe. Vielleicht waren seine Probleme doch größer, als ich angenommen hatte.

Als der Teig aufgegangen war, arbeitete ich ein paar Nüsse hinein, formte ihn zu einem Zopf, bestrich ihn mit Eigelb und schob ihn in den Backofen. Wenig später erfüllte der herrliche Kuchenduft die Wohnung. Es erinnerte mich an zu Hause, an eine Zeit, in der meine Welt fast in Ordnung gewesen war.

***

Cat, 14 Jahre alt

»Hast du Beckys Geschenk eingepackt?«, frage ich Noah, der hochkonzentriert und mit ausgestreckter Zunge damit beschäftigt ist, bunte Zuckerherzen auf die Muffins zu streuen, die wir für ihre Geburtstagsfeier gebacken haben.

»Natürlich.« Er nickt Richtung Küchentisch, wo seine Tasche liegt.

Weil ich ihn kenne, werfe ich einen Blick hinein und muss lachen. Typisch Noah. Er hat das Geschenk mit hässlichem und zerknittertem Papier eingewickelt. Nicht mal eine Schleife hat er drangebunden.

Ich seufze und schüttle den Kopf. »Hübsch verpackt. Und wie viel Mühe du dir gegeben hast!«

Er schaut auf und erkennt, dass mein Lob vor Sarkasmus trieft. »Sie wirft das Papier doch sowieso in den Müll.«

Gleichgültig zuckt er mit den Schultern und steckt sich ein paar Zuckerstreusel in den Mund.

Martha kommt herein und bleibt entsetzt stehen, als sie das Chaos sieht, das wir in ihrer heiligen Küche verursacht haben. »Um Himmels willen, seid ihr immer noch nicht fertig? Und saubergemacht habt ihr auch noch nicht.«

Noah und ich schauen unschuldig auf. Die Küche gleicht einem Schlachtfeld. Auf der Kochinsel liegen Backzutaten verstreut, überall klebt Teig. Eigentlich nichts Besonderes – so sieht es meistens aus, wenn Noah und ich backen. Dafür sind die Muffins zum Anbeißen.

»Dein Vater hat gerade angerufen, sie sind in zehn Minuten da. Los, los, macht schon.« Sie scheucht uns auf, und wir beeilen uns mit dem Aufräumen.

»Catherine, bist du umgezogen? Dein Vater ist gleich da«, ruft Mom von der Diele.

Noah grinst und deutet auf mein mit Schokoladenteig verschmiertes T-Shirt.

»Nein, Mom.« Ich wische mir die Hände an meiner Jeans ab und ernte von Martha einen mahnenden Blick. Mit einem Kopfnicken gibt sie mir zu verstehen, dass ich hinaufgehen und mich umziehen soll.

Heute ist Beckys Geburtstag, und sie weiß nicht, dass Mom für sie eine Überraschungsparty geplant hat. Während wir den ganzen Vormittag alles vorbereitet haben, befand sich Becky mit Dad auf dem Heimweg. Sie haben das Wochenende mal wieder in unserem Chalet verbracht, das zwei Autostunden entfernt ist.

Ich werde nie verstehen, was sie dort so toll findet. Da gibt es nichts außer Wald, unser abgeschiedenes Chalet und kein Internet. Man ist von der Außenwelt abgeschnitten. Becky liebt es, sich im Wald auf die Lauer zu legen und darauf zu warten, bis ihr ein Tier vor die Linse kommt, das sie fotografieren kann. Ich würde vor Langeweile umkommen. Aber jeder, wie er mag.

Auf meinem Himmelbett liegt das Outfit, das Mom für mich ausgewählt hat: ein blaues Kleid mit kitschigen Blumen. Ich würdige es keines Blickes, betrete zielstrebig meinen begehbaren Kleiderschrank und hole mir stattdessen den kurzen Lederrock und das nietenbesetzte T-Shirt, das ich mir in einem coolen Laden in Portland gekauft habe. Das wird mal wieder Ärger geben, aber meine Eltern sind es mittlerweile gewohnt, dass ich meinen eigenen Kopf habe. Außerdem: Was sollen denn die Leute von mir denken, wenn ich plötzlich adrett und hübsch gekleidet auf der Party meiner Schwester erscheine? Ich habe schließlich auch einen Ruf zu verlieren.

Ich kichere bei dem Gedanken. Mein Trick ist ganz einfach:

Ich tauche erst bei den Gästen unten auf, wenn die Party schon im Gange ist, dann kann Mom mich nicht mehr hochschicken. Zurechtweisen wird sie mich vor ihren Freundinnen nicht, also muss sie mich im Minirock und Shirt ertragen.

Im Badezimmer stecke ich das Glätteisen ein und bearbeite damit meine Lockenmähne. Als ich zufrieden bin, geselle ich mich zu den Gästen in den Garten. Halb Pleasant Hill ist gekommen, natürlich auch unser Bürgermeister mit seiner Frau und seinen Jungs.

Ob Becky mit dem Trubel einverstanden ist, den Mom heute für sie organisiert hat? Ich weiß, dass sie sich nicht wohlfühlt, wenn sie im Mittelpunkt steht, obwohl sie noch viel mehr Aufmerksamkeit verdient hätte. Becky sorgt allein mit ihrer Stimme dafür, dass die Kirche brechend voll ist, und bei vielen Veranstaltungen in unserer Gegend wird sie stets als Highlight angekündigt. Sie ist ein Ausnahmetalent und der ganze Stolz von Pleasant Hill. Ich finde sie großartig, auch wenn sie mir manchmal auf die Nerven geht, aber das ist nun mal der Job einer großen Schwester.

Zwischen den Leuten suche ich nach Noah und entdecke ihn etwas abseits am Kuchenbuffet. Er hält das Geschenk in den Händen und fühlt sich sichtlich unbehaglich. Ich kann mir schon denken, warum. Ashley und die Jungs vom Bürgermeister sind nicht gerade seine Freunde. Ich bahne mir einen Weg zu ihm.

»Da bist du ja endlich.« Er stutzt und mustert mich. »Wo sind deine Locken hin?«

»Geglättet. Gefällt es dir?«

Ich fahre mir durch das seidig lange Haar, während auf Noahs Stirn eine Falte entsteht. »Ich weiß nicht, du siehst so anders aus. Ich mag deine Locken.«

Ich rolle mit den Augen. »Ich wollte mal etwas Neues ausprobieren. Beim nächsten Haarewaschen sind sie wieder da. Komm, lass uns zu Becky gehen. Sie wird sich freuen.«

Er hält mich am Arm fest. »Nein, warte noch.«

»Worauf?«

»Gib ihr noch etwas Zeit, sie ist doch erst gekommen«, sagt er ausweichend, aber ich durchschaue ihn. Er will nicht hin, weil Ashley gerade bei Becky steht und sich mit ihr unterhält.

»Komm schon, sei kein Hasenfuß. Sie wird sich heute nicht trauen, ein dummes Wort an dich zu richten.« Ich ziehe ihn mit mir, und er folgt mir widerwillig. Ich schiebe uns an den Gästen vorbei und dränge Ashley sanft beiseite. »Herzlichen Glückwunsch zum Geburtstag, Schwesterchen.«

Als Becky uns erblickt, strahlt sie. Die Blässe, die eben noch in ihrem Gesicht geherrscht hat, verschwindet, und zartes Rosa breitet sich auf ihren Wangen aus. Ich drücke sie liebevoll an mich.

»Danke.« Sie wirkt heute wieder so zart und zerbrechlich, dass ich mein Temperament herunterschraube.

»Sag Bescheid, wenn wir dich retten sollen«, flüstere ich ihr zu und löse mich von ihr. Ich sehe ihr an, dass sie am liebsten davonlaufen würde, aber sie bleibt immer freundlich und ist nie müde zu lächeln.

»Auch von mir alles Gute und ... bleib, wie du bist, Becky«, sagt Noah etwas plump und wippt seltsam mit dem Oberkörper hin und her, was Ashley zum Kichern bringt.

»Danke.«

Sofort bereue ich es, ihn in diese Situation gebracht zu haben. Manchmal denke ich einfach nicht nach, wie es sich für ihn anfühlen muss, so schüchtern zu sein. Ich drehe mich zu Ashley um, setze den giftigsten Blick auf, den ich habe, und bringe sie damit tatsächlich zum Schweigen. Ich wende mich wieder meiner Schwester zu.

»Auspacken darfst du, aber nur im privaten Kreis. Entschuldige uns«, sage ich bestimmend in Richtung Ashley, hake mich bei Becky unter und ziehe sie mit mir. Noah folgt uns.

Wir laufen ein Stück über die Wiese zu dem Teich, in dem Dads hässliche, aber wertvolle Kois schwimmen.

»Wie war das Wochenende? Hast du wieder wilde Tiere fotografiert?«, will ich wissen, als wir uns auf die kleinen Felsen setzen, die ringsherum angelegt sind.

»Ja, einen Hirsch und ein paar Eichhörnchen«, sagt sie abwesend und packt ihr Geschenk aus. Sie lächelt dabei. Als sie das Tagebuch in ihren Händen hält, blickt sie zu Noah. »Ein Tagebuch. Danke.« Ihre Wangen nehmen einen noch dunkleren Rosaton an, was sie gesünder aussehen lässt. »Es ist wunderschön. Ich werde die schönsten Erinnerungen hineinschreiben.«

Zärtlich, fast andächtig streicht sie mit den Fingern über den zartblauen Einband, auf dem eine schwarze Pusteblume abgebildet ist. Ich habe gewusst, dass es ihr gefallen würde. Becky steht auf romantisches Zeug.

Noah tritt verschüchtert von einem Fuß auf den anderen. »Cat hat mir geholfen es auszusuchen.«

»Und wo habt ihr es gekauft?«

»In Springfield.«

Die beiden unterhalten sich. Zuerst kapiere ich nicht, was so interessant an einem Tagebuch ist, bis mir auffällt, wie lebendig Becky in seiner Gegenwart plötzlich ist. Sie lächelt, strahlt Noah auf eine Art an, wie ich es bei ihr noch nie erlebt habe. Sie sieht glücklich aus. Es ist, als hätte er ein Licht in ihr entzündet.

Eine ganze Weile sitze ich da und beobachte die zwei. Wieso fällt mir das erst jetzt auf? Sie reden und reden, und dann ist da dieses Gefühl, überflüssig zu sein. Zum ersten Mal verspüre ich leise Eifersucht, die sich heiß durch meinen Magen schleicht.

Perplex sehe ich meine Schwester gelöst kichern, erlebe, wie witzig Noah ist und dass er sogar richtig charmant sein kann. Becky hat ihr Geschenk fest an die Brust gedrückt, als würde sie es nie wieder hergeben wollen. Ich bin verwirrt und irgendwie sauer. Ich schaue zu Noah, der nicht weiß, wo er vor Verlegenheit hingucken soll, weil Becky ihn unentwegt anlächelt. Ich bin im falschen Film.

»Becky, Liebling! Becky, deine Gäste wollen dich singen hören!«, ruft Mom uns zu.

Sofort erhebe ich mich und bin ihr dankbar für die Unterbrechung.

»Wir kommen!«, antworte ich laut.

Während wir zurückgehen, dränge ich mich zwischen die beiden, damit Becky nicht neben Noah läuft. Ich weiß selbst, dass ich mich blöd verhalte, aber aus irgendeinem Grund kann ich nicht anders.

***

Die Küchenuhr piepste und holte mich aus den Erinnerungen zurück. Diesen Geburtstag hätte ich beinahe vergessen. Es war das erste Mal gewesen, dass ich Eifersucht verspürt hatte, dabei gab es keinen Grund dafür. Noah hatte kein Interesse an Becky gehabt, und ich konnte mich nicht erinnern, dass die beiden sich je wieder so unterhalten hatten.

Wenn ich den Noah von damals mit dem von heute verglich, musste ich zugeben, dass ich bisher zu blind gewesen war, um Parallelen zu erkennen. Ein kleiner Charmeur hatte schon immer in ihm geschlummert. An Beckys Geburtstag war er kurz aufgeblitzt und dann wieder untergetaucht, bis sein neuer Ziehvater ihn wieder zutage gefördert hatte.

19

Cat

*D*ie ganze Nacht hatte ich wachgelegen und zumindest eine Nachricht von Noah erwartet. Mehrmals hatte ich nachgesehen, aber mein Handy war stumm geblieben. Ich war beleidigt und fragte mich, ob ich ein Recht dazu hatte.

Wir wollten dieser Freundschaft eine Chance geben. Wieso ließ er mich dann an seinem Leben und an seinen Problemen nicht teilhaben? Ich akzeptierte, dass er nicht über seine Albträume redete, aber was war so schlimm daran, mir seine Geldsorgen zu offenbaren? Es verletzte mich, und ich war nicht länger bereit, das hinzunehmen. Er konnte nicht erwarten, dass ich ihm blind alles anvertraute und er mich vollkommen ausschloss. Ich kam mir dumm vor.

Nachdem ich auch den ganzen Vormittag vergeblich auf ein Lebenszeichen von ihm gewartet hatte, beschloss ich, mich mit Inma zu treffen und ihr alles zu erzählen. Ich wusste, wie sehr sie mein Gebackenes liebte, und packte ein paar Stücke für sie ein. Ich wollte gerade rausgehen, wurde aber von einer breiten Gestalt direkt auf meiner Matte daran gehindert. Noah.

Er hatte ein dunkles Veilchen am linken Auge, und zwei Pflaster hielten die Haut an seiner Braue und Wange zusammen. An seinem Hals prangten rote Striemen, und seine Fingerknöchel waren verbunden. Mein Gott, er sah erbärmlich aus.

Sein Blick glich dem eines räudigen Hundes. »Lass uns reden, Cat.«

Natürlich – jetzt, da er keine andere Wahl mehr hatte, da ich sein Geheimnis kannte. Ich hatte gute Lust, ihm die Tür vor der Nase zuzuschlagen, tat es aber nicht. Stattdessen ließ ich ihn eintreten, blieb aber abwartend im Flur stehen.

Er musterte mich eindringlich und schaute auf den Kuchenteller in meiner Hand. »Du warst wütend«, stellte er fest, als er den Hefekuchen entdeckte. »Kein gutes Zeichen, oder?«

»Stell dir vor, manchmal backe ich auch nur zum Spaß, ohne therapeutische Wirkung.«

Er senkte den Blick. »Ich weiß, dass du sauer bist. Es tut mir leid.«

Ich stieß den Atem aus. »Sauer? Ich bin, verdammt noch mal, enttäuscht. Du verlangst Vertrauen, hast aber nichts davon für mich übrig. Weißt du, wie weh das tut?« Ich schüttelte den Kopf. »Ich kann das nicht, Noah. Es funktioniert nicht, und je länger wir beide uns das vormachen, desto schmerzhafter wird es.«

Energisch stellte ich den Teller auf der Schuhkommode ab. Einige Sekunden schwieg er und kniff die Augen zusammen.

»Nachdem ich dir gesagt habe, dass ich allein schlafe, dachte ich, du hättest dir ein anderes warmes Bett gesucht. Ich wollte wissen, ob du zu *ihr* fährst, und bin dir gefolgt.« Ein Grinsen zuckte an seiner verletzten Unterlippe, verschwand aber sofort wieder. »Du bist echt ein Arsch, Noah! Wieso tust du das? Schulden kann man auch auf andere Weise abarbeiten.«

»Es ist nicht so, wie du denkst«, lenkte er ein.

»Der Spruch hilft euch Kerlen nicht immer. Hast du nicht 'ne bessere Ausrede, Noah?«

»Du bist eifersüchtig?«

Abwehrend hob ich die Hände. »Du kannst tun und lassen, was du willst, aber ich bin nicht dein Lückenfüller. Wenn du mir nicht vertrauen kannst, sollten wir doch getrennte Wege gehen.«

Sein Kiefer mahlte. Er trat auf mich zu, und unwillkürlich wich ich zurück.

»Du irrst dich, Cat.« Er sah mich eindringlich an, und meine Pulsfrequenz erhöhte sich. Ich schluckte, als er noch näherkam und ich die Wand im Rücken spürte. »Ich habe die Fights vor dir geheim gehalten, weil ...«, er senkte den Blick, »ich dich in diese Sache nicht hineinziehen wollte. Und was deine Eifersucht betrifft: Ich war mit keiner Frau mehr zusammen, seit du in San Francisco bist.« Seine Stimme war rau, beinahe flüsternd.

»In welchen Schwierigkeiten steckst du?«

Er seufzte. »Versteh doch, Cat, je weniger du darüber weißt, desto besser. Du musst mir vertrauen. Dieser Mist ist bald vorbei – versprochen.«

»Siehst du? Du tust es schon wieder«, fuhr ich ihn an. »Wie soll ich dir vertrauen, wenn du mich ständig im Regen stehen lässt? Entweder du sagst mir jetzt auf der Stelle, was los ist, oder ... wir vergessen, dass wir beide uns begegnet sind.«

Er überlegte. Ich setzte ihm die Pistole auf die Brust, trieb ihn in die Enge, aber darauf konnte ich keine Rücksicht nehmen. Er wusste, dass er keine Wahl hatte, wenn er mich nicht verlieren wollte.

»Ich versuche, dich zu beschützen, Cat. Dylan hat dir gesagt, wie diese Leute sind, oder?« Ich antwortete nicht, blieb standhaft und wartete. Er ließ den Kopf hängen und seufzte erneut.

»Billy Manson organisiert Cagefights für gelangweilte Millionäre und Superreiche. Er hat seine Finger in noch mehr schmutzigen Geschäften und ist ein ziemlich übler Bursche. Eine gute Freundin von mir ist vor zwei Jahren in eine prekäre Lage geraten, und ich habe Billy um einen Kredit gebeten. Er forderte das Geld früher als vereinbart zurück, aber so viel konnten wir auf die Schnelle nicht auftreiben. Er hat uns seine Schläger geschickt, die uns unmissverständlich klarmachen sollten, dass er seine Kohle wollte. Dank Hudsons Training konnte ich uns verteidigen, und Billy machte mir ein Angebot. Ich zahle die Summe in Form von Kämpfen ab. Ich habe dir nichts davon gesagt, weil ich diesen Leuten nicht traue. Billy hat sich durch mich einen Namen gemacht, und er wird den Teufel tun und mich einfach gehen lassen. Er will, dass ich weiter für ihn in den Käfig steige, und dafür ist ihm jedes Mittel recht. Deshalb will ich dich nicht in seiner Nähe haben. Du bist meine Schwachstelle, und das darf er nicht erfahren.«

Langsam begriff ich. Er würde alles für die Menschen tun, die ihm am Herzen lagen. Das war so typisch für ihn. Früher wie heute war seine Hilfsbereitschaft sein Verhängnis. »Du tust das für eine Freundin?«

»Ja. Ihr Name war Jillian. Mit ihr war ich in Paris. Du hast bestimmt das Foto auf meiner Kommode gesehen.«

Natürlich hatte ich das. »Und wieso opferst du dich für sie? Ich meine, wo ist sie? Wieso hilft sie dir nicht?«

Schmerz flackerte in seinen Augen auf. »Sie ist bei einem Autounfall ums Leben gekommen.«

Sie war tot? Sofort bereute ich meine unsensiblen Worte. Ich legte meine Hand auf seinen Arm. »Tut mir leid.«

»Ja, mir auch.«

Ich spürte, wie sein Brustkorb sich anspannte und wie sehr ihn die Erinnerung immer noch mitnahm. Es musste eine schwere Zeit für ihn gewesen sein. Ich wusste genau, wie es sich anfühlte, jemanden zu verlieren, der einem nahestand. Da war so viel Frust, den man nie loswurde.

»Wofür hat sie das Geld gebraucht?«

Er senkte den Blick. »Um das College ihres Bruders zu bezahlen und andere Schulden zu begleichen.«

»Und wie lange musst du dich noch verprügeln lassen?«

»Noch zweimal, dann bin ich aus der Sache raus.«

Ich überlegte. »Diese Veranstaltungen sind doch illegal. Wieso gehst du nicht zur Polizei und lässt die ganze Sache auffliegen?«

Noah lachte. »Sei nicht so naiv, Cat. Billy hat Macht und Einfluss und schmiert die richtigen Stellen.«

Allmählich begriff ich die ausweglose Lage, in der er sich befand. »Aber was geschieht, wenn du dich bei diesen Kämpfen ernsthaft verletzt?«

»Das wird nicht geschehen. Mach dir keine Sorgen.«

Ich rollte mit den Augen. Das war mal wieder typisch. »Du sagst, die Fights sind illegal. Ich habe mal gelesen, dass es bei diesen Veranstaltungen schon Tote gegeben hat.«

»Die Regeln sind ein wenig härter, aber mach dir keine Gedanken. Ich tue das auch für mich.«

Ich lachte trocken auf. »Was? Wieso?«

»Hin und wieder brauche ich das. Früher habe ich alles in mich hineingeschaufelt, hatte kein Ventil, um den Mist abzulassen, der mich beschäftigte. Hudson hat mir vieles beigebracht, und das Kickboxen ist seither meine Sportart.«

»Und wer weiß alles davon?«

»Nur meine Jungs. Sie decken mich bei Robinson. Der ahnt etwas, deshalb nehme ich meistens unbezahlten Urlaub, bis die Verletzungen verheilt sind. Die Geschäftsleitung darf keinen Wind davon bekommen.«

Klar, ein verprügelter Sicherheitsbeamter kam bei den Gästen alles andere als gut an. Langsam begriff ich Noahs Welt. Natürlich hatten die Misshandlungen, die er durch seinen Vater erleiden musste, Spuren hinterlassen. Körperliche wie auch seelische.

Mein Blick fiel auf die Stelle, wo sein T-Shirt die Brandnarben, die ihm sein Vater zugefügt hatte, verdeckte. Nach allem, was er mir gestanden hatte, kam ich mir ziemlich schäbig vor. Mein Herz wurde schwer, wenn ich daran dachte, was er auf sich nahm. »Es tut mir leid.«

»Dich trifft keine Schuld, Cat. Mir tut es leid.« Mit dem Zeigefinger strich er die Falte zwischen meinen Brauen glatt, als könnte er meine Sorgen vertreiben. »Ich krieg das mit Billy schon hin, aber meine Vergangenheit hat auch bei mir Spuren hinterlassen, mit denen ich klarkommen muss. Du weißt, dass es mir schwerfällt, darüber zu reden. Das war schon immer so.«

Ich nickte, wusste, wovon er sprach. Manchmal stieß man unabsichtlich Menschen vor den Kopf, weil man Dinge mit sich selbst ausmachen wollte. Niemand kannte das besser als ich. Mein Herz brannte ein wenig, weil der Wunsch, seine Vertraute zu sein, so groß war.

Als hätte Noah meinen Schmerz gespürt, strich er eine Haarsträhne aus meinem Gesicht. »Das ist die Wahrheit, Cat.«

Er beschützte mich, gab mir Halt in den Nächten, in denen ich mich verlor, und sorgte für mich. Nur manchmal spannte das dünne Band unserer Freundschaft gefährlich – so wie letzte Nacht, als meine Fantasie und mein Egoismus mal wieder mit mir durchgegangen waren.

Ich nickte bedächtig.

Er trat so nahe zu mir, dass ich seinen Atem schmecken konnte. Er roch nach Minze und etwas, das ich nicht benennen konnte. Mit dem Zeigefinger hob er mein Kinn an, sodass ich ihn ansehen musste. »Ich will dir nicht wehtun, Cat. Ich weiß, ich bin verkorkst, aber glaub mir, es wird alles gut werden.«

Ich sah ihm in die Augen, verlor mich darin und wusste, dass meine Zweifel unberechtigt gewesen waren. Ich hätte ihm vertrauen sollen. Aber auch ich hatte Erklärungen für das Misstrauen und für meine Wankelmütigkeit. Zu viele Enttäuschungen, zu wenige ehrliche Personen. Noah hatte maßgeblich dazu beigetragen.

Diese Gedanken verpufften, als seine Lippen sich plötzlich auf meine senkten. Seine Berührung war zärtlich, vorsichtig und behutsam. Ich erwiderte den Kuss. Als seine Zunge in meinen Mund drang, verschwand die anfängliche Scheu. Hitze stieg in mir auf. Ein Stöhnen entwich mir und entfachte Noahs Feuer. Niemals zuvor hatte sich ein Kuss so gut, so echt und so richtig angefühlt.

Ich wollte mehr davon, wollte mich in ihm verlieren, in ihm ertrinken. Keuchend und mit zittrigen Fingern zog ich den Saum seines Hemdes aus der Hose und ließ meine Finger über seine Haut gleiten. Ich konnte nicht genug von ihm bekommen.

Er unterbrach unseren Kuss, um mir vorsichtig das Shirt über den Kopf zu ziehen. Sein Blick glühte, als ich im BH vor ihm stand. Im nächsten Moment lagen seine Lippen wieder auf meinen – hart, feucht und unerbittlich. Er packte meinen Po und hob mich auf die Kommode, entledigte mich meines BHs und knetete meine Brüste. Ich musste ihm noch näher sein, riss die Knöpfe seines Hemdes auf und zog es ihm aus. Fast verzweifelt wollte ich mich an ihn pressen, doch erschrocken hielt ich inne. Sein Oberkörper wies überall blaue Flecken auf.

»Scheiße!«, entfuhr es mir.

»Ist okay, es tut nicht weh, Babe.« Er riss mich erneut in seine Arme, und ich spürte die Wärme, die von ihm ausging, seinen unverwechselbaren Noah-Duft.

Ich war verrückt nach dem Geschmack und seinen Berührungen, die mich schwindelig machten. Wie von Sinnen schrie ich auf, als er eine Brustwarze in den Mund nahm, daran saugte und knabberte. Ich kannte keine Grenzen mehr und öffnete den Gürtel seiner Hose. Er hob mich von der Kommode, befreite mich von meiner restlichen Kleidung und warf sie achtlos beiseite. Dann ließ er mich vorsichtig wieder auf die Anrichte herab. Er berührte mich, glitt tiefer, bis ich wimmerte und es nicht mehr aushielt. Scharf sog ich den Atem ein und konnte es nicht länger abwarten. Mein Körper stand völlig unter Strom. Er steigerte das intensive Gefühl, indem er mit einem Finger in mich eindrang und mit dem Daumen sanft meine sensibelste Stelle massierte.

Himmel! Keuchend rang ich nach Luft und genoss die wohligen Schauer, die über mich hinwegfegten. Er war der Teufel, der mir die himmlischsten Empfindungen schenkte und mich gleichzeitig durch die Hölle schickte.

»Noah, ...«, flehte ich. Ich war nicht in der Lage zu sprechen und schüttelte den Kopf.

Er brachte mich an den Rand des Wahnsinns. Ein gewaltiger Orgasmus baute sich in mir auf, doch der Teufel hatte andere Pläne. Er zog sich aus mir zurück, und ich öffnete die Augen.

»Genug gespielt. Ich will dich«, sagte er mit belegter Stimme und zog ein Kondom aus seiner Hosentasche.

Mit den Zähnen riss er die Verpackung auf. Bewundernd beobachtete ich ihn. Er war der schönste Mann, den ich je gesehen hatte. Nicht zu viele Muskeln, samtig schimmernde Haut und kein Gramm Fett. Er war heiß – absolut heiß. Ich nahm ihm den Gummi ab, und er schluckte hart, als ich ihn über seinen Penis zog.

Nur Sekunden später schob er sich wieder zwischen meine Beine und hielt inne. Wir blickten uns an. Aus Angst, er könnte es sich anders überlegen, drückte ich meine Fersen gegen seinen nackten Po. Lust und Gier blitzten in seinen blauen Augen auf und etwas, was ich nicht deuten konnte. Dann drang er in mich.

Ich war überwältigt von dem Gefühl, das er in mir verursachte. Nichts war mehr von Bedeutung, alles verschwamm.

»Heilige Scheiße!«, fluchte er und biss sich mit geschlossenen Augen auf die Unterlippe.

Er wartete, gab mir Zeit, damit ich mich an ihn gewöhnte. Noch nie hatte ich mich einem Mann so nahe gefühlt. Ich spürte ihn tief in mir und glaubte zu verglühen, als er sich schließlich bewegte. Ein raues Stöhnen entglitt ihm, und seine Hitze feuerte mich an. Er nahm mich, wie ich es noch nie erlebt hatte – immer schneller, härter und intensiver. Der Kuchenteller, ein kleines Blumengesteck und meine Schlüssel stürzten scheppernd zu Boden, aber das war uns völlig egal. Jeden Moment würde ich explodieren. Zu mächtig war der Druck, der sich in mir aufbaute. Ich war Noah so nahe, er gehörte mir, mir allein, zumindest für diesen Augenblick. Besitzergreifend grub ich meine Fingernägel in seinen Rücken, als die Welle mich erfasste, und ließ mich von ihr mitreißen. Noah warf den Kopf in den Nacken, und mit einem kehligen Laut schossen wir in den Himmel, den Sternen entgegen.

***

Er hielt mich fest umschlungen, während ich nach Atem rang. Ich fühlte mich sicher und beschützt, als könnte nichts und niemand uns etwas anhaben. Ich hörte, wie schnell und kräftig sein Herz schlug, und war noch ganz benommen von den Empfindungen, die er mir geschenkt hatte. Ich wünschte, dieser Augenblick würde nie enden.

»Wir waren wohl etwas zu stürmisch.« Er grinste und schaute auf die Scherben und die Sauerei am Boden.

Ich kicherte. Ups! Inmas Hefegebäck war ein klarer Fall für den Abfall.

Noah zog sich aus mir zurück, hob mich mühelos hoch und trug mich zum Bett. Sachte legte er sich auf mich. Ich spürte seinen Herzschlag, der sich langsam beruhigte, und fragte mich, was genau das zwischen uns war. Freundschaft Plus? Oder war da mehr?

Meine Gefühle spielten verrückt. Wir hatten schon einige Nächte zusammen verbracht – er hatte mich vor meinen Dämonen beschützt, und ich versuchte ihn vor seinen zu bewahren. Sozusagen eine Win-win-Situation. Sex hatte in den letzten Wochen keine Rolle gespielt, aber das hier war etwas völlig anderes. Das sexuelle Verlangen, seine Wärme und sein Geständnis ließen keinen Zweifel mehr zu: Noah bedeutete mir mehr, so viel mehr.

»Wir beide sind schon zwei kaputte Idioten«, murmelte ich, während ich mit dem Finger kreisende Bewegungen auf seiner Haut zeichnete.

»Vielleicht. Aber das, was hinter uns liegt, hat uns auch stärker gemacht.«

Wahre Worte. »Ich war vorhin ganz schön schnippisch zu dir, sorry.«

»Schön zu hören, dass ich dir nicht egal bin.«

Verwundert richtete ich mich auf und sah ihn an. »Du warst mir nie egal, Noah. Nie.«

»Das freut mich, Cat. Und der Sex zwischen uns? Kommst du damit klar?«

Er hatte ja keine Ahnung. Mein Verstand und mein Herz waren sich alles andere als einig. Ich focht einen stetigen Kampf zwischen Vernunft und Leidenschaft mit mir aus. Der Sex war der absolute Wahnsinn, aber ich war völlig durcheinander. Das Schlimmste war, dass ich meine Lust nicht unter Kontrolle hatte, sobald er mich berührte. *Freunde.* Über diesen Punkt war ich längst hinaus. Genau wie damals, als ich in Miami erkannt hatte, was ich an ihm verloren hatte.

»Kommst *du* denn damit zurecht? Oder musst du erst darüber nachdenken?«

Er schluckte, und seine Finger wanderten mein Schlüsselbein entlang. »Du liegst direkt unter mir, noch dazu nackt. Wie soll ein Mann da einen klaren Gedanken fassen?« Mit einem anzüglichen Grinsen blickte er an mir herunter.

Mit beiden Händen nahm ich seinen Kopf und zwang ihn dazu, mich anzusehen. »Das ist eine einfache Frage, Mr. Holder.«

Er blickte mir in die Augen. »Also ... du warst und bist die Einzige, Catwoman. Ich schwöre.«

»Du bist so ein Lügner!«

»Ich meine es ernst, Cat. Solange wir beide uns einig sind, gibt es keine anderen Frauen. Deal?«

»Vertrauen gegen Vertrauen, Noah.« Kaum merklich nickte ich. »Deal.«

Mit einem breiten Grinsen senkte er den Kopf und küsste mich, fest, wild und hemmungslos. Mein rationales Denken schaltete sich aus. Ich klammerte mich an ihn, wollte ihn nie wieder gehen lassen, würde ihn am liebsten aufsaugen, damit er all unseren Kummer vertrieb. Noah war so innig mit mir verwurzelt; alles fühlte sich richtig und gleichzeitig so aufregend an, dass ich mich ihm völlig hingab. Erneut drang er in mich, und ich war Wachs in seinen Händen.

Plötzlich öffnete jemand im Flur die Eingangstür. Stimmen drangen zu uns. Schnell warf Noah eine Decke über uns, und augenblicklich hielten wir inne.

»Shit! Inma«, formte ich lautlos mit den Lippen.

»Cat, bist du da? ... Was ist denn hier passiert? Dylan, wir müssen die Polizei rufen! Ihr muss etwas zugestoßen sein«, rief meine Freundin besorgt.

»Beruhige dich. Ich glaube, die Polizei kann uns da auch nicht helfen.« Dylans Schritte näherten sich, und ganz langsam wurde die Schlafzimmertür aufgeschoben. Als er uns erblickte, kreuzte er amüsiert die Arme. »Warum bin ich nicht überrascht?«

Inma, die neben ihn getreten war, bekam den Mund nicht zu, als sie meine geröteten Wangen sah und das mit dem Chaos im Flur kombinierte. Wenn sie wüsste, dass Noah unter der Decke in mir war, würde sie wahrscheinlich einen Herzinfarkt bekommen.

»So kann man die Mittagspause auch verbringen«, meinte Dylan kopfschüttelnd.

»Der beste Snack, den ich je hatte.« Noah zuckte vielsagend mit den Brauen, was Dylan schmunzeln ließ.

»Was habt ihr bitte gemacht? Da draußen liegen Scherben, kaputte Blumen und Kuchen. Ich rede von *leckerem* Kuchen. Ich habe mich zu Tode erschreckt, als Cat nicht wie verabredet gekommen ist. Zum Glück hatte ich einen Schlüssel!«, fuhr Inma uns an. Sie warf die Arme in die Luft. »Das darf doch alles nicht wahr sein! Die pimpern in aller Ruhe, während ich mir die größten Sorgen mache.«

»Nicht aufregen, wir räumen später auf. Aber jetzt ... verzieht euch wieder, wir sind beschäftigt«, sagte Noah mit einer Handbewegung, als würde er lästige Mücken vertreiben.

Ein Kichern entwich meiner Kehle, als ich Inmas verdutztes Gesicht sah. Normalerweise brachte sie nichts so schnell aus der Fassung, doch Noah schaffte es gleich mehrmals.

20

Cat

Keine Ahnung, wie man die Beziehungskonstellation, die ich mit Noah führte, definieren sollte. Ich wusste nur, dass es sich gut anfühlte – verdammt gut sogar. Mit Noah war es leicht und unbeschwert, beinahe befreiend, gleichzeitig hatte ich meinen alten Freund wiedergefunden. Selbst mein Dad bemerkte meine ausgewechselte Stimmung durchs Telefon.

Um den Rosenstalker war es seit dem Einbruch still geworden. Ich fragte mich, ob der Kerl von den Ermittlungen der Polizei eingeschüchtert war oder vielleicht das Interesse an mir verloren hatte. Ich hoffte sehr, dass Letzteres der Fall war. Noah traute dem Frieden nicht und hielt mich für naiv, wenn ich das wirklich glaubte.

In den folgenden Tagen fiel mir die Decke auf den Kopf, und ich beschloss, wieder arbeiten zu gehen. Der Dämpfer in Form einer Absage kam von Mr. Wilson persönlich. Die Geschäftsleitung und er waren sich einig, dass ich im Restaurant nicht erwünscht war und die Füße stillhalten sollte, solange die Ermittlungen der Polizei noch anhielten und sogar Angestellte befragt wurden. Erst, wenn der Fall geklärt und die Wogen geglättet waren, durfte ich zurückkommen. Selbstverständlich konnte ich in der Wohnung bleiben. Man wollte Gerede vermeiden, schließlich hatte das *Empire Heaven* einen guten Ruf. Im Interesse des Hotels war ich also suspendiert.

Ich hatte mich tierisch aufgeregt. Wovon sollte ich bitte die Miete bezahlen? Diese Idioten! Darüber hatten sich die feinen Herren wohl keine Gedanken gemacht. Mir würde nichts anderes übrigbleiben: Ich musste meinen Dad um einen kleinen Kredit bitten.

An einem der folgenden Samstage hatten Noah und ich es uns auf dem Sofa gemütlich gemacht. Während ich in einem Buch las, blätterte er in einem seiner Sport-Magazine. Ich beobachtete ihn und verkniff mir ein Lachen. Mit einem Leuchtmarker strich er Textstellen an und war so hochkonzentriert damit beschäftigt, dass er seine Zunge leicht herausstreckte.

Als wir Kinder gewesen waren, hatte ich ihn deswegen öfters aufgezogen. Ein winziges schiefes Grinsen huschte über seine Mundwinkel, als er bemerkte, wie ich kaum hörbar neben ihm gluckste. Er lehnte sich zurück, streckte beide Arme von sich und tat so, als würde er gähnen. Dabei strich er mit dem Marker über meine Wange – völlig unabsichtlich natürlich.

»Hey!«

Er lachte, ließ das Heft fallen und warf sich halb auf mich. Ich schrie auf und schaffte es nur mit Mühe, ihn davon abzuhalten, mich mit Farbe vollzukritzeln. Ich quietschte und kicherte, bis mir der Bauch wehtat.

»Gibst du auf?«, fragte er, den Stift nur wenige Zentimeter von mir entfernt.

»Ja, ja, du hast gewonnen!«, kreischte ich.

»Du hast Glück, Babe, dass es kein Permanentmarker ist. Der kommt dann das nächste Mal zum Einsatz.«

»Untersteh dich, du Ungetüm.«

Er zog mich auf seinen Schoß und lehnte seine Stirn an meine. Einen Moment hielten wir so inne. Ich konnte mich nicht erinnern, wann ich das letzte Mal so zufrieden gewesen war. Seit wir uns ausgesprochen hatten, lief es so gut wie nie zwischen uns. Der neue Noah gefiel mir immer besser. Er war stark, wusste, was zu tun war, und ich konnte mich auf ihn verlassen. Er brachte mich zum Lachen, und wenn er mich berührte, schmolz ich schneller dahin als Eis in der Wüste. Mit ihm war alles leicht und unbeschwert, als hätte ich ihn erst wiedersehen müssen, um mich von allem freizumachen.

»Es fühlt sich gut an«, flüsterte ich. Als er mich fragend ansah, fügte ich hinzu: »Das Glücklichsein.«

Kleine Flammenzungen flackerten in dem Blau seiner Augen auf. »Du bist glücklich?«

»Das habe ich dir zu verdanken.«

Er wickelte eine Locke, die mir über die Schulter fiel, um seinen Finger. »Du hast es verdient, Cat, und ich werde alles tun, damit das so bleibt.«

Dafür liebte ich ihn. Meine Gefühle spielten verrückt, und ich war gefangen zwischen dem Feuer, das er in mir entfachte, und dem süßen Chaos, das er anrichtete. Ich hatte meinen besten Freund zurück, einen heißen Liebhaber dazu und jemand Neuen in ihm entdeckt, der mich verstand und forderte.

Er zog mich an sich und küsste mich, erst zärtlich, dann drängend. Jedes Mal war ich überwältigt.

Millionen Emotionen später lagen wir keuchend auf dem Sofa. Mein Kopf ruhte an seiner Brust, und ich hörte seinem Herzschlag zu.

»Morgen werde ich meinen Vater besuchen. Hast du Lust mitzukommen?«, flüsterte ich. Der Gedanke, meinem Dad zu zeigen, wen ich hier wiedergefunden hatte, machte mich ganz nervös.

Noahs Rücken verspannte sich, und leichte Verwirrung trat in seinen Blick. »Du willst morgen nach Pleasant Hill?«

»Was? Wie kommst du denn darauf? Ich meine, ich besuche ihn hier, in der Seniorenresidenz.«

Jetzt löste er sich von mir und setzte sich auf. »Er ist in San Francisco?«

Ich kicherte. »Natürlich, wo denn sonst?«

»Seit wann?«

Ich zuckte mit den Achseln. »Seit ein paar Monaten.«

»Warum hast du mir das nicht gleich gesagt?«

»Ist das wichtig?« Noah stand auf und zog sich seine Jeans über. Seine Reaktion war komisch. »Was ist denn los? Habe ich etwas falsch gemacht?«

»Wieso hast du mir das nicht erzählt?«

»Keine Ahnung. Ich bin davon ausgegangen, dass du es weißt. Ich dachte, ich hätte es irgendwann mal erwähnt.«

»Nein, ich höre es jetzt zum ersten Mal.« Er fuhr sich durchs Haar und war sichtlich aufgewühlt.

Ich streckte die Hand nach ihm aus. »Komm her.«

Er setzte sich zu mir, war aber noch immer knurrig. »Tut mir leid, Cat. Ich habe nur nicht damit gerechnet, dass er hier sein könnte.«

»Das ist der eigentliche Grund, warum ich hier bin. Ich wollte in seiner Nähe sein. Ich bin sicher, er würde sich freuen, dich wiederzusehen. Warum kommst du morgen nicht einfach mit?«

»Morgen? ... Da kann ich nicht.«

»Wieso nicht? Es ist Sonntag, Mike hat doch Wochenendschicht, oder nicht?«

»Stimmt, aber Paolo hat mich gebeten, bei etwas zu helfen.«

Ich stutzte. »Davon weiß ich ja gar nichts.«

»War 'ne spontane Sache heute Vormittag.«

Enttäuscht verzog ich den Mund. »Schade.«

Seine Fingerspitzen fuhren kleine Kreise über meine Haut. »Ich kann mir gar nicht vorstellen, wie sein Leben jetzt aussieht«, begann er nachdenklich. »Es ist bestimmt nicht einfach für ihn, auf Hilfe angewiesen zu sein, oder?«

Ich seufzte. »Das stimmt. Wenn man bedenkt, wie stolz er früher war, ist er heute kaum wiederzuerkennen. Manchmal glaube ich, dass der Schlaganfall den strengen, herrischen Teil in ihm ausgeschaltet hat. Er ist viel sanfter und freundlicher.«

»Dann versteht ihr euch heute besser als früher?«

Ich nickte. »Beckys Tod hat ihn verändert … uns alle. Vielleicht lag es aber auch daran, dass ich erwachsen geworden bin, ihn intensiv gepflegt und mich um ihn gekümmert habe.«

»Du kannst stolz auf dich sein, Cat.« Er sagte das vollkommen ernst. »Nicht viele Töchter hätten so gehandelt, so schwierig wie eure Beziehung war.«

Ich zuckte mit den Schultern. »Ich hatte Angst, auch ihn zu verlieren. Das hätte ich nicht ertragen. Ich werde ihm morgen von dir erzählen, und du kommst das nächste Mal mit, okay?«

Noah presste die Lippen zusammen und schüttelte den Kopf. »Ich weiß nicht, ob das eine gute Idee ist. Dein Vater ist nicht gut auf uns zu sprechen. Sag ihm lieber nichts von mir.«

»Warum? Wie meinst du das?«

»Na ja, wir sind ziemlich schnell fortgezogen, und soweit ich mich erinnere, waren noch einige Monatsmieten offen. Zumindest habe ich damals gehört, wie Mom so was erwähnt hat. Abgesehen davon neigen Väter dazu, die Jungs, die ihren Töchtern das Herz gebrochen haben, nicht gerade mit offenen Armen zu empfangen.«

Jetzt wurde mir einiges klar, und ich musste kichern. »Hast du etwa Angst vor ihm?«

Seine Kieferknochen mahlten. »Na ja, ich kann mir Schöneres vorstellen, als von einem Ex-Polizei-Chef in die Mangel genommen zu werden.«

»Das wird er schon nicht, keine Sorge. Und was die Miete betrifft: Das ist doch längst Schnee von gestern. Er hat damals nur ein paarmal geflucht, weil er keinen Nachmieter für das Haus gefunden hat, aber das hat nichts mit euch zu tun.« Noah nickte und senkte den Blick. »Und, wie sehe ich aus?«, fragte ich, um ihn auf ein anderes Thema zu lenken. Ich hob ihm mein Gesicht entgegen und bewegte es nach links und rechts, damit er sich davon überzeugen konnte, dass alle meine Verletzungen inzwischen verheilt waren. Er musterte mich lange und kritisch.

»Also, wenn man von dem Strich hier und hier absieht ...« Blitzschnell malte er neue Linien auf mein Gesicht und lachte lauthals los.

Ich hatte nicht gemerkt, dass er den Marker wieder in die Hand genommen hatte. »Noah! Nicht!«

Wir kicherten und lagen uns in den Armen. Irgendwann wurde er wieder ernst und sah mich lange an. »Du bist wunderschön, Catwoman.«

Wärme stieg in mir auf. In meinem Magen flogen die Schmetterlinge, die das Licht in mir mit ihren Flügeln weiter anfachten.

»Wenn du morgen zu deinem Vater gehst, werde ich Dylan bitten, dich zu begleiten.«

Ich winkte ab. »Lass ihm doch seinen heiligen Sonntag. Ich frage Inma. Dort in der Nähe wohnt eine Bekannte, die sie in der Zwischenzeit besuchen kann.«

»Okay.«

Am nächsten Tag fuhren Inma und Spike mich ins Heim. Abends wollten sie mich wieder abholen. Die Sonne brannte erbarmungslos, und die Temperaturen waren schon am

Vormittag rapide angestiegen. Die Regenwolken hatten sich verzogen, und der Himmel präsentierte heute ein tiefes Azurblau. Der Absatz meiner Schuhe klackerte laut über den weißen Marmorboden, und mein langes lockiges Haar wippte mit jedem Schritt. Kurz grüßte ich die Empfangsdame, die mich schon kannte. Sie winkte zurück, und ich lief die schier endlosen Flure entlang, bis ich die Fürstensuite erreichte. Ich klopfte an, doch mich empfing nur Stille. Langsam öffnete ich die Tür einen Spalt und lugte hinein.

»Dad?«

Das Appartement war verlassen. Ich stieß die Tür ganz auf und sah mich um. Vielleicht war er auf der Toilette? Ich stellte den Kuchen auf dem Tisch ab und schaute im Badezimmer nach, aber auch hier war er nicht. War er in den Park gegangen? Kurz warf ich einen Blick durchs Fenster. Musik drang vom Pavillon zu mir. Bestimmt war er draußen. Ich verließ sein Appartement und sah mich nach Personal um. Niemand war in der Nähe. Erst am Ende des Ganges entdeckte ich ein bekanntes Gesicht.

»Hallo, Sean. Wissen Sie, wo meinen Vater ist?«

»Hallo, Ms. Spence. Ist er nicht auf seinem Zimmer?«

»Nein. Dort habe ich gerade nachgeschaut.«

Verdutzt verzog er den Mund und stieß seinen Atem aus. »Es sieht ganz danach aus, dass er sich wieder nicht abgemeldet hat.«

Ich horchte auf. »Was soll das heißen ›wieder‹?«

»In letzter Zeit kommt es öfter vor, dass er sich davonschleicht.« Sean trat von einem Bein aufs andere. Er war einer von Dads persönlichen Betreuern, und die Situation war ihm sichtlich unangenehm.

»Und das sagen Sie mir erst jetzt?«

»Ihr Vater kann sich frei bewegen, aber da er auf gewisse

Pflege angewiesen ist, sollte er sich wenigstens abmelden. Er kennt die Hausregeln.« Ich seufzte tief. Sean kam auf mich zu.

»Darf ich offen sprechen, Ms. Spence?«

»Natürlich.«

»Ich glaube, dass es Ihrem Vater in den letzten Tagen nicht gutging.«

»Verweigert er wieder Therapien?«

»›Verweigern‹ ist das falsche Wort. Die empfohlene Psychotherapie lehnt er nach wie vor ab, und bei den körperlichen Übungen ist er nicht mehr so aktiv. Ich befürchte, dass er in eine Depression fallen könnte. Wenn ich ihn motivieren will, reagiert er aggressiv. Ich glaube, er ist in einer Phase, in der ihn alles frustriert. Das ist kontraproduktiv für die Heilungserfolge. Ihr Vater könnte viel mehr von seiner Selbstständigkeit zurückerlangen, wenn er sich mehr auf unsere Therapien einlassen würde.«

Ich nickte nachdenklich. Vielleicht fühlte er sich einsam. »Hat er immer noch keinen Kontakt zu anderen Bewohnern?«

»Nein. Er lehnt jeden Versuch ab.«

Hätte ich mich mehr um ihn kümmern sollen? Ich hatte zwar oft mit ihm telefoniert, aber mir war nichts Ungewöhnliches aufgefallen – im Gegenteil, ich fand sogar, dass er zufriedener klang als sonst. »Danke, Sean. Ich werde mit ihm reden.«

Ich wandte mich ab und suchte weiter nach Dad. Ich sah in allen öffentlichen Räumlichkeiten nach und ging dann in den Park.

***

Bei dem schönen Wetter war draußen einiges los. Die Sonne blendete mich, als ich den Außenbereich betrat. Mit der Hand schirmte ich meine Augen ab und ließ den Blick über die Parkanlage gleiten. Im Pavillon fand ein Konzert statt, und ich suchte im Publikum nach ihm – nichts. Auf der anderen Seite saßen Bewohner unter Sonnenschirmen vor dem Café, aber auch hier konnte ich ihn nicht ausmachen. Bestimmt war er beim Teich. Meistens waren wir dort, weil er das Wasser liebte.

Ich machte mir Sorgen. Der Pfleger hatte gesagt, dass er in letzter Zeit öfters verschwand, ohne Bescheid zu geben. Das sah ihm gar nicht ähnlich. Sein ganzes Leben hatte aus Vorschriften und Regeln bestanden, an die er sich stets zu einhundert Prozent gehalten hatte.

Mein Blick wanderte über den kleinen See, hinüber zu den angrenzenden Gebäuden, die ebenfalls zur Lakewood Residenz gehörten. Dann sah ich ihn. Sofort rannte ich los.

»Dad!« Er hörte mich nicht und steuerte auf einen der Eingänge zu. »Warte!« Etwas außer Atem erreichte ich ihn. Der Rollstuhl kam abrupt zum Stehen. »Hey Dad!«, sagte ich fröhlich.

Er starrte mich an. Seine Pupillen irrten aufgeregt über mein Gesicht, als müsste er überlegen, wer ich war.

Ich beugte mich zu ihm hinunter und berührte seine Hand – sie war eiskalt. »Dad, ich bin es, Catherine.«

Er schluckte und senkte den Blick. Er zitterte und wirkte gereizt.

»Was machst du hier?«, fragte er tonlos und mit erstaunlich deutlicher Aussprache.

Er zog seine Finger aus meiner Hand und faltete sie in seinem Schoß. Anders als sonst war seine Stimme kräftig und tief, beinahe wie früher. Keine Regung lag in seinen Zügen. War er enttäuscht, mich zu sehen? Zumindest wusste er, wer ich war.

Streng schaute er zu mir auf, und seine Haltung erinnerte mich an die Zeit, als er noch der eiserne und hartherzige Polizei-Chef gewesen war.

»Na, ich bin wieder gesund und besuche dich. Was machst du hier?«

»Darf man noch nicht mal mehr seine Wohngegend auf eigene Faust erkunden?«, knurrte er übellaunig. »Ich bin schließlich kein Gefangener.«

»Natürlich darfst du das, aber du weißt doch, dass du einem Pfleger Bescheid geben sollst.« Ich warf einen Blick zum Gebäudeeingang. ›Haus Sonnenland‹ stand auf dem Schild an der Eingangstür. Soweit ich wusste, war das der Teil der Lakewood Residenz, in der Leute mit psychosomatischen Erkrankungen lebten.

»Du hast recht, das habe ich vergessen«, lenkte er plötzlich sanfter ein und nuschelte wieder.

»Was wolltest du denn hier?«

»Och, nichts Bestimmtes. Schön, dich zu sehen, Kind.« Es war, als hätte er einen Schalter umgelegt. Seine kühle Art war verschwunden, und er entspannte sich. Dann steuerte er den Rollstuhl Richtung See, blieb nach einigen Metern stehen und drehte sich zu mir. »Was ist, hast du was Gebackenes mitgebracht?«

»Natürlich«, murmelte ich und schloss zu ihm auf.

Wie üblich wollte er die Zeit am Wasser verbringen. Kurz eilte ich zu Sean zurück, informierte ihn, dass ich meinen Vater gefunden hatte, und holte den Kuchen aus dem Appartement. Zurück bei Dad setzte ich mich auf die Bank. Von seiner Anspannung war nichts mehr zu sehen.

»Erzähl, wie läuft es mit den Übungen?«, fragte ich vorsichtig.

»Gut. Sean und Dr. Chad sind zufrieden mit mir. Du siehst übrigens toll aus. Scheinst dich erholt zu haben«, lenkte er vom Thema ab. Es war offensichtlich, dass er nicht darüber reden wollte.

»Es hat zwar ein wenig länger gedauert, aber jetzt bin ich wieder fit. Dad, ehrlich gesagt mache ich mir Sorgen.«

»Warum?«

»Sean hat erzählt, dass du öfter vergisst dich abzumelden, und dass du müde wirkst, was deine Übungen betrifft. Was ist los?«

»Ich finde, ich mache meine Sache gut. Ich will gesund werden, dafür arbeite ich hart an diesem krüppeligen Körper«, verteidigte er sich, aber Verbitterung und Frust schwangen in seiner Stimme mit.

Mein Herz wurde schwer. Er war schon ein paarmal durch seinen Zustand in Depressionen verfallen. Jedes Mal ergriff mich Panik, weil es mich an Becky erinnerte, die ihre Krankheit perfekt zu verstecken gewusst hatte, bis es zu spät gewesen war. Noch mal würde ich das nicht ertragen.

Ich riss mich zusammen, wollte mich nicht zu sehr hineinsteigern. Es war doch verständlich, dass man sich seinen gesunden und vitalen Körper zurückwünschte, und der Verlauf eines Heilungsprozesses beinhaltete auch Rückschritte oder einen Stillstand. Ich sollte ihn aufheitern, statt ihn zu kritisieren.

Ich legte meine Hand wieder in seine. Diesmal war sie warm. »Das wird schon, Dad. Du machst alles ganz wunderbar. Ich bin sehr stolz auf dich. Sieh nur, was du bisher alles geschafft hast.« Nickend blickte er aufs Wasser, aber mein Lob konnte ihn nicht erheitern. Vielleicht sollte ich ihn auf andere Gedanken bringen. »Willst du mal etwas völlig Verrücktes hören?«

»Und was?«, nuschelte er.

»Rate mal, wer ebenfalls im *Empire Heaven* arbeitet. Da kommst du nie drauf.« Endlich schaute er interessiert zu mir. »Noah Holder, besser gesagt Noah *Graham* Holder.«

Dad machte große Augen und brauchte einen Moment, um diese Neuigkeit zu verarbeiten. Vielleicht erinnerte er sich nicht mehr.

»Noah«, flüsterte er dann und starrte auf einen Punkt hinter mir in der Ferne.

Ich erzählte ihm eine abgespeckte Version der Wahrheit. Er musste ja nicht gleich heute erfahren, wie eng ich wieder mit Noah befreundet war.

»Hast du ihm verziehen?«, wollte Dad wissen, als ich ihm alles berichtet hatte.

»Nach den anfänglichen Schwierigkeiten hatten wir ein klärendes Gespräch und … ja, das habe ich.«

»Schön zu hören, dass seine Mutter fußfassen und eine neue Familie gründen konnte.« Er wollte noch etwas hinzufügen, aber es kam nur unverständliches Gebrabbel heraus.

»Das stimmt«, stimmte ich fröhlich zu. »Sie hat Schlimmes durchmachen müssen mit ihrem ersten Mann. Erinnerst du dich an Mr. Graham?«

»Natürlich.« Dad verspannte sich. »Der Kerl hat nur Probleme gemacht. Und Noah arbeitet im Sicherheitsservice des Hotels?«

»Ja, seit zwei Jahren oder so.«

»Kaum vorstellbar.«

»Du sagst es. Er hat sich sehr verändert. Wenn du willst, kann ich ihn das nächste Mal mitbringen. Er würde sich freuen, dich wiederzusehen.«

»Seid ihr wieder so enge Freunde wie damals?«, überging Dad meine Frage.

»Mehr oder weniger schon, ja.«

Er nickte stumm. »Lies mir jetzt bitte weiter aus dem Buch vor, Liebes.«

»Klar.«

Im Grunde verlief der Nachmittag wie immer. Das Einzige, was mir auffiel, war, dass er einen erschöpften Eindruck machte. Er wäre beinahe eingeschlafen, während ich ihm vorlas. Ich brachte ihn zurück in sein Zimmer, wo er sich hinlegen wollte. Es war ohnehin Zeit zu gehen, Inma und Spike würden mich bald abholen.

»Dad?« Ich deckte ihn mit dem dünnen Laken sorgfältig zu.

»Ja?«

Ich strich ihm über sein Haar. »Bitte pass auf dich auf.«

»Mir geht es gut, Kleines. Ich habe hier alles, was ich brauche ... Es wird alles wunderbar werden, du wirst sehen«, sagte er schon im Halbschlaf.

Sein Atem wurde langsamer, und er schlief ein. Noch eine Weile blieb ich bei ihm und sah in sein faltiges Gesicht. Ich liebte ihn so sehr und würde alles tun, um ihm seinen Kummer zu erleichtern, aber es gab Dinge, die niemand beeinflussen konnte.

Nachdenklich verließ ich sein Zimmer und schlenderte durch die Empfangshalle. Ich schrieb Inma, dass sie sich gleich auf den Weg machen konnten.

»Ähm ... Ms. Spence?«, rief mich die Empfangsdame, die hinter dem Schalter saß.

»Ja?« Ich lief zu ihr.

Sie lächelte freundlich. »Das wurde für Sie hier abgegeben.«

Sie streckte mir einen Briefumschlag entgegen. Ich nahm ihn an. »Für mich?«

»Ja. Der junge Mann, meinte, es wäre sehr wichtig, dass Sie den erhalten, bevor Sie gehen.«

Ein dumpfes Gefühl beschlich mich, als ich den Umschlag öffnete. Mein Herz raste, als ich die Karte erkannte. Mit angehaltenem Atem las ich den Text.

Freunde kommen und gehen im Leben, Catherine.
Gefahr droht überall.

21

Cat

»Stimmt etwas nicht?« Die Empfangsdame schaute mich besorgt an, während ich mich hektisch umsah.

Panik schlich durch meine Glieder. Außer dem Portier vor der Tür und der Dame hinter der Glasscheibe war niemand hier. Trotzdem stellten sich meine Nackenhaare auf.

»Wer hat Ihnen das gegeben und wann?«, fragte ich mit zitternder Stimme.

Unsicher schob sie ihre Schultern vor. »Es war ein junger Mann, vor ungefähr einer Stunde.«

»Und wie sah er aus?«

»So genau weiß ich das nicht mehr. Ich würde sagen, er war groß und hatte braunes fransiges Haar.«

Scheiße, Scheiße, Scheiße! Was sollte ich jetzt tun? Er wusste, dass ich hier war, und ich war allein – noch. Inma und Spike müssten eigentlich schon da sein. Ich lief zum Ausgang, spähte durch die Scheibe zu den parkenden Autos. Der Portier musterte mich, dann wurde seine Aufmerksamkeit auf die Straße gelenkt. Er kräuselte die Stirn, und ich folgte seinem

Blick. Erst konnte ich nichts erkennen, dann ging ich zu ihm hinaus und hörte jemanden weinen.

»Inma!«

Sie rannte uns schreiend und sich immer wieder umschauend entgegen. Ich hastete zu ihr, und sie brach in meinen Armen zusammen.

»Spike! Ein Typ hat Spike und eine Waffe. Er hat ihn entführt«, keuchte sie außer sich. »Oh Cat, er wird ihn umbringen! Ich habe solche Angst!« Sie stand völlig unter Schock und zitterte.

»Was ist geschehen?«

»Wir standen an einer Ampel, da hat ein Typ mit einer Waffe die Fahrertür geöffnet, Spike mehrmals auf den Kopf geschlagen und mich gezwungen auszusteigen. Dann ist er mit Spike einfach davongerast.«

Fassungslos hielt ich sie in meinen Armen, und die Worte, die ich auf der Karte gelesen hatte, drangen in mein Bewusstsein:

Freunde kommen und gehen im Leben, Catherine.
Gefahr droht überall.

Mein Magen krampfte. Die Angst machte unbändiger Wut Platz, und am liebsten hätte ich aufgebrüllt, doch ich riss mich Inma zuliebe zusammen.

»Rufen Sie die Polizei und einen Krankenwagen«, sagte ich zum Portier, der alles mitangehört hatte. Ich versuchte, nicht in Panik zu verfallen, fingerte mein Handy aus der Tasche und wählte Noahs Nummer.

Sofort ging er ran. »Hey Babe.«

»Noah, ich habe eine neue Nachricht bekommen, und Spike wurde entführt.«

»Was? Ruf sofort die Polizei.«

»Die ist schon unterwegs.«

»Wo bist du jetzt?«

»Ich bin mit Inma vor dem Gebäude der Lakewood Residenz.«

»Geht rein und wartet dort auf die Polizei. Ich bin sofort bei euch.« Er legte auf.

Wenige Minuten später näherten sich Sirenen. Inma konnte sich kaum beruhigen und schluchzte hemmungslos. Was sollte ich sagen? Dass alles gut werden würde? Ich hatte selbst eine Scheißangst um Spike. Wohin führte dieser Wahnsinn? Wer war der Kerl und was bezweckte er mit seinen abartigen Taten? All diese Drohungen mit den blauen Rosen und den Übergriffen. Was wollte er? Die Ungewissheit machte mich krank.

Die Sanitäter versorgten Inma, und allmählich ließ ihr Zittern nach. Detective Weather tauchte auf. Ich gab ihm die Karte, und Inma schaffte es, eine umfassende Aussage zu machen. Dazu waren wir in einen Kastenwagen der Polizei gebeten worden. Ich hielt Inma während der ganzen Zeit fest. Auch die Empfangsdame wurde vernommen. Der Portier war zu dem Zeitpunkt, als der Täter die Lakewood Residenz betreten hatte, pinkeln gewesen und konnte nichts zu seiner Person sagen. Die Beschreibung der Empfangsdame und die von Inma waren identisch. Der Rosenstalker und der Mann, der Spike entführt hatte, waren ein und dieselbe Person.

Weather veranlasste eine Fahndung. Die Überwachungskameras wurden ebenfalls gecheckt. Ein Beamter spielte die Aufnahme an einem Laptop ab und zoomte das Gesicht des Mannes näher ran. Gebannt starrte ich auf den Bildschirm, aber der Kerl war mir unbekannt, und überhaupt waren charakteristische Züge nur schwer zu erkennen.

»Kennen Sie ihn?«, fragte Detective Weather.

Inma schüttelte den Kopf, während ich an die Nacht zurückdachte, als er mich angegriffen hatte. Aber alle Erinnerungen daran waren dunkel und voller Schmerz.

Der Officer schwieg und kritzelte etwas auf seinen Block. »Gut, das wäre dann alles. Bitte kommen Sie morgen aufs Revier, um Weiteres zu besprechen.«

»Sie müssen ihn finden«, sagte Inma flehend, und neue Tränen strömten über ihre Wangen.

Ich hielt sie stützend im Arm; mehr konnte ich nicht tun. Ich betete, dass man Spike unbeschadet wiederfinden würde.

»Wir geben unser Bestes, Ms. Rodea. Sie hören von uns.« Weather öffnete die Schiebetür des Wagens und ließ uns aussteigen.

Noah und Dylan waren mittlerweile auch gekommen und standen bei zwei Polizeibeamten. Als sie uns entdeckten, kamen sie sofort zu uns.

»Cat!« Noah küsste meine Schläfe, und die Anspannung wich aus meinem Körper. Er sah mich an, wollte etwas sagen, doch brachte kein Wort heraus. Er wandte sich an Inma und umarmte sie ebenfalls. Er raunte ihr tröstende Worte ins Ohr, und sie nickte schniefend. »Kommt, wir bringen euch weg von hier.«

Noah stützte Inma. Niemand redete. Die Angst um unseren Freund war unsagbar groß. Uns war klar, dass der Rosenstalker skrupellos war und vielleicht nicht mal vor Mord zurückschreckte. Schließlich hatte er mich zusammengeschlagen und meinem Schicksal überlassen. Jetzt hatte er Spike in seiner Gewalt. Ich hoffte inständig, dass dieser Albtraum bald ein Ende haben würde.

Vor den Unterkünften hatten Maja, Paolo, Mike und Taylor auf uns gewartet. Maja und ich kümmerten uns um Inma. Wir kochten Tee und beschlossen, bei ihr zu bleiben, bis die Polizei neue

Nachrichten hatte. Es tat mir weh, sie so zu sehen. Vom Weinen waren ihre Augen geschwollen, und noch immer war sie kreideweiß. Sie hatte sich wie ein Kind in ihr Bett gekuschelt, Spikes T-Shirt fest an sich gedrückt, und war irgendwann eingeschlafen. Leise verließen wir ihr Zimmer. Schlafen war das Beste, was sie tun konnte.

Im Wohnzimmer saßen Dylan, Paolo, Mike und Taylor auf dem Sofa. Noah stand am Fenster.

»Wir können doch nicht hier rumsitzen und nichts tun! Ich meine, der Wagen kann sich ja nicht in Luft auflösen«, sagte Taylor hitzig.

»Und was willst du tun?«, wollte Mike wissen.

»Wir könnten uns verteilen und durch die Straßen fahren, oder nicht?«

»Und die Mädchen alleinlassen? Das kommt überhaupt nicht infrage«, wies Dylan den Vorschlag entschieden ab.

»Das finde ich auch zu gefährlich. Wir haben doch keine Ahnung, was der Kerl plant und ob er Komplizen hat«, mischte sich Paolo ein.

»Sorry, Leute, ich muss mal an die Luft.« Ich kannte Noah gut genug, um zu wissen, wie machtlos er sich fühlte, da er nichts tun konnte. Das machte ihn fertig.

Er verließ Inmas Wohnung. Ich wusste genau, wie es ihm gerade ging. Da war diese unbändige Wut, die man nicht herauslassen konnte. Wir waren dem Stalker hoffnungslos ausgeliefert, und er trieb seine Spielchen mit uns. Noah hasste es; die Hilflosigkeit fraß ihn auf.

Ich war mir zwar nicht sicher, ob er mit mir sprechen würde, aber dennoch wollte ich ihm nachlaufen. Dylan hielt mich sanft zurück. »Lass nur, Cat, ich mach das schon.«

Er ging hinaus. Ich stand am Fenster und beobachtete, wie Noah unten vor dem Wohnblock auf und ab tigerte.

Ich überlegte fieberhaft, wer als Stalker infrage kam. Welcher gottverdammte Idiot hasste mich genug, um meinen Freunden und mir so etwas anzutun? Niemandem traute ich diese Verbrechen zu – nicht mal Mason, mit dem ich mich als Kind hin und wieder geprügelt und der mir ewige Rache geschworen hatte.

Kurz bevor ich Pleasant Hill verlassen hatte, war er mit dem Streifenwagen an mir vorbeigefahren, hatte »Mach's gut, Cat. Bis bald« gerufen und mir zugewunken. Stolz hatte der Stern auf seiner Brusttasche in der Sonne gefunkelt. Ich musste grinsen, dass ausgerechnet er nun der stellvertretende Sheriff unseres Ortes war. Die alte Kinderfehde war längst vergessen.

Was Ashley betraf: Wir waren uns meist aus dem Weg gegangen. Ich hatte sie ohnehin kaum mehr gesehen, da ich auf dem College gewesen war. Ich wusste von meiner Mutter, dass sie nach ihrem Unfall bei ihrem Vater in Wisconsin lebte und von den Drogen losgekommen war. John, ihr Ex-Freund, hatte früher schon mit illegalen Substanzen experimentiert, war erwischt und verknackt worden. Aber das war Schnee von gestern. Inzwischen lebte er in Portland, und seine Eltern erzählten oft von seinem Job als Immobilienmakler.

Wir waren alle älter und vernünftiger geworden – erwachsen eben. Nach Beckys Tod und Dads Schlaganfall war mein Leben ruhiger verlaufen. Ich jobbte und kümmerte mich um meinen Vater. Nicht mal meiner Mutter lag ich groß auf der Tasche. Alles, was ich wollte, sparte ich mir zusammen, legte keinen Wert mehr auf schöne Kleidung oder Make-up. Ich crashte keine Partys mehr, und überhaupt führte ich ein einfaches, stilles Leben in einem kleinen Palast.

Die meisten ehemaligen Schulkollegen hatten mich längst vergessen, Pleasant Hill den Rücken gekehrt und sich in alle Teile des Landes verstreut. In meinem Kopf war nur Leere, wenn ich über einen möglichen Rosenstalker-Kandidaten nachdachte. Niemandem traute ich so etwas zu. Und neben all den Gedanken fragte ich mich, ob es vielleicht doch ein Fehler gewesen war, nach San Francisco zu kommen.

Maja trat neben mich, und wir sahen gemeinsam zu den Jungs. »Ich weiß, was in dir vorgeht, aber du darfst dir nicht die Schuld dafür geben, Cat.«

Sie war eine verdammte Gedankenleserin. »Ein wenig tue ich das schon. Vielleicht war es falsch, herzukommen. Seit ich hier bin, ist es wie in einem Albtraum, aus dem ich nicht aufwachen kann«, gab ich zu. »Ich habe erst meine beste Freundin und jetzt auch ihren Freund in Gefahr gebracht. Wenn Spike etwas zustößt, wird Inma mir nie verzeihen … und ich mir auch nicht.«

»So darfst du nicht denken, Cat. Ja, es ist gerade schwierig, und ja, da läuft einer draußen rum, der ziemlich durchgeknallt zu sein scheint, aber du bist genauso ein Opfer, vergiss das nicht.«

Egal, was Maja sagte, dieses miese Gefühl blieb. Vielleicht bestrafte mich das Schicksal für etwas, dessen ich mir nicht bewusst war. Fakt war: Mein Leben war die reinste Katastrophe.

***

Die anderen Jungs verließen ebenfalls die Wohnung und tauchten unten bei Dylan und Noah auf. Sie standen diskutierend zusammen, während Maja und ich unseren Gedanken nachhingen. Scheinwerfer blendeten mich, und meine Aufmerksamkeit wurde auf einen Wagen gelenkt, der in unsere Straße einbog. Langsam, fast in Schrittgeschwindigkeit näherte sich das Auto und hielt vor dem Schiebetor. Auch die Jungs vor der Haustür verstummten und schauten hinüber.

Jemand stieg aus. Er hatte eine Kapuze tief ins Gesicht gezogen, stellte sich wie in einem schlechten Horrorfilm breitbeinig und völlig regungslos hin und starrte in unsere Richtung. Dann öffnete er die hintere Wagentür, aber ich konnte nicht genau erkennen, was er tat. Er zerrte etwas aus dem Auto heraus und ließ es auf den Asphalt fallen. Als ich das rote Hemd erkannte, wurde mir ganz heiß und schwindelig.

»Oh mein Gott, liegt da etwa Spike?!«, entfuhr es Maja.

Mein Mund war so trocken, dass ich nur nicken konnte. Hektisch versuchten wir das Fenster zu öffnen, um runterzuschreien, doch Noah hatte die Situation erkannt, löste sich bereits aus der Gruppe und rannte auf den Typen zu.

Dann ging alles rasend schnell. Noah brüllte etwas, aber durch das geschlossene Fenster konnten wir nicht hören, was es war. Der Typ sprang wieder in den Wagen. Bevor Noah ihn erreichen konnte, gab er Gas und fuhr mit quietschenden Reifen davon. Taylor warf Noah etwas zu. Noah stürmte zur Straße, schwang sich auf ein Motorrad und raste dem Auto hinterher.

»Ich ruf einen Krankenwagen«, zischte Maja und zog schon ihr Handy aus der Tasche.

Ich musste wissen, ob Spike noch am Leben war. Gerade wollte ich zur Tür hinaus, als Inma polternd aus dem Schlafzimmer kam. »Was ist passiert? Haben sie Spike gefunden?«

»Komm mit«, rief ich.

Wir stürzten beide die Treppen hinunter, dabei erklärte ich ihr kurz, was geschehen war. Unten angekommen, wollte sie zu dem leblosen Körper am Schiebetor rennen, doch Mike hielt sie zurück. Inma schrie, und mein Herz zog sich zusammen.

»Beruhig dich, Inma. Er lebt, aber das Arschloch hat ihn ziemlich übel zugerichtet. Noah hat die Verfolgung aufgenommen. Hoffen wir, dass er den Scheißkerl erwischt.«

Ich wusste nicht, ob ich erleichtert sein oder Angst haben sollte.

»Warum lässt du mich nicht zu ihm? Mike, bitte!«, schrie

Inma verzweifelt. Sie weinte und versuchte sich aus seinem Griff zu befreien.

Mike warf mir einen vielsagenden Blick zu, der mir alles vermittelte, was ich wissen musste. Inma würde den Anblick nicht ertragen können.

Leise rief sie immer wieder seinen Namen. Ich nahm ihr Gesicht in meine Hände. »Inma, du musst jetzt stark sein, hörst du? Hilfe ist unterwegs.«

Dicke Tränen strömten über ihre Wangen, die ich wegwischte, während sie mich ansah. Sie zitterte, presste die Lippen aufeinander und nickte.

22

Noah

*E*s war wie eine Kampfansage, als der Typ Spikes leblosen Körper aus dem Wagen warf. Provozierend und breitbeinig stand er da, starrte in unsere Richtung und kam sich mächtig überlegen vor. Er legte es wirklich darauf an.

Wie von selbst rannte ich los. Als ich näherkam und erkannte, dass Spike sich nicht rührte, zogen sich meine Eingeweide zusammen. Hinter mir hörte ich die Jungs brüllen.

Der Kerl wartete nur auf eine Reaktion. Auf den letzten Metern sprang er in den Wagen und haute ab. Ich beugte mich über Spike. Fuck! Sein Gesicht war geschwollen und blutverschmiert, und er lag in einer unnatürlichen Haltung am Boden.

»Ruft einen Krankenwagen und die Polizei«, schrie ich, richtete mich auf und sah noch, wie das Schwein die Straße hochfuhr. Dylan und die anderen schlossen zu mir auf. »Die Motorradschlüssel, Taylor!«

Ohne zu zögern, warf er sie mir zu. Ich wetzte zum Bike, stülpte den Helm auf und gab Vollgas. Die Chance, den Kerl einzuholen, war gering, aber ich musste es versuchen. Von

Weitem sah ich die roten Rücklichter am Ende der Straße. *Ihn nicht entkommen lassen, ihn nur nicht verlieren*, hämmerte es wie ein Mantra durch meinen Kopf. Dabei war mir klar, welches Risiko ich einging.

Ich war so voller Adrenalin, dass ich die kalte Luft des Fahrtwinds kaum spürte. An der Hauptstraße angekommen, schlängelte ich mich an unzähligen Autos vorbei. Ich suchte nach dem Wagen und entdeckte ihn auf der Abfahrt zur Schnellstraße stadtauswärts. *Hab ich dich, Arschloch!* Ich biss die Zähne zusammen und gab Gas. Schnell schloss ich zu ihm auf. Als ich auf gleicher Höhe war, versuchte ich ihn abzudrängen, doch der Kerl ließ sich nicht so leicht einschüchtern. Er konterte in meine Richtung, und ich musste aufpassen, dass ich nicht stürzte. Dann drückte er aufs Gas. Entschlossen blieb ich an ihm dran und startete einen neuen Versuch, ihn auszubremsen. Der Kerl ließ die Scheibe herunter und richtete eine Waffe auf mich. Ich bremste, und ein Schuss dröhnte durch die Luft. Kurz überlegte ich, was ich tun sollte. Spikes zu Brei geschlagenes Gesicht und Cats ängstlicher Ausdruck tauchten vor meinen Augen auf. Ich konnte nicht zulassen, dass er ungestraft davonkam. Ich *musste* es riskieren.

Der Verkehr wurde dichter, und aus der Ferne hörte ich Sirenen. Erneut gab ich Gas. Diesmal entschloss ich mich für die andere Seite und drängte ihn gegen die Leitplanke. Das Geräusch von quietschendem Metall war zu hören, und der Idiot ballerte noch mal drauflos. Plötzlich riss er das Lenkrad herum, um mich zu rammen. Dabei kam er ins Schlingern und knallte auf einen Felsen.

Wie in Zeitlupe sah ich, wie der Wagen dagegenschmetterte, sich in der Luft drehte und mit dem Dach nach unten die Straße entlangschlitterte. Funken sprühten, Glas splitterte. Das Hupen der Autos und Quietschen der Reifen war ohrenbetäubend.

Im letzten Moment konnte ich den Lenker herumreißen und dem Chaos ausweichen. Mein Herz raste, als ich zum Stehen kam. Atemlos starrte ich auf das Auto, stieg entschlossen vom Bike und näherte mich ihm.

Ein Reifen drehte sich noch. Überall lagen Scherben. Im Inneren nahm ich Bewegung wahr. Der Kerl versuchte sich zu befreien. Angetrieben von unbändiger Wut riss ich die Fahrertür auf, packte ihn am Kragen und zog ihn heraus. Er wollte mir einen Haken verpassen, aber ich war schneller. Meine Sicherungen brannten durch, und meine Faust landete direkt in seinem Gesicht. Er fiel zu Boden, doch das reichte mir nicht.

Ich zog ihn wieder herauf. »Wer bist du? Und was willst du von ihr?«

Er lachte kehlig. »Fick dich.«

Sein dreckiges Lachen würde ihm gleich vergehen. Mit Cats Verletzungen, dem Horror, den er ihr wochenlang angetan, und dem, was er mit Spike gemacht hatte, vor Augen, schlug ich wie von Sinnen auf ihn ein. Erst als wir von brüllenden Polizisten, die mit Waffen auf uns zielten, auseinandergezerrt und zu Boden gedrückt wurden und ich die Handschellen klicken hörte, wachte ich aus dem Blutrausch auf, der mich beinahe zum Mörder hatte werden lassen. Es war sein Glück, dass man mich aufgehalten hatte – ich hätte ihn getötet.

Detective Weather und Dylan tauchten auf, und der Beamte gab die Anweisung, mir die Handfesseln abzunehmen. Der Kerl – er war wieder bei Bewusstsein – wurde abgeführt.

»Das war sehr riskant, Mr. Holder. Sie hätten sich nicht in die polizeilichen Ermittlungen einmischen dürfen«, meinte Detective Weather im Wagen, auf dem Weg zum Department.

»Hätte ich ihn etwa entkommen lassen sollen? Ich habe die Chance gesehen und sie genutzt.«

Natürlich war die Sache gefährlich gewesen, aber ich hatte

aus einem Impuls heraus gehandelt. Das Endergebnis war das Wichtigste: Es war endlich vorbei. Der Rosenstalker war gefasst – jetzt musste ich nur noch erfahren, wer er war und warum er Cat das Leben so schwergemacht hatte.

Während Weather den Kerl vernahm, warteten Dylan und ich auf dem Revier. Es war einiges los. Ständig wurden verhaftete Personen jeden Alters hereingeführt, die man in unterschiedliche Bereiche des Departements brachte.

»Ich kann nicht glauben, dass du den Kerl geschnappt hast. Wenn die Jungs das hören, steigst du endgültig in den Heldenolymp auf.« Dylan klopfte mir auf die Schulter.

»Was zählt, ist, dass der Kerl hinter Gittern sitzt und so schnell auch nicht wieder rauskommt.«

Er nickte. »Cat und Spike müssen dir ja viel bedeuten, wenn du so ein Risiko eingehst.«

Mürrisch blickte ich zu ihm auf. Abwehrend hob er die Hände und grinste. »Hey, schau mich nicht so an. So habe ich dich einfach noch nie erlebt. Ist es dir ernst mit ihr?«

»Sie war mir schon immer wichtig.«

»Mr. Holder? Detective Weather will Sie beide sprechen«, unterbrach uns eine junge Polizistin.

Wir erhoben uns und folgten ihr in den Vernehmungsraum, wo der Detective auf uns wartete.

»Meine Herren, nehmen Sie Platz.« Er deutete auf zwei Stühle. »Wir haben seine persönlichen Angaben überprüft und ein umfassendes Geständnis von ihm vorliegen. Sagt Ihnen der Name Samuel Branham etwas?«

Ich schüttelte den Kopf. »Noch nie gehört.«

Weather schob mir die Aussage von Branham zu, und ich las sie. Als ich auf den Namen des Auftraggebers stieß, riss ich erstaunt die Augen auf.

»Aus Ihrer Reaktion kann ich schließen, dass Sie den Auftraggeber kennen, Mr. Holder?«

»Allerdings.«

»Wir haben eine entsprechende Festnahme in die Wege geleitet«, fuhr Weather fort. »Ich würde gern Ms. Spence sprechen. Ist sie noch im Krankenhaus?«

»Ja, ich denke schon«, antwortete Dylan, der mich neugierig ansah.

Er hatte immer noch keine Ahnung, worum es ging. Ehrlich gesagt, ich auch nicht. Ich gab alles, was ich wusste, zu Protokoll, dann machten wir uns auf den Weg in die Klinik.

23

Cat

*D*er Wartebereich war trostlos. Graue Stühle, kalk-
weiße Wände und ein Wasserspender, der hin und
wieder ein gluckerndes Geräusch von sich gab, trugen nicht gerade zu einer beruhigenden Atmosphäre bei.

Seit zwei Stunden wurde Spike operiert. Die Sanitäter hatten
ihn sofort in den OP geschoben. Inma, Taylor, Maja, Paolo und
ich warteten auf Nachrichten, die uns von der Anspannung er-
lösen sollten. Inma hatte sich gefangen, aber mit jeder Minute,
die verging, wuchs ihre Angst, dass sie ihn verlieren könnte.

»Ich hole mir einen Kaffee. Wollt ihr auch etwas?«, fragte
Taylor.

Kaum merklich schüttelten wir mit dem Kopf. Nur Maja, die
sich aus Paolos Armen löste, stand auf. »Ich komme mit. Ich
muss mir die Beine vertreten.«

Ich sah ihnen nach, wie sie den Flur hinunterschlenderten. Ich
dachte an Noah und wie verrückt es war, dem Rosenstalker auf
eigene Faust hinterherzujagen. Es war mutig, aber auch leichtsinnig und riskant gewesen.

Das Warten wurde zur Qual. Ich umklammerte mein Handy, um keinen Anruf zu verpassen. Die Ungewissheit fraß mich auf. Jedes Mal, wenn die elektrischen Glastüren aufglitten, hielt ich die Luft an.

Spike und Noah. Noah und Spike.

Nie könnte ich es mir verzeihen, wenn etwas schiefging. Allein der Gedanke verdunkelte alles in mir. Orientierungslos suchte ich nach dem Licht, das nur Noah in mir entfachen konnte. Panik brodelte in mir auf, dass es für immer erloschen war.

Ein Blick auf Inma genügte, und mich packte eine Welle der Ungeduld, die mich wieder an den Anmeldetresen der Krankenschwester trieb. Die arme Frau war schon ganz genervt von mir und verzog den Mund, als sie mich zum sechsten Mal an ihrer Theke registrierte. Sie seufzte und wollte mich gerade mit der Bitte, mich weiter zu gedulden, an den Platz zurückbeordern, da glitten die Glastüren auf.

Uniformierte Polizisten kamen herein. Dahinter entdeckte ich Detective Weather mit Noah und Dylan. Ein riesiger Gesteinsbrocken fiel mir vom Herzen. Ohne Umschweife lief ich Noah in die Arme, und er presste mich fest an sich. Tief nahm ich seinen vertrauten Duft in mir auf. Die kleine Flamme erleuchtete wieder alles. Meine Gefühle sprudelten über, und ich hatte stumme Dankesgebete auf den Lippen.

»Gott! Ich hatte solche Angst um dich«, flüsterte ich.

»Es geht mir gut.« Ich hauchte viele kleine Küsse auf seinen Mund. »Was ist mit Spike?«

»Er wird noch operiert. Du blutest«, sagte ich irritiert.

»Das ist nichts.« Er sah mich eindringlich an. »Es ist vorbei, Cat. Wir haben das Schwein.«

Ich brauchte einen Moment, bis ich seinen Worten Glauben schenken konnte.

Detective Weather räusperte sich. »Wir haben eine Festnahme, genauer gesagt bald zwei.«

»Wer ist es? Welcher Mistkerl steckt dahinter?«, fragte Inma, die jetzt wach und völlig bei der Sache war.

»Der Mann heißt ...« Der Detective las den Namen von seinem Notizblock ab. »Kennen Sie ihn, Ms. Spence?«

Alle Blicke wanderten zu mir. Ich schüttelte den Kopf. »Nein.«

»Er ist nicht allein dafür verantwortlich. Es gab einen Auftraggeber.« Er blätterte in seinen Notizen. Gebannt wartete ich auf einen mir bekannten Namen. »Ein gewisser John Wickster.«

Mir entgleisten die Gesichtszüge. John? Nein. Das war unmöglich.

Unsicher blickte ich zu Noah, der genauso finster auf mich herabsah. »John? ... Aber ... Warum?«

»Das werden wir noch herausfinden.«

Ich konnte es nicht fassen. Nach unserer Highschoolzeit hatte ich ihn kaum gesehen. Gut, ich hatte ein paarmal was mit ihm gehabt, aber im Grunde waren wir nie Freunde gewesen. Ich hatte keinen Streit mit ihm, nichts, was den Hass, den er gegen mich hegte, und die Taten rechtfertigen würde. Das ergab keinen Sinn.

»Er ist hier in San Francisco und wird gerade festgenommen«, verkündete Weather.

Mein Kopf war wie leergefegt. Ich hatte den jungen, gutaussehenden und sportlichen John vor Augen. Wie war das möglich?

»Es ist vorbei, Cat. Er kann dir jetzt nichts mehr tun.«

Ich nickte, aber so tröstlich der Gedanke auch war, es stellte sich keine Erleichterung ein. Noch immer wussten wir nicht, wie es um Spike stand, und Johns Gründe lagen im Dunkeln.

»Sind Sie die Angehörigen von Mr. Simon Curtis?« Fragend sah ein Arzt mit einem Klemmbrett in den Händen zu uns.

Inma war die Erste, die reagierte. »Ja, hier. Ich bin seine Verlobte«, log sie.

»Ich bin Dr. Murphy. Mr. Curtis hat die Operation gut überstanden, ist aber noch auf der Intensivstation. Seine Verletzungen waren erheblich. Er hat viel Blut verloren, und einige innere Organe wurden verletzt, aber ich denke, er kommt wieder in Ordnung.«

Ein erleichtertes Seufzen erfüllte den Raum, und Inma weinte vor Freude. »Gott sei Dank!«

»Er braucht jetzt Ruhe, deshalb schlage ich vor, dass Sie morgen wiederkommen.«

Man konnte förmlich spüren, wie bei uns allen eine Last von den Schultern fiel.

Ich nahm Inma in den Arm. »Jetzt wird alles gut, du wirst sehen.«

Was für eine Nacht.

***

Am nächsten Morgen begleitete mich Noah ins Departement. Während der Fahrt schrieb ich mit Inma Nachrichten, und endlich gab es gute Neuigkeiten. Sie schrieb, dass Spikes Zustand sich stabilisiert und die Polizei ihren Wagen auf einem Parkplatz eines Einkaufszentrums entdeckt hatte. Inmas Erleichterung las ich in jedem ihrer Worte.

Als wir das Büro des Detectives betraten, war ich ein wenig nervös. Meine Finger waren eiskalt vor Aufregung. Aufmunternd zwinkerte Noah mir zu.

»Guten Morgen, Ms. Spence. Wie ich höre, ist Mr. Curtis auf dem Wege der Besserung«, grüßte uns Detective Weather.

Mehrere leere Pappkaffeebecher standen auf seinem Schreibtisch. Die letzte Nacht schien auch bei ihm einige Spuren hinterlassen zu haben. Er sah müde aus. Ein weiterer Polizist kam in sein Büro.

»Ja, Gott sei Dank.« Wir schüttelten uns die Hände.

»Bitte setzen Sie sich doch.« Er deutete auf die beiden freien Stühle.

Es folgte das übliche Prozedere. *Wie war aus meiner Sicht der gestrige Abend abgelaufen? Wann hatte ich John Wickster das letzte Mal gesehen? Wie war mein Verhältnis zu ihm? Bla bla bla ...* Aber was mich brennend interessierte, war sein Motiv. Weather stellte Fragen, ich antwortete, sein Kollege tippte.

»Leider verweigert er die Aussage. Ich schätze, sein Anwalt hat Wickster dazu geraten.« Verbissen sah Weather von mir zu Noah.

»Er muss doch irgendwas gesagt haben.«

»Nein, nichts, aber machen Sie sich keine Sorgen. Er ist vorbestraft, und die Beweise sind eindeutig. Man wird ihn verurteilen.«

»Und sein Komplize?«, fragte Noah, der genauso frustriert darüber schien, nichts über die Hintergründe zu erfahren.

»Er hat gestanden und wird zusätzlich als Belastungszeuge auftreten. Durch sein Handy konnten wir die Verbindung zu Wickster nachweisen und auch in seiner Wohnung Beweise sichern. Er gab Branham Anweisungen, die dieser für Geld ausgeführt hat. Branhams Aussage belastet Wickster schwer, deshalb hat der zuständige Richter keine Kaution festgesetzt. Er bleibt in Haft. Der Kerl wird diesmal für lange Zeit einfahren.«

Erleichtert atmete ich aus, auch wenn es mich frustrierte, nicht zu wissen, warum John mir das alles angetan hatte.

»Ich will mit ihm sprechen«, sagte ich entschlossen.

»Was?«, entfuhr es Noah. »Auf keinen Fall!«

Weather schüttelte den Kopf. »Das ist nicht möglich.«

»Wieso nicht? Vielleicht kann ich ihn dazu bringen, endlich den Mund aufzumachen.«

»Sie sind ein Opfer, Ms. Spence, Sie sollten nicht –«

»Genau, meine Freunde und ich sind seine Opfer, und wir haben das Recht zu erfahren, was in seinem kranken Hirn vorgeht.«

»Detective Weather hat gesagt, dass du vor diesem Schwein sicher bist. Tu dir das nicht an, Cat.« Besorgnis klang in Noahs Stimme.

Ich legte eine Hand auf seinen Arm. »Ich habe keine Angst vor ihm.« Entschlossen schaute ich von Noah zu Weather. »Vielleicht kann ich ihn zum Reden bringen.«

Der Detective schürzte die Lippen und rieb sich den Nacken. »Ich weiß nicht, Ms. Spence.«

»Einen Versuch ist es wert.« Abwartend sah ich Weather an, und je länger er darüber nachdachte, desto besser schien ihm die Aussicht auf ein paar Hintergründe zu gefallen. »Sind Sie sicher, Ms. Spence?«

»Ja. Ich meine, er kann mir hier nichts tun, oder?«

»Nein, natürlich nicht. Na gut, Sie bekommen Ihr Gespräch.«

Wenige Minuten und einen Anruf später saß ich in dem Raum, in dem ich John begegnen sollte. Noah war besorgt und hatte versucht, Weather zu überreden, ebenfalls anwesend sein zu dürfen, aber darauf hatte sich der Detective nicht eingelassen. Er erklärte ihm, dass die Chance größer war, etwas von Johns Motiven zu erfahren, wenn ich mit ihm allein war. Sie würden von einem angrenzenden Zimmer aus alles beobachten.

Nervosität schlich sich durch meinen Körper, als ich mich setzte. In dem Verhörraum waren keine Fenster. Es gab einen Tisch und Stühle, und ich entdeckte die Überwachungskamera, von der Weather erzählt hatte. Niemand musste mir sagen, was der Spiegel links von mir zu bedeuten hatte. Dahinter waren Noah und Weather. Ich rieb meine Handflächen an meiner Jeans ab, während ich gegen die Aufregung ankämpfte. Auf keinen Fall wollte ich John zeigen, wie stark mich seine kranken Aktionen mitgenommen hatten.

Schritte und Stimmen waren von draußen zu hören. Als die Tür aufging, hielt ich den Atem an. Mit einem herablassenden Blick beobachtete ich, wie John in Begleitung zweier Polizisten den Raum betrat. Der Anblick seines orangefarbenen Overalls und seiner fixierten Hände tat gut. Keine Ahnung, was ich erwartet hatte, aber sicher nicht, dass er mich freundlich anlächeln würde. Er wurde zum Tisch geführt und auf den freien Stuhl mir gegenüber gesetzt. Es war seltsam, ihn so zu sehen. Herrgott! Alles an ihm wirkte so vertraut und doch wieder nicht. Wir waren miteinander aufgewachsen, kannten uns schon ewig, und jetzt saß ein Verbrecher vor mir.

Sein Kopf war kahlrasiert, sodass seine grauen Augen, die mich wie die eines Wolfes belauerten, deutlich hervorstachen. Ich hatte Mühe, meine Gefühlsregungen vor ihm zu verbergen, und schaute ihn so kalt an, wie ich nur konnte.

»Was willst du, Cat?«, fragte er ausdruckslos, als sich die beiden Beamten neben ihm postiert hatten.

»Wie wäre es mit einer Erklärung?« Unentwegt hielt er meinem Blick stand, sagte aber kein Wort. »Worum ging es? Geld? Oder ist es etwas Persönliches? Verletzte Eitelkeit, weil ich dich damals abserviert habe? Oder haben die Drogen dir das Hirn vernebelt, und du bist total durchgeknallt?«

Er lachte leise. »Du hast dich kein Stück verändert, Cat. Du bist genauso arrogant wie eh und je.«

Er wollte mich provozieren, doch ich versuchte, so ruhig wie möglich zu bleiben. »Tja, ich würde sagen, dein Plan ist nicht aufgegangen. Mir geht es gut. Ziemliches Scheißgefühl, oder?«

Er grinste dämlich und sah mich weiter unentwegt an, was mich ehrlich gesagt immer nervöser machte. Wie konnte ich ihn so reizen, dass er was ausplauderte?

»Ich glaube, du kapierst nicht, in welcher Situation du steckst. Nach unserem Gespräch werde ich dieses Gebäude verlassen, mein Leben in San Francisco genießen und keine Sekunde mehr an dich und dein erbärmliches Spielchen verschwenden, während du hinter Gittern verrotten wirst.«

Um meinen Worten Nachdruck zu verleihen, fügte ich ein selbstgefälliges Grinsen hinzu.

»Da könntest du recht haben, Kitty-Cat«, murmelte er und nickte.

Ich ignorierte diesen verhassten Spitznamen. Ich hatte es noch nie leiden können, wenn man mich so nannte. Es war seltsam, dass er sich kaum regte, ganz gleich, was ich sagte. Es schien, als wäre für ihn alles bedeutungslos. Seine Gleichgültigkeit ließ mich stutzen. War ihm sein Leben so egal? Er musste total verrückt sein. Vor mir saß nicht der John, den ich von zu Hause kannte. In seinem Gesicht lag Härte und etwas, das mir fremd war. Seine Augen bohrten sich kalt, abgebrüht und gefühllos in meine.

»Du hast versucht, mir Angst einzujagen, hast mich zusammenschlagen lassen, sogar vor meinen Freunden nicht Halt gemacht. Und jetzt … jetzt hat man dich geschnappt, und du sitzt im Knast. Aus welchem Grund hast du das alles getan?«

»Was glaubst du denn, Kitty-Cat?«

Er wollte mich aus der Reserve locken, deshalb ermahnte ich mich, besonnen zu reagieren. »Geht es um die Kohle meiner Eltern?«

Sein selbstgefälliges Grinsen nervte mich langsam. Plötzlich beugte er sich zu mir über den Tisch, wurde aber sogleich von den Polizisten zurückgedrängt und auf Abstand gehalten »Mich hat euer Drecksgeld noch nie interessiert.«

»Was dann?«

Er schaute kurz zum Spiegel und richtete sich wieder an mich. »Gut … Ich wollte schon immer wissen, wie es sich anfühlt, wenn man seine verhasste Schwester auf dem Dachboden mit einem Strick um den Hals findet. Hast du gelächelt, als du sie hängen gesehen hast?«

Krampfhaft krallte ich mich am Stuhl fest, um nicht über den Tisch zu springen und ihm meine Faust in die Fresse zu schlagen.

»Du Scheißkerl, wovon zum Teufel redest du da?«, presste ich stattdessen hervor.

Wie kam er jetzt auf Becky? Was hatte sie damit zu tun?

»Warst du es vielleicht, die sie dazu getrieben hat? Ich erinnere mich noch gut an die Nacht, als du dich flennend von mir hast trösten lassen, weil deine Mum dir nicht die Beachtung geschenkt hat, die Becky bekommen hat. Du hast ziemlich übel über deine Schwester gesprochen.«

Ich erinnerte mich daran. Das war ein paar Wochen nach Beckys Beerdigung. Ich hatte getrunken, war unfassbar wütend gewesen und hatte einen Freund gebraucht. Ein Fehler, den ich leider nicht rückgängig machen konnte. »Was willst du damit sagen?«

»Hast du dich nie gefragt, was der Grund war, warum sie sich das Leben genommen hat? Vielleicht konnte sie dich nicht länger ertragen.«

Tausendmal hatte ich mir das Hirn zermartert. Manchmal war es unerträglich gewesen, es nicht zu wissen, es nie zu erfahren. Über Jahre hatte mich diese Frage gequält und zermürbt, ebenso meine Familie.

Mein Herz klopfte wild. Wusste er mehr? Aber woher? Becky

hatte sich nie mit den Jungs aus der Highschool abgegeben – schon gar nicht mit John. Nachdem sie gehört hatte, dass er mit Drogen experimentierte, war sie mir in den Ohren gelegen, mich von ihm fernzuhalten. Fakt war: Becky hatte definitiv Geheimnisse gehabt, aber bisher war ich davon ausgegangen, dass sie sie mit ins Grab genommen hatte.

»Was willst du damit andeuten? Was hattest du mit meiner Schwester zu tun?«

»Ich frage mich nur, wie das ist, wenn man die Schwester, die bei allen so beliebt war und der man nie das Wasser reichen konnte, auf dem Dachboden mit einem Strick um den Hals findet.«

Ich kämpfte gegen das Bild der Dachkammer an und schluckte hart. Unter keinen Umständen durfte ich Schwäche zeigen, aber er machte es mir schwer, nicht aus der Haut zu fahren.

Er bohrte weiter. »Hat es dich sehr geärgert, dass du nach ihrem Tod trotzdem nicht Daddys Liebling warst?«

Ich ballte die Fäuste und biss die Zähne zusammen. »Das ist nicht wahr. Ich habe Becky geliebt.«

»Geliebt? Was für eine Schwester warst du, dass du ihre Sorgen noch nicht einmal bemerkt hast? Nein, du hast nur an dich selbst gedacht, während sie total verzweifelt war.«

»Ihr Tod war das Schlimmste für mich«, verteidigte ich mich.

Die Worte, die ganz Pleasant Hill damals hinter vorgehaltener Hand getuschelt hatte, drangen wieder in mein Bewusstsein. Deutlich sah ich die vorwurfsvollen Blicke unserer Nachbarn, der Lehrer in der Schule und all der Leute, die uns kannten.

»Vielleicht hast du ihr das Leben zur Hölle gemacht?«

Ich bebte. Ja, ich war wütend auf sie gewesen, und ja, ich hatte sie verflucht, weil sie feige gewesen war und sich den Problemen nicht gestellt hatte, aber am meisten hatte mich verletzt, dass ich die Becky, die an dem Seil hing, nicht gekannt hatte. Diese Person war eine Fremde für mich, die einen dunklen Teil vor mir verborgen gehalten hatte.

Kopfschüttelnd und um Fassung ringend fixierte ich ihn. »Du weißt gar nichts von mir.« Lachend warf er den Kopf in den Nacken. »Wenn du etwas über die Umstände ihres Todes weißt, dann sag es.«

Langsam ließ er seinen Kopf kreisen, schloss dabei die Augen und seufzte. »Nichts für ungut, Cat.« Er wandte sich an einen Beamten. »Bringen Sie mich in meine Zelle zurück.«

Verwirrt starrte ich ihn an. Panik peitschte in mir auf. So konnte er das Gespräch nicht beenden! Ich brauchte ein paar Antworten, irgendetwas!

»John, warte! Was haben deine Übergriffe mit Becky zu tun? Sag es mir!«, flehte ich in einem verzweifelten letzten Versuch. »Wieso glaubst du, dass ich etwas mit Beckys Tod zu tun hatte?«

Er erhob sich. Die Polizisten griffen ihn am Arm und führten ihn zur Tür.

Ich stand ebenfalls auf. »John? Bitte!«

Er drehte sich noch einmal zu mir um. »Aber Kitty-Cat, ich weiß doch genauso viel wie du«, säuselte er beinahe feierlich. Zufriedenheit breitete sich auf seinem Gesicht aus, als er sah, wie aufgelöst ich war. Er hatte noch mehr quälende Fragen in mein Hirn gepflanzt und ließ mich wie ein Fisch am Haken zappeln. »Lass die Vergangenheit ruhen und genieß dein Leben … wenn du kannst. Leb wohl, Kitty-Cat.«

Ich sah ihm nach, wie er, eine Melodie pfeifend und mit einem belustigten Grinsen, aus der Tür ging.

24

Cat

/ch war völlig durcheinander und musste mich setzen. Johns Worte sickerten tief in mich hinein. Es war, als würden sie einen Vorhang in mir aufziehen und die Erinnerungen wieder hervorzerren.

Es gab nur wenige Menschen, die wussten, wie viele Vorwürfe ich mir damals gemacht hatte. Ich hatte Teilschuld an ihrem Tod, so wie wir alle. Lange Zeit hatten die Schuldgefühle mein Leben bestimmt und an mir genagt. Es war ein stetiger Kampf gewesen, den ich allein ausgefochten hatte. Es tat weh, so unglaublich weh. Mein Herz war umklammert von Johns eiskalter Faust, die mich daran erinnerte, dass ich einen Teil zu ihrem Tod beigetragen hatte. Ich war zu eigensinnig, zu blind und überheblich gewesen, um zu merken, wie es wirklich um meine Schwester gestanden hatte. Das hatte mich beinahe um den Verstand gebracht, und all die Gedanken, die mich damals beschäftigt hatten, fluteten jetzt durch meinen Kopf.

Wieso hatte John von Beckys Tod gesprochen? Wusste er etwas? Wusste er mehr als alle anderen?

Es war unerträglich. Als warme Hände nach mir griffen und Noahs Gesicht vor mir auftauchte, verblassten die Erinnerungen.

»Vergiss, was er gesagt hat, Cat. Er hat das absichtlich getan, um dich zu verletzen.« Noahs sanfte Stimme holte mich in die Realität zurück.

»Wie kann er behaupten, ich hätte sie nicht geliebt?«

Noah griff nach meinen Schultern. »Es war ein Bluff, nichts weiter. Er hat nach etwas gesucht, womit er dich provozieren kann. Er wollte sich nur wichtigmachen. Der Typ ist krank.«

»Und was, wenn er mehr von Becky weiß?«

Vehement schüttelte er den Kopf. »Das glaube ich nicht. Er hat sich ein paar Dinge zusammengereimt und ein Spiel daraus gemacht. Er hat geblufft, Cat.«

Ein Bluff, um mich zu tyrannisieren?

Egal, was Noah sagte, Johns Psychospielchen zeigten Wirkung. Die Zweifel, die Ungewissheit und die Angst, dass er mehr über die Umstände von Beckys Tod wusste, fraßen mich auf.

In den Monaten nach der Beerdigung hatte ich mich einsam gefühlt. Ich war von Becky und Noah verlassen worden. Millionenmal fragte ich mich, ob sie mich je geliebt hatten. Ja, ich verachtete sie beide, weil sie beschlossen hatten, fortzugehen. Als Dad krank wurde, brach ich in Panik aus. Ihn durfte ich nicht auch noch verlieren! Erst mit dem Entschluss, zu ihm nach San Francisco zu ziehen, war die dunkle Tapete in mir ein winziges Stück eingerissen und hatte Platz für Neues gemacht.

Ich schluckte den bitteren Geschmack herunter. »Ich habe sie geliebt«, flüsterte ich. »Sie war meine große Schwester. Ich kann es nicht ertragen, dass sie so unglücklich war und ich nichts von ihrem Kummer bemerkt habe. Selbst nach all den Jahren tut es noch so weh.«

»Sie hat dich auch geliebt, Cat, sogar sehr.«

»Woher willst du das wissen? Sie hat mich verlassen, ohne ein Wort zu sagen. Sie hat mir nicht vertraut – so wie du.«

Noah biss die Zähne zusammen, und Schmerz flackerte in seinen Augen auf. Er atmete tief ein, und seine Muskeln spannten sich an.

»Das ist nicht wahr, Cat. Sie hat dich sehr geliebt, genau wie ich.« Er sagte es sanft, eindringlich und so sicher, dass ich ihm glaubte – glauben *musste* –, weil die Worte sich wie Balsam anfühlten.

Sie vertrieben die Zweifel, die John in mir gesät hatte. Dicht an Noahs Brust gedrückt, verließen wir das Departement.

Stundenlang redeten wir über Becky. In Johns krankem Hirn hatte sich die Idee festgesetzt, dass ich für Beckys Selbstmord verantwortlich war. Selbst wenn das stimmen würde, was kümmerte ihn das? Was hatte er mit Becky zu tun? Und was meine Schwester betraf, machte Noah mir klar, dass es ihre Art gewesen war, mich zu beschützen. Sie hatte mich vor ihrer Dunkelheit bewahren wollen.

Die ganze Nacht hatten Noah und ich die Erinnerung an Becky wieder lebendig werden lassen, und erst mit der Morgendämmerung schlief er ein. Tief in Gedanken lag ich still neben ihm und beobachtete, wie sein Brustkorb sich gleichmäßig hob und senkte. Bei ihm war ich sicher, fühlte mich geborgen.

Er war es gewesen, der mich wieder aus dem nebelhaften Sumpf herausgezogen hatte. Noah war zurück in mein Leben gekommen, und er hatte recht gehabt: Die sechs vergangenen Jahre waren nicht spurlos an uns vorbeigegangen. Aber wie es aussah, konnten wir tatsächlich an unsere frühere Verbundenheit anknüpfen. Ich empfand tiefe Dankbarkeit, aber auch grenzenlose Zuneigung für ihn. Oder Liebe?

Das Wort echote in mir, und je länger ich darüber nachdachte, desto mehr verschwand der Spaß, den hauptsächlich er in dem ›Plus‹ unserer Beziehung sah. Still und heimlich hatte sich dieses süße Gefühl in mich geschlichen, und mit einem Mal sah ich klar.

Ich war drauf und dran, mich in Noah Holder zu verlieben.

Ich hatte keinen Schimmer, wie das hatte passieren können. Das Gefühl war so intensiv wie dunkle Schokolade, lebendig wie das tosende Meer und kompliziert wie eine Steuererklärung.

Ich lächelte und wollte es am liebsten herausschreien, doch dann erinnerte ich mich, dass er klar gesagt hatte, dass er sich niemals auf eine Liebesbeziehung einließ. Wenn er mit mir schlief, fühlte es sich an, als gäbe es keine andere Frau in seinem Leben. Noah war ein Mann, der jede Gelegenheit für Sex nutzte. Sein Appetit war unersättlich. Er schenkte mir seine ganze Aufmerksamkeit, ohne zu viel von sich preiszugeben. Seine Geheimnisse blieben mir verborgen, aber mit jedem Tag wurde der Wunsch nach Klarheit stärker.

***

Die Wochen rauschten geradezu an uns vorbei, und endlich normalisierte sich alles. Der Rosenstalker und sein Komplize saßen im Knast, und meine Freunde und ich waren in Sicherheit. Johns verrückte und völlig haltlose Aussagen belasteten mich nicht länger, und ich verschwendete auch keine Gedanken mehr daran. Sollte er doch im Gefängnis verrotten. Ich wollte nach vorn schauen, mir endlich ein eigenes Leben aufbauen und versuchen, in San Francisco Fuß zu fassen. Ich war freier denn je.

Innerlich ballte ich zufrieden eine Siegerfaust, denn alles roch nach einem Happy End. Ich hatte ein Dach über dem Kopf, konnte meinen Vater besuchen, hatte Freunde gefunden und war über beide Ohren in Noah verliebt.

Noah war frech, witzig und meine ganz persönliche Freiheit. Unsere Verbundenheit war stark wie nie. Nur manchmal war er verschlossen, distanziert, seltsam abweisend, wenn er nachts von seinen Albträumen aufwachte. Dann spürte ich die Mauer zwischen uns, deren Steine ich nicht einzureißen vermochte. Für unsere Freunde waren wir ein Paar, doch nicht mal Inma hatte ich erzählt, dass Noah mich im Grunde nicht an sich heranließ. Sein Geheimnis, dass er sich hin und wieder für Geld prügelte, hatte ich ihr auch nicht anvertraut. Noah hatte recht: Je weniger Leute davon wussten, desto besser.

Es gab Tage, da war ich von meinen Gefühlen hin- und hergerissen. Wir waren kein Liebespaar im klassischen Sinne, sondern Freunde mit gewissen Vorzügen – genauso, wie er es gesagt hatte. Auch wenn ich mir insgeheim eine feste Beziehung wünschte, wusste ich, dass ich ihn nicht unter Druck setzen durfte, sonst könnte ich ihn verlieren.

»Was hast du vor?«, fragte ich lachend, als er mir die Augen mit einem Tuch verband.

Er hatte mich mit einem Frühstück im Bett überrascht und dann unter die Dusche gezerrt, wo er sich ausgiebig um mich gekümmert hatte. So könnte ich mir alle meine Geburtstage vorstellen: heiß und mit seinen Händen auf meinem Körper.

»Das wirst du schon noch sehen. Vertrau mir.«

Er zog die beiden Enden der Augenbinde zu und führte mich in den Hausgang. Huckepack trug er mich die Treppen hinunter, während ich mich kichernd an ihm festhielt. Wir fuhren mit dem Auto, und nach wenigen Minuten hatte ich die Orientierung verloren. Wir parkten, und er half mir aus dem Wagen.

Die Luft roch salzig, und ich hörte Wellen rauschen. Ganz in der Nähe kreischten Möwen. »Wir sind am Strand, richtig?«

»Kluges Mädchen«, sagte er, nahm meine Hand und führte mich über einen Steg. Der Sand war warm und das Wetter herrlich für einen Strandausflug. Jetzt mischte sich ein rauchiges Aroma zur salzigen Meeresluft, und Noah blieb stehen. »Bist du bereit, Babe?«

»Mach schon, ich platze gleich vor Neugier!«, quengelte ich in freudiger Erwartung.

Er nahm mir die Augenbinde ab, und ich brauchte einen Moment, bis sich meine Augen an das Sonnenlicht gewöhnt hatten.

»*Happy Birthday, Cat!*«, rief ein riesiger Chor applaudierend.

»Das ist deine Überraschungsparty, Babe«, raunte er mir leise zu.

Alle waren da: Inma, Spike, Maja, Paolo, Dylan, Taylor, Mike, einige Kollegen aus dem Restaurant und dem Hotel, Nachbarn aus dem Appartementkomplex, die ich in der Zwischenzeit kennengelernt hatte, sogar Grandpa Bambam und zwei seiner Freunde.

Sie hatten ein großes Lagerfeuer entzündet und einen Pavillon mit einem Büfett aufgebaut. Musik erklang aus irgendwelchen Lautsprechern, und bunte Luftballons und Girlanden hingen zwischen den Palmen. Ich war vollkommen überwältigt. Inma setzte mir einen Blumenkranz auf.

»Damit jeder weiß, dass du heute unsere Hauptperson bist«, flüsterte sie und zwinkerte.

»Verrückte Henne!«

Wir lagen uns in den Armen.

»Leute, bevor ihr über meine Enkelin herfallt, will ich ein paar Worte an sie richten«, verkündete Grandpa und trat aus der Menge. Er nahm meine Hände. »Meine liebe Cat, wir haben uns heute hier versammelt ...«, begann er feierlich. Ich bekam schon große Augen vor Schreck. Alle brachen in Gelächter aus. »Quatsch! Diese Rede kommt heute noch nicht. Vielleicht irgendwann?« Ich rollte mit den Augen, und er zuckte vielsagend mit den Brauen. »Heute ist zwar dein Geburtstag, aber einige waren der Meinung, dass das der perfekte Tag wäre, um deinen Neubeginn zu feiern. Deshalb haben sie eine Überraschungsparty für dich organisiert. Diesen wunderschönen Strand haben sie gewählt, damit du weit aufs Meer hinausschauen und die Vergangenheit hinter dir lassen kannst. Wir sind die Gäste, damit du nur in fröhliche und glückliche Gesichter blickst, die dich mögen und lieben. Happy Birthday, Zuckersternchen.«

Jetzt lief tatsächlich eine winzige Träne aus meinem Auge. Schnell warf ich mich in seine Arme, während die anderen applaudierten und die Musik wieder einsetzte. Ein Neuanfang hörte sich fantastisch an – endlich den ganzen Mist der letzten Monate hinter mir lassen.

»Moment! Wartet!«

Der Beat, der gerade eingesetzt hatte, erstarb, und alle Augen richteten sich auf Spike. Inzwischen hatte er sich von den Verletzungen gut erholt, und man merkte ihm nichts mehr an. Er kam auf mich zu, und diesmal trug er für seine Verhältnisse beinahe normale Kleidung. Kurze Shorts, Badelatschen, aber ein Hemd, das er bis oben zugeknöpft hatte. Sein wuscheliges Haar war vom Wind zerzaust und seine Wangen gerötet. Er war nervös. Irritiert blickte ich zu Inma, die genauso ahnungslos war wie ich.

»Cat«, begann er. »Ich bin verliebt wie noch nie in meinem Leben.« Um mich herum wurde getuschelt. Was, um Himmels willen, hatte er vor? Inma war kreidebleich, und auch ich hatte ein mulmiges Gefühl im Magen. »Ich weiß, du bist für Inma wie eine Schwester. Du bist der Mensch, der ihr am nächsten steht. Weil ihre Eltern heute nicht hier sind, will ich dich um deinen Segen bitten, um die Hand deiner Freundin anzuhalten.«

Was?!

Inma sog scharf die Luft ein und schlug die Hände vor den Mund. Perplex starrte ich von Spike zu ihr und war total überrumpelt. Er wollte sie heiraten? Aber sie waren doch erst ein paar Monate zusammen. Alle schauten mich abwartend an.

»Cat?« Spikes hoffnungsvoller Blick traf meinen. Er war nicht perfekt, manchmal sogar ein wenig chaotisch, aber er liebte sie.

Ich lächelte. »Du hast meinen Segen, Simon.« Bewusst benutzte ich seinen richtigen Namen. Eine Hochzeit war eine ernste Sache. »Wehe, du machst sie nicht glücklich, dann trete ich dir in den nichtvorhandenen Hintern.«

Wir lachten.

Erleichtert stieß er den Atem aus, umarmte mich stürmisch und sank dann vor Inma auf die Knie. Tränen liefen ihr über die Wangen, als er aus seinen Shorts ein kleines Kästchen holte. Der DJ spielte ein langsames Lied, und alle wurden still.

»Ich bin verrückt nach dir. Du bist die Frau, die mich versteht, die mich so akzeptiert, wie ich bin. Ich liebe dich. Willst du meine Frau werden, Inmaculada Penas Rodea?«

Spike blickte zu seiner Angebeteten auf, die weinend nickte und dann mit einem belegten »Ja, ich will« zustimmte. Sie kniete sich zu ihm in den Sand, und die beiden ließen sich von uns feiern.

***

Mein Blick schweifte über die Strandparty, die in vollem Gange war. Es war bereits Abend, und der Mond leuchtete heute besonders schön. Ich stand ein wenig abseits der Feier, brauchte eine Verschnaufpause.

Es war ein wunderschöner Tag gewesen. Ich hatte im Meer

gebadet, Geschenke ausgepackt, mich am Büfett ausgelassen, zuckersüße Torte gegessen und eine Verlobung gefeiert. Ein wenig wehmütig dachte ich an meinen Dad. Er hatte sich doch tatsächlich bei dem Wetter erkältet und konnte heute nicht dabei sein. Gleich morgen würde ich ihn besuchen und ihm ein Stück der Zuckertorte vorbeibringen. Noah würde wahrscheinlich wieder nicht mitkommen – er mied es nach wie vor, meinem Dad zu begegnen.

Meine beste Freundin Inma war nun verlobt. Ich konnte es immer noch nicht glauben. Stolz hatte sie allen den Ring gezeigt, den Spike ihr geschenkt hatte. Natürlich war er in den Sand gefallen, bevor Spike ihn über ihren Finger schieben konnte, was mal wieder typisch für ihn war.

Ich schaute zum Lagerfeuer, wo Noahs Kumpels saßen und sich die Rocker-Anekdoten meines Grandpas und seiner Freunde anhörten. Grandpa Bambam war ganz in seinem Element. Taylor hing ihm quasi an den Lippen. Nahe am Ufer standen engumschlungen Maja und Paolo und tanzten. Sie hatten sich zusammen mit Inma und Noah um meine Überraschungsparty gekümmert.

All diese Menschen waren mir ans Herz gewachsen. Ohne sie hätte ich die letzten Monate wohl nicht überstanden. *Manchmal ist das Leben wie eine Ketchup-Flasche: Erst kommt so gut wie nichts, dann alles auf einmal.* Ich kicherte leise und trank einen Schluck von meinem Cocktail. Der Spruch hätte von Grandpa Bambam stammen können.

»Was ist so lustig?« Noah trat an meine Seite und legte seinen Arm um meine Schulter.

»Ach, nichts.«

»Was tust du hier allein?«

»Ich denke nach.«

»Und worüber?«

»Über die letzten Monate. Es war nicht immer leicht, aber ich denke, jetzt, wo John und sein Komplize im Gefängnis sitzen, es Spike wieder gutgeht und er sogar beabsichtigt, meine beste Freundin zu heiraten, kann ich darüber nachdenken, die Vergangenheit ruhen zu lassen und nach vorn zu schauen.«

»Und was schwebt dir so vor?« Er löste sich von mir, zog mich an sich und berührte meine Nase mit seiner. Es kribbelte in meinem Bauch.

»Die Frage ist, ob du eine Rolle in meiner Zukunft spielen willst.« Forschend sah ich ihn an und hoffte, endlich die Worte zu hören, nach denen ich mich sehnte.

Seine Miene war undurchdringlich, bis er zu grinsen begann. »Du bist wie ein Stachel, Cat, der tief unter der Haut sitzt und den man nur schwer entfernen kann, also werde ich dich nicht so schnell los.«

Er lachte laut auf, als er mein zerknirschtes Gesicht sah. Das waren nun nicht die Worte, die sich ein Mädchen am Strand bei einem Sonnenuntergang wünschte.

Das war ich also für ihn? Ein Stachel? Ein fieses Ding, das man sich irgendwo einfing, nur schwer loswurde und von dem man genervt war, weil es einen quälenden Schmerz verursachte? Gekränkt knuffte ich ihm in die Rippen.

»So ist das also? Ich bohre mich tief in dein Fleisch, bis es unerträglich wehtut«, brummte ich und zwickte ihm dann in die Brustwarze.

»Aua! Schon gut«, rief er lachend, wurde aber wieder ernst. »Ich will, dass du glücklich bist, Cat. Du hast es verdient.«

»Das bin ich … fast.« Meine Unterlippe bebte, und der Kloß im Hals wurde überirdisch groß.

»Und was fehlt dir, um vollends glücklich zu sein?«

Ich senkte den Blick und kniff die Lippen zusammen, aus Angst, etwas zu sagen, das alles zwischen uns ändern könnte.

In dem Moment purzelten mir die Worte auch schon aus dem Mund. »Ich verliebe mich in dich, Noah Holder.«

Sekunden vergingen, in denen er schwieg und mich fassungslos anstarrte. Abrupt ließ er mich los, sein Gesichtsausdruck wurde hart.

Shit! Ich hätte ihm meine Gefühle nicht preisgeben dürfen. Sofort bereute ich mein Geständnis. Mein Herz brannte, drohte auseinanderzubrechen. Ich hatte nicht damit gerechnet, dass es so wehtun konnte.

Mehrfach fuhr sich Noah durchs Haar, während ich auf das unvermeidliche Ende wartete. In seinen Augen tobte ein Sturm, und ich verstand nicht, was in ihm vorging.

»Tut mir leid, dein Geständnis hat mich kurz umgehauen«, sagte er entschuldigend. Ich nickte und forschte weiter in seinem Gesicht. Was zum Teufel war los mit ihm? Ich war verwirrt. Er lachte, während sich sein Blick in meinen bohrte. »Das ist verrückt, oder?«

»Du meinst, weil du dir damals meine Liebe gewünscht hast und es jetzt umgekehrt ist?«

Er schmunzelte. »Ich hätte nie gedacht, dass das einmal passieren könnte.«

Mein Herz galoppierte. »Ist das gut oder schlecht?«

Er überlegte. »Ich würde sagen ... gut.«

Er grinste breit und sah mir tief in die Augen.

Lachend schüttelte ich den Kopf. »Heißt das, es gibt ein *Wir?*«

»Es gibt ein *Wir*, Catherine Spence«, raunte er. »Schon immer.«

Wild und ungestüm presste er seine Lippen auf meine. Der Kuss war so intensiv, dass er den letzten Rest Dunkelheit in mir endgültig zerfetzte, sein Licht mich vollkommen erhellte und alles in mir zum Strahlen brachte.

25

Cat

*E*s war ein berauschendes, leichtes und befreiendes Gefühl, das ich nicht beschreiben konnte. Noah war wie das fehlende Puzzlestück in meinem Leben. Ich war glücklich und gespannt, wie sich unsere Beziehung entwickeln würde. Morgen würde ich wieder im *Ivy Blue* arbeiten, und es fühlte sich wirklich wie ein Neustart an. Dafür sollte ich auch endlich die beiden Umzugskartons auspacken, die ich seit meinem Einzug ignoriert hatte.

Vielleicht hatte ich intuitiv auf den richtigen Zeitpunkt gewartet. Ich war angekommen, hatte einen festen Platz in San Francisco gefunden, und es wurde Zeit, mich auf mein neues Zuhause und alles, was noch kommen mochte, einzulassen.

Ich öffnete den ersten Karton und zog die hölzerne Pinnwand heraus, auf der mehrere Fotos und Erinnerungen angebracht waren. Meine alten Notizbücher mit selbstkreierten Rezepten stellte ich ins Regal. Ich entdeckte das Kuschelkissen, das mir Martha zum Abschied geschenkt hatte. Liebevoll presste ich es an mich und warf es dann auf mein Bett. Meine vermisste

Schreibtischlampe tauchte auch endlich auf. Im letzten Karton lagerten ausschließlich Bücher. Stapelweise nahm ich sie heraus und sortierte sie ins Regal ein. Den letzten großen Haufen klemmte ich unters Kinn, dabei fiel mir eines laut polternd zu Boden. Mir blieb die Luft weg, als ich es erkannte.

Das blaue Büchlein ...

Mit klopfendem Herzen hob ich es auf und fuhr mit dem Zeigefinger über die Pusteblume, die den Einband zierte. Mein Hals wurde trocken, ich war wie erstarrt. Beckys Tagebuch!

Mir wurde heiß und kalt. Wie war es in den Karton gekommen? Beim Umzug von Pleasant Hill hatte Inma mein Bücherregal ausgeräumt und alles gepackt, aber wie war es überhaupt in mein Regal gekommen? Ich erinnerte mich, dass wir Beckys Zimmer auf den Kopf gestellt hatten, um es zu finden.

Mein Herz schlug wild, als mir klar wurde, dass sich darin vielleicht ihr Geheimnis verbarg. Mein Magen krampfte. Was würde sie sagen, wenn sie wüsste, dass ich ihr Heiligtum in meinen Händen hielt? Wahrscheinlich würde sie ausflippen. Sie hatte es nie leiden können, wenn jemand in ihren Sachen stöberte. Aber jetzt war alles anders. Becky war tot und hatte uns mit schmerzvollen Fragen zurückgelassen.

Ich schob meine Gewissensbisse beiseite, zog die Schreibtischschublade auf und holte eine Schere heraus. Eine Sekunde hielt ich inne, durchschnitt dann aber die Lasche, die das Tagebuch geschlossen hielt. Im Schneidersitz setzte ich mich aufs Bett und schlug mit klopfendem Herzen die erste Seite auf. Als ich ihre geschwungene Handschrift erkannte, schossen mir Tränen in die Augen. Auf der linken Buchseite hatte sie mit einem pinkfarbenen Buntstift ein riesiges Herz gezeichnet, in dem vier Buchstaben standen.

NOAH

Mein Herz stolperte, und sekundenlang starrte ich die Buchstaben an. Becky war in ihn verliebt gewesen? Was hatte das zu bedeuten? Gierig begann ich zu lesen.

Liebes Tagebuch,

Noahs Vater hatte gestern wieder einen Ausraster. Er hat so laut gebrüllt, dass ich seine Stimme bis in unseren Park hören konnte. Ich fürchte mich vor ihm und habe Angst, dass er ihm etwas antut. Mir wird schlecht, wenn ich nur daran denke. Cat hat gesagt, dass Noah stärker ist, als wir alle glauben. Noah und Cat sind enge Freunde, und manchmal erwische ich mich dabei, dass ich eifersüchtig bin. Ich wäre auch gern Noahs Vertraute. Ich weiß genau, dass wir uns noch besser verstehen würden, weil wir uns sehr ähnlich sind. Jeden Tag beobachte ich das Haus, in dem die Grahams leben. Ich wünschte, ich könnte Noah helfen.

Liebes Tagebuch,

am Sonntag habe ich einen Auftritt. Martha hat heute mein Kleid bei der Schneiderin abgeholt, und bei der Anprobe hat Mom festgestellt, dass der Bund immer noch zu weit ist. Aber ausgeflippt ist sie, als sie einen Fleck entdeckt hat. Cat fand Moms Reaktion total übertrieben. Typisch Cat! Sie versteht nicht, dass alles perfekt sein muss. Mom hat Martha wieder zur Schneiderin geschickt, und ich habe mich in meinen Rosengarten zurückgezogen. Ich habe nur Angst, dass ich den Text der zweiten Strophe vergesse. Den kann ich mir einfach nicht merken. Ich werde noch ein wenig üben müssen.

Liebes Tagebuch,

heute hatten Mom und Dad mit Cat mal wieder Streit. Obwohl Dad die Tür zugemacht hat, habe ich jedes Wort verstanden.

Sie drohen ihr, sie in ein Internat zu schicken, wenn sie sich in der Schule nicht endlich zu benehmen weiß. Das wäre für Cat das Schlimmste.

Gestern lag die Zusage fürs College im Briefkasten. Endlich! Ich kann es kaum erwarten zu gehen. Gleichzeitig will ich auch hierbleiben. Wegen Cat. Der Gedanke, sie alleinzulassen, lässt mich kaum mehr schlafen. Am liebsten würde ich sie mitnehmen.

Ganz deutlich konnte ich ihre Stimme in meinem Kopf hören, fast so als säße sie neben mir und flüsterte mir ihre Gedanken ins Ohr.

Sie hatte Noah wirklich angehimmelt. Wieso hatte ich das nie bemerkt? Sie schilderte ihren Alltag, und gleichzeitig schockierte es mich, wie klar sie ihre Meinung niedergeschrieben hatte. Irgendwann ab der Mitte des Buches wurde es merkwürdig.

Liebes Tagebuch,

etwas stimmt nicht mit mir. Ich kenne Noah schon so lange, aber seit Neustem habe ich schweißnasse Hände, mein Mund wird trocken, und ich bekomme kein Wort über die Lippen, wenn ich ihn sehe. Was ist nur los mit mir? Ich ertappe mich, dass ich mir Zeit mit ihm allein wünsche, und bin eifersüchtig auf Cat, weil er nur Augen für sie hat. Ich muss höllisch aufpassen, dass sie nichts bemerkt.

Dabei dachte ich immer, dass ich dazu nicht in der Lage bin, dass ich zu abgestumpft wäre und nichts fühlen könnte. Selbst Pater Danham habe ich mal sagen hören, dass ich einen toten Blick hätte. Jetzt weiß ich, dass das nicht stimmt. Ich bin nicht tot, nur manchmal, aber darüber will ich nicht schreiben. Du weißt, warum.

Liebes Tagebuch,

*diesen Sommer werden Cat und ich wieder in Florida ver-
bringen. Wenn es etwas gibt, worauf ich mich immer gefreut
habe, dann sind es genau diese Ferien, endlich hier wegzukom-
men, Cat und ich. Aber diesmal ist es anders. Ich will nicht fort,
ich will Noah nicht zurücklassen. Wenn ich ihn nicht jeden Tag
sehen kann, wird alles Lebendige in mir wieder verdorren. Der
Flug ist gebucht, und Mom ist dabei, unsere Sommergarderobe
zu packen. Mom und Dad haben mir ein neues Handy geschenkt, damit ich sie immer anrufen kann. Ich fühle mich
schlecht, wenn sie mir heimlich Dinge schenken, die ich vor Cat
verbergen soll. Sie ist nicht blöd und wird sich ihren Teil dazu
denken.*

*Das nächste Wochenende im Chalet steht an. Manchmal
würde ich mich am liebsten in einem Fluss treiben lassen. Ich
stelle mir vor, wie mich das Wasser umgibt, wie ich die Arme
ausbreite und von der Strömung fortgetragen werde. Ein schöner Gedanke, denn ich weiß, ich würde nie wieder zurückkommen. Ich schäme mich.*

Liebes Tagebuch,

*es geht mir nicht gut, und ich habe Mühe, es zu verstecken.
An manchen Tagen bin ich so traurig, dass mir nicht mal meine
Blumen Freude schenken. Zurzeit kann ich es nicht ertragen,
wenn eine Tür zu ist oder wenn etwas nicht ordentlich auf dem
Tisch liegt. Irgendwo habe ich mal gelesen, dass es Zwänge
sind, unter denen ich leide. Cat ist da nicht gerade eine Hilfe.
Überall lässt sie ihre Sachen nachlässig und unaufgeräumt herumliegen. Die einzige Tür, die ich geschlossen akzeptieren
kann, ist die von ihrem Zimmer. Denn dort herrscht Chaos!*

*Ich glaube, Noah mag mich. Er hat mich mehrmals angelä-
chelt. Wenn ich in seine blauen Augen schaue, kribbelt alles in*

mir, und ich träume davon, dass er mich küsst. Wie sich wohl seine Lippen anfühlen? Ich werde ihm einen Brief schreiben, ihm sagen, dass ich mich in ihn verliebt habe.

Liebes Tagebuch,
seit zwei Tagen habe ich den Brief an Noah in meiner Tasche und traue mich nicht, ihn ihm zu geben. Jedes Mal rast mein Herz vor Aufregung. Er lächelt mich immer so süß an, und ich glaube, er will mir etwas sagen. Vielleicht traut er sich nicht, weil Cat uns ständig stört. Ich werde versuchen, endlich mit ihm allein zu sprechen.
Und es gibt schlechte Nachrichten: Es ist alles fürs College bereit, aber ich fühle mich immer kränker. Noah, ich liebe dich.

Teilweise war Beckys Handschrift so krakelig, dass ich Schwierigkeiten hatte, alles zu entziffern. Das war merkwürdig, weil sie normalerweise immer ordentlich geschrieben hatte. Ich las die Einträge und hatte das Gefühl, dass sie zwar meine Schwester gewesen war, ich sie aber in Wahrheit gar nicht gekannt hatte. Sie schrieb von einem Liebesbrief, den sie Noah hatte geben wollen. Ob sie es getan hatte? Nie hatte er ein Wort darüber gesagt. Manchen Sätzen konnte ich kaum folgen, verstand ihren Sinn nicht. Sie berichtete von Angstzuständen und dem Wunsch, nicht mehr da zu sein. Sie fühlte sich unverstanden.

Liebes Tagebuch,
jetzt weiß ich, wie seine Lippen sich anfühlen, und ich kann nicht glauben, wie schön es war. Sie sind zart und weich, ganz anders als die von ihm. *Ich könnte die ganze Welt umarmen. Noch nie im Leben war ich so glücklich. Schade, dass Noahs Eltern sich das College nicht leisten können. Ich wäre gern gemeinsam mit ihm hingegangen. Noah, ich liebe dich so sehr.*

Liebes Tagebuch,

ich weiß nicht, was ich tun soll. Meine Regel ist ausgeblieben! Die vergangenen Tage waren so unerträglich, dass ich nicht schlafen konnte. Ständig renne ich zur Toilette, weil ich die Hoffnung habe, dass ich mich täusche. Und jedes Mal, wenn ich in mein Höschen blicke, bricht Panik in mir aus und ich will mir in den Bauch boxen. Morgen werde ich versuchen, unauffällig einen Schwangerschaftstest zu besorgen.

Liebes Tagebuch,

der Test war positiv, und damit ist das Schlimmste eingetreten. Was soll ich nur tun? Was wird Noah dazu sagen? Wenn das herauskommt, werden sie mich verstoßen, mich rauswerfen. Das stehe ich allein nicht durch. Ich bin zu jung, ich weiß nicht, was ich tun soll. Es gibt keinen Ausweg. Dieses Kind darf ich nicht zur Welt bringen – niemals. Noah ... Noah ... was sollen wir nur tun?

Mit angehaltenem Atem klappte ich das Tagebuch zu. Meine Hände zitterten, und Beckys Worte hallten wie ein Echo in meinem Kopf nach. Die Erkenntnis traf mich wie ein Donnerschlag.

Becky war schwanger gewesen.

Plötzlich setzte sich alles wie ein Puzzle zusammen. Noah. Beckys Verzweiflung und ihre Angst hatten sie in den Tod getrieben. Hatte er von seiner Vaterschaft erfahren und deshalb Pleasant Hill überstürzt verlassen? War das der wahre Grund, warum er den Kontakt abgebrochen hatte? Nein, so etwas würde er doch nicht tun.

Mit sich überschlagenden Gedanken ging ich in meinem Zimmer auf und ab. Ich fand keine andere Erklärung, und plötzlich ergab alles einen Sinn.

Wieso hatte ich damals nichts davon mitbekommen? Ja, Noah konnte charmant sein, aber er war schüchtern gewesen. Wann hatte die Sache mit Becky angefangen? Wann hatten sie miteinander geschlafen? Hatten sie sich etwa heimlich getroffen? Hinter meinem Rücken? War er etwa auch mit ihr in unserer Höhle gewesen?

Wie ein feiger Mistkerl hatte er sie alleingelassen. *Scheißkerl, Mörder*, echote es in meinem Kopf. Ich konnte nicht damit aufhören. Heiße Wut schäumte in mir. Ich konnte nicht atmen, nicht klar denken. Glühende Eifersucht schlich durch meinen Körper.

Das war also sein Geheimnis. Die ganze Zeit hatte er mich belogen, mich getäuscht und hintergangen. Und ich dumme Kuh war auf ihn reingefallen.

Hektisch wischte ich meine Tränen beiseite. Meine arme Schwester! Mein Gott, wie verzweifelt musste sie gewesen sein, um solch einen Schritt zu gehen? Ich würde ihn damit konfrontieren, ihn zur Rede stellen und nicht eher Ruhe geben, bis er mir alles gesagt hatte.

26

Noah

»Okay, Mom. Ich vergesse es nicht«, versprach ich, um das Telefonat zu beenden. Ich wollte unter die Dusche. Mein Mädchen und die Aussicht auf genialen Sex machten mich ungeduldig. »Vielleicht bringe ich jemanden mit.«

In dem Moment hätte ich mich selbst ohrfeigen können, weil ich meinen Gedanken laut ausgesprochen hatte. Ich Idiot!

Ein unterdrücktes Kreischen drang durchs Telefon. »Du hast ein Mädchen gefunden? Hudson, hast du das gehört? Noah hat eine Freundin!«

Ich hatte gewusst, dass meine Mutter vor Begeisterung ausflippen würde. Das war jetzt das Top-Thema im Hause Holder. »Beruhig dich, Mom. Von Hochzeit war keine Rede.«

»Scherzkeks. Das sind aber tolle Neuigkeiten. Wer ist sie? Wie heißt sie? Sie ist doch ein anständiges Mädchen und nicht so ein Flittchen wie die, mit der ich dich mal erwischt habe?«

Mütter konnten echt anstrengend sein.

»Nein, Mom, sie ist kein Flittchen«, sagte ich seufzend und erinnerte mich sehr gern an die Geschichte von damals.

»Gut, dann bin ich ja beruhigt. Und wann kommt ihr?«

»Das weiß ich nicht, ich muss sie erst mal fragen. Außerdem sagte ich ›vielleicht‹.« Ich bereute es, das Thema überhaupt angeschnitten zu haben. »Du erfährst es rechtzeitig, okay?«

»Iiieeehhhh ... Noah küsst Mädchen?«, hörte ich im Hintergrund meinen kleinen Bruder, dicht gefolgt von mehreren Würggeräuschen, die er imitierte. Ich schmunzelte.

»Auch du wirst deine Meinung noch ändern«, meinte Mom zu Timi. »Oh, ich bin schon ganz aufgeregt. Wie ist sie so?«, fragte sie, wieder voll bei der Sache.

»Mom, ich muss jetzt wirklich Schluss machen. Ich will gleich duschen und dann zu ihr.«

»Na gut. Dann mach du mal. Hab einen schönen Abend und richte ihr unbekannterweise liebe Grüße aus.«

Im Geiste sah ich, wie Mom mich spätestens morgen wie eine Zitrone über Cat ausquetschen würde. »Mach ich. Bis bald.«

Ich schloss das Handy wieder an das Ladekabel an und eilte zur Dusche. Auf dem Weg dorthin unterdrückte ich ein Lachen, weil ich mir Moms verdutztes Gesicht vorstellte, wenn sie Cat nach so langer Zeit wiederbegegnete. Ich zog mich aus und wollte gerade unter den heißen Wasserstrahl steigen, als mein Handy erneut klingelte.

Was war denn heute nur los? Erst Dylan, dann Mom und jetzt wieder. Kurz überlegte ich, den Anrufer einfach zu ignorieren, schaltete das Wasser aber aus und lief nackt, wie Gott mich geschaffen hatte, ins Wohnzimmer. »Hallo?«

»Holder, hast du Dauertelefonitis oder was?«, fragte Reid – Billys rechte Hand.

»Tja, ich bin eben ein vielbeschäftigter Mann. Was gibt's?«

»Der Boss verlangt nach dir.«

»Heute? Keine Chance. Auf mich warten eine Dusche, ein wunderschönes Mädchen und fantastischer Sex.«

»Hört sich gut an, aber du weißt, dass er es nicht leiden kann, wenn man ihn warten lässt.«

»Sorry, nicht heute.«

»Das wird ihn nicht gerade erfreuen.«

Billy konnte ein fieser Hund sein, erst recht, wenn er schlechte Laune hatte.

»Was will er denn?«

»Ich glaube, er macht sich Sorgen, weil du dich eine Weile nicht mehr hast blicken lassen. Beim nächsten Kampf geht es um viel Kohle.«

»Das weiß ich. Ich komme demnächst vorbei. Richte ihm das aus.«

Ich legte auf, ging wieder zurück ins Badezimmer und schaltete endlich das Wasser ein. Die Kämpfe waren illegal, und jedes Mal, wenn ich mich in den Käfig sperren ließ, setzte ich alles aufs Spiel: meinen Job und meinen Ruf. Dylan und Taylor hatten mich oft gedeckt, wenn ich mal wieder völlig verbeult zur Arbeit erschienen war, aber Robinson hatte ein Auge auf mich geworfen, was die Häufigkeit meiner Kämpfe erschwerte. Das hatte ich Billy schon x-mal erklärt.

Die Dusche tat gut, aber ich beeilte mich, da ich schon genug Zeit am Telefon vertrödelt hatte. Gerade schaltete ich das Wasser ab, als es an der Tür klingelte. Alle schienen heute verrücktzuspielen. Ich sprang aus der Dusche und band mir notdürftig ein Handtuch um die Lenden.

Ich erkannte Cats Umrisse durch den Türspion. Sofort öffnete ich ihr lächelnd. »Hey Babe.«

Statt mit einem süßen Lächeln begrüßt zu werden, funkelten mich ihre Augen wütend an. Und – *wam!* – klatschte ihre Hand in mein Gesicht. Ich war völlig verdutzt und brauchte eine Sekunde, um die Situation einzuordnen.

»Du mieses Schwein! Du hast sie auf dem Gewissen.«

Fuchsteufelswild ging sie auf mich los und schlug hysterisch auf mich ein.

»Wovon sprichst du?«

Ich hielt ihre Handgelenke fest, aber sie war wie eine Furie. Kaum ein Wort konnte ich verstehen. Ich zog sie in meine Wohnung und gab der Tür einen Tritt, damit sie zuflog.

»Wie konntest du ihr das nur antun?«, brüllte sie außer sich. Sie zitterte, und ihr Blick raste hektisch hin und her.

Verwirrt ging ich einen Schritt auf sie zu, wollte sie am Arm berühren, doch sie wich zurück und fegte meine Hand von sich. »Cat, was ist passiert?«

»Fass mich nicht an«, fauchte sie und zog die Nase hoch. Langsam beruhigte sie sich, aber sie war immer noch wütend. Sie funkelte mich an. »Becky hat Tagebuch geführt, und ich habe alles nachgelesen. Es ist sinnlos, es abzustreiten. Ich will jetzt die Wahrheit hören, und ich werde nicht eher gehen, bis du mir *alles* gesagt hast.«

Steinern streckte sie mir das Buch entgegen. Es machte mir beinahe Angst, wie ruhig sie plötzlich war. Ich ahnte, dass jetzt alles ans Licht kommen und ich Cat verlieren würde.

Ohne sie aus den Augen zu lassen, nahm ich das Buch. »Was steht drin?«

Cat sah mich mit eiskaltem Blick an. »Becky war schwanger – von dir. Du kannst es nachlesen.«

Mit hämmerndem Herzen schlug ich es auf, und gleich auf der ersten Seite entdeckte ich das große rote Herz. Fuck!

»Lies die letzten Einträge«, forderte sie mich auf.

Ich tat, was sie verlangte. Sie erdolchte mich mit ihrem Blick, während ich langsam durchs Wohnzimmer schlenderte und alles las, was Becky geschrieben hatte. Als ich fertig war, zog sich mein Magen zusammen. Sie war schwanger gewesen? Wie sollte ich das nun erklären?

»Nach unserem Streit bist du verschwunden, und ein paar Tage später habe ich meine Schwester tot auf dem Dachboden gefunden. Nach Jahren erfahre ich durch ihr Tagebuch, wie sehr sie dich geliebt hat. Auf allen Seiten hat sie es beschrieben. Verdammt, rede endlich, Noah!«, schrie sie mich an, als ich nicht reagierte.

Ich senkte den Kopf und durchforstete mein Hirn, um etwas Schlüssiges zu finden, eine Erklärung für Cat, aber mir fiel nichts ein. Die Spannung im Raum war mit Händen zu greifen.

***

Noah, 17 Jahre alt

Meine Gedanken rasen, als ich die Schatten von Chief Spence und meinem Vater auf der anderen Seite des Sees erkenne. Bedrohlich haben sie sich voreinander aufgebaut, und ihre Feindseligkeit kann ich bis zu mir spüren. Ich verhalte mich mucksmäuschenstill, um zu verstehen, was sie sagen, doch es dringen nur Wortfetzen zu mir.

»Schmutziges Geheimnis ... Becky ... angefasst ... missbraucht ... Sex mit Minderjährigen ... Erpressung ... Geld ...«

Was hat das zu bedeuten? Ich bin wie erstarrt. Als ich die Zusammenhänge begreife, kann ich es nicht glauben. Mein Vater hat Becky missbraucht, sich mehrfach an ihr vergangen.

Sofort habe ich ihr Bild vor mir und schlucke. Ich weigere mich, mir das vorzustellen. Ekel und Abscheu kommen in mir hoch, als ich plötzlich verstehe, was er getan hat.

Chief Spence ist in Rage, brüllt und schlägt wütend meinen Vater nieder. »Niemand kommt ungestraft davon, Graham! Dafür wirst du bezahlen, du elender Schweinehund.«

Er packt ihn am Hals und drückt zu. Krächzende, raue

Geräusche dringen zu mir. Ich sehe, wie mein Vater sich zu befreien versucht. Ich kann mich nicht bewegen, bin versteinert, stehe unter Schock. Mein Vater verliert den Kampf. Ich beobachte, wie das Leben langsam aus seinem zappelnden Körper weicht und er schließlich reglos liegen bleibt.

Mein Vater, der Kinderschänder, der Frauenschläger, der Folterer und Peiniger, ist tot.

Seltsame Erleichterung sickert in mein Bewusstsein, als ich verstehe, dass er Becky nichts mehr anhaben kann, Mom nie wieder schlagen, nie wieder seine Zigarette auf meiner Haut ausdrücken und uns kein Leid mehr zufügen wird. Wir sind frei.

Beinahe entfährt mir ein freudiges Glucksen, aber als der Chief sich keuchend vor Anstrengung umschaut, schwindet das erlösende Gefühl, und neue Angst schleicht wie ein schwarzer Nebel in mir empor. Ich kann nicht aufhören auf den Leichnam zu starren, auch dann nicht, als Chief Spence sich erhebt und zu seinem Wagen läuft.

Er hat ihn umgebracht. Ein Mann, der unsere Gesetze vertritt, ist ein Mörder. Er hat seine Tochter gerächt, aber hat er für Gerechtigkeit gesorgt?

Er kommt zurück, wickelt die Leiche des Kinderschänders in Plastik und beschwert sie mit Steinen, die er am Ufer findet. Immer wieder sieht er sich suchend um. Ich bin Zeuge, habe den Mord beobachtet, könnte ihn verraten. Er würde mich auch im See versenken, wenn er mich erwischt. Ängstlich weiche ich tiefer in das Blattwerk der Büsche, das mich versteckt hält.

Mein Blick liegt starr auf der Wasseroberfläche, auf der sich langsam Dunst ausbreitet, als könnte der Nebel die Wahrheit verbergen. Ich höre dem Schnauben, Krächzen und Gluckern im Wasser zu, bis alles wieder friedlich erscheint. Der dunkle Schatten auf der anderen Seite erhebt sich und lauscht in die Stille. Ich presse die Lider zusammen und bete, nicht entdeckt zu werden. Meine Knie zittern, und die Magensäure kriecht unaufhaltsam meine Kehle hinauf. Ich drücke eine Hand vor den Mund, würge verzweifelt die Säure zurück und zwinge mich, den Atem anzuhalten.

Ich wage keinen Mucks, bis die Übelkeit meinen Mund erreicht und ich mich vor den Büschen in meinem Versteck übergeben muss. Panik erfasst mich, dass er mich gehört haben könnte. Mein Herz pocht wild in meiner Brust, während er in meine Richtung schaut. Ich bete und habe eine Scheißangst.

Unendliche Erleichterung überwältigt mich, als er schließlich in seinen Wagen steigt. Ich sehe den roten Rücklichtern hinterher. Kraftlos sacke ich zusammen. Ich liege in meinem Erbrochenen, aber das ignoriere ich. Ich kotze noch mal, als könnte ich dadurch alles Gesehene loswerden, doch dem ist nicht so. Die Erinnerung schlingert sich durch mein Hirn, setzt sich dort fest und wird mich von nun an für immer begleiten.

Dunkel erstreckt sich die Nacht am Papenfus Creek. Nur der Mond und ich waren Zeugen dessen, was auf der anderen Seeseite geschehen ist. Meine Angst ist ungebrochen, und Wut kribbelt in meinem Magen, aber ich weiß nicht, auf wen.

Kinderschänder oder Mörder – wer von beiden steht auf der dunkleren Seite?

Die Sonne geht bereits auf, und ich mache mich auf den Heimweg. Noch immer bin ich durcheinander, meine Knie sind weich, und mir ist übel. Keine Ahnung, was das für Pillen waren, die mir John gegeben hat. Vielleicht habe ich mir alles nur eingebildet? Aber ich weiß sofort, dass alles Wirklichkeit ist, als ich Chiefs Spence´ Wagen in unserer Einfahrt entdecke und Stimmen im Haus höre. Panik erfasst mich. Tut er ihr weh?

Ich nehme all meinen Mut zusammen und gehe hinein. Mom steht in ihrem rosa Morgenmantel im Wohnzimmer und hält sich den Kragen zu. Sie ist ganz bleich um die Nase.

»Als Ihr Vermieter und Nachbar rate ich Ihnen zu gehen. Verlassen Sie Pleasant Hill noch heute. Sie wissen, wie die Leute hier sind, und denken Sie auch an Ihren Sohn. Er hat es ohnehin nicht leicht«, sagt Chief Spence mit sanfter Stimme, während Mom stumm vor sich hin weint. »Ein Triebtäter hier in diesem Ort, noch dazu die Beweise, die wir gefunden haben ... Das könnte auch für Sie und Ihren Sohn schwierig werden.«

Mom nickt und schaut zu Boden. »Sie haben bestimmt recht, Mr. Spence.« Ihre Köpfe drehen sich zu mir, als sie meine Schritte hören. »Noah! Komm her, mein Junge.«

Mom streckt ihre Arme nach mir aus. Ohne den Chief aus den Augen zu lassen, laufe ich zu ihr. Ich bin erleichtert und gleichzeitig verunsichert. Er sieht mich seltsam an. Weiß er etwa, dass ich ihn beobachtet habe?

Mom legt ihre Hände auf meine Schultern. »Hör zu, Schatz, es sieht so aus, als hätte dein Vater uns verlassen. Es wird nach ihm gesucht, weil ...« Es fällt ihr schwer weiterzusprechen. Ich würde es ihr am liebsten entgegenschreien, aber das darf ich nicht. »Er hat schreckliche Dinge getan und ist auf der Flucht. Die Polizei sucht nach ihm und ...« Ihre Stimme bricht, aber dann hebt sie den Kopf und sieht mich ernst an. »Wir werden von hier fortgehen, so schnell wie möglich. Dein Vater darf uns nicht finden, falls er hier auftauchen sollte.«

Ich will ihr sagen, dass er niemals wieder zurückkommt, dass Chief Spence ihn umgebracht hat, aber das bringe ich nicht fertig. Zu tief sitzt die Angst. Ich beiße die Zähne zusammen und muss sofort an Cat denken. Ich kann sie nicht verlassen. Wie soll ich ihr das alles erklären? Ihr Vater ist ein Mörder, und meiner war ein Kinderschänder. Diese Nacht hat mich verändert, und egal, wie sehr ich versuchen würde, das alles vor Cat zu verbergen, sie würde wissen, dass etwas nicht mit mir stimmt. Ich nicke stumm.

»Erlauben Sie, dass ich kurz mit Ihrem Sohn spreche, Mrs. Graham?«, fragt Chief Spence, der mich die ganze Zeit über angestarrt hat. »Ich denke, der Junge braucht ein kurzes Gespräch von Mann zu Mann.«

»Natürlich.«

»Na komm, mein Junge.« Väterlich legt er einen Arm um meine Schulter und schiebt mich hinaus auf die Veranda. Mir gefriert bei seiner Berührung das Blut in den Adern. Ich muss mich beherrschen, mir nichts anmerken zu lassen. Lange und bedächtig schaut er mich an. »Du wirst dich gut um deine Mutter kümmern, Noah, verstanden?« Ich nicke, und sein Blick fällt auf meine Schuhe, dann wieder auf mein Gesicht. »Du wirst jeden Kontakt zu Catherine abbrechen und ... das, was du heute Nacht gesehen hast, vergessen.«

Mein Herz flattert. Er weiß es. Er weiß, dass ich ihn beobachtet habe. Plötzlich ist mir eiskalt. Er tritt gegen meine Schuhe, die mit Matsch verdreckt sind.

»Glaubst du, ich weiß nicht, dass Cat und du oft am Papenfus Creek in der Höhle seid? Ich habe dich dort heute Nacht gesehen, Noah. Ich weiß, dass du da warst.« Mein Hals ist so trocken, dass ich unwillkürlich schlucke. Er kommt ganz nah an mich heran, sodass ich seinen Atem spüre. Seine Augen sind dunkel, beinahe schwarz und undurchdringlich. »Ich bin der Polizei-Chef, ich habe Einfluss und Macht. Es wäre wirklich schade, wenn du aufgrund einer erfundenen Geschichte deine Mutter verlieren würdest, oder?«

Wut steigt in mir auf, und ich balle die Fäuste. »Sie werden ihr nichts antun.«

»Das liegt ganz bei dir.« Er grinst. »Sieh mich nicht so vorwurfsvoll an. Ich habe euch einen Gefallen getan, und du wirst *mir* jetzt einen tun. Sollte der Leichnam je gefunden werden, bist du der Hauptverdächtige. Alle wissen, wie sehr du deinen

Vater gehasst hast.« Er lässt mir einige Sekunden Zeit, damit ich seinem Gedankengang folgen kann. »Sind wir uns einig?«

Ich verstehe schnell und weiß, dass er mir den Mord anhängen wird. Was kann ich schon tun? Wenn ich den Mund aufmache, steht mein Wort gegen seins, und ich weiß, wozu er fähig ist. Er ist ein angesehener und rechtschaffener Beamter. Ich dagegen bin ein dicker, seltsam wirkender und verängstigter Jugendlicher. Wer würde mir schon glauben? Und er hat recht: Mein Vater ist tot, und damit sind Mom und ich erlöst. Dafür muss ich Cat verlassen, sie nie wiedersehen und aus meinem Leben streichen.

»Beantworte die Frage, Noah. Wirst du den Mund halten?«

Ich will es nicht, aber habe ich eine andere Wahl? »Ja, Sir.«

»Gut.« Mit kalten Augen schaut er mich an. »Du wirst Cat vergessen. Ist das klar?«

Ich kneife die Lippen zusammen, will verhindern, dass ich dem zustimme.

Cat bedeutet mir alles. Ich kann mir nicht vorstellen, ohne sie zu sein. Sie gehört zu meinem Leben wie der Herzschlag in meiner Brust.

»Antworte«, herrscht er mich an. Wir bemerken Mom am Fenster. Sofort lächelt der Chief und wuschelt mir durchs Haar. »Geh hinein, deine Mutter braucht dich jetzt.«

Er klopft mir auf die Schulter, als wäre er unser netter, reicher Vermieter, der es nur gut mit uns meint.

Ich denke an Mom, Cat, Becky … und habe Angst.

***

Ich tauchte aus der Erinnerung auf und blickte Cat entgegen, in ihr wunderschönes Gesicht. Sie hatte sich beruhigt, sah mich finster an und erwartete eine Erklärung.

Sechs Jahre hatte ich geschwiegen und zugelassen, dass Cats Vater Menschen, die mir etwas bedeuteten, bewusst täuschte. Die vielen Drohungen über die ganzen Jahre … Und ich war zu feige, zu schockiert gewesen, um für Gerechtigkeit zu sorgen.

Er hatte uns in New York aufgelauert, mir Briefe geschickt, die mich an unsere kleine Vereinbarung erinnern sollten. Er wusste alles von uns: Wo meine Mutter arbeitete, welches Auto wir fuhren, sogar wo Timi in den Kindergarten ging. Regelmäßig hatte ich von ihm Fotos per Post bekommen. Ich hatte Angst um meine Familie, aber auch um mich selbst. Deshalb schwieg ich, egal wie belastend es für mich war, und versuchte irgendwie klarzukommen.

Seine letzte Drohung lag schon lange zurück. Ich hatte wirklich geglaubt, er hätte verstanden, dass ich ihn nicht verraten würde. Vermutlich lag es an seinem Schlaganfall, dass ich nichts mehr von ihm gehört hatte. Ich hatte mich sicher gefühlt.

Ich konnte Cat nicht die Wahrheit sagen, aber sie hatte recht: Ich trug Schuld an Beckys Tod. Ich hätte es verhindern, hätte den Mund aufmachen und erzählen können, dass sie missbraucht worden war. Vielleicht hätte man ihr in einer Einrichtung geholfen, aber ich hatte geschwiegen. Daran würde ich mein ganzes Leben denken müssen.

Was sollte ich Cat jetzt erklären? Es gab genau drei Optionen: Ich sagte ihr die Wahrheit, dass mein Dad ihre Schwester vergewaltigt und ihr Vater meinen deshalb umgebracht hatte. Dann musste ich damit rechnen, dass Cat zur Polizei ging, was meine Familie wieder in Gefahr bringen würde. Wer wusste schon, wozu der Chief trotz seines Schlaganfalls fähig war. Ich traute ihm alles zu, er hatte Geld und Macht.

Option zwei war, dass ich sagte, dass ich mit Becky ein Verhältnis gehabt hatte und der Vater des Kindes gewesen war. Damit würde ich Cat definitiv für immer verlieren.

Ich entschied mich für die dritte Variante, auch wenn das ein Risiko darstellte und Cat mich als Lügner abstempeln könnte. »Ich hatte nie etwas mit deiner Schwester.«

»Lügner! Warum sollte sie so etwas dann in ihr Tagebuch schreiben?«

»Bis eben wusste ich nichts von Beckys Gefühlen, geschweige denn von einer Schwangerschaft.«

Mein Vater, dieses miese Schwein. Mein Hass auf ihn war grenzenlos, immer noch.

»Warum sollte ich dir glauben?«

»Weil es die Wahrheit ist. Becky war wie eine Schwester für mich. Und wenn ich etwas mit ihr gehabt hätte, hätte ich sie niemals sitzengelassen.«

Sie presste die Lippen aufeinander, während ihr die Tränen über die Wangen liefen, und schüttelte den Kopf. »Sie hat geschrieben, dass ihr euch geküsst habt. Willst du das etwa auch abstreiten? Verdammt, rede endlich!«

Ich wandte mich um und sah aus dem Fenster. »Es war an dem Tag, als wir im Kornfeld lagen, erinnerst du dich? Du, Becky und ich. Du wolltest unbedingt schwimmen und bist allein losgelaufen. Ich lag neben Becky, und plötzlich hat sie mich einfach geküsst. Ich habe den Kuss nicht mal erwidert, und wahrscheinlich hat sie mehr reininterpretiert. Es war nichts weiter zwischen uns, Cat.«

»Geschwängert wurde sie vom Heiligen Geist, oder was?«

Es schmerzte, ihre Fragen nicht beantworten zu können. Ich drehte mich wieder zu ihr um. »Mehr war nie. Ich schwöre bei allem, was mir heilig ist.«

Einen Moment schloss sie die Augen. »Ich weiß nicht, was ich noch glauben soll.«

Unaufhaltsam rannen Tränen über ihr Gesicht. Ich wünschte, sie hätte dieses Buch nie gefunden.

»Ich liebe dich. Das ist die Wahrheit«, brach es aus mir heraus.

Ich wollte sie nicht verlieren. Ich ging einen Schritt auf sie zu, aber sie wich zurück und hob abwehrend die Hände. »Ich würde dir so gern glauben, Noah. Aber das alles ...« Sie schluckte. »Ich muss in Ruhe darüber nachdenken. Gib mir Zeit.« Verzweifelt blickte sie mich an, und ich musste tatenlos zusehen, wie sie mir entglitt. Rückwärts trat sie von mir weg. »Ich muss hier raus, sonst werde ich noch verrückt.«

Sie entriss mir das Tagebuch, ließ mich stehen, rannte zur Tür und knallte sie hinter sich zu. Ich hatte sie verloren.

27

Cat

*I*ch kam mir entwurzelt vor in dieser riesigen Stadt. Ich wusste nicht mehr, was ich denken sollte. Wem sollte ich glauben? Was war nun die Wahrheit?

Becky würde niemals Lügen in ihr Tagebuch schreiben. Sie war ein ehrlicher, aufrichtiger und guter Mensch gewesen. Sie hatte keiner Fliege etwas zuleide tun können. Dennoch waren Noahs Unschuldsbekundungen überzeugend. Früher hatte ich ihm jede Lüge angesehen, doch heute war er meinem Blick nicht ausgewichen. Da waren keine Hektikflecken an seinem Hals, die sich wie sonst gebildet hatten, wenn er log, und auch seine Stimme hatte tief und voller Ehrlichkeit geklungen. Verdammt!

Ich klingelte Sturm bei Inma und hoffte, sie würde da sein.

»Cat? Was ist passiert?« Sie sah meine verweinten Augen und ließ mich ein. Ich gab ihr das Tagebuch. »Das habe ich in einem der Bücherkartons gefunden, die ich noch ausräumen wollte.« Wir setzten uns. »Lies die letzten Einträge.«

Mit weitaufgerissenen Augen und offenem Mund schaute sie

zu mir. »Oh mein Gott. Das ist ... Das ist ... Ich finde keine Worte.«

Ich erzählte ihr, dass ich Noah mit meinem Fund konfrontiert hatte und er alles abstritt. Sie war genauso fassungslos wie ich. Ratlos schüttelte ich den Kopf. »Ich weiß einfach nicht, was ich tun soll.«

»Okay, lass uns das mal logisch angehen. Wenn Becky schwanger war, dann wäre das doch spätestens bei der Obduktion bekannt geworden, oder nicht? Vielleicht wusste deine Familie davon, hat es aber verheimlicht.«

Daran hatte ich noch gar nicht gedacht. Ich kramte in meiner Erinnerung. »Wir standen damals alle unter Schock. Mom war nicht in der Lage, überhaupt das Bett zu verlassen. Dad und Martha haben sich um alles gekümmert. Eine Schwangerschaft hätte Fragen aufgeworfen.«

»Meinst du, du kannst mit deinem Vater darüber sprechen?«

»Nein. Es geht ihm im Moment nicht so gut. Bevor ich nicht sicher bin, will ich ihn damit nicht belasten.«

»Dann frag Martha oder deinen Grandpa.«

Inma hatte recht. Je länger ich darüber nachdachte, desto klarer wurde mir, dass ich nach Pleasant Hill zurückmusste. Wenn jemand etwas wissen konnte, kamen nur die beiden infrage. Aber Grandpa war auf dem Motorrad-Event, also blieb nur Martha. Sie war mir nah, vielleicht konnte sie mir ein paar Antworten geben. »Du hast recht, ich sollte nach Hause fliegen.«

»Und Noah?«

Ich senkte den Blick und schüttelte den Kopf. »Im Moment ... Ich weiß nicht, was ich glauben soll. Ich bin so durcheinander und habe Angst, dass er mich angelogen haben könnte. Wenn das wirklich so ist, dann ...« Ich stieß den Atem aus. Noch immer konnte ich es nicht fassen. »Ich brauche eine Pause, etwas Abstand ... Ich ... muss die Wahrheit irgendwie herausfinden.«

Inma nickte mitfühlend. »Das kann ich verstehen. Soll ich dich nach Pleasant Hill begleiten?«

»Das ist lieb, aber da muss ich allein durch. Kann ich bei dir übernachten?«

»Natürlich.«

Inma sagte ihr Date mit Spike ab, und wir redeten noch bis in die Nacht hinein. Noah hatte unzählige Nachrichten auf meinem Handy hinterlassen, die ich geflissentlich ignorierte. Irgendwann schaltete ich es aus.

Mein Flug war gebucht. Ich würde Wilson anrufen und ihn bitten, mir unbezahlten Urlaub zu geben. Ich brauchte ein paar Tage für mich. Nach einer unruhigen Nacht mit stummen Tränen wachte ich früh auf. Sofort war der Schmerz in meinem Herzen wieder präsent.

»Nein, Noah, sie schläft noch, und ich wecke sie ganz sicher nicht«, hörte ich Inma von der Küche flüstern. »Wenn Cat bereit ist, mit dir zu sprechen, wird sie schon auf dich zukommen. Gib ihr Zeit, verdammt. Wieso könnt ihr Männer nicht verstehen, dass eure Fürsorge manchmal nicht erwünscht ist? ... Ich muss Schluss machen. Bis dann.« Sie legte auf und streckte ihren Kopf zu mir ins Schlafzimmer. Sie lächelte zaghaft.

»War das Noah?«, fragte ich traurig, stieß die Decke von mir und stand auf.

Inma strich ihren Zimmermädchenrock glatt. »Ja. Ich habe ihn dir vom Hals gehalten.«

»Danke.« Er war der Letzte, den ich jetzt sprechen wollte. Ich schleppte mich ins Bad. Draußen schaltete Inma die Kaffeemaschine ein, und ich begann mit meiner Morgentoilette. Eilig band ich meine Mähne zu einem unordentlichen Dutt und ignorierte die tiefen Schatten unter meinen Augen.

Als ich fertig war, ging ich zu Inma in die Küche. »Sag ihm nicht, was ich vorhabe.«

»Keine Sorge, von mir erfährt er nichts, aber mich hältst du auf dem Laufenden?«

»Natürlich. Danke, dass du mir das Geld für den Flug vorstreckst.«

»Kein Problem. Du bist meine beste Freundin und kannst dich auf mich verlassen. Nimm dir Zeit, aber bitte, pass auf dich auf, hörst du?«

»Versprochen.« Wir umarmten uns innig, und sie verabschiedete sich.

Nachdem ich einen Kaffee getrunken hatte, bestellte ich mir ein Taxi zum Flughafen und machte mich auf den Weg in meine Wohnung. Ich würde nur mit Handgepäck reisen, viel brauchte ich ja nicht. Ich schloss die Tür auf und ging sofort ins Badezimmer. Dort warf ich nur die nötigsten Kosmetikartikel in eine Tasche. In der Küche hatte ich in einer Keksdose wenige Dollar zusammengespart, die ich in meine Hosentasche stopfte. Jetzt fehlten nur noch die Wechselklamotten und mein Ausweis.

Als ich die Schlafzimmertür öffnete, verschlug es mir den Atem. Wie angewurzelt blieb ich im Türrahmen stehen. Ein Meer von dunkelblauen Rosen leuchtete mir entgegen. Mein Waschbeutel fiel mir aus den Händen. Es mussten hunderte Blumen sein. Auf einem weißen Blatt Papier stand die Nachricht.

Dachtest du, das war's?
So leicht kommst du nicht davon!
Die Wahrheit ist noch viel grausamer, als ihr euch alle vorstellen könnt.
Nur ich kenne sie.

Mir wurde übel von dem süßen Duft, der schwer in der Luft hing. Ich war wie gelähmt, konnte mich nicht rühren. Mein

Mund war staubtrocken, mein Herz hämmerte in meiner Brust.

Wie war das möglich? John, der Rosenstalker, saß doch im Gefängnis, ebenso sein angeheuerter Komplize. Das alles war ein Albtraum. Mein einziger Gedanke war Flucht.

Plötzlich setzten sich meine Beine in Bewegung. Ich rannte davon, so schnell ich konnte ...

Ende Teil 1

Über die Autorin

Bereits als Jugendliche sparte sich Any Cherubim ihr Taschengeld, kaufte eine Schreibmaschine und träumte davon, Autorin zu werden. Wie das mit den Kindheitsträumen oft ist, verloren sie sich im Laufe der Jahre. Any machte eine Ausbildung, heiratete und widmete sich der Erziehung ihrer Söhne.

2010 entdeckte sie die Plattform BookRix, auf der sie ihre Geschichten teilte. Any Cherubim zählte ab 2013 zu den erfolgreichsten BookRix-Autorinnen und hat über die Plattform bisher mehr als 300.000 eBooks verkauft. Ihr erster Verlagstitel *Beautiful Danger – Vertrau mir nicht* erschien 2019 bei LYX.digital. Mit dem dramatischen Zweiteiler *Broken Feelings* veröffentlicht Any Cherubim erstmalig beim ZEILENFLUSS-Verlag.

Wenn sie gerade nicht an einer neuen Romanidee arbeitet, zeichnet Any Cherubim gerne. Zusammen mit ihrem Mann und ihren drei Söhnen lebt sie am Stadtrand von Freiburg.